中国文学艺术基金会
中国文学艺术发展专项基金资助项目

「中国绣」第三部

绣坊街

曾理 著

上

作家出版社

序

1949 年 8 月 5 日，长沙和平解放。中国人民解放军一三八师兵不血刃从长沙城东小吴门开进了古城，上十万市民夹道相迎。

经历了人生大喜大悲的曾纪生，见识了长沙城是如何从满目凋零的灰色天空变为欢天喜地的海洋。秧歌起，彩旗扬，红标语，黄军装……全城进入沸腾世界。

解放军进城后，南下干部队旋即接管城市政权、工企商贸，逐步实施公私合营、工商改造，不少工厂、商铺被收归国有。芙蓉坊商号因系地下党投资入股，主导收编了锦文丽等全城各大绣庄，更名为红星湘绣厂。随着新中国的诞生，年事已高的曾纪生急流勇退，返回养育他的老家铜官。人生，终于回归了安定！他在中庭天井的石壁上刻下"天然阁"三字，他要让曾家后代铭记逝去的一段湘绣记忆。

这年秋天，曾纪生正坐在院门外的大樟树下晒太阳，几棵上百年的老樟树枝叶摇曳，似乎在不断地变化，先而淡红，进而粉红，继而玫瑰色。在这一连串的颜色变化中，他慢慢地合上了双眼，沉睡于脑海的色彩变幻之中……

曾家大屋衰败的院落里，焦菊香正在收拾着台阶上的枯枝落叶。疲惫之余，她偶然抬头望向大门外的那棵古老樟树，忽然发现枝叶茂盛的大樟树不知为何，枯枝丛生。难道，曾家大屋的老主人一走，树木竟然也有了灵性？新一代掌门人焦菊香并未意识到大自然向曾家大屋发出了什么样的信号。她更没有想到，新中国将给红星湘绣厂带来怎样的变化。时下，曾家大屋如同风烛残年的老人，渐渐地衰老下来，"芙蓉坊"那个延续了百年的老字号，也悄然退出历史视野。

宝剑锋自磨砺出，百年传承浪淘沙。

社会的变迁，推动着时代的洪流滚滚向前！从湘军的《荷鹤图》到湘绣《天然阁》，再到当下《绣坊街》，不同的发展时期，赋予湘绣不同的使命；从曾传玉的"人在，剑就在"到曾广涛的"输赢看淡，认准就干"，再到焦菊香的"种瓜得瓜"口头禅，不同的代表人物，有着不变的民族精神，勉励着曾家后人，义无反顾地去延续传统文化的基因。

曾 理

2020 年 9 月 28 日

目 录

第一章　御墨

在百年之前的王权时代，皇帝的文墨被称为"御墨"。北京人民大会堂的建设是一项国家标志性工程，有专家建议湖南厅主墙面的展示，采用开国领袖毛泽东诗词手迹。然而，日理万机的大国领袖，国家大事都忙不过来。谁能拿到主席的墨宝？不言而喻，难！

初秋的北京，大街小巷的树叶渐渐变黄，一阵秋风吹来，树叶就像黄色的飞蝶一样翩翩起舞，散落到地面后，又像给大地铺上了一层厚厚的金黄色地毯。

1958 年 9 月 5 日，时任中共北京市委书记处书记、副市长万里在北京市政府会议上，传达了中央关于筹备庆祝建国十周年的通知，要求在建国十周年来临之际建成"国庆十大工程"，又称"十大建筑"。

一石激起千层浪。"建国十周年，国庆十大工程"的消息随着电波、新闻、会议的层层落实，迅速在全国范围内传开。第二年春节过后，中国湖南省委书记周小舟，在省委书记处会议上传达了一项重要工作："正在兴建的北京人民大会堂，是'建国十周年国庆十大工程'的重中之重，必须在 10 月 1 日之前竣工。新建的人民大会堂意义十分重大，它将成为新中国全国人民政治议事机构，今后的全国人民代表大会和全国政治协商会议都将在这里举行。人民大会堂内，每个省（市）、自治区都有一个会议厅，各厅的布置将由各省（市）、自治区自己负责。湖南是毛主席的故乡，湖南厅的设计引人瞩目，因此我们的装饰风格既要突出湖南本土文化特色，又要包含领袖风范元素……"

　　散会后，省政府立即成立了北京人民大会堂湖南厅筹备组，由谭余保副省长任组长。省政府办公厅徐副主任任副组长，负责筹备组的具体事宜。

　　早在两个月前，徐副主任就根据谭余保副省长"北京人民大会堂的湖南厅，是湖南在首都北京'两会'相聚的客厅，更是三千八百万湖南人民形象的象征。装饰工艺技术必须达到国家级标准"的指示，对湖南最具代表性的陶瓷、雕刻、湘绣等"湖南十大特色民间艺术"进行了一次调查摸底。

　　筹备组成立后，徐副主任主持筹备组，先后召开了两次方案碰头会，唐秘书在筹备组会上向专家介绍说："人民大会堂的总体位置是坐西朝东，主要建筑由三部分组成，中央大厅是万人大会堂，北翼是宴会大厅，南翼为人大常委会办公楼。我这里有张人民大会堂湖南厅的图片，内部结构总面积约五百平方米，厅内矗立八根大柱，显得十分雄伟高大，北面正中的主体可使用墙面宽约十米、高四米，因此装修作品必须高大，庄重典雅。"

　　由于湖南的地方特色艺术资源很多，各种进言和建议纷至沓来，一时难以形成统一的设计主题。

　　醴陵的陶瓷世家代表提议："使用'釉下彩'烧制一批唐代风格的瓷艺壁画及摆件，重现中国三大瓷都之一——湖南醴陵瓷器的历史厚重。"

　　邵阳雕刻专家则进言："'宝庆木雕'闻名遐迩，坊间传说龙生九子，主宰日月星辰。建议用竹屏雕刻一幅《九龙图》，寓意新中国的'开元盛世'。"

　　岳阳制扇传人更是语出惊人："岳州扇早在三国时期即天下闻名，苏轼曾有'谈笑间，樯橹灰飞烟灭'的词句，说的就是摇鹅毛扇的蜀国丞相孔明。这鹅毛扇就是早期的岳州扇。如果制作一把巨型岳州扇，绘上《蓬莱仙境》山水画，悬挂在人民大会堂，古朴典雅，意境悠然。"

　　瞧着这些纷纭的建议，徐副主任不置可否，他继续翻阅着建议简报，忽然，一个署名谭旭阳的建议映入他的眼帘：

　　"竹子代表着高风亮节。在古代，古人'宁可食无肉，不可居无竹'，我建议选用文徵明的《墨竹》，刺绣出一幅《八百里洞庭》的照壁屏风，就像在人民大会堂别上一枚湘绣的'符号'，昭示着我们湖南人民的宽阔心襟与'敢为人先'的家国精神……

　　"这墨竹既有百尺竿头，更进一步的寓意，也有新生的象征：'新竹高于旧竹枝，全凭老干为扶持。明年再有新生者，十丈龙孙绕凤池。'我们可用毛主席的诗词《沁园春·雪》，配上文徵明的《墨竹》，既大气磅礴又明白清新，象征着新中国如同一支朝气蓬勃的新生力量，巍然屹立在世界的民族之林。"

徐副主任不觉为之一动，他心里有数，谭旭阳出身湘绣世家，祖辈便是解放前长沙三大绣庄之一——锦文丽绣庄的创始人谭文贵，他继承父亲的衣钵在湘绣画坛崭露头角，公私合营后在红星湘绣厂工作，1958年3月红星湘绣厂一拆为三后，谭旭阳调入华夏湘绣研究所从事专业美术创作工作，其业内专家身份自是非同一般。

徐副主任的政治意识非常高，他瞧着这些振奋人心的话，不由得拍案叫绝，吩咐工作人员去找谭旭阳来谈谈。

谭旭阳不仅画艺名声在外，在湘绣界更是享有"前有曾周，后有张谭"之誉。徐副主任初次与谭旭阳见面，谭旭阳便侃侃而谈："长城，我建议选用长城。古今中外，凡到过长城的人无不惊叹它的磅礴气势和它那举世无双的雄伟壮观，展示出我泱泱大国的魅力与风范。我们如果刺绣一幅湘绣《万里长城》的照壁屏风，就像大地刮起的一股雄风，强烈地震撼着人们的心灵，它更寓意巍巍中华的锦绣前程！"

徐副主任为了掌握第一手资料，他不仅要唐秘书通知了谭旭阳与岳州扇的唐舒平和竹雕专家，还约了编辑出版《湘绣专辑》一书的杨立轩。他希望一锤定音，迅速落实人民大会堂湖南厅标志性装修工程的设计方案，报省委主要领导审定。

在座谈会上，对毛泽东诗词研究颇深的唐舒平，则对谭旭阳刺绣长城的建议方案有不同的看法："长城虽是中华民族的象征，它东起山海关，西至嘉峪关全长两万多公里，却没有一米在湖南境内。我建议选用毛主席的词《沁园春·雪》。该词中那'千里冰封，万里雪飘，望长城内外，惟余莽莽……'这是何等气吞山河的文字？这首词也是赞美的'长城'，但放眼祖国的万里山河，它的主题是'江山如此多娇'，不过，这湘绣画稿一定要有专业水平。"

在讨论由谁来完成这项重大政治任务时，谭旭阳毫不犹豫地推荐了华夏湘绣研究所。"我认为这个任务非华夏湘绣研究所莫属。"他紧接着解释道，"全省湘绣行业自红星湘绣厂后，省属华夏湘绣研究所不仅企业行政级别高，领导班子配备齐全，而且拥有省内的湘绣优秀画师雄厚的技术力量，具有得天独厚的人才优势。"

此话与徐副主任的思路不谋而合，他当着谭旭阳的面一锤定音："好，就定湘绣。将大型湘绣屏风陈列于北京人民大会堂，更能突显出'锦绣潇湘、美丽湖南'的艺术魅力……"说到这里，他突然住了口，脸上浮现出几丝犹豫。

这也难怪，毛主席写于1936年的旧作《沁园春·雪》距今已有二十多年了，上哪儿去找原稿手迹？又有谁敢开口向毛主席讨要原稿手迹？

感到为难的徐副主任，只得将筹备组调查后的情况，整理份简报转报给谭副省长和其他省委领导，希望能得到省委主要领导的支持。谭余保阅读了徐副主任送呈的简报后，将桌子一拍："好，不愧是湘绣行当的老口子，这个主意好，就冲你这份创造'高原'的胆识，我谭余保就是磕头也给你们把主席的原稿弄来。"

谭副省长的表态，让徐副主任心里捏着一把汗，不管怎么样，当领导的表了这个态，他一个下属总不至于去拆领导的棚。毛主席这首词可不是太平时期的文学诗稿，二十多年的南征北战，多年的颠沛流离，建国初期的繁忙工作，毛主席哪会去刻意保留这首词的原稿手迹？如果现在去向毛主席讨要这首词的新墨宝，恐怕湖南省委、省政府中，还没有人敢向毛主席开这个口。谭副省长虽然当年在井冈山时期，曾是毛泽东主席麾下的一员骁将，但也不至于能向毛主席开口讨要诗词原稿手迹吧？他不知道这位传奇色彩浓厚的谭副省长，将如何兑现自己的承诺？

徐副主任心里尽管一直忐忑不安，谭副省长却是一脸安然，他吩咐徐副主任尽快拿出湖南厅设计方案的报告，呈报省委主要领导。至于向领袖讨要墨宝一事，他对自己的表态胸有成竹，作为党的高级干部，他从不信口开河。他之所以有信心，还在于他的背后有个人撑腰——湖南省委第一书记周小舟。

几十年的革命生涯，谭副省长早就风闻毛泽东主席与现任湖南省委第一书记周小舟的关系绝对不一般，周小舟不仅延安时期曾担任过毛泽东主席的秘书，而且据说"小舟"两个字还是毛主席改的名。周小舟原名周怀求，湖南湘潭人，1927年参加革命，是北师大高才生，1936年春，曾奉中共中央指示赴南京，秘密与国民党宋子文、陈立夫的代表谈判国共停止内战、联合抗日的问题。8月，转赴延安向中共中央汇报谈判情况，就任军委主席毛泽东的秘书。在任秘书期间，毛泽东总是叫他"小周"。有一次，毛泽东说："你干脆改名叫小舟，一叶小舟，多好听。"从此，他的名字便成了周小舟。解放以后，毛泽东到湖南视察工作时，见到久别的周小舟，便风趣地说："你已经不是小舟了，你成了承载几千万人的大船了。"这段毛泽东主席与周小舟交往的传闻，让谭余保心里平添几分底气。

尽管向毛泽东主席讨要亲笔墨宝之事，谭副省长已然表了态，天塌下来也有长子顶着，但此事毕竟关系重大，办砸了谁也脱不了干系。因此，报告虽然早已通过谭副省长交给了省委主要领导，他心里仍然忐忑不安，隔三岔五地借故去谭副省长办公室遛一圈，瞧瞧动静。可怪的是，谭副省长闭口不提讨要墨宝一事，只是问他设计布置湖南厅的准备工作进行得怎样啦。墨宝一事既然领导不提，自己便不好问，这让他心里不免有点像落井水桶——七上八下。

徐副主任撕下一页日历，双手抱在胸前喃喃地低语："再等，时间就恐怕来不及了！"随后，他面色凝重地走进谭副省长的办公室。谭余保从徐副主任的脸色上早已猜出对方的来意，他没有理会徐副主任，却出神地瞧着窗外的景色。

此时正是夏至时节，户外艳阳高悬，热浪扑面，树间的蝉"知了，知了"地叫个不停，不知何故，谭余保脸上虽然仍是笑容洋溢，心里却浮出一丝凉意。可不是嘛，几个月过去了，周书记那里怎么还是没有回音？早几天他也曾打听过，周书记不在，听说是陪来湖南的中央首长出差了。谭余保虽然知道毛泽东主席是个很恋旧的人，也很重故乡之情，可主席毕竟是一国领袖，国计民生大事尚且理不胜理，他是否有空为一隅之地的湖南赐下墨宝？！谭副省长收回眼光，转向徐副主任问道："都准备好了？"

"万事俱备，只等主席的诗词墨宝。"徐副主任怯怯地回答。

这年6月的中下旬，毛主席在视察了河北、河南、湖北到达湖南之后，长沙的街头显得有些炎热。毛泽东车经沿江道路时，面对奔流不息的湘江，一种亲切感油然而生，他回眸巍巍的岳麓山，遥想当年在橘子洲头发出"恰同学少年"的峥嵘岁月，心情愉悦地对田家英说："我们再来一次'中流击水'……"

6月20日上午十点多钟，毛主席从中山轮渡码头乘坐华山号蒸汽机轮船到猴子石下水，从南往北，经过橘子洲头一直游泳到三汊矶码头上岸，尽管主席一再地要求畅游湘江行程不要公开，避免扰民，周小舟为了一国领袖毛主席的安全，还是暗中布置了安全保卫，抽调部分机关工作人员预先进入湘江，沿途也有近万名群众沿岸追随。

当晚，主席未及休息，又高兴地接见了部分党政领导干部，会谈结束之时，周小舟低声地问："主席，关于呈报给您北京人民大会堂湖南厅布置方案，请求借用您《沁园春·雪》诗词原作手稿的报告，不知主席是否收到？"

毛主席听后淡淡一笑说："报告收到了，这事有点棘手呀。《沁园春·雪》手稿，1945年我在重庆与蒋介石谈判时，送给了柳亚子，后来柳亚子与尹瘦石在重庆要搞一个《柳诗尹画联展特刊》，请我为特刊题词。尹瘦石特意为我画了个像做见面礼，柳亚子就将我的手稿赠送给了尹瘦石，当时的《新华日报》还刊登了几个整版联展特刊。我不能一稿两赠啊！"

周小舟心里一凉，但仍然心有不甘，试探着说："我能否去找尹瘦石先生借用一下呢？"

毛主席爽朗一笑："看来你是不达目的不罢休呀！别急，过几天再说。"

6月25日傍晚，毛主席一行抵达韶山。毛主席和部分亲友，座谈了两个小时。往日乡里事，一齐涌上心头，使主席他几乎彻夜未眠。

毛主席准备回阔别三十二年的故乡韶山冲老家看一看，他对公安部长罗瑞卿和周小舟说："我想回老家看望一下父老乡亲，请你们一不要派部队护卫，二不要派公安人员跟随，给我行动自由。"

6月26日凌晨四点多钟，得知毛主席已起床独自走出宾馆，周小舟和罗瑞卿急忙追上去远远地跟着，只见毛主席向一座长满松柏的小山走去，祭扫了父母之墓后，在归途中，又访问了一家农户。

回到住地，毛主席对周小舟等人说："我们共产党人，是彻底的唯物主义者，不迷信什么鬼神。但生我者父母，教我者党、同志、老师、朋友也，这不得不承认。我下次回来，还得去看望他们二位。"

6月27日下午，毛主席在游泳后回住地时，对周小舟说："小舟，那个地方倒是很安静啊。我退休以后，在那儿搭个茅棚给我住好吗？其他领导人来休息一下也可以嘛！"毛主席指了指韶河上游的滴水洞方向，他的祖辈曾居住在韶山冲西南约十里的那个幽静的峡谷里，他想以后回老家看望时能有个歇脚的地方。事后，周小舟组织省委领导班子讨论后，一致同意了毛主席这个合乎情理的要求。

正在筹备组为能否讨得毛泽东主席的墨宝着急的时候，6月底的这天，周小舟的秘书拿来了一个硕大的牛皮纸信封，交给了谭副省长，交代了周小舟书记嘱咐的几句话后便走了。

谭余保抚着硕大的牛皮纸信封,很是感慨:"主席的亲笔词作,太难得啦!"他不知道的是,周小舟书记向毛泽东主席讨这幅亲笔诗词墨宝是何等地不容易。然而,让人更没有想到的是,一个月后,周小舟在庐山会议上被打成反党集团成员而被撤职。韶山滴水洞造房子的事,由后来的继任者张平化,于 1960 年下半年动工,1962 年建成。这方圣土就是曾被毛泽东称为"西方的一个山洞"的所在。

省委办公厅徐副主任拿到牛皮纸信封后,打开一看,词稿并不是筹备组当时讨论的《沁园春·雪》,而是主席亲笔重新撰写的《沁园春·长沙》。他不知道是周小舟书记没说清楚,还是毛泽东主席刻意为之。

《沁园春·雪》与《沁园春·长沙》虽然同为一种词牌,但两词的内容却是截然不同。彭副主任有些为难地向谭副省长报告:"主席的词已经换了内容,万里长城的背景是否要换?"

谭副省长告诉他:"小舟书记说毛主席的这首《沁园春·长沙》不仅有故事,而且更具湖南特色!至于背景的取舍可听取专家意见,但我们一定要绣出新中国湘绣的最高水平。"

《沁园春·长沙》的故事,谭余保没有细说,徐副主任带着疑惑将词交给秘书,吩咐说:"毛主席的亲笔词作可是珍贵的历史文物,在封建社会它被称为'御宝'。你迅速带着毛主席的手稿去找谭旭阳,要求华夏湘绣研究所挑选一流的绣师,绣好这一国家瑰宝。"

当筹备组工作人员来到华夏研究所时,方知该所成立尚不到四个月,其行政管理人员大多来自工会,研究室也只选调了几名擅画狮子、老虎的职业画师,他们对山水的创稿并不擅长,对如何创作主席《沁园春·长沙》诗词所要求的背景绣稿,显然力不从心。

更为遗憾的是,华夏研究所由于过度注重于湘绣理论的研究,而忽视了实际生产线的建设,诸如配线、刺绣等专业技术人员都没有配齐,目前研究所生产技术方面配套工序严重不全,没有形成完整的湘绣绣品生产能力。

人民大会堂湖南厅的布置期限越来越近,可湖南厅的装修主件——湘绣制作,却如放飞的鸽子——不知何时落巢,徐副主任和筹备组的人急如热锅上的蚂蚁。

谭余保得知这一情况后,对筹备组的工作效率大为不满,当即让秘书将办公厅徐副主任和接待处王处长叫到自己办公室，神情严肃地批评王处长："王处长，徐副主任系南下干部，不熟悉湖南湘绣行业情有可原，你是老长沙，应该知道长沙各绣庄的家底。我刚看到《湖南对外出口贸易动态》报表显示，湘绣是湖南省名列第一的出口创汇生产行业。去年不是还特别重点表扬了宏兴湘绣厂对苏联出口就有一百二十多万卢布吗？一个偌大的长沙市，怎么会找不出绣幅大型湘绣屏风的工厂？又不是要你们造卫星、原子弹。"

徐副主任见谭副省长动了气，连忙说："报告谭省长，您有所不知，目前我省的对苏联贸易出口去年虽然有五百万人民币，但主要产品都是被面、枕套、桌布之类的'粗绣'产品。陈列在人民大会堂的屏风必须是'细绣'。"

"我不是专家，搞不清什么'粗绣''细绣'，既然宏兴湘绣厂有出口苏联的技术能力，你们为什么不找宏兴湘绣厂？"谭副省长很不客气地责问道。

徐副主任解释说："据华夏研究所湘绣专家谭旭阳介绍，粗绣，就是被面、枕套之类的日常用品，细绣，就是高雅的艺术品。宏兴湘绣厂只是一个'粗绣'厂，出口的湘绣全部是'日用品'，要他们扛下湖南厅装饰的细绣活，恐怕有点困难。"

听着徐副主任的话，王处长微微一笑，说："我补充一个情况，宏兴湘绣厂行政管理虽然隶属长沙县，但它位于长沙市油铺街，是原来的国营红星湘绣厂的前身。当年湘绣行业实行公私合营后，由于长沙市实行分区管理，因此，位于长沙市中心城区的万华、锦文丽绣庄认为隶属长沙县的红星湘绣厂的行政级别太低，制约了自身湘绣产业的发展，要求将他们绣庄划入省、市属管理。经过省、市、县三级手工业联社协商，红星湘绣厂被一拆为三。即由省手工业联社直管位于五一路的'万华绣庄'，改名'华夏湘绣研究所'；锦文丽绣庄划归长沙市手工业联社管辖，更名为'长沙市锦文湘绣厂'；原有芙蓉坊商号、宏昌绣庄、天然阁绣庄从业人员，在油铺街原址不动。为避免外界误解，红星湘绣厂根据同音字，更名为'宏兴湘绣厂'，当时厂里的画师张子奇为鼓励分家后的士气，还特意画了一张名震一时的湘绣画稿《大展宏图》，寓意'宏图大展，兴旺发达'。"

徐副主任有点委屈地说："正是因为宏兴湘绣厂只是个县级单位，所以我们没有去联系。"

"我的个同志哥呀，你不要用官本位那套思想来考虑问题，我不想听谁级别高，谁级别低，我只想知道谁绣得最好。要论手工针线，我一个副省长比不上个老娘们。"谭副省长大手一挥，"想当年，老子一索子捆了陈毅，按照你的观点，那岂不是'以下犯上'犯了天条，枪毙我十个谭余保都不够！最后怎样……"

徐副主任早就耳闻谭余保在红军时期，曾担任过中共湘赣临时省委书记，兼军政委员会主席和湘赣游击司令部政委。据说在1937年国共合作抗日时期，当时国内形势骤变。南方各省的红军游击队欲改编为新四军，陈毅同志奉命赴湘赣边界做改编工作，谭余保误将陈毅当作国民党的说客，一听"国共合作"几个字就火冒三丈，大骂陈毅是叛徒，将陈毅捆绑起来，并扬言要剐了陈毅这个叛徒。陈毅利用谭余保审问自己的机会，向他宣讲毛泽东主席的"抗日统一战线"政策，谭余保亲自派人至江西吉安新四军通讯处调查，弄清楚了陈毅的真实身份后，才放了陈毅。误会消除后，陈毅称赞谭余保警惕性高，斗争性强，是个好同志。此事传到延安，毛泽东评价谭余保：政治很强，粗中有细。

谭副省长接着说："据我所知，如今的宏兴湘绣厂，不仅拥有长沙市周边乡镇广泛的绣工资源，还有一大批德高望重的技艺能人，才使得厂里的生产蒸蒸日上，在短短两年多的时间内，使企业快速发展到湘绣被套等产品批量出口苏联。如果不是当年毛主席送去苏联的那批国礼，在苏联以及东欧产生广泛的影响，湘绣能有后来对苏联贸易的畅销渠道吗？我们只有将刺绣人民大会堂湖南厅湘绣作品，当成促进湘绣产业发展的重要一环，才能调动工厂的积极性。我想问王处长一个问题，当年《斯大林绣像》是哪个绣庄刺绣的？"

王处长连忙回答："《斯大林绣像》当时是由铜官芙蓉坊绣庄刺绣的，目前该绣庄应该划入到了宏兴湘绣厂。"

"我问一下，《斯大林绣像》是粗绣还是细绣呢？"谭副省长的目光转向徐副主任。

徐副主任一时无法回答，只能尴尬地笑了笑。谭副省长没有为难下属，自问自答地笑着说："是嘛，能绣好毛主席出访的'国礼'，难道绣不好一幅人民大会堂湖南厅的屏风？"

王处长接着补充说："公私合营时，湖南全省的湘绣生产是红星湘绣厂一厂独揽，后来一拆为三。现在是八仙过海，各显神通。宏兴湘绣厂虽然行政级别最低，但它聚集了解放前长沙三大绣庄的百分之七十的湘绣技术力量及全部档案资料。华夏湘绣研究所虽然以理论研究擅长，但它既没有张子奇这样的顶级画工，也没有像焦菊香那样刺绣国礼的刺绣高手，我看只有宏兴湘绣厂才能担此重任。"

"好！"谭副省长一锤定音，"红星湘绣厂既然在1949年就拥有刺绣'国礼'的能工巧手，他们堪称中华民族的'国匠'，湖南厅的装饰为什么不起用他们呢？我建议筹备组找一些专家开个座谈会，请大家出主意。毛主席有句话：'卑贱者最聪明，高贵者最愚蠢。'我们不要自己被什么行政级别束住手脚，这样是干不出大事的。"

谭副省长的指示，谁敢怠慢？

1959年6月的最后一天，长沙即将迎来中国共产党建党三十八周年的纪念日，街头巷尾散发出令人振奋的喜庆。此时，一辆苏制"拉达"小车穿过长沙城曲里拐弯的小巷，停在了宏兴湘绣厂紧闭的大铁门前。

20世纪50年代末的长沙城，主干道只有三纵三横，路上除了偶尔开过的公共汽车，其他的汽车很难见到几辆。街上除了行人，就是板车或是三轮车，偶遇汽车来了，人们也只是侧侧身，让汽车擦身而过，仍然若无其事地继续走自己的路。这个时候，一辆小汽车居然沿着僻静的小巷开了过来，开进了宏兴湘绣厂的大门，附近的路人不由得停住脚步，瞧瞧发生了什么事。

早已瞧见小车停在了大铁门前的传达室老头，心里也在纳闷：自己也算是厂里的元老啦，公私合营挂牌起便守上了大门，还从没见过坐车到湘绣厂来办事的人，何况，还是一辆那年月少见的小车，这小车上的人恐怕挺有来头。传达室老头叫住一位路过的工人去通知厂领导，自己则迎了出去。

一位戴眼镜的青年从前座跳下车来："这里是宏兴湘绣厂？"

"你们是……"

"省委来的，有急事找厂长。"

一听这话，传达室老头赶忙拿来钥匙，打开咣当咣当作响的大铁门，让小汽车开进了厂区。

宏兴湘绣厂支部书记兼厂长肖万泉，闻讯后赶来，听说是省委办公厅的人，连忙将几个人请进了厂里的贵宾室，心里却是忐忑不安：厂里发生了什么大事？竟然弄得省委也来人啦？！

说起来，肖万泉是宏兴湘绣厂的创始人之一。他是土生土长的长沙人，他的祖辈在湘江边上的小镇靖港、铜官、沱市一带，是跺跺脚，地面都要抖三抖的人物，只是抗日战争期间长沙的一场"文夕大火"烧得他父亲倾家荡产，命丧红墙巷育婴堂的救火现场。母亲带着肖万泉逃难到四川，新中国成立后母亲才带着已经是少年的他返回长沙。凭借着对刺绣行业的熟悉，母亲托人将肖万泉送进了当年由谭文贵掌舵的锦文丽绣庄。

肖万泉凭借着父亲创办宏昌绣庄的历史背景，锦文丽绣庄新积累的人脉，以及走南闯北颠沛流离的人生经历，在后来红星湘绣厂的分拆中，被群众推上县属的长沙宏兴湘绣厂厂长宝座。

瞧着满脸疑惑神色的肖万泉，戴眼镜的年轻人拿出一份介绍信递了过来，在肖万泉接过介绍信之际，随同的一位中年人自我介绍说："我姓王，是省政府接待处处长。他是省政府办公厅小唐秘书，奉谭余保副省长之命，邀请你厂焦菊香和厂长明天上午到省政府参加一个专家座谈会。"

肖万泉闻言不觉一怔："参加省政府的专家座谈会？"专家，这可是个高不可攀的名字，它与宏兴湘绣厂有什么关系？谭余保这个人，肖万泉虽然不认识，但副省长的头衔却让他明白谭余保的分量，但副省长怎么会认识焦菊香？这是个什么样的专家座谈会？

省委来的王处长点名道姓要邀请焦菊香，令肖万泉脸色突然有点不自然了。这不是哪壶不开提哪壶吗？这个焦菊香因思想右倾被撤销了技术副厂长职务，下放到绣厂设在铜官的收购站当技术员，靠边站才几个月时间，如今上级领导又来要求她参加专家座谈会，这到底是怎么回事？

说实话，对于焦菊香，肖万泉并无任何芥蒂。以前，焦菊香不仅在工作上是他的左膀右臂，而且两家的渊源还颇深的。上推三代人，恩怨情仇，可谓是"说不清，理还乱"，可情分归情分，在新中国凡事遇上了政治这码事，却也只能九九归原啦。

肖万泉也是个聪明人，知道不能将焦菊香目前的情况说出来，可上级领导的问话，总得有个回复呀。他心里暗自打着小九九，一边让接待人员泡茶，一边恭敬地对王处长和唐秘书自我介绍说："我就是宏兴湘绣厂的厂长肖万泉。"说到这里，他停顿了一下，有点吞吞吐吐地继续说："你们来得真不巧，焦菊香去铜官乡下了，一时恐怕难得赶回来，我们可以另外派一个人去吗？"

"这恐怕不行，焦菊香是谭副省长亲自点的将，无论如何不能更换！"唐秘书断然地说。

肖万泉双眼盯着介绍信,仍然围着心里那点小九九在绕着圈子:"你瞧,明天上午的会议,焦菊香再快,也要明天下午才能赶回长沙。"

唐秘书想了想说:"你们宏兴湘绣厂派人带路,我们安排一个车去铜官镇把焦菊香接回来,确保她明天上午准时参会。"

王处长一旁插话道:"派车去铜官时间上来不及。车要从涝湾镇汽车渡口过河,走靖港,绕沱市,再从誓港过河到铜官。来回得折腾最少十个小时,还要保证路上车不抛锚。"

"这个⋯⋯"唐秘书面带为难神色,"政府办公厅直到昨天晚上才将谭副省长参加座谈会的时间确定,会期既不能推迟,我们又必须要保证焦菊香参会。"

有关谭副省长的传奇,肖万泉早就有所耳闻,他知道谭余保副省长是位老红军,也是湖南军政界一位不平凡的人物,但他不知道焦菊香怎么如此被谭副省长所赏识,更不知道这是一个什么座谈会?为什么非要邀请焦菊香参加。他从对方的态度分析,似乎焦菊香是这个座谈会不可缺少的人物。

"焦菊香现在在铜官什么地方?"王处长问。

"文昌坝湘绣收花站。"肖万泉回答。

王处长反手看了一下腕上的手表,顿时如释重负地说:"很好!时间还来得及。下午一点从湘阴开往长沙的'湘阴班'轮船,大约在三点停靠铜官码头。我打个电话去铜官区公所,让他们派人去文昌坝,通知焦菊香迅速赶回长沙。"

听到王处长的安排,肖万泉不由得心中一惊,这个人怎么对铜官这么熟悉?他突然觉得眼前这中年汉子好面熟,只是一时无论如何也回想不起来,此时此刻他也不便唐突,只是惊诧地问:"您怎么咯样熟悉去铜官的路况?"

王处长笑着回答:"说来话长,你见到焦菊香后,问她就知道了。"

肖万泉更是一头雾水,这位王处长究竟是什么人,他与焦菊香之间又有什么渊源?

谭副省长的特定身份,焦菊香的不可或缺,王处长的秘而不宣,使这个座谈会充满着庄重与未知,也更增加了肖万泉一种莫名迫切参与的期待,于是他自告奋勇地说:"焦菊香还是由我去通知好了。"

瞧着省政府来人离开的背影,肖万泉心里突然有了点忐忑不安。他与焦菊香可算是再熟悉不过的老熟人。当年,焦菊香的爷爷焦庭山,与肖万泉的爷爷肖云虎都是长沙商界的翘楚。风云变幻无常,现在他肖万泉已是宏兴湘绣厂的支部书记兼厂长，厂里的一把手，而焦菊香眼下却落了个"撤销技术副厂长职务"的处境。世间万事风云莫测，正应了那句民谚"三十年河东，三十年河西"。他也了解焦菊香在长沙和平解放前夕参加过中共地下党组织的活动，但她年纪轻出道晚，除在解放前夕曾参与绣制《斯大林绣像》外，活动领域也仅限于湘绣行业，从来没有听说她与戎马一生的谭副省长有什么交往，明天如此高规格的省政府主持的专家座谈会上，万一性格耿直的焦菊香说出什么出格的话来，那他这个支部书记兼厂长可就会背锅啰。

第二章　国匠

国家工程是民族文化的符号，怎能没有大师国匠参与？副省长谭余保对焦菊香的评价，使焦菊香的"国匠"之誉不胫而走。她果然不负众望，将主席诗词与国画《千里江山》融于一体，创作出无愧于时代的经典——湘绣"双面绣"。

第二天一大早，王处长便来到了座谈会会议室，检查会议布置情况。明面上王处长是检查布置情况，实际上他是想瞧瞧宏兴湘绣厂的关键人物焦菊香是否能按时到会。

昨天，王处长从肖厂长那闪烁其词的言语中，本能地意识到焦菊香命运多舛，恐怕不像厂长说的仅仅回铜官收购站那么简单。离开会时间只有十分钟了，站在大门外的王处长还未见到宏兴湘绣厂的人到来，他急得像热锅上的蚂蚁，在大门外踱了几圈后，果断地回到办公室，拨通了铜官区公所的电话。

铃声响了好一阵才有人接听，王处长迫不及待地问道："铜官区公所吗？那个叫焦菊香的湘绣技师回长沙了吗？"

"焦菊香？她清早就已……已经……"电话那头信号很不好，传过来的话语断断续续，跟着，电话里传出的只是刺耳的电流声。王处长放下话筒再拨过去，仍然是刺耳的电流声。

这时，唐秘书推门走了进来："王处长，要开会了。"

王处长放下话筒："宏兴湘绣厂的人到了？"

焦菊香这趟长沙之行真可谓惊险。昨晚她便接到了铜官区公所的通知,次日天麻麻亮便赶往渡口乘早班船回长沙。谁知,此时正值湘江河涨大水,机帆船逆水而上自然十分缓慢,当船到达长沙港口时,离开会只有二十分钟了。幸好,肖万泉特意借了辆汽车在码头上等候,这才在开会前几分钟赶到会场。

肖万泉内心激动地走进湖南省委招待所的二楼会议室,一条红底黄字"人民大会堂湖南厅装饰方案会议"的横幅,悬挂在正面墙壁上,十分醒目。二十多名来自不同行业的专家、学者,以及省政府办公厅领导围桌而坐。这是一个以省委办公厅名义召开的专家讨论座谈会。因有谭副省长亲自出席会议,所有走进会场的人,一个个不由得放轻了脚步,随着唐秘书的引导悄然落座。从会标的名称,人们一眼便看出此次座谈会的中心议题是"人民大会堂湖南厅装饰设计汇报"。会议服务周到、气氛热烈,但会场却寂静得似乎掉下根针都能听得见。

主持会议的徐副主任见人全部到齐,便宣布开会。他传达了省委周小舟书记对此次座谈会的重要指示后,随即便进入了主题。经过两个多月的调研布置,湖南厅装饰设计的主题已定,但巨幅湘绣屏风究竟由谁来绣的问题,仍然没有落到实处,所以徐副主任的心一直悬着。

徐副主任开门见山地对与会代表说道:"毛主席自1927年离开长沙,三十二年后才回故乡。主席不仅非常关心家乡的变化,对父老乡亲充满了关怀,同时对北京人民大会堂湖南厅的装饰设计也非常重视,特意重写《沁园春·长沙》诗词的手稿提供给我们。因此,省委小舟书记特别强调,湖南是毛主席的故乡,受到众多兄弟省、市的关注。我们必须挑选出'国师级'人手,也就是具有国家水平的艺术大师、工艺专家,将人民大会堂湖南厅打造成一个具有湖南文化特色的艺术殿堂。基于此,我们原根据毛主席诗词《沁园春·雪》所设计的湘绣作品《万里长城》需要调整,并落实好谁来绣的问题。"

徐副主任的话音一落,谭旭阳立即建议说:"主席的墨宝已经明示了长沙主题,我们应该根据人民大会堂的大背景和湖南厅的小环境因地制宜,选择最具湖南地域特色的图案综合考虑。我建议改用湘绣名画《潇湘八景》对应主席的诗词《沁园春·长沙》。"

王处长听后,也兴奋地补充说:"6月20日那天,我跟随毛主席畅游湘江,从南往北,当我们游到西湖桥江段时,毛主席'湘江北去,橘子洲头……'的诗句立即闪过脑海。一种'万类霜天竞自由'的豪迈之情油然而生。我建议最好能设计成'跟随毛主席游湘江',体现主席《沁园春·长沙》诗词中的自由、奔放思想。"

专家纷纷各抒己见，眼瞧着会议时间过半，肖万泉对一直没有说话的焦菊香使了个眼色、做个手势，示意她该发言了。肖万泉担任企业党政干部多年，对在这种会议上什么时候发言才能取得最好的效果，时间上拿捏得十分准确。焦菊香见到肖万泉的暗示后却在犹豫，凭自己现在的身份能不能发言。

粗中有细的谭副省长，似乎觉察到了焦菊香那变化的表情，于是开口道："那不是宏兴湘绣厂的焦菊香吗？你这个红绣娘，怎么不站出来说上几句话？我可是久闻芙蓉坊绣庄的大名，在长沙和平解放之前，为了那幅《斯大林绣像》，还是省委接待处的王处长，当年向我借兵到铜官保护你们哩。"

谭副省长出声了，一片嘈杂的会场，顿时鸦雀无声。王处长站起身来，向焦菊香扬了扬手。

"王……夫强？"焦菊香细瞧之后，不由得大吃一惊。铜官道缘堂"绣国礼"的经过，她记忆犹新。面对这位十年前的国民党长沙警察局的王队长，她有太多的疑惑想问，但此时此刻，她从谭副省长的"借兵"二字里听出了弦外之音，这才恍然大悟，自己一个犯过错误的人，为什么会被省委的领导人点名参加这次专家座谈会。

焦菊香定住心神，会意地对王夫强点了点头。浸淫湘绣文化数十年的焦菊香，也算是见过大场面的人，面对眼前的专家座谈会一点也不怯场。她十分慎重地整了整头发，缓缓地说："毛主席的诗词大气磅礴，字里行间龙飞凤舞，《沁园春·长沙》配上《潇湘八景》也是不错的选择，但我知道有一幅《千里江山》的名画，描绘的景象就是'三湘风云聚南岳，四水烟雨入洞庭'。毛主席《沁园春·长沙》的诗句，对千里湘江的描述如画龙点睛，恰到好处……"

听着焦菊香的发言，徐副主任心里"咯噔"了一下，对政治的敏感，让他担心焦菊香所说的《千里江山》会产生不良的政治后果，赶紧打断她的话，善意地提醒道："我们祖国的江山岂止'千里'，这个名词还应该酝酿酝酿。"

徐副主任的提醒，让一旁的肖万泉吓出了一身冷汗。他知道，湘绣具体到某件特定的作品，它的构图设计、风物景象、刺绣用料、针法、绣线的色彩风格都是大有讲究的。这可是他们事先没有商量过的，万一焦菊香信口开河说错了，那极有可能会酿成重大的政治错误！半年前，厂里的老画师张子奇，不就是因为说错了一句话被打成右派，遣送到农村去了吗？肖万泉明白，在艺术范畴里，"千万"是合用的概数词，并非实指。因此"千里江山"只是一个文学艺术的语言概念，而不是有意要丢掉那九千里江山，但此时徐副主任是按字面实数来理解的，这就让事情上升到了政治高度，可他又不能解释，一解释不就会反驳了领导的观点，指出领导的学识肤浅？这可真是，讲也不是，不讲也不是，一时间，他只觉得自己背脊处冷汗嗖嗖地往下流。

经历了政治风雨的焦菊香清楚，现在的领导不仅喜欢思考，而且善于联想。她并没有因为徐副主任打断了自己的话而慌乱，仍然顺着自己的思路继续说："毛主席在诗词《沁园春·长沙》中，指点江山、赞叹湘江风景'看万山红遍，层林尽染；漫江碧透，百舸争流……'如果我们将《千里江山》图的名字，改为《江山如此多娇》，既可避免引发徐副主任所担心的数字歧义，又可使毛主席诗词的内涵与画面景物合二为一。"

徐副主任听完焦菊香的发言，觉得言之有理，便又接着问道："东面入口处的设计，你有什么好建议？"

焦菊香稍微犹豫了一下，随后说道："可以在大门的入口设立一幅屏风，就是我们常说的玄关设计。采用双面绣屏风装饰，一面是毛主席诗词《沁园春·长沙》，一面是《江山如此多娇》的大型山水绣画。"

王夫强听后，插话道："其实'潇湘八景'融贯在湘江流域，而《千里江山》已将这八大景观融入了一幅作品之中。如果将"千里江山"改名"江山如此多娇"，那更是神来之笔，如画龙点睛。它更像一枚别在人民大会堂的'文化符号'，昭示着我们湖南人民的家国情怀。"

"好！"唐秘书很是佩服王处长的这番说法，不由得赞同道，"毛主席是我们湖南人，用湘绣将主席的诗词刺绣出来，这是一个独一无二的文化创意，也符合小舟书记的指示精神。长沙有句老话：'聪明齐颈，需要提醒……'"唐秘书的话还没有说完，焦菊香的眼睛豁然一亮。她特别喜欢毛主席《沁园春·长沙》诗词中"问苍茫大地，谁主沉浮"所表现出来的英雄气概。

徐副主任知道，毛泽东在1927年1月，从事湖南农民运动考察时离开长沙，到此次回湖南畅游湘江，三十二年后的时局变化，谁的感慨有毛泽东深刻？特别是主席在韶山将《沁园春·长沙》手稿交给湖南省委书记周小舟，此番举动应该是主席的刻意为之。想到这里，他瞧了一眼谭副省长，见谭副省长点了点头，便转过头来对肖万泉说道："肖万泉同志，宏兴湘绣厂曾经为主席出访苏联，刺绣过'国礼'，这次人民大会堂湖南厅湘绣屏风的制作任务，还是由你们湘绣厂牵头。"

"没问题！"肖万泉一听这天大的喜事，落在了自己头上，激动万分地表态道，"保证完成任务！"

此时，焦菊香站起身来："徐主任，我还有一个小问题。"

一听焦菊香说还有问题，肖万泉顿时急得额头又冒出了一层细汗。我的个祖宗！省委把这么重要的政治任务，已经交给了我们，你怎么能说还有问题？他悄悄地扯了扯焦菊香的衣角，示意她不要再说了，以免给自己和湘绣厂招惹是非。

性情直爽的焦菊香没有理会肖万泉的"小动作"，挺直了身子，继续道："按照我们湘绣刺绣的技术，如果要确保将主席手稿的墨迹，没有丝毫误差地复制到刺绣的底料上，我们向组织申请将宏兴湘绣厂原来的画师张子奇调回厂来。"

肖万泉一听到焦菊香提出的要求，头都大了。天啊，这可不是个小问题！你要调谁都可以，为什么唯独要调一个右派分子？可他又不能当众反驳，那会搬起石头砸自己的脚。两难之间，他眉毛缝里都急出了汗。

幸好，徐副主任并不知道底细，他对焦菊香的发言很有好感，当即对王夫强说："现在时间紧迫，为了确保按时完成任务，只要是在湖南省境内，宏兴湘绣厂不管是要临时调谁，筹备组都要全力支持。"

回到宏兴湘绣厂的肖万泉满脸喜色，心中暗自庆幸焦菊香来参加了会议，如愿以偿地拿到了省委下达的重要政治任务。湖南这么重大的政治任务，落在宏兴湘绣厂，必将大大提高自己在县委领导中的印象分。

回到办公室坐下后，窗外的冷风一吹，肖万泉的头脑慢慢冷静了下来。承担人民大会堂湖南厅的主题作品刺绣任务，从表面看起来，这是一个名利双收的任务，但在政治挂帅的年代，稍有不慎，就会"一失足成千古恨"，就拿眼下宏兴湘绣厂该选谁来牵头这个任务的事，他就伤透了脑筋。

按理说，焦菊香是厂里的湘绣技术权威，又是湘绣业内公认的刺绣高手，是最合适的人选，可她因为反右时期的"错误言论"，已经受到组织处分，如果不是谭副省长的钦点，恐怕与会的资格都没有。在这样一种政治环境下，他肖万泉贸然起用受了处分的焦菊香，势必要冒很大的政治风险，说不定会引起厂内甚至是县里部门领导的反对。他思考了好久后，决定先到焦菊香家里串个门，瞧瞧她有什么想法。

下班后，天已经黑了。肖万泉从油铺街转入跃进巷，只见巷子中的一间木屋里亮起了灯火，从窗户里射出的一缕光亮，透出了黑暗小巷里的一丝生气。

透过这间亮灯的木屋窗户缝隙看去，焦菊香正在灯光下忙乎着。她用双手的指尖小心翼翼地揭开一个丝绸包袱，层层叠叠的丝绸颜色不一，最外层的丝绸显得暗黄，中间一些的显得淡黄，最里层的却是金黄色，显得有点磨眼般地亮。

一个幼稚的声音从里屋传来："妈妈，我的画，画好了！"

焦菊香陡然一惊，迅速把手里的丝绸包袱整理好，匆匆地塞到了做针线活的篮子底下，然后下意识地用手捂了捂胸口。这包袱里藏的可是曾家上百年的祖传宝物，此时如果拿出来露脸，稍有不慎，就会给她这个家庭招来灭顶之灾。

里屋的房门布帘被掀起，一个小孩手里扬着一张画纸，跑了过来："妈妈！"

焦菊香放下手里的针线活，把扑过来的小孩搂在怀中，脸上露出了灿烂的笑容。

小孩仰起头，摇晃着手中的画纸，带着几分得意的神情道："你看我画得好不好？"

焦菊香接过画纸，揉了揉疲倦的眼皮，凑到灯光下看了看，故意一脸严肃地说："英子，这是你画的？没叫爸爸帮忙吧？"

小孩噘起小嘴巴，露出了几分愤愤的表情："妈妈，我生气了。"

"英子"名叫曾昭英，相貌酷似女孩。他聪明俊秀，有着超乎年龄的智商，原来住在乡下外婆那里，因为要上学便返回了城里父母的身边。曾昭英喜爱绘画，尤其爱画乡下的小鸡和竹子，母亲焦菊香曾请了湘绣厂的名家老画师给予指教，现在他画的画，已经超出了他那个年龄段的小孩。眼下的这幅山竹画，虽然笔画还有些幼稚，但整个画面意趣天成，栩栩如生的山竹翠绿欲滴，让人感到一种生动的气韵。

"咚咚咚！"突然，一阵急促的敲门声，打破了母子天伦之乐的平静。焦菊香满脸惊疑："谁？"

忐忑不安的焦菊香站起身，让曾昭英回到里屋房间去睡觉，然后擦了擦眼角，整理了一下头发，拉开了门闩。

一阵冷飕飕的风扑面而来，焦菊香禁不住打了个冷噤，两只瞪大了的眼睛，盯着站在门前的不速之客。她不由得惊诧地喊出声来："肖书记？！"

肖万泉瞧着焦菊香，开玩笑地说："敲了这么久，都没反应，你以为是有人来打劫吗？"

焦菊香尴尬地笑了笑："哪里话？肖书记，您请进。"

肖万泉带着一股冷风走进屋里，径直来到小桌旁坐下，目光打量着屋内简陋的四周，心中暗自感叹。

焦菊香泡了一杯茶，放到小桌上，望着沉思中的肖万泉，小心翼翼地问道："肖书记，您有什么事吗？"

"哦！"肖万泉从沉思中回过神来，端起茶杯抿了口热茶，清了清思路，带着点抱歉的口气道，"这么晚了还来打扰，实在是不应该，不过，人民大会堂湖南厅的装饰屏风，关系到湘绣厂的声誉，由于时间太紧，我想，你能不能开始着手物色技术人员，迅速组织生产。同时，我想了解一下，昨天你在专家座谈会上提出的要绣一幅《千里江山》图，这个作品有什么来历吗？"

"当然有。只是……"焦菊香欲言又止。

肖万泉急忙追问道："只是什么？"

"我要与广智商量一下。"

"哦，我以为是什么大难题，和广智商量那是应该的，像这样的大好事，夫妻一定要共同分享。"

焦菊香有些不好意思地说："你误会了，我家有幅老画，是幅《千里江山》的画图，那是他爷爷当年从江宁乘船沿长江、过洞庭，最后落脚铜官的回乡途中所作，一直是由广智的妈收藏着，没广智出面，他妈绝对不会拿出来。"

听到这里，肖万泉抑制不住内心的喜悦，兴奋地说："好事，这是大好事。如果当年'画神'陌龄先生的画稿，能进入人民大会堂，这是光宗耀祖的大好事。你告诉他，我帮你推荐这幅画，事成之后我请广智吃庆功宴哟！"

"广智出差了，可能会要一段时间才能回来。"

"那不急，不急，省委还未下达正式通知哩。"肖万泉此时对完成这一重大政治任务有了底，说话自是柔和得很。他还得设法召开厂党支部扩大会议，征求一下大家意见。在那个年代，民主集中制可不是说着玩的。

肖万泉召开这次党支部会议的想法，无非是想通报一下省委办公厅会议的情况，统一厂里党员干部的思想，以便保证完成好省委下达的政治任务，可他没有想到，会上他遇到了巨大的阻力，在推荐参绣人选时，不少人都反对焦菊香负责主持刺绣工作。

"由焦菊香来组建刺绣湖南厅湘绣屏风的技术队伍？这恐怕有点不妥吧？"刺绣车间主任王瑞芝反对道，"她年前才被免职，现在就重新起用，是不是太快了点？倒显得我们厂里没人才可用，让外面同行看笑话。"

王瑞芝本是宏兴厂一个普通工人，生性泼辣刁钻，与同事少有谈得来的人，只是由于反右时期揭发了丈夫张子奇的"右派"言论，加之又是县手工业局周局长的姨妹子，得到工作组的赏识，而被推荐担任刺绣车间主任。此时她那异常尖刻的话，让肖万泉的脸色顿时变得有些难看。看到肖万泉脸色的变化，会上一片寂静，没有人敢接王主任的话。尽管有人想借此机会取代焦菊香，认领下省委这项光荣的政治任务，为自己捞点政治资本，但谁也不敢贸然得罪眼前厂里的这位一把手——书记兼厂长。

良久，主管政工组的刘副书记轻咳了一声，小心翼翼地道："肖书记，我看……这件事是不是再考虑一下？"

王瑞芝见有副书记撑腰，趁机补火道："缺少了她，难道厂里就做不成面子菜？"

此时，坐在一旁的工会主席李俊义不动声色地将了王瑞芝一军，微笑道："那就你来绣啰？"

"我如果能绣，早就毛遂自荐了。"王瑞芝面不改色地顶了回去。

"刺绣车间主任还有不会绣花的？那岂不是天大笑话！"李俊义不留情面地单刀直指王瑞芝的短处。

"我……"王瑞芝有些气短，但仍然满脸的不服。

"是的啰，你不要'武大郎开饭店容不得高个子'。自己绣不好，还反对别人绣！"李俊义教训着说。

肖万泉心里明白，湘绣不仅是一项细腻活，更是一项复杂的艺术。产品不仅有花、鸟、虫、鱼之分；更有山水、人物、走兽的不同类别。二百多种线色中，又有从深至浅的色阶之分，粗绣的日常生活用品又与精绣的装饰品有别。

任何一个绣娘，穷其一生只能精通某个类别而不可能全盘通吃。今天，王瑞芝的发难与李俊义的斗嘴，实际是自己与刘副书记两个人之间的隔空交火。

肖万泉阴沉着脸，没有说话，对刘副书记的提议，也不置可否。

刘副书记停顿了一下，又补充道："焦菊香这人，技术上是有一套，但政治观念不强，说话不顾场合，万一再给厂里捅出个什么马蜂窝，那可……"

听到刘副书记的话，肖万泉知道自己把问题看得简单了。宏兴湘绣厂的情况比表面上要复杂得多，如果自己不能把控大局，拥有绝对的话语权，今后像眼前的这种小事，也都会变得极为棘手。

肖万泉清了清嗓子，朗声道："我想问一下各位，在宏兴湘绣厂里，还有谁的图案设计、刺绣技术，包括组织能力，能超过焦菊香？如果有的话，请尽管说。"

肖万泉落下话音后，目光缓缓地依次扫过众人的脸，会场又陷入了寂静之中。虽然个别人很想搅浑这池水，但却真是没有人能提出超过焦菊香的人选。

见大家沉默无语，肖万泉用手指敲了敲桌子，面容严肃地道："这次可不是随便拿下个湘绣订单这么简单，设计、刺绣人民大会堂湖南厅的湘绣屏风，可是真正的国家级绣品，是要摆在全国人民面前来看的，还有许多外国朋友要参观的。大家想一想，如果我们不能展现出最精湛的湘绣技艺，人们还会以为湖南湘绣只是徒有虚名，因此这不仅仅是省委下达给我们的重要政治任务，而且还关系到我们湖南湘绣的声誉……"

肖万泉的话，给了与会者一种无形的压力。

看到大家脸上表情的变化，肖万泉心里暗自舒了口气。他停顿了一下，用拍板的口气道："我看这样吧，政治上我来把关，技术上焦菊香为主，立即组成'献礼'攻关小组，马上开展屏风图案设计和刺绣准备工作。刘副书记，政治上有我把关，你总放心了吧？大家还有什么更好的想法？"

"我完全同意肖书记的意见。"肖万泉话音刚落，刘副书记立即开口表态。他这个副书记可不敢说自己的政治素质比一把手书记还高，在这个年代，那可是大忌，除非你不打算在官场混了。

会议一致同意肖万泉提出的攻关小组人员名单，然后开始分工布置各部门的具体工作。肖万泉终于摆平了内部的矛盾，做好了一切准备工作，可以说是"万事俱备，只欠东风"——省委办公厅的正式通知。然而，几天过去了，这个东风却是迟迟未来。

焦菊香自从向肖万泉透露家里藏有曾传玉《千里江山》名画之后，便一直盼着曾广智快点出差归来，以便将人民大会堂湖南厅的设计方案落妥。可她万万没想到，丈夫曾广智出差回来走进家门，听说焦菊香要他到母亲手里拿出爷爷的那幅《千里江山》图，作为刺绣人民大会堂湖南厅的装饰屏风画稿后，一脸乌云端坐在屋里闷不出声。

"菊香。"良久，曾广智方带着几分埋怨的口气，斥责道，"你们厂里有那么多的名家大师，你去逞什么能？你知道吗，你现在只是一名下站辅导农村绣工技术的'组导员'，不要听了肖万泉两句奉承话，就乐得不知天高地厚啦。"

焦菊香顿时给问蒙了！她简直不敢相信，这话是从丈夫口里说出来的。在她的印象中，自从把曾家经营的"芙蓉坊商号"上交给了军管委后，曾广智整个人就软沓了下来，精神上一直萎靡不振，对湘绣行业失去了信心。第二年（1951年），他听到被更名为"中山路百货大楼"的原"国货陈列馆"招考职员时，便瞒着焦菊香偷偷地去报了考。当焦菊香得知消息时，曾广智已经被"中山路百货大楼"录取，并已办好了相关的手续，气得她让曾广智硬是整整睡了三个月的长条凳。平时焦菊香在家爱使小性子，每当她发脾气时，曾广智总是以微笑相对，在她的眼里，丈夫就是一只温顺听话的小猫。今天，他是怎么啦?!

焦菊香气呼呼地将刚从菜场买来的鲤鱼，往桌子上一蹾："一幅字画，收藏在妈的手里，与陈列到人民大会堂，哪个更重要？你应该比我清楚。厂里的工作需要我，肖书记现在代表的是宏兴湘绣厂，不是他父亲当年破产的那个宏昌绣庄。他要我帮忙其实也是省里谭副省长点了我的名，这也算逞能？湘绣是你曾家上百年传承下来的技艺，你自己抛弃祖上传承，当了缩头乌龟，还不容我出头？"

"你难道不知道，稳口深藏舌，处处好安身？"素来脾气温和的曾广智，大概是被惹怒了，他提高了嗓门吼道，"现在是什么气候，难道你不知道吗？爷爷是什么成分你不清楚吗?！你以为还是那'一招鲜，吃遍天'的年代？如今是政治高于一切，在政治面前，你就是神仙也得绕道走！"

说这番话，可不是曾广智一时的感慨，而是他多年来思索的结果。当年，二哥曾广涛离开长沙之前和他有过一番长谈，长谈后，曾广智便将自己经营的

绣庄，无偿转让给了店伙计，解放后他又把"芙蓉坊商号"交给军管会，自己
毅然选择了退出湘绣行当，与过去的自己一刀两断。他亲眼看到妻子，在湘绣
厂只不过因为几句话说得不是时候，便遭到了无情的打击，技术副厂长职务被
一撸到底，如果不是肖书记罩着她的话，还不知道要被工作组整成什么样。现
在执迷不悟的她，仍是这般"不撞南墙不回头"，岂不是要给她、给这个家庭招
来更大的灾难？

曾广智耐心地开导道："你怎么将我的好心当作了驴肝肺？你难道不清楚这
个绣屏风的任务是什么？那是政治！"

"一个人民大会堂湖南厅的布置，哪有那么复杂？最多也就是屏风画面美不
美观、刺绣技艺精不精湛，哪里与政治挂得上钩？"焦菊香不屑地哼了一声，不
以为然地道，"何况我也只是去开了个会，提了个建议。"

"建议是那么好提的？当年你不就是几句建议，将厂长给撸掉啦？在这个
年代，凡事只要与政治联系在一起，便是祸福同行。"曾广智将这次接手湖南厅
湘绣屏风刺绣的利弊，细细地剖开来分析着，"湘绣界这么多人，还少了能干的
人？你去抢先出头，又会引起多少人的嫉妒？"

"听了几只癞蛤蟆叫，我就不捉鱼啦？他们怎么说，我不管，我干我的就
是。"

"你就是认个死理，怎么就学不会'到哪山唱哪山歌'？"

焦菊香正要反驳，这时，房门被推开，在外面玩耍的儿子曾昭英手里拿着
一本小册子跑了进来。

"妈妈！"曾昭英欢笑着，张开双臂，扑到了焦菊香的怀里。

儿子的到来，霎时将焦菊香和曾广智之间的"战火"扑灭了。两人谁也不
想让儿子看到他们争吵的场面。

焦菊香希望得到曾广智的支持，希望他能帮助自己在湘绣屏风的作品中，
绣出主席诗词中的那种气吞山河的雄伟神韵，没想到曾广智现在居然只顾翻看
着儿子曾昭英手里的小册子。

那是一本地图册，他知道，他俩对小孩一直要求严格，从不给零花钱，不
由得惊讶地问道："哪来的？"

"我用十张烟纸版与同学换的。"

"不行！退给同学。"

曾昭英呼的一下从爸爸手里抢过地图册，蹿到妈妈身后："我不，我喜欢！"

瞧着丈夫有意转换话题，焦菊香不觉发火了："哎！你这人能不能够痛快点？有什么想法就告诉我，别一副丑媳妇模样！"

曾广智半晌才开了口："菊香呀，你也不想一想，三四个月的时间，你们能从打样、配线、刺绣到装裱全部完成这幅湘绣作品吗？"

焦菊香怔了一下，旋即回答道："这你别管，刺绣上的事我们会有办法，你只讲讲如何才能不负时代重托，体现湘绣最高水平。"

曾广智从桌上拿起儿子曾昭英的画，轻轻地晃了晃。焦菊香瞅了一眼："你这是什么意思？"

曾广智盯着曾昭英手中那张临摹的《开国大典》，沉缓地道："我有个想法，但不知道对不对？"

焦菊香："你有话就快说，莫拐弯抹角！"

曾广智瞧着焦菊香平静下来，良久，才深有感触地说："这《江山如此多娇》呈现的是毛主席诗词，实景则是《千里江山》的原稿，一个典型的湖南文化符号，如果能将'跟随毛主席游湘江'，改为'毛主席和各族人民在一起'，则更能融入人民大会堂的大主题。"

焦菊香喜形于色地说："你这个主意不错！我马上向肖书记汇报。"随后便转身出门，撒腿往湘绣厂跑去。

肖万泉听了焦菊香的建议后，连夜书写报告，亲自赶到省委办公厅汇报，当即得到省委办公厅的同意。

主墙面长十米、宽四米规格的《毛主席和各族人民在一起》，以及入门处长四米、宽一米五的双面绣屏风，都是刺绣领域从来没有绣过的大规格绣品，不仅绣花绷必须特制，关键是底料全部需要特制。宏兴湘绣厂一个车间，被改装为临时的"献礼"刺绣工场，厂保卫科的人员二十四小时轮流值守。焦菊香带领着由三大湘绣厂挑选出来的十多名优秀绣工，开始了紧张的刺绣工作。

六个月后，巨幅双面绣的湘绣屏风终于完工。凡是见到这精美绝伦具有浓厚湖南文化符号湘绣作品的人，无论是领导、专家，还是业内人士和普通观众，所有人的第一感觉就是震撼，这是湘绣刺绣史上第一幅"巨无霸"。

焦菊香由于操劳过度，眼圈黑了，脸色黄了，人瘦了将近十斤。

此时的焦菊香虽然很累，但她很高兴。她认为完成人民大会堂的装饰任务，对湘绣行业来说，是一项具有里程碑意义的工作，这是她的职责，也是她的光荣和骄傲，同时这幅巨幅双面绣，也是中国刺绣史上首次完成的最大尺幅的刺绣作品，她觉得很有成就感。她终于为湖南的这一文化"符号"，抹上浓墨重彩的一笔。

1959 年 9 月 24 日，北京人民大会堂正式落成。这年恰好是新中国成立十周年，在信奉数字吉利的东方国家，这个数字涵盖的内容十分深奥。

人民大会堂坐西朝东，大会堂内设置的省、市厅堂，五彩缤纷，各具特色。

湖南是毛主席的故乡，湖南厅的布置有何特色？自然是各省观摩的目标。当湖南省副省长谭余保，揭开湖南厅内巨幅湘绣屏风双面绣——毛主席词作《沁园春·长沙》与曾陌龄先生的《江山如此多娇》的神秘面纱后，人们在惊叹湖南湘绣精湛艺术的同时，更领略了伟大领袖毛泽东主席的广阔胸怀和文采。

此时，省委办公厅徐副主任才真正了解毛主席在韶山小住后，给周小舟重新写下词作《沁园春·长沙》的意义。两首《沁园春》词作虽然只有一字之差，后者更突出湖南厅的地域特色，也更加凸显出毛泽东的伟大。

赞誉传回长沙，受到谭副省长的表扬，宏兴湘绣厂书记肖万泉也抽空特意到焦菊香的家里表示祝贺。踌躇满志的焦菊香正欲为发展湘绣大展拳脚之际，一个接一个的政治运动却触发了她人生的大危机。

三年困难时期，农村歉收，工厂生产大压缩，企业人员大遣散……刚刚被起用不久的焦菊香，又因与王瑞芝的一次技术上的争论，被举报有社会关系问题，再次被打入"另册"。

月落日升，时间一晃过去八年。在焦菊香被"搁置"的这八年时间里，整个中国都在政治旋涡中行进。当日历翻到 1966 年 5 月，"文化大革命"爆发。随后湖南的大中小学和企业陆续宣布停课、停产开展"文化大革命"。华夏湘绣研究所被相互对立的两派所把持。有人要清查当年宏兴湘绣厂为什么要串通国民党反动警察王夫强，用"封资修"的《千里江山》图替换郑板桥的《墨竹》。

外来的清查者与内部的造反派王瑞芝一拍即合，公仇私恨使王瑞芝近乎失去理智，她发动一些不明真相的青年员工不仅要追查幕后黑手肖万泉，还要焦菊香交代当年芙蓉坊在公私合营前的"变天账"，尤其是在接下来的清理阶级队伍运动中，焦菊香再次因解放前的历史问题而被"清洗"回到铜官。

在离开长沙的当天晚上焦菊香有些魂不守舍。儿子曾昭英似乎明白妈妈的痛苦心情和处境，轻轻地走了过来，依偎在焦菊香怀里，嘴上却嘀嘀咕咕地背诵着："尘劳迥脱事非常，紧把绳头做一场……"

焦菊香低下头来问道："英子，你在念什么？"

"是福海哥教我背的唐诗。"曾昭英得意地晃着头，放大了声音，继续念道，"不经一番寒彻骨，怎得梅花扑鼻香。"

听着儿子摇头晃脑念着古诗，不知何故，焦菊香脑海里突然冒出安徽灵璧虞姬墓联中的两句词来："自古红颜多薄命，独留青冢向黄昏。"

焦菊香不是悲天悯人，而是内心充满了感慨。她认为虞姬时代"红颜薄命"的历史，已被时代所改写，她想起了那幅进入人民大会堂的巨幅双面绣《沁园春·长沙》，她最喜欢毛主席这首振奋人心的词作中"万类霜天竞自由"所描述的那种广阔的情景和深邃的意境。她认为女人想要改变"红颜薄命"的命运，不仅要有"鱼翔浅底"的卧薪尝胆，更要有那种"鹰击长空……到中流击水！"的大无畏精神。

焦菊香紧紧地抱住曾昭英，喃喃地回应着说："这就是种瓜……得瓜！"

儿子的乖巧，才是她此时最大的安慰和希望。

第三章　破冰

　　湘绣《祖国山河一片红》在中阿友好国际展览会上的精彩亮相，受到阿尔巴尼亚恩维尔·霍查总书记的高度赞扬，阿尔巴尼亚的民族图腾《高山雄鹰》《大展宏图》等一批湘绣展品，更是受到广大民众的欢迎。阿尔巴尼亚的湘绣热从欧洲传到美国，形成一条文化艺术的传播链。

　　宏兴湘绣厂的日历，并未因焦菊香的被"清洗"而停止翻卷。中国的社会也未因一地一企一人的命运变化而停滞，它仍然以其自然惯性而前行。

　　当时的国际环境，分为以苏联为首的社会主义和以美国为首的资本主义两大阵营，被称为"山鹰之国"的阿尔巴尼亚，不仅是中国在欧洲唯一的朋友，还是被毛主席称为"欧洲社会主义一盏明灯"般的战友。此时正值阿尔巴尼亚劳动党成立三十周年，为了反击帝国主义封锁，准备在首都地拉那举办一场全民皆兵大型庆祝活动，邀请中国举办一个"中阿友好国际文化艺术博览会"。

　　鉴于国际社会环境的复杂性、地缘政治、意识形态以及诸多的历史原因，毛主席对这次庆祝活动非常重视，特别安排周恩来总理亲自负责博览会的展品。国家邮电部为了配合这一大型庆祝活动，还特别发行了一套四连张纪念邮票，画面有恩维尔·霍查总书记持枪的图像，这也是此时期中国唯一为一个国家发行纪念邮票的举动。

　　周恩来总理在视察展览会的预备展品时，询问外交部长姬鹏飞："这个博览会有湘绣吗？"

"湘绣？"姬鹏飞部长愣了一下，顿时明白过来，连忙解释说，"博览会已经选用了湖南浏阳的烟花，还有……"

周总理得知湖南只有浏阳烟花参展时，立即转头询问陪同的轻工部负责人："为什么没有湖南的湘绣？湖南湘绣可是有特殊革命意义的展品，当年毛主席访问苏联时的'国礼'，就有《斯大林绣像》及一大批湖南的湘绣被面、枕套。"

轻工部领导听周总理这么一说，急忙电告中共湖南省委，要求尽快收集一批湘绣进京送审。此时已调往北京，仍兼任中共湖南省委书记、革委会主任的华国锋，知道这一情况后，立即电话通知了湖南省革委会主要领导。

此时的宏兴湘绣厂，已经调来了一位年轻的袁书记，当了十多年书记兼厂长的肖万泉，被调到东城县手工业局担任革委会主任一职。肖万泉在调动前，通过县"知青办"为高中刚毕业的儿子肖福海，搞了一张"留城"证明，悄悄地将他安排进了宏兴湘绣厂，同时颇受工人群众拥护的李俊义，也由工会主席位置挪到了厂革委会主任。

9月，在这本应该进入秋凉的季节，暑热却迟迟不肯退去。宏兴湘绣厂在新的厂革委会领导下，正在开展一场轰轰烈烈的"抓革命、促生产"运动。根据厂革委会规定，每天早晨八点，全厂职工都要集中在会议室里进行"早请示"。说实话，李俊义对这个规矩耿耿于怀，很想改变过来。有一天，大家刚向毛主席像鞠完三个躬，厂长李俊义就冲着大家喊道："解散，大家都回车间去上班！下午五点之前，五七中学那批手绣'为人民服务'的书包袋，必须刺绣完工，9月8号开学前一定要送过去。从今天开始早请示与晚汇报的事，都改到晚上的业余时间。"

"你呀！就知道要我推时间……"新到任的袁书记是一个刚刚三十挂零的女同志，她一边咕哝着，一边收拾起资料，快快不快地准备离开会议室。

会议室内，刚刚进厂的肖福海，目睹了书记与厂长这不协调的一幕，更看到了袁书记的无可奈何。与父辈们"一切相信组织"的观念不同，肖福海喜欢用自己的眼光观察世界，绝不苟且附和。他瞧着眼前发生的事，心中暗自思忖：李主任不是党员，在这政治挂帅的年代，李主任为什么敢挤掉袁书记的学习时间？是李俊义挟工人利益恃强争权，还是袁书记"求同存异"？

同一时间，省革委的张副主任一行人，为了落实周总理指示来到了华夏湘绣研究所。当他们走进当时长沙市全城唯一一栋最高建筑、最繁华五一广场的"湘绣大楼"时，眼前的现实令张副主任大失所望。他们发现整栋"湘绣大楼"实际上已变成了一个百货商场。一楼除了陈列着一些凉席、纸扇一类的日杂用品外，最大的柜台就是卖服装、零食小吃的，二楼卖单车、缝纫机及五金用品，三楼以上则做了办公室兼职工宿舍。在大门的人口处虽然设有一个"湘绣专柜"，但柜内除了摆着一些百褶荷叶边绣花枕头和花鸟被面外，余下的就只有绣着"为人民服务"字样的"毛主席语录袋"和各种规格的书包袋，没有任何拿得出手的湘绣艺术品。

身为军代表转职省革委会的张副主任，从华夏湘绣研究所负责人徐旭东的介绍中得知，"文革"运动开展后，华夏湘绣研究所因所内派系斗争，管理失去有效把控，1967 年 9 月，更是因为湘派"长沙青年"与工联派发生武斗，导致了震惊全国的"火烧湘绣大楼事件"，大火中，华夏湘绣研究所数十年来积累的珍贵资料、绣稿以及绣工们辛勤生产的绣品连同厂房设备，统统焚烧殆尽，后来华夏湘绣研究所建筑物虽然得到修复，但至今没有恢复生产元气，只能从宏兴湘绣厂等绣厂，采购一些湘绣被面、枕头等日常用品，维系着湖南"湘绣大楼"的招牌。

无奈之下，张副主任只得把目光投向了长沙"文革"中，湘绣行业唯一一家没有停产的企业——宏兴湘绣厂。

两天后，肖福海正在清理发往五七中学的手绣书包，只见东城县革委会副主任韩自强，陪着一位高个子，领着一大帮人走进了宏兴湘绣厂。他还没有回过神来，就听到李俊义那公鸡般的大嗓门在喊："咦！韩主任来啦？！肖福海，快去把小会议室的门打开！"

李俊义一边喊着，一边快步走向了走廊。

李俊义把韩自强一行人请进小会议室后，韩自强还未落座，便指着身旁的高个子道："李胡子，这位是省革委会的张副主任。今天有一件国家大事要找你。"

李俊义一听不觉蒙了，摸不着头脑地道："我是个脑袋板实的人，能做么子大事啰？"

张副主任觉得这位李厂长憨厚得可爱，便笑着问道："你知道阿尔巴尼亚吗？"

"阿尔巴尼亚，哪个不晓得啰？社会主义的一盏明灯！"李俊义觉得张副主任太小看了自己，毫不客气地回答说。

张副主任端正了身子，说道："阿尔巴尼亚，它位于欧洲东南部巴尔干半岛西南部，有'山鹰之国'之称。今年是阿尔巴尼亚劳动党成立三十周年，为了反击帝国主义的封锁，阿尔巴尼亚恩维尔·霍查总书记决定，在首都地拉那举办一场全民皆兵大型庆祝活动，轻工部要求我们选送一批湘绣，到那里去参加'中阿友好国际文化艺术博览会'，参加这次展会意义非常重大……"

山鹰之国？难道这个国家只生长山鹰吗？李俊义眯眼瞧着张副主任，脸上仍是一片迷茫。只读了三年小学的他，地理知识一到用时便不够了，别说欧洲的"山鹰之国"，即使是中国，除了首都北京、出产丝绸的江浙，还有"广交会"所在地广东，他略知一二，其他的地方就不辨东西南北了。此时张副主任所说的欧洲，对他而言仿佛是"天上的星星"，谁知道阿尔巴尼亚是哪个"星星"？尽管他对于阿尔巴尼亚的概念是一桶糨糊，他仍然像小学生听老师讲课一样，睁着眼睛认真听，但有多少听进去了，又有多少搞清楚了，那只有天知道。

张副主任看到李俊义那认真而茫然的表情，不知道自己的这番话对方明白了多少，便打住话头，对韩自强道："具体的情况，还是让县革委会韩自强副主任给你说吧。"

韩自强点点头，对李俊义道："现在湘绣整个行业好像都在闹革命，只有你们宏兴湘绣厂还有点货，我们上门找你要货来了。"

作为东城县的老领导干部，韩自强十分了解李俊义。李俊义为人憨厚老实，对湘绣厂有责任感，对工人有怜悯心，他常有一句口头禅："人是铁，饭是钢，一顿不吃饿得慌。"

李俊义常教训那些玩世不恭的青年人说，老天爷给人画了张嘴，就是用来吃饭的。企业不生产，食堂里就会没有粮。正是这些最简单朴实的语言，在每个工人的心中形成了一股无形的力量。就这样，宏兴厂在其他工厂"停产闹革命"的时候，仍然坚持每天按时上下班。在所有传统题材的产品都被列入"封资修"的打倒范围后，他们就走向社会，开展"绣韶山""绣毛主席像"的活动。在产品没有销路的情况下，李俊义就拖着板车，带着工人到街头巷尾，推销装"红宝书"的毛主席语录袋。整个"文革"期间，宏兴湘绣厂没有停一天产。如果没有这位憨厚土气的李俊义，韩自强在长沙这个湘绣的发祥地，一时还真不知要到哪里去找湘绣产品哩。

韩自强说明来意后，又特别强调道："湘绣产品赴阿尔巴尼亚参展，既是落实周总理指示，又是对毛主席家乡的最好宣传，我们能不能完成这个任务，就要看你们宏兴湘绣厂了！"

李俊义从与张副主任的交谈中，得知了整个事情的原委，县里的韩主任又把话说到这个份上，素来自嘲不懂政治的李俊义，还是认真地问道："你们什么时候要货啰？"

韩自强没有答话，只是用眼睛望着省革委会的张副主任。

"越快越好。"张副主任说着，从上衣口袋里掏出一张纸条，补充道，"展览会的开幕式是 11 月 8 号，满打满算也只有四十多天时间，还要包括送北京中央领导审查、办海关出入境手续的时间。"

李俊义面对这位不了解生产程序的张副主任，又好气又好笑地说："四十天？您当绣花是打碗鸡蛋汤——水开就熟，简直是开玩笑！"

"李胡子！你怎么能这样说话？！"韩自强怕抹了张副主任的面子，立即大声叱责李俊义。

李俊义没有理会韩自强的叱责，仍是抱怨着道："这么重大的事，你们为什么不早说？"

"我说同志呀，周总理决定的事，谁能提前知道？我们也是前天才接到上级的通知。"张副主任没有计较李俊义的态度，不是他不想计较，是因为他没有计较的底气。两天前的湘绣大楼之行，使他大感意外，后来去锦文丽湘绣厂，更是铁门上一把大锁，连看门的人估计都去"闹革命"去了，谁还有心生产？眼下要完成任务，也只剩下这个宏兴湘绣厂，如果这里再闹僵了，总不能两手空空回去向省委汇报吧？一想到这里，张副主任心里就有点发怵，他不由得软了口气："李主任，不管怎么说，上级的指示是要照办的，省湘绣大楼那里我们也去了，现在变成了一个日杂商场，没有一件可以拿得出手的好产品。"

"湘绣大楼这个时候，还有么子鬼湘绣啰。"李俊义喃喃自语着。与此同时，他暗自庆幸当年红星湘绣厂分家时，他没有去湘绣大楼，否则现在自己还不晓得是个什么样子。

韩自强见李俊义这副样子，觉得怠慢了省革委会张副主任，便提高了声调，语气强硬，但又套着近乎："李胡子，在湘绣行当，我知道没有你办不成的事，这既是张主任交代的事，更是中央下达的政治任务，你完得成要办，完不成也要办。"

李俊义两眼直直地瞪着韩自强，干脆地道："时间太紧了，你这个任务，我接不了。"

面对一根筋犟到底的李俊义，韩自强束手无策，不知道如何措辞了。

张副主任见状，连忙岔开话题："你们库房里，还有什么可以拿得出手的湘绣库存作品？"

"毛主席诗词绣品还是有一幅。"李俊义说完，将张副主任一行人带到大会议室，指着正墙上挂着的巨幅湘绣道，"这幅《沁园春·长沙》，是陈列在人民大会堂湖南厅原件的复制品，你们看行不行？"

一听是复制品，张副主任的心里直摇拨浪鼓，他的第一感觉这幅湘绣不是太理想。作为省里的高级领导人，他自然知道这幅挂在人民大会堂湖南厅湘绣屏风的珍贵价值，但再珍贵的物品，已经展示了十几年后，再拿其仿制品去参加阿尔巴尼亚国际博览会，纵然别人不说什么，自己心里总是觉得不妥的。偌大的一个湖南，竟然只能拿出过时的仿制湘绣作品去参展，小而言之，这是"新瓶装旧酒"，对博览会的不重视，大而言之，这是否定"文化大革命"的成果，"文化大革命"中湘绣断代了，只能拿出以前的仿制绣品来充数……张副主任想是这么想，但这些只能意会不能言传的话，他却无法对这个一根筋到底的李俊义说个明白，于是他选择了沉默。

张副主任的沉默，让韩自强感到了不安，更让李俊义感到了一股巨大的无形压力。

在一旁端茶送水的肖福海，见众位领导为选湘绣之事犯愁，脑子里忽然记起一事：他刚刚进厂不久时，焦菊香的儿子曾昭英到厂里来玩，中午在厂里食堂吃饭的时候，曾昭英对食堂墙壁上悬挂的巨幅湘绣《祖国山河一片红》赞不绝口，称赞这幅湘绣作品画工绣制堪称精湛。他相信曾昭英的眼光，因为曾昭英从小习画，对画面艺术有独到眼光，如果自己将食堂那幅巨幅湘绣推荐给领导，岂不解决了领导的难题？只是这样一来，势必会抹了李主任的面子，甚至得罪了李主任，自己何必去多事？不过机遇难得，万一……肖福海拿不定主意。

屋内陷入了一片沉默。良久，张副主任无可奈何地道："如果没有更好的作品，也就只能考虑这幅诗词湘绣了。"

张副主任松了口，一屋子的人也不由得松了口气。谁也没料到，此时，拿定主意的肖福海说话了："毛主席诗词虽然好，但阿尔巴尼亚懂中文的人肯定不多。我看还是应该用配有画面的湘绣作品比较好。"

张副主任、韩自强的目光不由自主地投向了身旁的小青年，惊诧于他这番突如其来的话。

"配有画面的湘绣作品？真是吃棉花打屁——说得轻巧！这时间上来得赢吗？"李俊义狠狠瞪了肖福海一眼，斥责他不该节外生枝。

"去年我们厂革委会成立时，不是绣了一幅《祖国山河一片红》吗？"肖福海犹豫了一下，还是说出了食堂里那幅巨幅湘绣，那是为庆祝厂革委会成立而特别刺绣的。

李俊义横了肖福海一眼后，脑子里一个激灵，眼睛陡然一亮，这还真的是个好主意！他转向张副主任推荐道："那幅湘绣，绣得也还是蛮好的，虽然比不上人民大会堂的那幅《江山如此多娇》，但这幅湘绣也是出自'国手'之作，就看你们要得啵？"

张副主任听说是《祖国山河一片红》，头摇得像拨浪鼓一样连声说："那个图案不行。"

"你还不知道吗？ 1968 年 11 月 25 日，邮电部发行的'全国山河一片红'邮票，发行仅三天就被紧急回收了，其中的原因邮电部并没向社会公布，我们不冒这个风险！"张副主任面色凝重地道。

那年"全国山河一片红"邮票发行的叫停，官方至今没有个正式的说法，因此也就成了个悬案。不过，还是有好事者找来邮票与中国地图进行了比对，意外地发现中国的版图上竟然还有那么个"海岛"没有成立"革命委员会"，这"海岛"没有成立"革命委员会"，自然就没有将这个"海岛"标注为红色，这又怎么能叫"全国山河一片红"呢？

李俊义一听张副主任的解释，不由得笑了："邮电部没有公布原因，我们也猜到了八九分，刺绣时我们不仅避开了地图出版社编辑对'全国山河一片红'邮票所指出来的错误，也对一些印刷厂所发生的地图印刷错误，进行了特殊处理。"

张副主任想了一下，将信将疑地说："你带我们去看看实物吧。"

张副主任一行人，来到工厂食堂。只见一排职工排队打饭的窗口，对面的墙壁上挂着一幅身着绿色军装、神采奕奕向亿万工农兵群众挥手致意的毛主席绣像。画面锦旗叠列，迎风招展，一块"革命委员会好"的大牌匾由两人扶持，屹立在画面的左侧，行走在游行队伍最前面的一个大喜字，既揭示了"祖国山河一片红"的主题，又展现出全国人民欢欣鼓舞的热烈气氛。

"要得，要得，就是它！"张副主任像见到了救星似的连声赞好，但随后脸上又露出一丝愁容，"这幅湘绣虽好，但要靠两幅作品撑起湖南湘绣文化，数量还是太少，同时让中央领导没有选择的余地。"

李俊义摸了摸后脑勺："要不，你们过几天再来，我明天安排肖福海到农村收花站转一转，看能不能够收购到符合你们要求的好作品。"

当天下午，肖福海便带着李俊义布置的任务找到驻队工作组的刘策，一起来到了乔口镇。

地处湘江中游的乔口镇，是湘江沿岸交通枢纽重镇之一。三面环山，一面临水，更是远近闻名的渔码头。当年，正是因为水路繁荣，愣是将一个只有十来户人家的地方，踩出了一条街来，上百间铺面鳞次栉比，形成了商贸繁荣的渔市。于是便有了"长沙十万户，乔口八千家，朝有千人作揖，夜有万盏明灯"的传说。

《长沙北界》里便记录了一千二百多年前，中国诗圣杜甫游历全国名山大川，当年进入湖南时，第一站便是这个长沙渔镇，留下著名诗篇《入乔口》："漠漠旧京远，迟迟归路赊。残年傍水国，落日对春华。……"只是后来由于公路、铁路的兴起，水运渐渐衰败，乔口的繁荣不再，如今席卷中国大地的"文革"，更是将这里造化成了黑灯瞎火、蛙虫夜鸣的地界。

傍晚时分，刘策和肖福海来到了生产队刘队长家中。由于他们是突然造访的不速之客，因此打了刘队长一个措手不及。肖福海刚走进堂屋，便见煤油灯下，刘队长妻子手忙脚乱地收拾好手里的针线，然后神色慌张地跑进了里屋。虽然煤油灯灯光不够明亮，但肖福海仍然看得出来，刚才她正在一块白布上做挑花。

刘队长误以为刘策他们是来抓"割尾巴"的，不由得有些慌乱。作为生产队的干部，他自然知道上头的精神，如今的挑花早就被列入了"资本主义尾巴"行列，如果刘策他们汇报上去，那自己就可能会成为"上纲上线"的活靶子。刘队长急中生智，忙与刘策套着近乎说："哎，刘干部，你带来的稀客是市里还是省里的领导呀？这位领导同志，您来得正好，向您请教个问题。1958 年长沙烈士公园楚墓出土的那幅'猛虎瑞兽'，经专家考证是用湘绣的'辫子股针法'所刺绣，这针法与我们现在绣老虎用的'掺针法'，有什么区别吗？"

刘队长的问话，把肖福海给问住了。他虽然来自湘绣厂，但平时留意湘绣技术方面的事不多，遇上湘绣技术方面的问题就无能为力了，因此他只能支支吾吾着敷衍了几句。肖福海觉得丢了面子，赶忙转换话题，询问了几句生产队的情况后就告辞了。

刘队长的异样，肖福海的表现，刘策都看在了眼里，由于双方并不熟悉，他没有插话。

从刘队长家里出来，肖福海发现隔壁家的窗口还亮着灯，窗内一个年轻姑娘正坐在一架绣绷前刺绣。姑娘那专注的神情、优雅的手势、灵巧的针法，引起了肖福海的注意。

肖福海很想问问姑娘是谁，在绣什么绣品。但又觉得唐突，一时不知如何开口。刘策见状跨步上前，推开虚掩的房门，拉着肖福海走了进去。姑娘觉察到有人进屋，便停下手中针线，抬起了低垂的头。肖福海目光落到绣绷上，只见那一架摩擦得油黑发亮的绣花绷上，露出一树盘枝错节的古松，古松上栖息着一只展翅欲飞的老鹰，给人一种气势磅礴的感觉。

姑娘扭过脸来，浅浅地笑着问道："你们是找我哥吗？"她问得十分客气，落落大方，毫无农村姑娘的扭捏和胆怯，给人十分好感。

刘策正要答话，这时，只见刘队长妻子急匆匆闯了进来，端起绣花绷子，拉着那姑娘就往外跑："快走，别在这里多事！"

姑娘一边踉跄地往外走，一边困惑地问刘策："你们找我哥有什么事？"

"厂里要收几幅湘绣。"刘策一边让着道，一边回答。

刘队长妻子把姑娘拉出门后，压低了声音道："你绣的这'鹰婆'，千万别让他们知道是张聋子画的！搞不好，他们又会找菊香婶的麻烦。"

肖福海看着那姑娘消失在黑暗中的身影，好奇地问道："这绣花姑娘是谁？这里的人为什么怕你，见了你就像老鼠见猫一样想躲？"

"她呀，"刘策瞧了肖福海一眼，缓声地说道，"她是刘队长的姨妹子，叫刘健萍，刺绣技术不错，是乔口地区有名的'快针手'。她们不是怕我而是怕你，因为镇上有个土政策，不允许将乔口湘绣收发站的绣花拿出站，必须集中绣，谁家私自绣花就是搞资本主义尾巴，要将窝点打掉，产品没收。"

肖福海出神了好一阵，似乎想起了什么："厂里最近不是有二十个'农转非'的特招指标吗？我看这刘健萍不错，能不能把她招进厂来？"

"'农转非'招工指标？东城县符合招工条件的适龄绣工可有五万多人。"刘策皱起了眉头回答。

刘策何尝不想将刘健萍招工到湘绣厂？别说一笔写不出两个"刘"字，他与刘健萍同为乔口刘氏，刘健萍比他小一岁，且是自己伯父之女，系嫡亲堂妹，就凭他们之间的兄妹关系，他都有责任助刘健萍一臂之力，但这事实在是太难。

"她列入了招工的考查范围吗？"肖福海追问道。

刘策摇摇头说："听说名字已经报到了乔口，但全省只有二十个指标。乔口是编外湘绣站，这指标轮得到她吗？"

肖福海对在乔口这个编外湘绣站，能够看到有如此精湛技艺的湘绣绣品，感到不可思议，同时也引起了他对刘健萍的好奇。他第一眼看到刘健萍窗下那挑灯夜绣的婀娜多姿的身影，就有着一种说不出理由的兴奋。他分不清这是对湘绣技艺的敬佩，还是一见钟情的爱慕。肖福海作为一个新时期追求上进的青年，并没有纠结在刘健萍招工的问题上，只是将这种朦胧的情感藏在了心底。

三天后，省革委办公厅的张副主任和东城县革委的韩副主任如约来到宏兴湘绣厂。

李俊义让肖福海从办公室柜子里搬出一个纸箱，取出一幅长约两米的素软缎展开……一只从群山苍柏之中凌空展翅朝着太阳飞翔的岩鹰，展现在大家眼前，"大展宏图"的题款，格外引人注目。

"这么精致的苍柏雄鹰，到'山鹰之国'参展，一定会轰动整个博览会！"省革委张副主任忍不住内心的喜悦。

李俊义压低了声音对张副主任道："有人批评这幅《大展宏图》，是鼓吹'个人英雄主义'的资产阶级思想，因此这些产品都是农村绣工私下里刺绣的黑货。"

张副主任没有答话。韩自强却联想到了什么，询问道："这《大展宏图》的绣稿是谁画的？"

李俊义犹豫了一下道："你们认识张子奇吗？宏兴湘绣厂的人都叫他张聋子。"

"张聋子？"肖福海身子一颤。他听父亲肖万泉多次提到过厂里的张聋子，说他绘画很有天赋，画笔上仿佛有股灵气，只是无缘相识，据说"文革"时期，厂里已将他下放回了老家。

李俊义望了韩自强一眼，接着道："这几张画，都是张聋子被打成坏分子后所画的，不会有什么问题吧？"

瞧着这既有政治意义，又有艺术意境的画面，张副主任心里甚是高兴，不仅没有批评李俊义，反而产生一种怜悯之情。他感叹地道："难道无产阶级就不要大展宏图吗？你手底下有这么好的湘绣货，可派上中阿友好的大用场啦！"

听到上级领导的肯定，韩自强不由得惊喜地道："李胡子，你真是高人不露相啊！这分明是我国颇具影响力的特色传统产品呀。很好，很好！"

"你们说好有么子用？如果周总理不满意，那不还是白搭？"李俊义的话就像一瓢冷水，泼得全场笑声顿失。

张副主任沉思片刻后道："没关系，我们把三幅绣品一同拿去让周总理定夺。"

李俊义将韩自强悄悄拉到一边，低声问道："你们两位，谁付钱？"

"钱？"韩自强被问得一愣，"这是政治任务，政治能用钱来衡量吗？省革委会只是拿你几幅湘绣，去参加国际展览会，你就要钱啦？！存心打我脸是不是……"

"以前不是我管事。"李俊义阴沉了脸道，"现在我既然管了这个事，这几幅绣品无论如何要给钱。"

韩自强压根就没想过要付钱的事，听李俊义这么一说，不禁勃然大怒，桌子一拍，也顾不得张副主任在场，高声吼道："李俊义，我告诉你，今天你再给我提一个'钱'字，你信不信，今晚我就在县革委会大礼堂，召开革命群众对你的批判会，当场撤了你的职！"

"撤了我，你也要付钱！"李俊义豁出去了，寸步不让，"我们厂里二十几个工人三班倒，绣了整整四个月的时间，才绣出这幅《祖国山河一片红》，省汽车电器厂成立革命委员会时，出三万元要买，我都没有舍得卖。"

李俊义缓了口气，继续道："你们可别小看了这幅挂在食堂里的湘绣《祖国山河一片红》，它可是这几十年来湘绣绣品中，极为难得的顶尖作品，画稿也是出自铜官名画师'泥人周'的嫡传弟子……好啦！不说了，你们瞧着办吧。"

张副主任听了李俊义与韩自强的对话后，终于明白了李俊义整个接待都不冷不热的原因。他笑着对韩自强道："这次参展是上级交给你们县里光荣的政治任务，省里面主要是把好政治关。我在省里不管财经，这钱嘛，你们县革委会给解决吧。"

张副主任摆出了省领导的架子，将付钱的事推给了韩自强。韩自强见李俊义铁了心要钱，只得冲着呆立一边的肖福海嚷道："把你们书记叫来！"

肖福海看了李俊义一眼后，急忙跑步出了食堂。

不一会儿，袁书记急匆匆地赶了过来，满脸笑容地对韩自强道："张主任来宏兴湘绣厂指导工作，韩主任你也不通知我一声，是嫌我不懂湘绣吧？"

书记是厂里的一把手，如此重大的政治任务，韩自强直接找李俊义，确实是给了李俊义极大的面子。没想到李俊义不仅不买账，竟然是蹬鼻子上脸，冲着袁书记道："他们要厂里的毛主席诗词《沁园春·长沙》和《祖国山河一片红》绣品，又不肯给钱，你看怎么办？"

没等袁书记开口，韩自强接过话道："张主任选中你厂湘绣，送到北京去参加国际展览会预审，这是你们宏兴湘绣厂的天大喜事，高兴都来不及，李胡子还向我要钱，你说有没有这个道理？况且县革委会没有这笔专款，钱的问题只能由你们厂革委会解决。"

李俊义对面露难色的袁书记咕哝着道："如果都是这样不给钱的话……厂里几百工人就只能喝西北风了。"

韩自强见李俊义死活要钱，又看到张副主任投过来要他快点解决问题的眼光，只得自找台阶下："要不，这样吧。我以县革委会的名义，给你们开个介绍信，你们自己把绣品送到北京去。如果通过了展会审查，待展会结束后要求他们将绣品退回来，差旅费由县革委会报销。如果没有通过审查，绣品你们自己带回，北京算是白跑一趟，差旅费自理，怎么样？"

"韩主任的意见很好，我看就这么办吧。"不等袁书记和李俊义反应过来，张副主任随即表态。

送走省与县里的领导，袁书记和李俊义赶忙安排工人整理包装这几幅湘绣品。

宏兴湘绣厂的绣品《祖国山河一片红》，究竟弥补了"邮票事件"中的哪些"失误"？谁也不知道。在绣制这幅湘绣之前，李俊义针对社会上传言邮票的叫停原因，做了一个细节的处理。他曾听说东城县有个太平印刷厂，在印刷中国地图时，漏印了南海的西沙群岛，导致整个印刷的地图全部收回来销毁，因此在刺绣前，他告诉配色师："我们的绣品既要吸取'邮票事件'的经验，又要避免印刷厂所犯的低级错误，要将南海全部用幔针绣成粉红，这样既能让人分辨出陆地与海洋的差异，又反映了海岛与大陆的不同，使整个中国全部体现出红色的基调。"就是这么一个小小的调整，让宏兴湘绣厂刺绣的《祖国山河一片红》作品脱颖而出，在政治与艺术的平台上如鱼得水。

北京参展筹备小组的同志，见到《祖国山河一片红》绣品后，一致认为这是一幅好作品，它与阿尔巴尼亚劳动党庆祝建党三十周年所表达的主题思想完全一致。另外，国家邮电部发行的纪念邮票，画面展现的是劳动党总书记恩维尔·霍查同志的肖像，宏兴湘绣厂选送的《祖国山河一片红》湘绣主画面是毛泽东主席的绣像，可谓珠联璧合、交相辉映。周总理对《祖国山河一片红》湘绣，给予了很高评价。

中阿友好展览会在阿尔巴尼亚首都地拉那史坎得堡广场的国家博物馆举行。阿尔巴尼亚总书记恩维尔·霍查在开幕典礼时说："中国的'山河一片红'，它是世界的一面旗帜。我们阿尔巴尼亚人是一手拿镐、一手拿枪'全民皆兵'，团结起来，粉碎我们共同的敌人……"

《祖国山河一片红》在中阿友好国际展览会上的精彩亮相，受到阿尔巴尼亚恩维尔·霍查总书记的高度赞扬，以阿尔巴尼亚的民族图腾——雄鹰为题材的《高山雄鹰》《大展宏图》等一批湘绣展品更是应景之作，受到广大民众的欢迎，阿尔巴尼亚的"湘绣热"从欧洲传到美国，形成一条文化艺术的传播链。

中国湘绣的再次走出国门，也正逢世界格局的微妙变化。时值中苏交恶，中国领导人极需开辟世界格局的新天地。1971 年 3 月 21 日，中国乒乓球队在日本名古屋，参加中断了两届的第 31 届世界乒乓球锦标赛。赛间的 4 月 4 日，美国乒乓球选手格伦·科恩，因在体育馆训练耽误了时间，搭乘中国班车前往赛场，途中中国队员庄则栋与他交谈，并赠送给他一块印有黄山图案的杭州织锦作为纪念。下车时科恩手持织锦的情景被在场记者抓拍，成为爆炸性新闻。第二天，科恩准备了一件印有和平标记和"Let It Be"（意为"顺其自然"）字样的运动衫，专门在中国队的必经之路上等待庄则栋，回赠他并与他拥抱。

毛泽东从护士长吴旭君那里得知这一消息，称赞着说："这个庄则栋，不但球打得好，还会办外交。此人有点政治头脑。"

4月6日深夜，毛泽东经过深思熟虑后，认为中美关系已到了一个重大转折点，邀请美国乒乓球队访华，是最恰当和最及时的外交方式。次日，美国国务院接到美驻日本大使馆《关于中国邀请美国乒乓球队访华的报告》，立即向白宫报告。尼克松在深夜得知这个消息后，立即发电报给美国驻日大使，同意中方的邀请。事后尼克松说："我从未料到对中国的主动行动，会以乒乓球队访问北京的形式得以实现。"

4月10日至17日，美国乒乓球协会科恩、雷塞克等一行四名官员、九位运动员和一小批美国新闻记者经香港抵达北京，科恩等成为自1949年以来，第一批获准进入中华人民共和国境内的美国运动员。随后，周总理接见美国乒乓球队，并坦诚地对全体队员说："你们在中美两国人民的关系上打开了一个新篇章。我相信，我们友谊的这一新开端必将受到我们两国多数人民的支持。"

周恩来总理对美国乒乓球代表团的安排，每天都有详尽明确的批示。他在批示中特意指出，可以安排他们去参观故宫，可以安排他们在人民大会堂三楼小礼堂看样板戏，还特意交代国家体委的负责人说："这次他们来中国，可以让他们参观一下万里长城。"

乒乓球代表团访问结束，准备返回美国时，国家体委特意找到轻工业部，从宏兴湘绣厂订制了十几个绣有毛泽东诗词"不到长城非好汉"的挎包，里面装着一件绣有长城图案的T恤，以中国乒乓球队的名义，送给了美国访问团官员和球队运动员，这让美国乒乓球队如获至宝，专程来到天安门广场，穿着T恤拍摄了一张集体照。

这个不经意的举动，引起了尼克松的注意。1972年尼克松访华期间，除与毛泽东会谈之外，中方接待人员都知道，尼克松夫妇最看重的是长城，"不到长城非好汉"已经成了他心中的座右铭。叶剑英元帅陪同尼克松登长城，八达岭一片银装素裹。尼克松站在长城上赞叹着说："这的确是一座伟大的建筑、人类的奇迹。我们今天到了长城，已成为毛泽东说的'好汉'。"

尼克松访华期间，向毛泽东赠送了象征和平的瓷制天鹅和水晶玻璃花瓶，而毛泽东向尼克松赠送了一幅亲笔签名的《嫦娥奔月》条幅，周总理则赠送一幅绣有毛主席诗词《沁园春·雪》《万里长城》的湘绣作品给尼克松。尼克松访华的破冰之旅，成为举世瞩目的重大事件。湘绣《万里长城》作为又一"国礼"，登上世界外交礼仪的舞台，它的故事却被后人所忽视。

尼克松访华后不久，长沙再次爆出一个特大文物新闻：长沙马王堆西汉古墓出土了一大批历史文物，挖掘出四十一件绸刺绣品。据挖出来的战国《遗策》介绍，其中"绢地信期绣"与"绢地长寿绣"的出土，立即引起全世界对长沙马王堆的关注。千年不腐的西汉王妃遗体，四十多件陪葬的"信期绣"刺绣品，顿时将中国湘绣的历史推演到二千一百多年前。

第四章　鸟道

　　再美的锦上添花，也没有雪中送炭的温暖。饥寒交迫中的一个烤红薯，让曾昭英终生难忘那个既吃鸟又"放生"的怪老头。人生的命运是否也像那迁徙的候鸟，在行进的旅途中，难以预料下一秒是幸运，还是危机？

　　"南帝北丐"虽是 20 世纪 30 年代，人们对居住在长沙市城区南北居民贫富生活状况的一种戏称，但它也客观地反映了当时长沙城南部的商业繁荣与北部的贫困落后。

　　宏兴湘绣厂就坐落在北城的油铺街，街内套着一条宽不过六尺沙合土铺就的小巷，名叫小王家巷。

　　70 年代的小王家巷，仍然保持着 50 年代的格局。小巷两旁都是泥巴竹篾糊起的小屋，偶尔夹杂着的几间木板房、红砖屋，算是这里的富裕户了。低矮的泥棚、木屋，呈现出居住此处城里人那种特殊的生活现状——贫困。此处因为临近湘江的竹山园码头，有不少南来北往的船只需要在这里卸货，因此大批卖苦力的"脚力仔"便聚集在此。由于来往的货船无固定的时间，有时白天到，有时半夜到，为了方便，一些"脚力仔"便在这里搭起了木棚屋居住，久而久之，这些零零星星的木棚屋便形成了小王家巷的风景。

　　竹山园码头上的活并不充足，"脚力仔"经常是"三天打鱼，两天晒网"。一些"脚力仔"没活时不愿闲着，便挑河水去叫卖，贴补生活，因此在这里又多了一种职业——挑河水卖的挑夫。有些"脚力仔"干了多年后，年纪大了，既不能到码头干活，又干不了挑夫，便靠着积攒下来的一点积蓄，在街边摆了个卖冰棒、汽水的"冰箱"或是烟摊子，维持着生计。

小王家巷内居住的人，多是"脚力仔"出身，由于"节约用电"，即使是到了 20 世纪 70 年代，仍然习惯于早睡早起，每天一到夜幕降落，巷内便是一片黑灯瞎火的。

此时，夜空中的一弯残月，被灰蒙蒙的云层掩住。小王家巷内几盏路灯，由于年久失修无人管理，却是时明时灭，弄得小巷内倒生出几分恐怖氛围。

长沙马王堆汉墓"绢丝女睡衣"的出土，使得中国丝绸刺绣工艺品在海内外的名声越来越盛，这个热度一直持续到 1978 年，迎来改革开放的纪元之年。此时，宏兴湘绣厂革委会已经改名为厂委会，王瑞芝在工厂机构调整中落败，回刺绣车间当了一名捻线工。李俊义在二十个"特招"指标中，以招画工的名义将有绘画特长的曾昭英招工到宏兴湘绣厂，并与几名年轻人一起安排住在小王家巷这些待拆的"过渡房"内，这也算是对焦菊香离职的一种补偿。

1979 年元旦，中美正式建交，从而结束了两国长达三十年之久的不正常状态。随着邓小平对美国的正式访问，中美之间的政治坚冰已经逐渐融化，促进双方经贸发展，已成为中美两国政府的共识。国家轻工业部决定利用改革开放、中美建交的契机，联合文化部组织一个以刺绣文化为主题的"欧美十六国工艺美术文化交流巡回展"，以扩大中国传统文化的影响力。这可是中国改革开放以后，首次对外展示中国文化，意义很不一般，它意味着中国将从传统的自我封闭形态，走向开放融合的世界经济，中国的各行各业将大踏步迈开发展的步伐，中国刺绣也迎来了海外发展的春天。

湖南省二轻工业厅为了落实轻工部"欧美十六国工艺美术文化交流巡回展"的通知，要求东城县政府尽快创作出一批具有国际一流水平的湘绣新作品来，积极开拓湖南湘绣的国际市场。

韩副县长第一时间把这个好消息告诉了李俊义，谁知他不仅不领情，反而对韩副县长说："文官耍耍嘴，武官跑断腿。不找回张子奇牵头，靠宏兴湘绣厂新招工的这批青年伢妹子来创作国际一流的新作品，那是做梦！"

韩副县长讨了个没趣，有点不高兴了："党中央去年就下发了《关于全部摘掉右派分子帽子的决定》，你们湘绣厂没报张子奇摘帽的申报材料，已经拖了全县工作的后腿。李胡子，你怎么倒打一耙？"

听话听音，袁书记明白，韩副县长话里有话，厂里落实政策工作是自己在主抓，有点委屈地解释道："自那年宏兴湘绣厂开批斗会，王瑞芝要焦菊香跪玻璃碴事情发生后，张子奇与老婆王瑞芝大吵了一架，随后离家出走了，现在要落实政策找不到人，我们也没办法哦。"

"你们怎么不去他老家找呀？"

李俊义眨了眨眼睛道："以前，他一直躲在乔口收发站，与我还有联系。上次肖福海与刘策去乔口找刘健萍时，镇上人说，他与乔口的'刘寡妇'双双失踪了。听说刘寡妇的老家在桂东县，父母以打猎为生，与张子奇的老家桂南县相邻，有人说在桂南县的牛头坳碰到过张子奇。"

"你们可以去桂南县找嘛！"韩副县长当即要求李俊义派人去桂南县，尽快找回张子奇。

李俊义将肖福海叫到办公室，吩咐他与曾昭英等一行四人，带着写生创作与寻找张子奇的双重任务，奔向位于湘南的桂南县。

山高、谷深、林密，密得让人禁不住泛起豆大的鸡皮疙瘩。桂南县八面山那像羊肠一样蜿蜒曲折的山道上，走来了几个年轻人。

此时已进入1979年的深秋季节，虽然太阳还刚刚从正顶稍微偏移一点点，山里特有的寒意便袭上身来。这几个年轻人感觉到身上穿的毛衣就像层纸似的，山风穿过衣服透骨凉。不止于此，由于早饭吃得太少，"饥寒交迫"四个字竟然将几个生龙活虎的年轻人折腾成了软面条。与大自然相比，人类显得多么渺小，多么不堪一击。这几个年轻人正是来自长沙宏兴湘绣厂的肖福海、曾昭英、刘策和肖若云。

"昭英，你先走，我他妈的得歇歇脚。"城市里长大的刘策，再也受不住这份罪了，不管三七二十一，一屁股坐在山路边的石头上，用手按摩着腿肚子，再也不肯挪动半步。

走在前面的曾昭英，回头瞧瞧崎岖的山路，肖福海与肖若云两兄妹却是不见踪影，加之自己也腰腿酸痛，不由得叹了口长气，就势也坐在一块石头上……

曾昭英早就听人说，在湖南桂南县与江西搭界的地方，有个叫牛头坳的鸟岭山口，是北鸟南飞的鸟道之一。他是个有心人，时常想着的就是闯世界，便钻进湖南省图书馆，查阅了关于牛头坳"千年鸟道"的资料。他得知每逢深秋初冬之际，成千上万只候鸟从西伯利亚、内蒙古草原、华北平原等地起飞，经东、中、西三路飞往南部地区越冬。由于地理环境因素，在江南、江西等地形成了极窄的"迁徙通道"，是从中部路线南迁候鸟必经的"千年鸟道"。

"千年鸟道"和万鸟飞翔的奇闻，让曾昭英动心了，他与光屁股一起长大的肖福海、刘策一商议后，准备请上几天假，到难得一见的千年鸟道去看看奇景，写写生，寻找一些湘绣创作的题材。正巧，此时厂里接到了上级指示，要求准备参加欧美十六国巡回展，厂长李俊义很重视，听说曾昭英想去桂南县千年鸟道写生，便顺水推舟地点名，要曾昭英负责新作品画稿创作，肖福海负责寻找张子奇，组成四人小组前往桂南县。

作为进厂不久的小青年，能够得到厂长如此信任，曾昭英自是喜出望外，只是遗憾的是，他新交的女朋友刘健萍，因工作忙难以抽身与自己一起前往，于是他只能与肖福海、刘策和死活要去的肖福海的妹妹肖若云，一起踏上了行程。

尽管曾昭英心中有些遗憾，但自小酷爱绘画的他，仍然对那千年鸟道未知的情景，充满着激情与向往。可惜，曾昭英的高兴劲头没有维持几天，走到罗霄山脉脚下的一家旅社时，大好心情全然抛到了乌有乡。

当晚他们在旅社住宿后，按照原计划准备清早吃过早饭，便带上点馒头上山。不料，他们起床后到旅社饮食店里吃早饭时，却遇到了饮食店店员的刁难，事情的起因，是刘策的一句多嘴："你这炒的哪门子菜？青不青白不白的。"

"你是哪路神仙？"那店员用勺子敲着盛菜的铝盆，粗声大气地嚷道，"怎么炒的菜，关你什么事？"

"怎么不关我的事？"坐车坐久了，刘策一直难找到说话的机会，此时便有点油腔滑调地回答道，"万一有粒石子硌掉门牙，我找谁赔去？"

"不吃拉倒，我还不想卖哩！"那个店员说翻脸就翻脸，将个卖菜窗口一关，几个人被晾在窗口外。

那个年代，有点小小的权力便将架子搭得天大，即使是一个饮食店的营业员也是牛皮烘烘的，平素见人都是爱理不理，像是走进来吃饭的人是欠了钱似的，更何况你个吃饭的人还得罪了她。

被关在窗口外的曾昭英、肖福海晓得坏事了。这真正是"在家千日好，出门时时难"！这个刘策也真的是个不晓事的人，进人家的门就得服人家的规矩，他却像是在家使唤老妈子一样，说话口无遮拦。还是同行的肖若云施展出女孩子特有的柔性，走进厨房内说服了那位牛皮烘烘的店员，这位老大姐才算是法外施恩，让他们吃了早饭，至于买馒头的事，自然是吹了……

曾昭英站起身来，摸摸瘪瘪的肚子，无奈地抬头望了望眼前直插云天的山道。这时，跟在后面的肖福海与肖若云赶了上来，见到两人招呼也没有打一个，就一屁股坐到路旁的石头上，大口地喘着气。

时光如果倒退百年，眼前这四个年轻人可都是长沙湘江两岸铜官、靖港、乔口老镇大户人家的子女，正是他们的祖辈，将湖南千年湘绣搅腾得风生水起，声震大江南北。曾昭英自是不消说，他曾祖父曾传玉是昌盛湘绣的奠基人，母亲焦菊香更是新中国毛泽东主席出访苏联时，"国礼一号"斯大林元帅肖像的主绣人，肖福海、肖若云是长沙市著名的宏昌绣庄后人，刘策是当年长沙首屈一指的"刘记典当行"的后人。

曾昭英眺望着远处密密的丛林，待收回目光后，他的心意已定，用很肯定的语气说："大家还是走吧，山顶应该不远了，也就是一二十分钟的事。那里应该有人，只要有人，便能找点吃的，好过在这里饿肚子。"

"你有透视眼？能穿过山雾看到山顶？！"休息了几分钟的刘策，心绪也平和了下来，站起身来问道。

此时虽然停了雨，但山道上仍然雾气弥漫，目光只能触及十来丈远，再远处便是模模糊糊的一片。曾昭英没有回答刘策的问话，迈步走上了山道。肖福海和肖若云对视了一眼，也起身踏上了山道。刘策叹了口气，起身跟在他们身后，一步一步地沿着山道向上走去。

天渐渐地暗了下来，远处的山道时隐时现，像条蛇似的往上蜿蜒而去，谁也说不清山口还有多远。体形较胖的刘策再也支撑不了，他腿一软，再次坐在地上，怎么也不肯起来。

见刘策坐在山道边，肖福海也顺势一屁股坐在刘策身边，心里涌上了一股怨气。他是一个中规中矩的人，按他的想法，先找到张子奇，完成厂里交给的任务后，再一身轻松地来逛鸟道、写生，可曾昭英非要先来鸟道，否则何至于陷入现在这种困境？他不由得埋怨曾昭英道："这都走了几个钟头了，牛头坳怎么偌样远？"

曾昭英的脚有点打飘，却仍然挺直着腰背，标枪似的立着。他咬了咬嘴唇，转脸对着刘策说道："刘策呀刘策，你小子平常牛皮烘烘的，说什么刀山火海也敢闯，如今走了几步路？便娘儿们似的哼哼唧唧……"

"曾昭英，你可别把本姑娘一刷子刷到阴沟里。"肖若云不乐意了，柳眉一竖，张嘴反击。

"好好好，算我说漏了嘴。"面对肖姑娘的反击，曾昭英选择了投降，换了话题，"望山跑死马呗，如果算直线距离真的没有好远。爬山嘛肯定很累，但坚持一下便能看到曙光。"他话锋一转又道："不过，我要奉劝大家一句，此地盛产土匪，何况还有野兽，诸位若是……"

听到"土匪"二字，坐在地上休息的肖福海和刘策，唰的一下子蹿起了身，跟着曾昭英就往山上跑。

牛头坳说是一个山口，其实只是一个慢坡。隐隐约约地瞧见，慢坡上长着几棵巨大的老树，也不知生长了多少年代，枝叶伸展开来如同巨伞，荫庇着这个山口。

在中国多山的南方地带，牛头坳这样的山口并不稀见，特殊的是牛头坳山口位于罗霄山脉地带，是连绵群峰相对低矮的山坡，也是鸟群冬南春北三条迁徙通道之一。正是这种大自然鸟类迁徙的习性，千百年来，使当地的山民养成了季节性猎鸟的习俗，只是"文革"时期，一切的经济生活都被冠以"资本主义"之名，谁也不想成为"资本主义尾巴"被人割掉，所以没有人敢上山去捕鸟。如今"文革"结束了，随着改革开放的逐渐展开，人们早已解除了思想的禁锢，恢复了以往的生活习惯。吃过晚饭，他们扛着抬杆、鸟铳，背着沉重的绳网，牵着细腰长腿的猎狗，三五成群地走向山口。

对于偏僻的荒山野岭来说，交通不便、信息闭塞、缺衣少食、贫穷落后是它的重要特征，然而，野味佳肴却是大自然天生给予的恩赐。山里人不知外面世界今夕是何年，但他们却能遍尝大自然出产的山珍野味，享受着天然山泉和清新空气。此刻，牛头坳的山口处，大树下早已燃起了几堆时明时暗的篝火，十来个山民盘膝向火而坐，不时地有食物的香味飘了过来。

通往山口慢坡的山道上，出现了几个人影，闪烁的手电筒光亮拌和着已深的夜色，仿佛飘逸的鬼影，惹得猎狗狂吠不已。

蹲守在篝火旁的山民纷纷站起身来，从山路上那不强的手电筒光亮中，他们瞧得出这不是附近的村民，城里人用的是两节电池手电筒，在这荒山野岭里不过是萤火虫大的光亮，山民们走山路，一般是点着松油火把，或是强光手电筒，这样不仅瞧得见路，一般的野兽也会避得远远的。山道上的光亮移动十分缓慢，也不像是山民的快步习惯，他们脸上露出了警惕的神色。

来人正是曾昭英这一帮，来自省会长沙城里的伢妹子。山路太难走，加上饥饿，他们跋涉了大半夜工夫，挨到牛头坳山口，浑身已是像面条一样地酥软了。

见有陌生人出现，几条细腰长腿的猎狗龇牙咧嘴地想往这边蹿，却被主人的绳子给拴住了。

"你们是哪来的？"篝火边传来低沉的问话声，透着戒备的语气。

曾昭英忙着回答："我们是省会长沙来的，到这里走迷了路。"

"哦！"篝火边问话的人，没有再出声。

天黑，风冷，见篝火边的山民没有再问话，四个人便慢慢走近了篝火，在山民腾出的山地上坐了下来。在这天黑湿冷的山口，有火便有了份温暖，更何况篝火上架着的锅里正沸腾着，冒出扑鼻的香气，勾引得刘策的眼睛都直了，直直地盯着正在沸腾的锅内。

山民心地善良，待人有种天生的亲切感。听说是几个省城来的伢妹子，山民也就各忙自己的手头活，有的继续用油布擦鸟铳，有的清理火药、铁砂子，有的在石块上磨柴刀，有的理顺着网兜上的绳子，显然这些山民都在等待着迁徙候鸟群的到来。

挨着刘策坐着的曾昭英心里有事，悄悄地打量着周边的人，很快，他便被篝火旁的一位老人所吸引。这是位大约六十多岁的老人，虽然穿着与山民们并无二样，包着头帕，穿着紧脚灯笼裤，但眼神间流露出来的神气，似乎与周边的山民有所不同。他既没有带鸟铳、山刀，又没带装鸟的网兜，挨脚放着的是一个硕大的葫芦，还有块木板紧贴着葫芦搁着。

曾昭英是个从事艺术创作的人，观察人与物，自有一种与众不同的洞察力。从面相上看，这位老人似乎有种艺术人的气质，举止不拘一格，显露出智慧内敛，身上洋溢着一种说不清道不明的活力。他不由得想起厂长李俊义要寻找的画师张子奇，于是灵机一动，准备过去攀谈几句。

"来，暖暖肚子。"说话的是正用锅勺翻搅着锅汤的老山民。他递来一碗热气腾腾的红薯汤，汤碗里还浮着几粒稀饭。

"你们这么多人，怕连自己都不够。"曾昭英迟疑着没有接。

"你这是怎么啦？饿成猴子了，还要讲客气？"老山民将粗瓷碗硬塞进曾昭英的手里，"山里人的习俗，见者都有份，讲什么客气？谁也不会带着锅瓢走道。"

听老山民如此一说，曾昭英没有再客气，何况他也实在是饿惨了，只是随口习惯性地说了声："谢谢！"

"谢什么谢？出门在外，谁也不会背着房子上路。"老山民一边继续从锅里舀着食物，递给刘策、肖福海和肖若云，一边说。

虽然只是红薯、土豆之类杂粮，但热腾腾的食物下肚，又有火烘烤着，曾昭英一行人的精神顿时上来了。刘策从口袋里掏出五岭牌香烟，绕着篝火敬了一圈烟，在烟雾缭绕之中，他们与山民的距离近了。

曾昭英借着篝火的亮光，朦朦胧胧地瞧见大树上垂下了什么东西，黑乎乎的一片，像网似的。他有点好奇地问身边的老人："那树上挂的是什么？"

"鸟网，捉鸟用的。"

看到老人手中的烟吸到了烟屁股，曾昭英不失时机地为老人续上根烟，疑惑地问道："鸟是有眼睛的，会睁着眼往网里钻？"

这位老人是这片山中的老猎户，对这一带自然十分熟悉，见这几位城里来的伢妹子对鸟的习性不熟，又见他们如此见人有礼貌，便顺手拎起身边搁着的酒壶，打开来喝了一大口道："你们城里人哪知道候鸟的习性？我给你们讲讲。这个地处罗霄山脉的牛头坳山口，是北方候鸟迁徙南方越冬路过江南境内的两条主要'鸟道'之一，已有上千年历史。候鸟习惯白天休息，夜晚赶路，乍遇灯光，便以为天亮，会准备降落休息。一般来说，在海拔较高的山岭，候鸟经常会贴着山面飞行，我们在山口之间拉上十余米长的细网，用火光将候鸟吸引过来，待鸟儿粘在网上后，挥动竹竿，就能将它们打落。此外，候鸟在飞过山峰的口子时，突遇强光，便会如同人一样产生眩晕，辨不清方向，会将地面当成天空，乍遇网子，会拼命扑腾，以致折断翅膀……"

老猎人的讲述如丝如缕地飘进曾昭英的耳朵里，不是他不愿意听"千年鸟道"的奇闻，而是因为过度的疲劳，让他此刻无法抵御睡魔的袭击，竟在老人的讲述中进入了梦乡。

梦境中，他的头上响起了零零散散的扑翅声，不一会儿，零散的声响汇聚成了山呼海啸般的巨大声响。只见天空中，在一只凤凰的领头下，天鹅、白鹤、白鹳、小白额雁、山鹰、猫头鹰、鹭等飞禽紧随其后，甚至还有更多羽毛艳丽的野鸡和斑鸠、麻雀，尾随鸟队而飞，在凤凰的带领下，义无反顾朝着树林间的无数枪口飞来。曾昭英瞧着这鸟队飞向危险，与生俱来的怜悯之心油然而生，他情不自禁地大声向飞翔的鸟队示警，可他却发不出任何的声音，庞大的鸟队仍然向着危险飞去，急得他出了一身大汗……

"砰"的一声巨响，将浑身大汗淋漓的曾昭英，从噩梦中惊醒。他使劲揉揉迷糊的眼睛，这才发现偌大的山口突然间变得热闹非凡，同来的刘策、肖福海早已不知去向。不知何时，山口的四处燃起了十多堆篝火，用油松叶燃起的火堆发出毕毕剥剥的响声，给刚才静寂的山口带来了生气。给山口带来更多生气的，还是来自天空中"扑哧"地响成了一片的鸟儿扇翅声，仿佛世界上所有的鸟儿全都飞到了牛头坳上空。

借着光亮，曾昭英被眼前的情景所震撼。

寒冷的夜空中，无数的鸟儿朝着火堆、朝着五节手电筒发出的巨大光柱飞来，像是漫天飘飞的雪花，向着光明扑来。

它们不知道，光明的背后，隐藏着无数的猎枪枪口，隐蔽着无数的粘鸟网。随着此起彼伏的鸟铳响起，天空中血肉飞溅，乱羽横飞。一只只飞翔的鸟儿哀鸣着往地面掉落。

也许这是鸟类的习性，也许它们早已习惯了这种毁灭场景。其他的鸟儿虽然看着前面的鸟儿，不断地在火光中坠落，却仍然不管不顾地继续朝着火光飞去，不管前路是光明还是死亡。

这是怎样一幅壮景呀！面对死亡，这些大自然的天空精灵，仍然前仆后继地往死亡线冲去，即使同伴如雨水似的纷纷往下掉落，后面的鸟儿仍然义无反顾往灯火方向飞去。

曾昭英目睹了一群候鸟的冲锋。面对前行者的惨况，只见那飞在最前面的头鸟，不知是责任所在，还是头鸟的天性，义无反顾扑向鸟网，瞬间鸟网破开了一个小洞，头鸟坠地身亡，紧随其后的二鸟冲出破洞，呼啸一声，发出揪人心肺的尖鸣。带领其他的鸟儿突围，一路向前，这壮烈的场景一点也不亚于大规模的两军对垒。

是否每年迁徙的候鸟，都要经过这样的血与火的洗礼？是否鸟类的生存过程中都要度过死亡之后，才能迎来新生？！这大概与人类一样，先苦后甜与先甜后苦，只是两种不同的生活方式。自己的遭遇不就是这样的模式吗？曾昭英的思绪在飞驰，他与他的家族命运便充满了阴错阳差……

当年，他祖辈们白手起家所创造的曾家大屋，是何等辉煌，何等荣耀，在铜官闯出了一番天地。到他父辈又是另一番风景，一辈子舍不得吃穿的大伯父，土改中被划为地主，提早进入了黄土，拥有店铺的父亲提前将店铺分给了雇工，土改后加入了革命队伍，而雇工反倒成了资本家。到自己这一辈，母亲虽然屡遭命运打压，他却幸运地被招进了湘绣厂，虽然被分派为配料车间的裁剪工，但正是因为这样的分配，才让他得以在各个车间得到锻炼，学习到了湘绣生产的各种技艺……

命运就是这样，常常喜欢与人们的理想开玩笑。"种瓜得瓜"这是大自然的规律，但人们常常也有"种瓜得豆"的时候，这就是天赋的机缘巧合。

突然，曾昭英的眼睛明亮起来。他看见那位最先让他心动的老人，此刻正坐在火堆边，时不时地捡起地上的墨炭，在木板上画着什么，身边搁着一只受了伤的大鸟。

曾昭英根据老人手臂的动作，凭自己对画笔走向的理解，猜测老人应该是在画鸟，而且画的是一大群飞翔的鸟。这可真是个怪人！一边野蛮人似的大口吃鸟肉，一边却描摹群鸟竞翔场景，阴阳心态竟然集于一身。他心里忽然一动：这人，莫不是李厂长所说的那位神画手张聋子？曾昭英决定走过去看看，问个明白。

老人见有人走近自己，迅速地收起画板，抱起受伤的大鸟，起身扬长而去，身后留下他一串爽朗的笑声。

曾昭英见状立即拔腿追了上去，但三两下便不见了那位怪异老人的踪影。

此时，天还不亮，看物瞧人只能看出个轮廓，细处仍是一片模糊。陌生的山野，曾昭英自是不敢妄自乱跑，在这荒野中，一失足可是成千古恨的事，他不由得停住了脚，眼瞧着乱蓬蓬的杂树丛发呆。

这时，那位好心的老猎人赶了上来，瞧着黑黝黝的杂树丛叹了口气道："小伙子，这片山，就是当地人也不敢乱走，一个不小心，便有生命危险。"

见曾昭英仍在发呆，老猎人好意地又问道："你们想找谁？"

曾昭英瞧着老猎人一副诚恳的样子，便说明了自己的来意。

得知曾昭英等人的来意，老猎人迟疑了一下，有点犹豫地说："根据我的了解，这个人的情况，与你说的张子奇有点相像，他好像也来自长沙城里，喜欢画画，只是脾气有些古怪，喜欢一个人漫山遍野地跑。"他停顿了一下，又道："要不这样，待天大亮，你们随我一起再去找找。"

曾昭英无奈地点点头，随着老猎人走了回来。

"曾昭英，来，试试野鸟的滋味。"坡坪上传来了刘策的叫喊声。不知何时，刘策已经回到了篝火边，正在用一根树枝从灰堆里扒拉着什么。

此时，东方终于现出了鱼肚白，漫天的鸟鸣声、枪声、人的喧哗声都已平静下来，山野恢复了它的寂静。几个山头上的山民都陆续收起鸟网，捕获的鸟类也是"参与平分"作为战利品带回家去。

借着东边微弱的光亮，曾昭英瞧见刘策从篝火的灰堆里，扒出了一团黑不溜秋的东西，两手倒腾着拍去上面沾的灰，再用手将黑不溜秋的东西一分为二，把分开的一半递了过来："来，尝尝正宗的烧烤野味。"

曾昭英瞧了瞧那团黑不溜秋的东西摇摇头谢绝了。他心里有事，沉甸甸地压着心扉，让他有点走魂了。怪异老人的身影，群鸟那种前仆后继、赴汤蹈火的壮观场景，一直在曾昭英的脑海中挥之不去，深深地烙进了他的心田深处。

曾昭英就像是一只小鸟飞进这丛林之中，一点也不起眼，也正是这种不起眼，使曾昭英有机会旁观到牛头坳迁徙的候鸟，看到鸟类在迁徙途中遭到人类捕杀的劫难。正是这血色的劫难，打破了曾昭英内心的平静。那种生命所创造的绮丽与生命毁灭所带来的惨烈相交织的场景，不时地浮现在他的脑海。一个疑问号在他的脑袋里久久地挥之不去：何时，人们才能不为生存而捕杀这些鸟类，人类与大自然和谐起来？

他忽然感到，人类的生活，有时不也就像这迁徙的候鸟吗？在生命的旅途中，我们不知要有多少艰难困苦的"牛头坳"必须飞越。在飞越的途中，谁又能预测自己的下一秒是幸运还是危机？

桂南县牛头坳万鸟竞翔的宏大场景，在来自大城市的曾昭英脑海里，留下终生难以释怀的烙印。

天色渐渐亮了，曾昭英终于视野大开。他站在牛头坳的山口，环顾四周，只见牛头坳附近有三座高峰，形成了一条不规则的候鸟迁徙天然通道。牛头坳的捕鸟场景，让他联想到，今天的候鸟迁徙，是否就是二千多年前西汉"信期绣"场景的一个回放呢？我们的先辈是否在暗示我们后人，这些与人类为伴的精灵，需要认真去保护？

　　曾昭英自知自己人微言轻，无力去改变这些为生存而捕鸟的山民意识，但他可以用画笔记录鸟类与人类为伴的美好环境，唤起人们对这些生灵的热爱。此时，一种创作的欲望在他心底悄然涌动。

　　此时，老猎人用禾担挑着五颜六色的鸟走了过来，对曾昭英等人道："后生子，跟着走吧！你们如果走错了道，这方圆近百里的大山，即使是习惯了山路的人，碰上'鬼打墙'，怕是几天都走不出去。"

　　老人家年纪这么大了，还挑着沉重的担子，曾昭英有点过意不去，将手伸了过去，老人却躲闪开来："这样的山路，你们城里人空着手都难走，我们山里人挑惯了，冇事，冇事。"说着，便带路前行。

　　老猎人没有沿曾昭英他们的来路走，而是顺着山脊的小道向南边而去，穿过几道山冈后，沿一处山坡下去。一路上，老人沉默寡言，只是闷着头走路，脚下却是健步如飞，弄得几个小青年小跑步才跟得上。

　　曾昭英精力充沛，紧跟在老猎人身后，时不时地抽空说上几句话。从老猎人的口中，他得知昨晚牛头坳山口见到的那个在篝火边喝酒、吃鸟、画画的老人，是当地人称行为古怪的怪人，听说也是来自省会长沙，言行有点疯疯癫癫，时常漫山乱窜，却是画得一手好画，与当地一个叫"刘寡妇"的女人住在了一起。

　　说话间，一行人来到了一片岩石山处，山藤萝密布，衬托得石山甚是险峻。

　　大家在老猎人的带领下，小心翼翼地在狭窄的石道上行走。转了几个弯，眼前豁然开朗，顺着十几丈外的几株大树望去，瞧得见山脚处田土阡陌纵横，环绕着一个上百栋青砖灰瓦屋的镇子。

　　刘策出了口粗气："总算快到了！"

　　来到大树前，老猎人将肩上的担子换了一个肩膀，努努嘴："那个怪人就住在对面，那个山边的岩洞里。"

　　肖福海听到老猎人的话，大吃一惊，忙问道："您说那怪人住哪里？我怎么看不见？"

　　老猎人很是得意地说："如果不是我成天在山里面转，谁会知道有人住在那岩洞里？"

　　顺着老猎人手指的方位，曾昭英迟疑地定睛细瞧，果然发现对面一片竹掩的山坡之处，还真的有个很大的岩洞，顺着洞壁还悬挂下来一床草席子门，表明这个洞穴里确实住着人。

"如今解放这么多年了，居然还有'穴居'人？"肖若云简直不敢相信自己的眼睛。

老猎人微微一笑："山里人，凑合吧。"

一阵山风吹来，风中夹杂着深秋的寒意。肖福海打了个冷噤，望着洞穴悬挂的草席，同情地说："太可怜了，我们要尽快把他接回厂。"

"接他出洞？这就要看你们的本事啰。"老猎人呵呵一笑说。

"人往高处走，水往低处流。你说他为什么不愿离开这山洞呢？"肖若云好奇地问。

"除了画鸟、画山，他好像对什么事都不感兴趣。"老猎人的话在曾昭英心里投下了一道阴影。

老猎人挑着担子向小镇子走去，回头对曾昭英道："你们自己过去吧，有什么事需要帮助的，可以到三岔口那个茅草屋去找我。"

曾昭英与肖福海等人辞别老猎人，顺着一条羊肠小道，朝对面山坡走去。真是望山跑死马——相隔只有一道山沟的对面山峰，走了约半个时辰，他们才来到那悬挂着草席的岩洞前。

肖福海等站在洞口，朝洞里大声喊道："有人吗？有人吗？"

岩洞里死一般地寂静。好久，好久，洞里才传出一个似乎受到了惊吓的声音："谁呀？"

"是我，我们是省城宏兴湘绣厂来的。找张子奇！"肖福海急忙回答道。

曾昭英掀开洞口的草席帘子，四人进了岩洞。走进去约十来米，头顶处有几缕天光射了进来，曾昭英等人适应了一下视力后，终于看清了洞内的情景。

这里确实是有人居住，锅盆碗灶皆有，且收拾得井井有条，只是这个家很穷，灶台是用三块石头砌的，上面几根木棍架成个架，吊了口铁锅。洞里一件像样的家具也没有，一长溜岩石权做待客之座，却是干干净净的，衣服铺盖全堆在床上，唯一表明主家有点现代人特征的，是那洞内岩石上放了个口杯，上面搁了两支牙刷。

从岩洞深处走出来一位中年妇女。望着曾昭英等人，她有点手足无措，操着一口众人似懂非懂的山里话，说道："我家那口子不在，你们找他有什么事？"

中年妇女"我家那口子"的话一出口，曾昭英不由得吓了一跳。张子奇这个人，他从未见过，虽说小时候也时常去厂里玩，却是无缘见面，等到他大了进厂时，这个人已是下放去了老家。对这个人的了解，多来自母亲焦菊香的讲述，知道他是铜官"泥人周"的徒弟，画得一手好画，当年"文革"时期周恩来总理点名湘绣参加阿尔巴尼亚国际博览会的作品，画稿便是出自此人之手。只是此人性情怪异，高傲得很，厂里的人缘也一般。这个张子奇在宏兴湘绣厂时是有老婆的人，怎会这里又出了个"那口子"的话？

曾昭英满腹疑惑之时，肖福海抢先一步问道："你是张子奇什么人？"

"一个锅里舀饭吃，还能是什么人？"中年妇女盯了肖福海一眼，好一阵后，才警惕地重复着刚才问的那句话，"你们找他干什么？"

曾昭英连忙解释道："我们是奉李厂长的指示，请张子奇同志回厂。"

"那我可做不了主，你们得去问他自己。"中年妇女没好气地回道。

肖福海问道："张子奇同志什么时候会回来？"

"这可说不定，少则两三天，多则十天半个月，我可说不准。"

"那……"肖福海沉思了一下，"能不能麻烦你托人找下他？我们真的是急着找他回去。"

"他成天在山里野游，脚不落屋的。谁知道上哪儿遛去啦？"那妇人很不情愿地说。

肖福海脖子上青筋毕露，但仍耐着性子尴尬地笑着说："我们是来给张子奇同志落实政策的，必须要见他本人。"

"他不在，你们走吧。他现在很好，不要落实什么政策。"

曾昭英见中年妇女一副很是不耐烦的样子，知道再磨下去也不会有什么结果，便示意肖福海等告辞。正当他们准备离开时，忽然发现一个小男孩，从洞穴深处往外走。

中年妇女见状，急忙喊道："小铁锤，别过去！"说完，她迅速将小孩拉到自己的身后，像是生怕被外人看见似的。曾昭英没去多想，轻轻地朝肖福海三人挥了挥手，招呼大家离开。

他们走出岩洞后，曾昭英回头却见中年妇女从路边滚出一块大石头，挡在了洞门口。

第五章 石林

> 被誉为中国"第八大奇迹"的张家界，有媒体宣称"是画家吴冠中所发现"，当地为此还刻有碑文，也有人说"是新华社记者所发现"。殊不知最早竟是一幅名为《石林》的湘绣画稿，将"青岩山"神奇面貌泄露给了全世界。

从鸟道返回县城招待所，肖福海给厂长李俊义打了个电话，诉说了寻找张子奇的遭遇。没承想招来李俊义一通训斥，严厉要求他们必须找到张子奇。

说实话，接电话的李俊义心里正急得发慌，早两天，全国著名的大画家吴冠中从北京来了电话，说是近期将来长沙，要求李厂长践约两年多前的承诺：让张子奇陪他前往青岩山。

那还是两三年前的事啦。粉碎"四人帮"后，华国锋任中共中央委员会主席，中共湖南省委决定将原布置在人民大会堂湖南厅的湘绣全部撤换更新。计划将老湘绣屏风画面《江山如此多娇》，改为赶制的《大治之年春满园》画面，寓意对华国锋主席的歌颂，在展示毛主席诗词《沁园春·长沙》的位置，则改为悬挂毛泽东故居《韶山全景》。

然而，在湘绣《韶山全景》由谁来担纲创作画稿一事上却颇费周折，最终我国著名画家吴冠中吸引了拍板者的目光。当年8月吴冠中受中共湖南省委之邀，到长沙体验创作生活。创作开始之前，省委接待人员特意安排吴冠中到当时湖南最大湘绣生产企业宏兴湘绣厂熟悉情况。

吴冠中来到宏兴湘绣厂五楼外宾接待室，电梯门刚刚打开，一幅大气磅礴的大型山水画《石林》迎面而来闯入眼帘，艺术家的心田不由得为之一震，那幅《石林》画面之磅礴气势，仿佛有如黄河之水天上来的宏大气魄。他目光停留在画面落款处"张子奇写于青岩山"几个字上，他虽然不知道青岩山在什么地方，但他的内心久久地被这《石林》的景色震撼：此景只应天上有，大自然怎会有如此变幻莫名的奇峰妙境呢？在他的脑海里这样的画面是完全想象不出来的。因此，他当即问陪同的工作人员："张子奇是谁？青岩山在哪里？"

"这是我们厂里的一个'怪人'……"陪同的李俊义悄悄地凑了过来，说起了张子奇不同常人的经历。

传奇的故事，不平常的人物，更加引起了吴冠中对张子奇的兴趣。他对湖南省委接待处人员提出一个条件，即《韶山》画稿创作出来后，由宏兴湘绣厂安排张子奇陪同他去《石林》的所在地青岩山写生。

然而，此时张子奇早已被下放老家，一时三刻也寻不到人，善解人意的吴冠中并未强求，与李俊义约定，下次再来长沙时，希望张子奇能陪同他前往青岩山……

如今，吴冠中真的来了电话，李俊义正为自己派出肖福海、曾昭英一行人前往桂南县写生并寻找张子奇一事暗自庆幸，此时闻听找不到人，心里那份焦急自是难以言表，只能下个死命令：必须找到张子奇！

第二天肖福海留下刘策与肖若云在招待所写生，自己和曾昭英，根据李俊义提供的地址，来到了桂南县境北部的那个"竹冲"。这里离县城直线距离虽然只有二十多公里，俩人却整整走了四个多小时。刘猎人告诉他们："昨天傍晚有人在观鸟洞不远的竹坡碰到了张子奇……"

同时，他们从刘猎人口中得知，竹坡与观鸟洞相隔一座大山，步行至少需要两个小时，而且只有从牛头坳下山，才有通往竹坡的路，如果张子奇在牛头坳的话，只要在附近多转几个圈，就一定能找到他。

曾昭英忽然心里有个想法：刘猎人可能是刘寡妇的亲戚，不然，他怎么会如此熟悉张子奇的行踪？他甚至怀疑李俊义也知道刘猎人和刘寡妇他们之间的秘密。对于曾昭英的想法，肖福海觉得也有几分道理，于是他们决定先回县城。

回县城后，曾昭英、肖福海等四人就又结伴来到了牛头坳。曾昭英在"观鸟洞"转了一圈后，发现刘寡妇母子已经离开了，四人立即开始在四周寻找。

他们找了一个多小时后，因拐错一条山道迷了路，转进了一个不知名的大峡谷。

在大家惊魂不定之时，走在前头的肖福海，忽然好像瞧见了什么，停下脚步来，随后他顾不得等身后的曾昭英等人，便快步跑向了一堵岩壁。

曾昭英顺着肖福海所跑的方向望去，眼睛一亮：在一处十多米高的岩壁上，有人用黑炭涂画了幅岩画。走近仔细一瞧，岩画上绘着几十只凌空展翅的飞鸟，画面的着力之处，还雕刻出一道道边际线。近看这岩画的画工略显粗糙，远望却是神韵毕现，天然一体。看那长腿鹭鸶，昂首展翅活灵活现；白鹤仰头鸣叫，似乎声震山野；尤其是一只怪异的鸟，拖着长长的尾巴，头顶双峰羽冠，双翼收拢，宛如一件华丽的披风，又似武士的斗篷，威武地伫立在一根粗枝上，端庄华贵，卓尔不群……

"啊！好漂亮的岩画，你们看那长尾巴鸟！"肖若云惊呼道。

曾昭英瞧着这岩画描绘的场景，激起了心底深处的灵性。这些岩石上的鸟虽然画得很是粗糙，但鸟的神态却跃然而出，直刺人的心田，让人悟思良多，较之自己一晚上在牛头坳观鸟的体会，似乎又深了一个层次。

"这岩画是谁画的？"肖福海兴奋地问。

"这里与观鸟洞直线距离不过几公里，只是这重重叠叠的弯道，让它们仿佛变成了两重天。如果让我猜，这画鸟之人肯定就在附近。"曾昭英分析道。

"我们四处找一找，没有道理找不到这个人。"肖福海道。

不知是走累了的缘故，还是被岩画所吸引，大家都没有动。曾昭英解开随身带的速写板，准备将这幅岩画临摹下来。此时不远处的山路上传来一阵低沉、浑厚的歌声：

老鹰落难在山中，
锦鸡云鹤问吉凶。
一对黄鹂来探望，
白鹭双双请郎中。
画眉前后团团转，
天鹅急忙把脉诊。
丹凤朝阳说无恙，
大山深处百鸟鸣……

"呀！这不就是在牛头坳遇见的'张聋子'吗？也就是老猎人口中的'鸟人'。"曾昭英看着山道上的来人，朝着肖福海吐了吐舌头。

当"张聋子"走到面前时，曾昭英凭直觉感觉到，眼前这幅岩画就是此人所画。

"老人家，您就是张……？"肖福海迎上去刚喊出一个"张"字，立即把"聋子"二字卡在了喉咙里。

"你们饿了吧，我这里有几个烤红薯。"老人没有回话，却掏出一包用枯荷叶包裹着的烤红薯，"山里人家，没什么好招待的。"

曾昭英接过烤红薯后，说明了他们的来意。

"张聋子"听后，默默地走到岩画前，仰望着画一言不发。

肖福海见"张聋子"默不出声，便对他道："张师傅，您有这么好的画艺，为什么不画些作品到画廊里去卖钱呢？"

"张聋子"望了肖福海一眼，说道："卖钱？我从没有想过。"

"你将这些鸟刻画在深山老林里有什么用？还不如帮我们画几张画稿。"肖福海凑近身前又道。

"人过留痕，雁过留声。这些都是吃进了我肚子里的鸟，就像人死后刻个石碑，让后人记住他的名字。""张聋子"平静地说。

肖福海听不出"张聋子"是在炫耀自己猎鸟的本事，还是对自己吃鸟的悔悟，困惑地问道："您既然把这些鸟给吃了，为什么又要将它们刻画在这岩石上？"

"世间生死有序，不先死何来生？我将自己吃过的鸟，刻画在这山岩上，就是想让后人知道它们在这里飞过。""张聋子"双手一摊，一副无可奈何的样子。

听着这些近乎禅语的话，曾昭英不由得想起了郭沫若长诗《凤凰涅槃》中的火凤凰，心情很是沉重。

肖福海直截了当地问"张聋子"："您能跟我们回长沙啵？"

"回长沙能干什么？""张聋子"问。

"绘画呀！"肖福海劝慰地说道，"你可以去我们厂里乔口湘绣站，将你这些画鸟的本事用在创稿上，湘绣站每个月都可以给你发工资的。"

"张聋子"不为所动，却对身边的曾昭英道："你看我胡子都白了，这么大一把年纪，已经跟不上潮流了，何况这些年在山里自由惯了，不想有笼子框住自己。"

"张聋子"的回话，让大家有些难堪。为了打破双方的尴尬，肖若云凑到老人跟前，甜甜地问："老人家，您刚才是唱的什么歌？蛮好听！"

"山歌《百鸟谣》。""张聋子"回答。

曾昭英灵机一动，好奇地问道："'老鹰落难在山中，锦鸡云鹤问吉凶……'这岩画，您就是画的《百鸟图》吗？"

曾昭英出身湘绣世家，关于百鸟传说故事听得不少，但这"百鸟谣"的山歌却是第一次听到，"老鹰落难在山中，锦鸡云鹤问吉凶……"的歌词，让他顿有感悟，立即追问道："您刻画的那长尾鸟，就是《百鸟图》中的凤凰？"

"凤凰？""张聋子"疑惑地望了曾昭英一眼。他知道这个小伙子，将凤与凰的概念搞混了，只是这个小青年能够理解百鸟中的头鸟凤与凰，这份理解力便不同于一般。

"张聋子"耐心地解释道："那长尾巴的是凤，短尾巴的是凰。凤凰和麒麟一样，是雌雄统称，雄为凤，雌为凰，总称为凤凰，常用来象征祥瑞，凤凰是中国古代传说中的百鸟之王，是汉民族的图腾。常人都喜欢画《百鸟朝凤》，我之所以要在这岩石上刻画牵头的凤，就是想让大家记住这些鸟类的灵性，特别是那只领飞的头鸟呈现出的王者风范。"

近水知鱼性，近山识鸟音。曾昭英深深被"张聋子"这岩画的意境和老到的画风所折服！此时他才明白李俊义厂长为什么非要找张子奇回厂，肖福海为什么会自作主张地请"张聋子"去乔口湘绣站，就是担心错过了这次机会，再也找不到此人了。

面对"张聋子"的拒绝，曾昭英只得缓口气说："张师傅，我们今天先回县城，您再仔细考虑一下。明天我们再来看您。"

"你们就不要劳神了。我明天还要去转山。""张聋子"断然地拒绝道。

曾昭英终于忍不住问道："您认识张子奇吗？"

"张子奇？你们找他干什么？""张聋子"一惊，随即镇静地反问道。

肖福海抢着道："我们厂长找他，大画家吴冠中要找张子奇一同去青岩山……"

"他跟我一样，日游大山，夜宿岩穴，行踪不定，寻找很难。你们还是先回去吧。说不定你们还没有到家，他就已经回厂啦！""张聋子"说着，迈着大步，唱着山歌迅速地离开了。

百鸟谷又是空空如也，大家感到一种前所未有的空虚。

肖福海无话找话地问曾昭英："你说这'张聋子'是不是就是张子奇，老猎人在牛头坳带我们找过的'怪人'？"

曾昭英一时也无法确定，大家只得快快地离开了百鸟谷。

第二天，肖福海与曾昭英再次找到"观鸟洞"时，那遮挡在洞口的草席帘子不见了。曾昭英此时才猜想到，住在这洞里的"怪人"，极有可能就是张子奇，但岩洞里居住的中年妇女母子两人为什么也一起搬迁了呢？

两次寻找张子奇无功而返，但对曾昭英来说，每次都有不同的收获。回到长沙后，他又习惯性地一个人漫步在湘江的河堤上。

一阵江风吹过，岸边摇曳的柳条簌簌作响。曾昭英凝视着波光粼粼的江面，脑海中追忆着牛头坳那夜满天飞翔的候鸟，耳里响着"张聋子"唱的《百鸟谣》山歌……一幅《百鸟朝凤》的画作腹稿，已在脑海中初步形成。

一阵轻微的脚步声响起，一个俏丽的倩影出现在曾昭英身后。曾昭英身子颤抖了一下，但没有回头，凭感觉他已经猜到是谁来了。两人伫立在柳树下，谁也没有说话。良久，曾昭英开口问道："你怎么来了？"

肖若云轻叹了口气道："我来告诉你，我要结婚了。"

曾昭英平静地道："听你哥哥说了，对象是潇湘八设计院技术科的副科长，人很不错，祝福你了。"

肖若云无奈地道："是爸爸给我找的对象，如果我能和他结婚，就能调到长沙毛巾厂美工部，从事美术设计工作。"

曾昭英顿了顿道："能调到专业对口的工作岗位上，这不正是你所想要……"

"昭英哥！"肖若云打断他的话道，"你真不明白，我为什么过来找你吗？"

曾昭英岂会不明白肖若云的心思？这些年来，肖若云一直在追求他，即使他谈上了刘健萍女朋友，向她表明了态度后，她也从未放弃过，用她的话来说，只要他和刘健萍没有结婚，她就有追求的权利和希望。曾昭英认为自己并不适合肖若云，在谈上刘健萍后，更是没有了这种非分之想，只是把她当作好朋友或者是妹妹一样看待，可是……

此刻，曾昭英只得揣着明白装糊涂道："我不知道，你想说什么？"

肖若云有些幽怨地说："我见到你就想起了北宋诗人张先的《千秋岁》，'天不老，情难绝。心似双丝网，中有千千结'。"

肖若云说着，靠近曾昭英，柔声道："昭英哥，难道现在你还不明白我的心意吗？"

曾昭英皱起了眉头。他知道肖若云的脾气，思索着该如何拒绝这位痴情的妹妹，而又不过分伤到她的心。他正待开口说话时，肖若云却突然紧握住了他的手，激动地道："我现在还没有结婚，你现在也没有，我们还有最后的机会。我爸其实是很看重你的，他说你如果愿意从政的话，他可以推荐你去市政府举办的第三梯队重点干部培训班学习，十至二十年后，曾家也许会出现一个县委书记，甚至是市长——"

"若云！你说到哪里去了？在学校读书时我很羡慕当官，但进湘绣厂后，我更希望能在湘绣行业有所作为。"曾昭英轻轻地挣脱了肖若云那温柔的手。

"我打了一个报告，申请调到你们宏兴湘绣厂来，我们就可以天天在一起。像古人所说的：'春赏百花秋看月，夏享凉风冬观雪。男画女绣烛光夜，朝朝暮暮好时节。'"肖若云轻轻地抱住曾昭英，含情脉脉地说。

曾昭英有些难为情地两眼注视着肖若云，深情之中却又含着坚毅的神色："为人做事都要有一个原则，那就是凡事都要对得起良心。大丈夫一生，如果不能做到仰无愧于天，俯无愧于地，行无愧于人，止无愧于心，那就是失败。你希望我做个失败的男人吗？"

曾昭英说完，不顾肖若云眼中滚动着泪花，轻轻地去扒肖若云的手，谁知肖若云却越抱越紧，曾昭英的心感动得都要碎了。他情不自禁地俯下头，碰到了肖若云那滚烫的脸。他脑海里蓦然浮现刘健萍那充满期待的笑脸。

曾昭英挣脱肖若云的拥抱，毅然地推开了她，转身大步离去。走出数步后，他又扭回头来安慰着她道："下次吧！今天我们只能到此。"

"下次？下次是什么时候？"肖若云凝视着他道。

"下次……"曾昭英无言可答。

"明天我就要成为别人的新娘啦……"肖若云耳中响着揪心的乐曲，木然地站在柳树下，望着曾昭英渐渐消失的身影，等待着那个没有结果的下次。

在曾昭英奔波于长沙、东城两地之时，宏兴湘绣厂的领导们，也被万花筒似的一个接一个的改革开放浪潮，搞得晕头转向。

这也难怪，"文化大革命"结束后，中国的大地上涌动着经济改革的激流，农村掀起了包产到户的热潮，城镇则从企业入手进行改革。随着改革浪潮兴起，湖南省的各行各业都处于一种动荡、兴奋和不安的情绪之中。

这天，李俊义没有像以往一样，踏进工厂大门便直奔车间，这个习惯自他到宏兴湘绣厂后，十几年来一直未变。李俊义慢步地走进厂长办公室，叫来办公室人员泡了杯茶，吩咐无事不要打扰自己后，便坐在了办公桌后的椅子上，想着烦心的事。

李俊义已经是五十好几的人了，从没有想到过自己的生活中会摊上这样的处境。古来只有"科举"，没有选举之说的中国，现在居然兴起了民主选举。在他几十年的工作经历中，从来都是领导叫干啥就干啥，依着规矩，按部就班地从工人，一步步升到了如今厂长的位置。没想到，轮到自己当上厂长后，变化却来了！接到县里文件，宏兴湘绣厂要民主选举厂长。

这他妈的，是哪门子佛？治理一个偌大的中国，哪个朝代是民主选举出来的？同理，一个单位，一个企业，领导都是上级安排的，从没有选举之说，难道，轮到自己便该倒霉了？！他心里很是不忿。不过，几十年的阅历见识过来，他并不慌张，在共产党的领导下，哪能说翻天就翻天？

李俊义正想着心事，办公室的门被推开了，走进一个人来。他正要开口训斥，话到嘴边又咽了回去，来人是厂里的袁书记。

"老李，今天没有到车间去？"袁书记虽然是青年人，说话却很是直爽，"这可不是你老李的作风哦。"

现在有人要抢班夺权，老子还有心情去理事？李俊义一肚子的火，但话出口却变了："办公室有点急事，我先来这里处理下，再去车间瞧瞧。"

"哦，算了，也不是什么大事，车间里有两个绣绷沾了点颜料，看样子要返工，我已经让车间主任处理了。"袁书记说着，准备离开。

"袁书记，有件事想问问。听说我们宏兴湘绣厂，要搞什么民主投票选厂长，这是真的吗？"李俊义知道袁书记在县里人脉广，消息灵通，想了解一下民选厂长的事是否属实。

袁书记瞧了李俊义一眼，严格遵守组织纪律的习惯，让她有点犹豫，但两人搭档这么多年，双方配合得还算是不错。她沉思了一下，斟词酌句地道："民选厂长的事，我听说过，但这么久没有动静，是在酝酿，还是时机不成熟，这谁也说不清。"她顿了顿又道："我想，在上级没有新的文件之前，你只管干就是了。"

"书记，厂长，县政府来人了！"书记办公室的一个小伙子，气喘吁吁地跑了进来，"要你们去一下，他们在外宾接待室里等。"

袁书记与李俊义对视了一眼后，疾步向外宾接待室走去。

副县长韩自强在县政府生产组负责人的陪同下，正在外宾接待室里等着，见袁书记和李俊义联袂而来，韩自强站起身，笑吟吟地迎了上来。

李俊义与韩自强是老熟人，说话自是无拘束："韩大县长，哪阵风将您吹来啦？"

"这个年月，不是东风便是南风，其他的风怕是难吹得动哟。"韩自强笑了笑道，"你们厂参加欧美巡回展绣品的生产进度怎样了？"

"万事俱备，只欠东风。厂里少了画师张子奇，这船有点快不起来。"

"没有派人去找？"韩自强知道宏兴湘绣厂的张子奇还真是个宝贝，他画的湘绣图案有着一种特殊的灵气，外国人还就认他张子奇这个名号，当年周恩来总理点名湘绣参展阿尔巴尼亚国际博览会时，他的作品赢得了满堂彩。"文革"时期，成分压倒一切，担心右派分子在企业里"一粒老鼠屎弄坏一锅汤"，当时，还是韩自强亲自来厂里做的说服工作，将张子奇下放回了老家。

"我们前后派了三拨人去找，已经找到他了。"李俊义摸了摸自己有点秃顶的头皮，感叹地说道，"这可真是堪比三国时期，刘备三顾茅庐请诸葛呀！"

"可得抓紧呀，省里三天两头地打电话来，催问湘绣展品的生产情况，你李胡子可不能给县里丢脸啊！"韩自强想起了什么，又道，"参展的主绣品准备用什么题材？"

李俊义顺口回答道："百鸟飞翔。"

韩自强点点头："百鸟？百鸟好呀。以前湘绣有《百子图》《百花图》什么的，如今再来个《百鸟图》可就让湘绣齐整了。"

"韩县长，一听您这话，就知道是行家说出来的。"李俊义夸奖了韩自强一句后，话锋一转，"哎，韩县长，你们今天上门恐怕不只这个事吧？"

"这是县里的大事嘛，谁不关心？"韩自强笑了笑，"当然不只这件事。"

原来县委接到上级部门的明确指示，要求小型企业逐步实行厂长"民主选举"，县政府讨论近一个月后，盘算来盘算去，最后县经委决定选择基础较好的宏兴湘绣厂作为试点，这就有了韩自强的今日之行。

当韩自强说明白来意后，李俊义的内心极为复杂，乱成了一团麻。这就是改革？与其说是改革，不如说是折腾。中国这几十年来不停地折腾，可是折腾来折腾去，还不是九九归一，又回到了原处？他心里这样想，脸上却一点也没露出来，毕竟当了几十年的干部，知道这种场合该说什么话。

李俊义哈哈地笑了笑道："没问题，上级叫干啥就干啥。"

"你这是心里话，还是口是心非？"韩自强盯住李俊义的眼睛，似乎要捕捉到对方的心思。

李俊义在基层管理岗位上，摸爬滚打了几十年，自是熟悉韩副县长的"套路"，他敛住笑容，道："韩县长呀，韩县长，您怎么这样不相信人？我李胡子是那种口是心非的人吗？"

韩自强太熟悉李俊义了，他笑的后面肯定隐藏着不安，不过韩自强没有再问下去，一则民主选举厂长的事，现在还只是吹吹风，真正要实施还会有一段时间；二则国家组织的民间工艺品参加欧美巡回展览，却是眼前从上到下领导都极为重视的大事。早几天省委办公厅的秘书还打来电话，专门问起这事，说是省长办公会还问到参展的准备工作，如果误了这事，那可就没法交代了。

"好了，那是以后的事，眼下参展湘绣绣品的生产进度怎样？"韩自强没有再就民选说事，"张子奇能赶回来吗？"

"应该没问题。我们通过当地的政府部门做工作，总算是说服了张子奇，大概最近就能回厂里，厂里已安排了几个年轻人，正在设计绘画参展湘绣的绣稿，估计过几天就能完工。"李俊义一谈起生产上的事，便眉飞色舞的，"张子奇回厂后，有他掌舵，准能赢得个满堂彩。"

送走了县政府的人，李俊义有点不放心绣绷沾了颜料的事，急急忙忙赶往刺绣车间去处理。

从东山县返回长沙的曾昭英，此时正在家里的画桌前，冥思着创作《百鸟图》的轮廓。

忽然，"咚咚咚"！响起了敲门声："曾昭英，在家吗？"

曾昭英回过神来，应声问道："谁呀？"

"是我，肖福海。"走进门来的肖福海满脸潮红，喘着粗气道，"李厂长叫你去厂里一趟，要你将桂南写生的那幅《百鸟图》画稿也带过去。"

曾昭英看看画桌上的那张尚未完工的画纸，皱起眉头道："什么事这么急，这画稿我还没有画完呢！"

曾昭英和肖福海走进厂里贵宾室，曾昭英眼睛陡然一亮，沙发上坐着那天在牛头坳百鸟谷中见到的怪老头。

这位看上去六十好几的干瘦老头，上身对襟短褂，下身却是练功用的宽脚灯笼裤，手肘、膝盖处均缝着大块的补丁，一双手时而放在沙发靠手处，时而搁在膝盖上，极像《红楼梦》中刘姥姥进大观园的神态，脸上皱纹密布，两撮花白胡子分得很开，显得滑稽可笑，一对三角眼里却放出贼亮的光彩。

对这么个乡里老头，袁书记、李厂长却是恭敬有加，除了往日待客的一杯清茶和几样茶点外，茶几上还搁着一个玻璃杯，一瓶长沙特产名酒白沙液。

看这场景，曾昭英立即猜到了坐在沙发上的干瘦老头，肯定就是他们多次去寻找过的张子奇。

袁书记对肖福海和曾昭英点点头后，指着肖福海介绍道："张大师，这位是本厂办公室主任肖福海，担纲这次欧美十六国湘绣巡回展画稿的主管，他收集有几幅画作，还请您给指点一下。"

张子奇抿了口酒，大大咧咧地道："哦，我们已见过面。那天只是没有互报家门。"

袁书记补充道："你恐怕不晓得，他就是肖万泉的公子肖福海。"

"久仰久仰，你父亲是宏兴的元老，他可好？"没等肖福海回话，张子奇就将脸转向了曾昭英，"这位是……"

"曾昭英。"袁书记接着介绍道，"原配料车间的裁剪工，因喜爱绘画，现调到美术设计创作室工作，是这次参加'欧美工艺美术巡回展'作品创作的召集人，他母亲也是你的老熟人。"

张子奇睁大着一双有些混浊的眼睛，久久地盯着曾昭英，似乎在他身上努力地搜寻着自己的记忆，他沉缓地问道："你母亲是谁？"

"焦菊香。"曾昭英有些自豪地回答。

"哦，铜官曾家大屋的后人！"张子奇眸子里闪现出兴奋，感慨万千地道，"难怪，那天到百鸟谷来找我，对岩石上的那几笔信手涂鸦特别有兴趣，原来是曾家大屋的后人，多有怠慢！"

曾氏家族竟然有这么大的名头？曾昭英有点蒙了。父母亲的事，他知道一些，但祖辈的事，父母亲都没有对他讲过，还真不知道祖辈曾家大屋在社会上有这样大的名声。他没有回复张子奇，只是谦逊地笑了笑。

"你的画作呢？"张子奇伸出了手，"给我看看。"

曾昭英愧疚地笑笑："大师，请原谅，我还没有构思完整。"

"参加欧美巡回展时间够紧的了，我不是早就布置你们赶画？"一旁的李厂长有点急了。

张子奇性格古怪，从不轻易主动要求看人家的画，但一旦向人要画，肯定是对这个人有了兴趣，如果能得到他的指点，那绝对是受益匪浅。

李俊义眼瞧着曾昭英要失去张子奇指点的机会，不由得拉下脸来，厉声地叱责道："你忙什么去啦？一个多月的时间，居然还拿不出一幅画来？你究竟在——"

李俊义劈头盖脸的训斥，却被张子奇拦住了："李厂长，俗话说，好菜不怕晚，没关系。"他转头问曾昭英："你什么时候能拿出画作？"

曾昭英低头沉思了一下，抬起头来："明天一早。"

"你准备画什么题材？"张子奇随口问。

"百鸟图。"曾昭英回答。

"百鸟图？！"张子奇目光一闪，然后信心满满地对李俊义说，"他不会让我们失望的。"

李俊义这才松开紧绷的脸皮，露出了一丝笑容："张老倌，你这次回来，总得给老朋友再留点纪念品吧。"

"有，见你李胡子没有一点见面礼，怎么对得起宏兴厂？这次我转山打猎到大庸的老山林，又发现那里有一片见所未见、闻所未闻的秘密大森林。我将它画了出来。"张子奇说完，从一个蛇皮袋里拿出一沓画稿，指着其中一幅奇峰叠翠的山水风景画，有些难为情地说，"在大山里寻找不到颜料，画稿的颜色我都是用果酱或树叶的汁液所绘。层次虽然没有工厂画稿丰富，但它却有特殊的意境与韵味……"

这幅大型特殊的珍贵山水画，虽然要经过二次描图才能作为绣稿，但对李俊义来说，这是一幅可遇不可求的原创作品。如果拿出去参展，可能尺寸有点大，把它挂到会议室的墙壁上，却是另一番风景。他喜滋滋地对肖福海说："你要财务室给他造二百元的零时人员工资做稿费吧。"

"给你李胡子画稿要什么稿费？不要……不要！为老东家涂鸦一幅画稿还要钱，说起来都丢人。"张子奇听说要给工资连忙摆手拒绝。

李俊义见状也不再啰嗦，吩咐肖福海道："你把这画马上装裱好挂到大会议室的主墙上，我要让所有来宏兴湘绣厂的人，见识见识这大师的作品。"

张子奇非常感动地说："你李胡子如此看重此画，使我感到这次没有白回来。"

几十年来，张子奇之所以抛妻弃子游荡在大自然山水之间，为的就是求得做人的生存和尊重。

李俊义知道张子奇是那种宁死也不为五斗米折腰的艺人，最终劝说他报销了从桂南回长沙的十五元路费，并安排他在厂招待所住了下来，食宿费用全部由厂里负责。

张子奇的悄然现身，最惊喜的要数吴冠中。当年他从厂长的口里听说了张子奇坎坷一生的种种传闻，引起了他对张子奇这个右派画师的极大的兴趣。在与张子奇的交流中，吴冠中深深地被青岩山的故事所吸引。当他得知湘西有大片人迹罕见的原始森林，更是按捺不住要去青岩山看一眼的期待。

两位画师见面，最高兴的是李俊义，他要利用张子奇与吴冠中的会面，设法让吴冠中这位大师也为宏兴湘绣厂留下一幅作品。

当天晚上李俊义破天荒地打了二斤谷酒，买了一斤花生米，还有一盘麻辣牛肉，早早地派肖福海和曾昭英，邀请张子奇与吴冠中到厂里创作室聊天。吴冠中因为想要李俊义派张子奇陪自己去大庸，欣然赴约。酒喝到一半时，从来不喝酒的李俊义，竟然端起张子奇的半杯酒，在吴冠中面前晃了晃一饮而尽，并对吴冠中说："喝酒的人都说感情深、一口闷！"

"哎……哎！喝我的酒干什么？"张子奇对李俊义这一反常的举动，感到十分意外。

李俊义眨巴着眼睛，狡黠地说："我敬吴大画家这杯酒，是要借他的手，为厂里创作一幅画稿。"

"这么说来，李胡子，你这是摆的鸿门宴啰？"张子奇仗着自己年纪比李俊义大，又是哥俩好，跟着摊牌道。

吴冠中终于弄明白了，厂长原来是酒中有话。不过，他得知宏兴湘绣厂要自己画稿，是为了参加"欧美十六国工艺美术文化交流巡回展"时，便毫不犹豫地对张子奇说："这是好事！李厂长就是不摆这鸿门宴，我也要助他一臂之力。待从青岩山回来，我一定给李厂长交幅'作业'。"

李俊义是个讲究实际的人，他见吴冠中开出的是一张预期支票，便收敛起笑脸，转身对站在身后的肖福海，用训斥的口气道："国际巡回展展会不等人，你明天陪吴大画家去青岩山，大画家如有什么不满，我就记你的'旷工'。"

"旷工"是那个时代，企业对没有完成任务的职工最严厉的惩罚，接着他又毫不客气地对曾昭英说："今天晚上，你陪张子奇画师在招待所加班，不画好展览会的图稿，不准离开湘绣厂。"

众人不禁面面相觑。李俊义将张子奇的空酒杯斟满后，瞅了大家一眼，说："你们慢慢喝……"随后，挥挥手离开了创作室。

李俊义的行事方法，吴冠中实在不敢苟同，但却非常理解这位厂长所承受的压力与身处的困境，他毫不犹豫地接受了李俊义的安排。望着李俊义消失在门外的背影，吴冠中扭头对张子奇道："我在青岩山等你来！"

不久，吴冠中从大庸返回长沙后，宏兴湘绣厂会议室里又挂出了一幅名为《张家界》的山水风景画。

第六章　鸟谣

　　石头的撞击产生火花，心灵的碰撞产生思想。牛头坳的捕鸟与火光，观鸟洞大峡谷的岩画，不断地在曾昭英的脑海中叠闪，"苍鹰"与"鸟谣"的碰撞，升华为一幅超越时代的经典画作——《百鸟朝凤》。

　　听说大画家吴冠中前来邀张子奇去张家界，最紧张的就是刘健萍。最近几个月她对曾昭英盯得有点紧，曾昭英到桂南县牛头坳采风写生，肖福海将妹妹肖若云也带去了牛头坳，起初她并没有在意。肖若云喜欢画画，学的专业也是美术，肖福海叫上她一起去采风写生也在情理之中。后来肖若云在湘绣厂借宿时，多次向她讲起采风写生中的所见所闻。第一次听肖若云说起牛头坳捕鸟的情景，她感到新鲜；第二次，她感到肖若云对牛头坳有种迷恋；听到第三次，她感觉到了有些异常，联想起曾昭英这段时期以来的"表现"，让她心里生起了几分警觉，特别是肖若云莫名其妙地推迟婚期，使她突发联想。她曾几次暗示曾昭英考虑自己的婚期，开始曾昭英以学徒不准谈恋爱为由予以推诿，后来一次又一次地找出各种理由推迟他俩的婚期。正是这些异常，让这个心细如发的姑娘无时无刻不在留意曾昭英的一举一动。当她在刺绣车间遇到李俊义时，主动搭讪道："李厂长，听说曾昭英要陪张子奇去大庸？"

　　"张子奇是我请回厂搞设计创稿的，曾昭英陪他去大庸干什么？"

　　听了厂长的回话，刘健萍长舒了口气，她不能说出自己心里藏的那点小九九，只能换个话题："李厂长，这《百鸟图》的画稿让我来绣吧，刺绣花鸟可是我的拿手活。"

李俊义没有深究刘健萍问话的含意，他知道刘健萍有手刺绣绝活，想了想，说："你绣可以，告诉曾昭英，这《百鸟图》画稿还要请张子奇做修改，绣品送展时，还得署张子奇的名。"

刘健萍一脸疑惑："为什么？"

"袁书记已经答应吴冠中，派张子奇陪他去大庸写生，是我私下把张子奇扣下来为'巡展'改稿，总得有个说法嘛。再说曾昭英创作的《百鸟图》虽然画面热闹，却缺少了鸟魂。何况，如今的人就看个名气。"李俊义解释着说。

署名不署名，刘健萍不是太在意，只要曾昭英不去张家界，她心里一块石头便落了地："哦，我明白了。"

关注着张子奇动向的人不只刘健萍，在后勤科副科长宋伟山的眼中，张子奇没有去大庸对他来说是天赐良机。就在前一天晚上，他从韩副县长那得到一个内部消息，县里即将开展企业改革试点，实行民主选举厂长，正巧，李俊义交代下来，由后勤科负责安排张子奇的免费食宿。

宋伟山是个不甘心平凡的人，"文革"时期那把"革命"的冲天大火，将他全身的热血燃烧得沸腾了起来，时至如今也无法平静。说实话，自己来宏兴厂也有这么多年了，结识了不少的铁杆朋友，自己一吆喝，朋友们一帮衬，换个肥缺的岗位应该不难，如果利用安排的机会，将李俊义都礼让三分的张子奇搞定，美术设计研究中心的那班兔崽子，谁敢不听使唤？自己爬上厂长的宝座大概也不是奢望了。不过，此时的宋伟山还是有着清醒的认识，他知道李俊义在厂里的威信，经历了"文革"失败的他，不能拿着鸡蛋碰石头，必须迂回包抄用软手段实现自己的目标。

这天晚上，宋伟山悄悄地将张子奇安排到工厂平常接待外宾的餐厅小包厢，并特意准备了一瓶邵阳大曲，事前还特别做了点"功课"。此时见应邀而来的张子奇一脸疑惑，他颇为神秘地说："今晚我陪您喝一口，您知道宋朝大改革家王安石在民间流传的一首著名诗作：'无酒不成礼仪，无色路断人稀；无财民不奋发，无气国无生机。'今天我用李厂长为您准备的酒，借花献佛敬张大师一杯，一是交个朋友，二是将来有机会还想借大师一臂之力。"

听了不通文墨却引经据典的宋伟山一番话，张子奇不禁失笑道："我一介布衣鸟人，能给您宋科长助什么力？"

宋伟山借酒盖脸，半遮半露心意地说："你知道李俊义为什么要一而再再而三地请你回来吗？你是当今湘绣画坛的大哥大，香港客户都知道'画鸟有您，绣看宏兴'。李俊义请你回来，还不是为了压阵？"

"你能把话说明白点吗？"宋伟山的话，让张子奇有点摸不着头脑。

听得张子奇如此一说，宋伟山索性开门见山："宏兴湘绣厂要实行民主选举，您支持谁，胜选的天平就会向谁倾斜。现在厂里一大批人眼睛盯上了厂长这个位置，都说李俊义想找您回厂，是为了稳住自己的阵脚。眼下厂里的生产形势极不乐观，政府指令性的生产订单越来越少，好几个车间几乎处于半停工状态，要是厂子落在了另外一些人手里，前途真是不敢想象……我担心您站错了队。"

张子奇陷入了沉思，他是一个不愿意惹麻烦的人，没想刚一回厂便卷进了争斗的旋涡之中。一个连老婆都要划清界限的右派分子，这次回宏兴湘绣厂突然变成了香饽饽？先有李俊义报销路费，后有曾昭英拜师，今晚又有宋科长请喝酒，不知怎么，他突然感觉这世道翻了个边，宋科长说的"一些人"是谁？"站错了队"会有什么后果？

宋伟山见张子奇沉默不语，故作豪爽地将瓶子里的酒一倒而尽："来，今天我们喝个一醉方休。待选举之时，我们振臂一呼把新厂长扶上马，升官发财各取所需，任你吃香喝辣找女人。"

此时张子奇才感觉宋伟山这场豪宴是心有所图，他一天也不想与这样的人为伍。他借着酒意说道："我也读过苏东坡流传在民间的一首饮酒诗：'饮酒不醉是英豪，恋色不迷最为高；不义之财不可取，有气不生气自消。'"

宋伟山听出，张子奇这是用苏东坡的中庸之道，来同敬王安石的王者格局。他高高地举起酒杯："改得好！有气不生气自消……"

张子奇很快就通过自己的"渠道"，得知宏兴湘绣厂已被县里作为"民主选厂长"改革试点单位的消息。此刻他的心态很是复杂。一方面，他在这个厂里待了这么多年，还是有着很深的感情，乍闻这个消息，心里很是不好受。另一方面，他担忧万一李俊义选不上，那宏兴厂的前途可就难说了。当然，在他内心的深处还有一些不能端上台面的原因，就是那观鸟洞里中年妇女的孩子。这事万一被别人抓了把柄，后果不堪设想。他心里嘀咕着："庄子说，'鹪鹩巢于深林，不过一枝；偃鼠饮河，不过满腹'，我张子奇一升米一把柴，日子也过得优哉游哉，何苦要搅这趟浑水？"

当天他在招待所心神不安地闭门一上午，下午两点多钟，当刘健萍路过招待所的值班室时，张子奇连忙招呼道："小刘，你帮我把这封信和画稿带给李厂长。"

刘健萍连忙走过去，接过一个写有"李俊义厂长亲启"的信封和一沓画稿，有点好奇地问道："您为什么不自己送给李厂长？"

"我不想给李胡子多事。哦，你告诉曾昭英，他所画的《百鸟图》虽然画出了百鸟朝仪的大势，但没有画出百鸟和鸣时，鸟与鸟之间不同姿态的层次感。还有绣工的针法转换，要用符号或者数字予以标明，特别是凤与凰的位置不能错。"张子奇说完，收拾起行囊，哼着小曲离开了招待所。

此时，副厂长袁瑶正在厂长办公室与李俊义商谈参加"欧美十六国巡回展览"湘绣的定稿问题。李俊义拆开刘健萍递过来的信，询问道："你是什么时候见到的张子奇？"

"他今天下午在招待所退房的时候。"

"你知道他是去哪儿吗？"

刘健萍摇摇头。

李俊义又瞧瞧画稿，顺手将信纸递给袁瑶，闷声闷气地问："这是什么意思？"

袁瑶瞟了一眼李俊义摆在桌上的画稿，又打量着信笺上的文字说："这大概是他为曾昭英《百鸟朝凤》画作配的诗。"

信笺上的文字是：

> 飞来一只又一只，
> 三四五六七八只。
> 百鸟何曾来朝凤？
> 欲啄凰谷才是实。

袁瑶解释道："我老家有个说法，这是一个有关'百鸟朝凤'的民间传说。第一句飞来一只又一只，乃是两只。第二句，三四五六七八只，每两个数相乘，三四一十二、五六得三十、七八五十六。你算一下，二加十二，再加三十，又加五十六，不刚好是一百只鸟吗？"

袁瑶的解释让李俊义明白了过来，他嘿嘿一笑："难怪桂南人叫他'鸟人'，用鸟语打哑谜。"

袁瑶略思忖了一下，继续说道："他真正的用意是后面两句，'百鸟何曾来朝凤？欲啄凰谷才是实'。"

"难道，'鸟人'是暗示这次湘绣厂选举？"李俊义略有所思。

"难得你也这么想，张子奇这个怪人，别看他有时候不按常人的思维行事，仔细推敲，这也是他的过人之处！"

"他一个山野之人，又为何要逃避这次民主选举？"李俊义有些不可思议张子奇的举动，见袁瑶无话，自失地一笑，"张老倌的心思总是那么难猜，好在他留下这幅《百鸟图》草稿，曾昭英的创作应该没大问题了，这次十六国巡回展宏兴总算有绝活拿出来。以后不管选择谁当厂长，只要业务有保障，谁当厂长都一样。"

"李胡子，据我了解张子奇之所以不想留下来，就是怕一些不自量力的人出来选厂长。这打油诗的最后两句，实际是讽刺有企图的人趁选举之际'摘桃子'。"袁瑶提醒道。

此刻李俊义满脑子的巡回展事情："好啦，不管张子奇是什么想法，我们必须先确保十六国巡回展览不受影响。"

李俊义与袁瑶正在商议巡回展事项之时，袁书记悄悄进来递给他一份张子奇与妻子的离婚报告，告诉他们，张子奇已经打定主意要离开长沙了。

张子奇的不辞而别，李俊义纵有千般的不高兴，也不能表现出来。他很了解张子奇要离婚的苦衷，也猜想可能是宏兴厂风传要民主选举厂长，他这个老厂长有点说话不灵了，此时也只能心里愤愤不平地说："走了就走了。你以为'死了屠夫，就吃带毛猪'？"

两个月后，湘绣作品《百鸟朝凤》在"欧美十六国巡回展览"受到空前的欢迎。中国轻工业部与文化部联合给创作者张子奇、曾昭英颁发了参展证书。新闻媒体的记者谁也找不到第一作者"鸟人"的踪影。宏兴湘绣厂在收获了《百鸟朝凤》绣品给厂里带来巨大生产订单之时，也接到了上级"民选"改革试点的正式通知，即厂长由任命制改为民主选举的"竞选"上岗。

李俊义此时虽然已经五十出头，但离退休年龄还有五六年。现在搞厂长

"竞选"岂不是秃子头上的虱子，明明白白地冲着自己来的吗？他先后担任厂长十多年，俗话说"当家三年狗都嫌"，上上下下难免会有些磕磕碰碰。他已经习惯了"一言堂"的任命制，现在要搞"竞选"连任，他总觉得有些别扭。如今大家都知道厂里要试点"竞选"厂长，时常丢下手里的工作，议论纷纷，对这种情况，他也无奈。

李俊义瞧着厂里乱哄哄的情况，心里很是焦急，召开了一个厂中层干部紧急会议。他不无忧虑地说："你们中的任何人，绝不能因为搞选举试点，影响企业的经营生产。"

李俊义脸上勉强挤出一丝笑意。他今天召集这些中层干部前来开会，一是想掌握职工对民选厂长的看法，二是想了解到底有谁想来竞选厂长，以便及时采取应对措施。

李俊义挥挥手，示意大家静下来，压低声音问道："厂里最近有什么动静，有谁想当这个厂长吗？"

此话一出，办公室里顿时鸦雀无声。在座的人摸不清楚李俊义究竟是什么意思，但谁也不想去得罪人，毕竟都是抬头不见低头见的熟人。

李俊义的搭档副厂长袁瑶见会场出现少有的冷场，当即接话道："宏兴湘绣厂之所以能从一根丝进厂，到一幅湘绣上墙，一件服装出口，一套被子上床，担负着全省百分之七十的湘绣生产任务，就是因为有像李厂长这样一个'舍小家为大家'的人在掌舵。改革开放才刚刚开始，我们绝不能自乱阵脚，更不要跟风赶时髦！我不当副厂长是小事，李胡子要是被选下去，谁来保障厂里八百多工人的工资、吃饭问题？"

袁瑶的话音刚落，生产科副科长谭科明赶紧接过话头："袁副厂长说得对，家有上百口，主事在一人。放眼厂里的几百号人，除了李厂长外，还有谁能担得起厂长这副重担？宏兴湘绣厂这厂长，不论是任命还是'竞选'都非李厂长莫属。"

供销科科长肖仁富更是激动，他霍地站起来："是啊！无论政治觉悟、生产技术、管理经验，谁也比不过李俊义，如果选出一个黄毛小子或娇嫩姑娘，我肖仁富第一个不服……"

"还有收发站建设、销售点的布局，如果不是李厂长没日没夜地带着我们干，哪有今天的宏兴湘绣厂？"生产科的副科长谭科明忍不住再次插嘴。

……

李俊义需要的就是这种气氛。此时此刻，他自信宏兴湘绣厂还没有人能与自己抗衡，但他不想出面去参与“竞选”，那事关面子。就像大人与小孩打架，胜之不武，更希望大家像袁瑶一样自愿用选票把他再一次选上厂长的宝座。他也很想再干五至十年，拼老命也要带领宏兴湘绣厂在改革道路上再走一程，然后自己光荣退休。他欲擒故纵地对袁瑶说：“当家三年狗都嫌，堂屋里的椅子轮流坐，是不是也该让谭科明他们这样的年轻人来试试厂长味啦！”

谭科明急忙表白自己态度：“李厂长，我向毛主席保证，我绝不会与您来争选厂长。不过有件事您得心里有个数。杨玉泉在沙岭办了一个乡镇湘绣厂，大肆抢占我们的绣工资源，是不是厂里的选举试点推后进行，先稳住沙头镇的产品投放？”

“那人是我厂 1964 年下放回去的，只要是李胡子仍然当厂长，杨玉泉就翻不了我们的船。”肖仁富随即反驳道。

“杨玉泉如果是一个人，我们无所谓，但现在的大气候是乡镇企业风起云涌，我们内部又要搞厂长选举，杨玉泉现象如果形成‘星火燎原’之势，我们就会陷入内外交困。”谭科明仍然坚持着说。

袁瑶不屑一顾地说：“瘦死的骆驼比马大。只要是李胡子当厂长，宏兴湘绣厂如果斗不过杨玉泉，我就跳楼！”

见谭科明还要争论，李俊义拍拍他的肩膀，胸有成竹地安抚道：“杨玉泉现在主要是打价格战，我们有办法治他。”

散会后，李俊义便回办公室忙去了，下午正准备下班，却见请了假的宋伟山满脸堆笑走进来，不好意思地道：“李厂长，对不起。来迟了，来迟了。”

李俊义有些奇怪：“你不是病了吗？怎么又上班了？”

宋伟山自顾自地坐了下来，咂咂嘴道：“李厂长，民主竞选厂长，这么大的事我能在家里待得住吗？我有个情况要向您汇报一下。”

宋伟山话语顿了顿，扫了四周一眼，见大家已下班离去，便神秘兮兮地说：“李厂长，上午散会后，肖福海听说你支持年轻人出来竞选厂长，他下午就去了市委党校找袁书记汇报并提出了竞选申请，他这几天和一些科室、车间的人，在暗地里商量着竞选计划。还有，曾昭英也公开表示支持肖福海竞选厂长……”

“曾……昭英？”李俊义喃喃地念了一句，两眼盯着宋伟山的脸，似乎要从他脸上看出什么来。

不过，李俊义什么也没有看出来。

李俊义在猜测自己的命运前景之际，曾昭英却在为民选一事四处奔波。当然，他并不是自己想选厂长，只是觉得厂里论资排辈的空气让人沉闷，是该搅和搅和了。凭什么厂长就该上级指派？凭什么年轻人就不能当厂长？！正是这一连串的为什么，使他竭尽全力为朋友摇旗呐喊。

改革开放的春风冲击着人们的观念，也洗涤着社会的风貌。半个月后，在宏兴湘绣厂的民主选举厂长竞选大会上，候选人肖福海因吐露自己拿到了一笔百万元的湘绣订单，出人意料地被选举为新任厂长。

刘健萍不是个爱探闲事的人，她喜欢凡事一步一步地来。当初，她并不赞成曾昭英搅进肖福海参与竞选的那股浑水中，曾昭英有手绘画的好手艺，谁来当厂长都没关系，到哪都能吃上口好饭。可男子汉的志向，是很难轻易撼动的，她劝说了几次后，见曾昭英并不赞同自己的观点，也就算了。眼下他又主动向新厂长肖福海请缨，到沙头镇调查绣工为什么拒绣宏兴湘绣厂的下派产品，这一去就是二十来天，无音无信，也不知情况到底怎样了。

在配线车间，刘健萍听着周边姐妹们的议论声，她没有抬头，自顾自地在做着手头的分线活，可那些议论声直往耳朵里灌，听得她心烦意乱，不禁为肖福海能否管理好宏兴湘绣厂担心起来。

此刻，刚刚从湘绣站点返回长沙市的曾昭英，没顾得上回家，正坐在长沙城时髦的旋转餐厅内，对面坐着气色疲惫的肖福海。见到肖福海无精打采的样子，曾昭英心里不由得"咯噔"了一下。

这里是时下长沙城的最高建筑物，足有三十层楼高，而旋转餐厅坐落在第二十九层。落座于此地的食客，能透过身旁巨大的玻璃窗，随着餐厅的旋转，浏览星城山水洲城的全景。

曾昭英没有心思欣赏山水洲城的风景，他对肖福海秘密召他来，透露的情况震惊无比。原来，早几天香港华鑫刺绣公司缪昌荣通知供销科：上个月与宏兴湘绣厂签订的一百五十万订单合同因延误交货三天，不仅拒绝收货，而且提出了索赔，现在货压在罗湖海关附近的仓库里，每天租金都是上万元……

曾昭英听后半晌没开声，他明白事态的严重性。良久，他叹了口气道："唉！你没有坐上厂长的位子之前，还以为厂长威风八面，坐上去后才发现屁股底下是个火药桶，只要不小心溅上一点火星，就能让你粉身碎骨。"

这话绝非信口开河。素来难得透露内心世界的曾昭英，在肖福海鞍前马后跑了几个月之后，此刻说的都是肺腑之言。

肖福海陷入深深的沉默。这段时间的厂长工作，已经让他感到力不从心，尽管他已经尽了自己最大的努力，但工作却仍然处处不顺。来自中层干部和车间保守势力的阻力很大，改革实施方案很难落实下去，更说不上他厂长能够令行禁止。这些问题本来还可以慢慢来整顿，可是眼下，他在厂长竞选大会上亲口许诺的订单却出了问题，当头给了一棒，一下子让他整个人都崩溃了。

曾昭英心里有数，香港华鑫刺绣公司的这笔订单如果能回款，无异于宏兴湘绣厂的救星，一百五十万元的业务占据了全厂以往全年生产任务的半壁江山，可令人不可思议的是，霍总经理在发货前并没有任何毁约的征兆，直到宋伟山带着谭科明到了深圳仓库查验货物数量，回来后说因交货期延误需要退货，而且，霍说完便带着所有的随行人员乘车返回了香港。再看早几天香港华鑫刺绣有限公司霍总经理请大家一起吃晚饭的情景，当时对方对收货应该是很有诚意的，他怎么会说变就变呢……

曾昭英想到此，忍不住脱口问道："霍总经理为什么会不辞而别？"

肖福海丧气地道："我怎么知道？"

"宋伟山去深圳干什么？"曾昭英接着问。

肖福海一脸沮丧，没有回话。

曾昭英看着肖福海那失魂落魄的样子，心里突然有了种不祥的感觉，他想起了一句名言：强大的敌人并不可怕，可怕的是自己心里的恐惧。虽然，香港华鑫刺绣公司的突然毁约，对宏兴湘绣厂新上任的领导班子是一个沉重的打击，但这个打击并不是致命的，致命的是主要领导人丧失了斗志。他不由得沉着脸站了起来，慢慢地走到玻璃窗边，把鼻子压在玻璃上，瞧着窗外无声的美丽夜景。他俯瞰着脚下缓缓"移动"着的，住着几十万人口的长沙城，蓦然，曾家大屋一句家传的格言涌上心头，他嚅动着嘴唇喃喃而言："人在，剑就在。"

"你说什么？"肖福海一脸惊讶地望着曾昭英。

曾昭英扭回头，瞧着肖福海，许久许久方才蹦出一句话来："难道我们就这样认输？"

"不认输还能怎么办？"肖福海叹口气，"厂里几百心怀愤怒的人，吐出的唾沫能将人淹死。"

"要怕淹死就不必来人世。"曾昭英毫不客气地将肖福海的话顶了回去。

肖福海眼睛一亮:"你有办法?"

曾昭英走到肖福海身旁,盯着他的双眼:"霍总经理突然拒绝收货,一定有内鬼作祟。宋伟山去深圳干什么?我们一定要查清楚……"

曾昭英猜得没错。霍总经理突然拒绝收货,匆匆率队返回香港,确实有他难以启齿的隐情。

日期回溯到预定签约前一天的下午,沙头镇湘绣厂为了争业务,特意安排霍先生游岳麓山、逛岳麓书院、参观博物馆、马王堆古墓汉代女尸等一系列的活动,霍先生回宾馆时间较晚。进门时他发现房间的门缝下面塞着一张纸条:

霍先生:

　　您好!

　　今天晚上特来拜访,适逢您外出未归,只好在楼下茶厅等候。您回房间后请拨内线茶楼。谢谢!

肖

霍先生下午在与沙头镇湘绣厂谈话中,对方抛出了比宏兴湘绣厂更多的让步,心情特别好,多喝了两杯酒,此时脑袋蒙蒙的,像是流动着云雾,他迷迷糊糊地按照纸条上面写着的电话号码,给等候在茶楼的肖先生打电话。不一会儿,一个年轻漂亮的美女敲开了霍先生的房门,嗲声嗲气地说:"霍老板,您回得太晚,肖先生已经走了,我可以为您提供全方位服务吗?"

几分酒兴,几分姿色,霍先生以为这是肖福海特意送给自己的"礼物",加之他生意人跑江湖多,自认见多识广,也就不问青红皂白地"笑纳"了,迷糊地倒在那女人身边。不料,还没等他清醒过来,宾馆服务员带着几个人查房。霍总经理以为遇到了敲诈勒索的歹徒,慌乱之中缩成了一团。

这样的事在香港算不了一回事,可内地此时正在打击嫖娼卖淫,风声鹤唳紧得很。他担心的是,这些自称"公安"的便衣警察,是否会像有些传说的那样,在自己香港居民的返乡证上,盖上"嫖客"二字?自己日后怎么见人呢?

正当霍总经理与那女人要被带走时，宋伟山恰巧出现在宾馆走廊，见此情景，他脸上堆满笑，走上前去拦住对方："警察同志，霍先生是我一位非常非常重要的客户，我认识你们分局的姚局长，我给他打个电话，看是否可以宽大处理……"

对方先将那女人带到另一个房间里，女子自称是某宾馆桑拿中心的一名按摩师，每小时收取九十八元的服务费，一自称肖姓男子付清全套包夜的服务费后，她是根据约定到茶楼等候服务。

按当时的社会管理，他们的行为违反治安处罚条例，视其情节可分为拘留与罚款二类处理。因认错态度较好，能配合调查，加之有宋伟山的周旋，男女双方分别做了一份谈话笔录，让其盖上手印后，由宋伟山代交罚款，限定霍先生在二十四小时内离开长沙返回香港，三个月内不进深圳口岸，便不予追究。

第二天上午，宋伟山又送霍总经理到罗湖海关。霍先生咬牙切齿地对宋伟山说："这肖福海真不是个东西，他对我不仁，别说我对宏兴湘绣厂不义，我的订单今后肯定要向沙头镇湘绣厂倾斜。"

宋伟山听罢赶紧辩解道："据我对肖福海的了解，他不可能做这样下三烂的事。他更不会蠢到给你留一个字条。你把字条给我看一看，我认得他的笔迹。"

霍先生此时仍然心有余悸地说："我早就丢进了垃圾桶。"

宋伟山一再告诫霍总经理："昨晚的事，就当一切都没有发生过。"

霍总经理也表态今后香港华鑫刺绣有限公司与宏兴湘绣厂的所有业务往来，他都只认宋伟山。

宋伟山更是暗示着霍先生："霍总这次订购的一百五十万湘绣如果不能按时收货，我估计肖福海这厂长是兔子尾巴长不了。"同时还承诺："如果我能当上宏兴湘绣厂的厂长，此前与霍先生订的合同，价格一律下浮百分之二十。"

生意人嘛，钱便是命，这可是天上掉馅饼的诱惑。霍总经理听得宏兴厂的一百五十万订单价格还可下降百分之二十，喜从天降，他慌忙将自己手腕上的金表取下来，连连点头应承道："我们一言为定。这一百五十万元订单什么时候发货，就凭你宋伟山一句话！"

从旋转餐厅出来后，曾昭英一心想寻找到宏兴湘绣厂出口主渠道的突破口。他从财务科调出最近五年已经封存的"营销合同"档案。经过比较分析，发现北京友谊商店、王府井工艺美术大楼、西安人民大厦、上海外贸商场，近几年的湘绣产品的营销额都是以百分之三十的幅度递增。从这些档案资料中，他也意外地发现：宏兴湘绣厂生产的湘绣服装，特别是杭州百货大楼年销售额突破一百万元。不知道为什么，却有半年没有结账回款。他既感到兴奋，又感觉有些反常！兴奋的是半年没有结账，货款至少有五十万元，反常的是肖福海作为厂长，为什么没有掌握这一情况。为了不打草惊蛇，他以厂长办公室主任的名义，向肖福海提出随供销科刘策出差杭州，结算杭州春风百货大楼的货款。

杭州市解放路春风百货大楼，是一座历史悠久的商厦，由于靠近素有"天下第一湖"之称的西湖，所以客流量很大，宏兴湘绣厂的销售点，就设置在商店二楼的左侧，营业面积占地只有五十平方米左右的三层楼。由于地理位置，杭州春风百货大楼的零售额一直不错，年销售额达亿元以上，在全国各地百货大楼的销售额榜单上，排名在三十名之内。

曾昭英和刘策此行的第一站，就选择了杭州解放路春风百货大楼。这是曾昭英出的主意，却由刘策打头出面。

曾昭英清楚春风百货大楼的回款即使不能全部结算，只要结算一半也能解决工厂一个月的工资问题。

听了曾昭英的来意，杭州春风百货大楼工艺品部经理王杰夫脸上露出了疑惑，很是不解地询问道："你们的货款上个月不是全部结清了吗，你们还结什么账？"

曾昭英大吃一惊，他有点不相信自己的耳朵："谁来结的账？货款为什么没进厂的财务科？"他从随身携带的公文包中拿出几张纸递了过去："这是我公司的发货出库清单与铁路托运凭证。但一直没有收到贵单位的银行汇款。"

"我帮你查实一下。"王杰夫接过资料，简单地瞧了一下，转身上楼。

"曾主任，我查到了。"不一会儿，王杰夫拿出一份盖有宏兴湘绣厂供销科图章和宋伟山签字的"货款转付委托函"递给曾昭英。

曾昭英一听急了："货款委托转付到什么地方去了？我公司财务科为什么不知道？"

王杰夫指着付款备注栏目的说明："这笔销售款付往杭州西湖真丝绣线厂了，注明是订购原材料。"

"厂里一次会需要这么多原料吗？太大胆了！谁允许宋伟山这么干的？！"曾昭英只觉得头皮发麻，直觉告诉他，这笔钱的走向很诡异。

王杰夫耸耸肩，表示自己不清楚。

曾昭英见状无奈地摇了摇头，现在不是追究谁挪用这笔钱的时候，关键是如何解决厂里急需生产的资金。他急着问王杰夫道："这里我厂本月还有多少销售可结账？"

"截至昨天还有三万元。"王杰夫翻动着手中的账本道。

曾昭英告诉王杰夫，请帮忙将这三万元立即汇往长沙宏兴湘绣厂。然后又给肖福海打了个电话，告知杭州这边的筹钱情况。

此时的肖福海，正陷入了焦头烂额状态。厂里账上只剩下了几百元，车间的生产几乎停顿下来，加上收发站部分绣工没有及时领到绣花工资，不仅吵着要退花，并威胁要打官司，工人见到肖福海的面，也劈头就问："肖大厂长，我们上个月工资还没发，离这个月十五号发工资又只有三天了，再不发工资我们吃什么？"

在这个关键的时候，作为一厂之长的肖福海却选择了躲避，白天不是借故外出开会，就是把自己关在厂长办公室里谁也不见，只寄希望于曾昭英与刘策能够创造筹集资金的奇迹。然而他的拖延、等待与躲避，愈加使少数职工误解加深，进而开始罢工讨薪。肖福海不愿与讨薪的工人发生矛盾，一连三天没有回办公室，每晚都是十一点以后才回家。

仅仅三十多天下来，肖福海的头上便有了白丝。肖福海在电话里要求曾昭英："必须在十天内筹集到五十万元。否则，厂里将会出大乱子。"

曾昭英没有办法，只得与刘策又马不停蹄地赶往下一站上海豫园。

宏兴湘绣厂里，随着事态的发展，形势变得更为严峻，肖福海时常"玩失踪"，哀瑶、谭科明等人开始时还出面为肖福海抵挡一阵，撑起厂部的工作，接待讨薪的工人与讨账的绣工，后来肖福海一连数天没有露面，不知从何处又流出传言："宏兴湘绣厂厂长肖福海，带着办公室主任和供销科科长在杭州结了五十万元货款跑了！"

在人心慌乱的时期，这个流言无疑成为压倒人们信心的最后一根稻草，一些工人准备采取极端行动。

宏兴厂的混乱，让一直窥伺机会的宋伟山很是高兴，他觉得该给混乱的火焰浇瓢油了，便悄悄地找到谭科明，神秘兮兮地说："今晚将有部分职工到肖福海家里守门，以证实他是否真的卷款潜逃。"

谭科明对这一信息不敢怠慢，与宋伟山一起三步并两步赶往李俊义的家，想从老厂长处讨个主意。

"好端端的一个厂子，怎么搞成这个样子了？"病休在家的李俊义哀叹道。

宋伟山将厂里目前的情况添油加醋地诉说一番后，见老厂长气得脸通红，连忙在一旁劝说道："您别生气了！现在湘绣厂除了您老厂长外，还有谁能救得了这个厂？我来您这里之前，去找了袁书记，她也不知道肖福海去了哪儿，只是吩咐我和谭科明出面做好稳定工作。我俩一合计，此事还非得您老厂长出山不可！"

李俊义摆摆手，没让宋伟山继续说下去。这个情况早已有厂里的工人告诉了他，肖福海的失联，让他感到痛心。他担任湘绣厂厂长这么多年来，不管多么困难也从来没有拖欠过职工的工资，现在厂里却已有近三个月没发工资，如果再拖下去，职工怎么办？他气愤地说："作为一厂之长的肖福海为什么不敢面对现实？如此没有担当，可悲！"

宋伟山转头看了一眼谭科明，见他沉默不语，便低头凑近李俊义细声细语地说："外面到处都在传他贪污五十万货款跑了。"

李俊义一巴掌拍在了桌子上，怒斥道："你少乱说，这样的流言你也信？"

李俊义心里有数，当初正是自己听信了宋伟山等人的谗言，错误地判断了香港的形势，将杭州春风百货大楼的几十万元营业货款直接转付到杭州西湖真丝绣线厂，囤积了一大批丝绸、绣线等生产原料。只是，这个话他不能当着谭科明的面来反驳。否则，自己也会卷进这团麻纱中。

见老厂长怒斥宋伟山后，很长时间没说话，谭科明想着打破沉默，说起了一个情况："袁书记早几天找我谈话，她说要做好香港霍先生'过河拆桥'的最坏打算。如果肖福海确实撑不住，就可能要换人。"谭科明神色凝重地说。

"袁书记想换谁？肖福海是民主选举产生的厂长，能随便换吗……"李俊义没好气地问，"选厂长如此大事，你当是小孩堆积木，不行了重来？"

宋伟山不甘心自己被斥责，帮腔道："老厂长，您是最关心厂里工人利益的人，如今肖福海拿不下这笔大订单，眼瞧着大家都要喝西北风了，未必非要等到事情收不了场，才去考虑换厂长的事。"

"这……"李俊义一时语塞。

宋伟山见缝插针，试探性地问道："老厂长，如果我去把霍总经理拒绝收货的那笔一百五十万元订单争取过来，您能站出来说话吗？"

宋伟山突如其来的话让李俊义愣了很久，他像不认识宋伟山似的盯着对方，直盯得宋伟山心里发毛。他心慌地说："老厂长，我说错了话吗？"

"没错，你没错，是我错了。百鸟何曾来朝凤？欲啄凰谷才是实。"李俊义突然爆发出一阵大笑，笑得泪光闪烁。笑声中，他脑海里忽然闪现出张子奇的那句打油诗。他似乎明白了张子奇不辞而别的真实缘由，这世间，小人太多！不过，李俊义毕竟是李俊义，尽管他醒悟了，但天平的一头是八百多工人的命运，即使明知是刀山火海，他也只能往里跳。笑声甫毕，他从椅子上蹦了起来，一字一句地说："如果你能将霍总经理拒收的一百五十万元订单恢复过来，湘绣厂就能摆脱目前的困境，袁书记那边的工作我去做。"

"事情恐怕不会这样简单。袁书记说，要看今晚轻工业局工作组找肖福海谈话的结果才能决定。"谭科明忧郁地回答。

"你们不是说肖福海隐身了吗？工作组怎么又能找他谈话？"李俊义被弄糊涂了。

"您是老厂长，实不相瞒，肖福海已经进了秘密学习班！"谭科明虽然只是一个生产科副科长，却兼任了党支部组织委员，面对老厂长的追问，他只得实话实说。

"什么原因？"李俊义急切地问。

"起因是三天前，曾昭英给厂财务科反馈回来一条爆炸性消息。宏兴湘绣厂在杭州春风百货大楼的五十万应收货款，已经清零，不知被谁转移支付到第三方单位。财务科汪青因找不到厂长肖福海，只得请示袁书记向轻工业局报案。这就是肖福海携款失踪的流言来由，这也导致东城县轻工业局工作组对肖福海的秘密审查。"

李俊义明白了事情的来龙去脉，他决定去找袁书记解释。因为，杭州春风百货大楼的五十万货款转移支付，是肖福海当选厂长还没有接手厂长工作时，他听信了宋伟山等人的"建议"，将这五十万货款直接转付给了杭州西湖真丝绣线厂，囤积了一批丝绸、绣线等生产原料。

肖福海隐身的真相虽然大白，但丝毫也解决不了宏兴湘绣厂所面临的困难。再说曾昭英得知肖福海隐身，人心极度不稳的消息后，心急如焚地带着刘策沿途从杭州到上海，再从南京到西安一路快速跳跃，当他兴冲冲地带着好不容易结账的近六十万元汇票回到长沙时，发现自己还是迟了。他被眼前的一幕所震住。这时厂里所有的工作已经处于停顿状态，车间已经停产，只有几个班组长在车间里坐着，到处可见闲逛的工人在走动。他来到制线车间，想着打听一下情况，发现这里竟是空无一人，更让他惊讶的是，他回厂后，也找不到肖福海的影子。直到他遇到红着双眼来找自己的刘健萍时，才弄清楚了厂里发生的一切。

第二天下午，肖福海自动辞职的消息在全厂传开以后，曾昭英才在一个偏僻的小茶馆里找到肖福海。

曾昭英气愤至极，将六十来万元汇票往桌上一甩，冲着肖福海嚷道："你不是说要等我回来吗？你为什么最后一天都坚持不了？"

面对曾昭英的斥责，平时能言善辩的肖福海，只是喃喃地反复强调着一句话："人言可畏！你不在被窝里钻，就不知被子有多宽……"

肖福海此时的处境正如美国一位著名影星 Lady Gaga 说过的一段话："他们想看到我失败，想看到我在台上跌倒……他们时刻准备着喊出一句话：你也有今天！"

"你为什么要辞职？"

"我只有辞职，那一百五十万元的出口湘绣才不会被卡住。"

瞧着眼前这个已然完全崩溃了的"战友"，曾昭英无可奈何地说："我不明白你为什么如此容易崩溃？"

"谁说我是崩溃？我只是想冷静几天，让迷乱的天空，恢复它本来的面貌。"肖福海说完转身离开了茶馆。曾昭英知道，眼前的肖福海去意已决，一切的劝说都显得苍白。

第三天，县轻工局邹凯礼副局长带着政工科长等一行人，在宏兴湘绣厂召开全厂干部职工大会，宣布接受肖福海的辞职请求，调往县印刷厂另任新职，由宋伟山暂时代理厂长，临时主持宏兴湘绣厂全面工作，并在三十天内负责召开全厂职工代表大会，选举新任厂长。

宣布任命的第二天，宋伟山组织了两辆装满湘绣的货车，停在厂区前院大坪，货车两侧悬挂出了巨幅的横幅："庆贺百万元湘绣成功向香港华鑫交货"。

随着祝贺的鞭炮声不断响起，震耳欲聋的鞭炮彻底炸裂了宏兴湘绣厂早已四分五裂的改革梦。

第七章　硬伤

　　首席代表的官僚怠慢，宋伟山的百般刁难，一次开启希望之旅的"国际谈判"，订单却遭到华夏湘绣研究所与宏兴公司的联手拒绝。《官廷牡丹》条屏成为一只烫手的山芋，曾昭英能脱手吗？

　　鞭炮的炸响不仅弥漫着浓浓的呛鼻烟雾，也炸裂了宏兴湘绣厂那并不平静的湖面，更炸碎了曾昭英等人的改革梦想。从国家兜底的计划经济转向自主经营、自负盈亏的市场竞争，企业生存法则的改变，使宏兴湘绣厂一时还难以适应！

　　宋伟山担任代理厂长后，宏兴湘绣厂的许多正常工作似乎都乱了套，但产品销售却出奇地顺利。香港华鑫刺绣公司的百万货款如期回厂，拖欠的工资被补发后，生产迅速恢复正常。因此，第二次选举在一个月后正式举行，宋伟山那"代理"的帽子毫无悬念地被摘掉了。

　　宏兴湘绣厂的大权完全落入宋伟山之手后，宋伟山首先将李俊义的顾问职权打入"冷库"，随后对厂级领导班子和科室、车间中层干部进行了全面调整。尤其令人震惊的是，一棍子打不出个屁来的仓库保管员韩益群，突然被任命为主管营销的副厂长，曾昭英则由厂长办公室主任，改任后勤科科长。随着厂级领导班子的大调整，宏兴湘绣厂陷入前所未有的动荡与分化……

　　宋伟山的人事调整首先遭到李俊义的反对，作为几个月前的老厂长他不理解，为什么会安排韩益群这样一个从来没有生产经验的人去主管生产营销大权，他也隐隐地觉察到宋伟山的布局暗藏着机关。

李俊义的猜测很快就得到应验。两个星期后，他从供销科刘策嘴里得知，宋伟山在"代理厂长"期间，发给香港华鑫湘绣公司霍总经理那笔一百五十万元的湘绣"大货"，韩益群最近只结回来一百万人民币，剩余的五十万尾款，就让韩益群在深圳给抹掉了。

诺贝尔经济学奖获得者弗里德曼曾经说过一句话："花别人的钱为别人办事，最不负责任。"现在韩益群花着宏兴湘绣厂的钱，在为宋伟山办事，他会尽心尽力吗？何况他还只是一只被人提着线的木偶。

曾昭英基于对自己职务被调整的不满，当他得知香港华鑫公司结账之事后，对宋伟山的人事安排大为不满，他愤愤不平地询问宋伟山："听说韩益群在深圳结账，短了五十万元货款？"

谁知宋伟山只是翻了翻白眼，很是不耐烦地说："是你当厂长，还是我当厂长？"一句话将他顶上南墙。

"我想了解事情的真相。"曾昭英毫不示弱地说。

"你那么有本事，当初帮肖福海折腾一个多月，为什么不把这批'大货'交出去？马后炮谁不会放？"宋伟山一顿夹枪带棒的话，气得曾昭英七窍生烟。他本是抱着询问的心态而来的，此时却是再也忍不住了，怒斥道："宋伟山，你这是办厂吗？宏兴湘绣厂早晚会毁在你手里。"

"肖福海早就把这个厂毁得七零八落了，才要我来顶这个烂摊子。"宋伟山大概是意识到自己的话说过了头，缓和了一下口气，双手一摊显得非常无奈地说，"你说我能不想卖高价吗？我告诉你，这批大货还是李俊义当厂长时签的合同。肖福海当厂长时，霍总经理不收货。解铃还须系铃人，后来我请李俊义出面协调，他曾告诉我，厂里要'走货'，就必须给霍总经理让利。"

曾昭英见宋伟山将责任推给了李俊义，仍是不满地反问道："你不觉得这让利的幅度太大吗？"

"不是我们让步太多，而是霍总经理太狡猾。先是逼李俊义让利，后又要韩益群'砍尾数'，这一来二去就被他砍掉五十万。"宋伟山那盛气凌人的眼神里，又似乎夹杂着一脸的无奈！这时曾昭英才意识到，李俊义手里签订的合同，延续到肖福海当厂长时，霍老板为什么会拒绝收货？他怀疑宋伟山一定是背后做了什么"手脚"。

　　曾昭英由此想到了另外一件事，那就是在张子奇回厂的问题上，宋伟山为什么要从中作梗，挑拨张子奇离开宏兴湘绣厂。现在曾昭英渐渐明白过来，张子奇的离开，就使李俊义的阵容里缺少一个具有核心竞争力的灵魂人物。李俊义提出"以新汰旧"的治厂方案，实际是"以新产品，开拓新市场；以新价格，创造高利润，淘汰旧产品"，与乡镇企业展开品质竞争，而宋伟山则在幕后说李俊义的"以新汰旧"，是要淘汰老员工，并以张子奇的离开为证据，这样一来，在竞选厂长过程中，李俊义的手中就缺少一张可靠的王牌。伤藤及瓜，李俊义也就很自然地流失了一批老工人选票。

　　民主推选宋伟山担任厂长后，李俊义这才明白过来，但生米煮成熟饭，一切为时已晚。此时李俊义已失去制约宋伟山的魔杖——权力，而权力一旦失去有效的监管控制，就会泛滥成灾，现在他想到唯一的挽救措施就是发动职工代表，提出民选副厂长的诉求，他要力争将曾昭英推到前台，形成对宋伟山的约束。

　　曾昭英针对香港霍总经理那批"大货"经济账目的质疑，宋伟山嗅出有李俊义的影子。他立即将打击的矛头对准李俊义。他以企业资金紧张为由，压着李俊义生病的医药费不报。随后由韩益群出面，厂工会作出一项决议：为了保证所有在职员工上班期间的工资能够足额发放，暂停一切非生产性开支。对职工因病就医的所有费用，仅报销百分之五十的药费，其他费用自理。只有住院费可以全额报销。

　　本来就有高血压、冠心病，积劳成疾的李俊义，在一次与搬运班跟班劳动中，不幸被从车上滚落的一捆近百公斤的布包砸伤腰椎，因宋伟山不报医药费被逼去住院，三个月后便办理了提前"病退"手续，彻底告别了他为之奋斗了三十五个春秋的宏兴湘绣厂。

　　李俊义退休之后，宏兴湘绣厂的上级业务主管机构由二轻工业厅改名为城镇工业联社。为了从计划经济转型到市场经济，联社决定打破行政隶属关系，组建大型"潇湘工艺美术集团"。此时，集团公司正与韩国刺绣研究院洽谈一笔六十到八十万美元的湘绣外贸订单。面对这笔近百万美元的湘绣订单，身为集团董事长的曹旭东，迫切希望尽快敲定这个合同。说实话，新组建的集团公司虽然人才济济，但由于缺乏既有文化又有专业知识的外贸人才，这笔订单的谈判并不顺利。开初，集团公司特意抽调了有"湘绣权威"之称的沙博士主持谈判，一来二去总是谈不成功。其关键原因是价格。

为了突破谈判的僵局，应韩国刺绣研究院的邀请，第二轮谈判将在韩国汉城举行。为了增加谈判现场的应对能力，潇湘工艺美术集团决定将曾昭英商调到集团作为谈判代表访韩。

潇湘集团对曾昭英商调，让此时的宋伟山充满了矛盾。李俊义办理病退手续后，宏兴湘绣厂已是"山中无老虎，猴子称霸王"，无人敢挑头兴风作浪。他担心曾昭英调往集团公司后，如果掌握了客户，将对自己的厂长地位形成巨大的挑战。他既不敢起用曾昭英，更不敢放人，他担心放虎归山，日后让自己后患无穷，于是他以宏兴湘绣厂已实现改革，工厂拥有人事自主权为由，将集团公司的商调函锁在自己抽屉里，不予回复。

曹旭东虽然新官上任，也不是一盏省油的灯。他见宋伟山扣人不放，专程找上门去，点名非调曾昭英不可，如果商调不行，就直接办理任职手续。曹旭东的口气不容置疑，使宋伟山躲无可躲，只能悻悻放人。

潇湘集团并非是一方圣土，曾昭英的到来，无意中动了首席代表沙博士的奶酪。因为，曹旭东将这个年轻人调来，主要目的是参与韩国谈判，这就使得他这个"湘绣权威"太没面子啦。谁说不是哩，一山难容二虎，我一个堂堂的专家在坐镇，你又调来一个年轻人掺沙子。是嫌我沙大成在韩国贸易上拖慢了谈判时间？还是觉得我年纪大了，脑袋跟不上市场变化?！湘绣是中国文化产品，按照韩国谈判代表的想法，那简直就是想拿白菜价来获取中国有着几千年历史的艺术品，这样贱卖中国文化的举动，我沙大成做不到。

事情原来是这样的，去年初春，中国农历春节尚没过完，韩国刺绣研究院为了迎接世界第24届夏季奥运会在汉城举行，特意委托中间商新加坡谭亚轩先生，到当时与韩国尚无外交关系的中国，订购一千套寓意吉祥如意、健康长寿的《宫廷牡丹》手绣条屏。按照韩国刺绣研究院张贞淑院长的要求：产品打样价格，可放宽到每套条屏八百美元的标准。但大货生产订单价格，必须控制在每套六百美元以内，否则就不要打样。

这是谭亚轩与潇湘集团双方的口头约定。而承担打样任务的华夏湘绣研究所，在做出了湘绣条屏样品后，突然提出每套价格需要一千美元。华夏湘绣研究所的要价得到了上级主管副厅长的支持，那位副厅长认为："湘绣是一门艺术，中国的文化艺术如果贱卖，就会搞乱市场。"

《宫廷牡丹》条屏的湘绣价格，突然由每套六百美元，提高到一千美元，韩国刺绣研究院当然不干了，电话、电传的嘴巴官司不知打了多少回合，双方在价格问题上针锋相对，毫不相让。为了打破眼前的这个僵局，省二轻工业厅决定派省工美集团董事长曹旭东再次带团出访韩国，进行最后一次价格谈判，看是否能够"破冰"。

曹旭东深知此次谈判的重要性，更是深谙须用专业人员的奥妙，组成了由他自己亲自牵头，以湘绣专家沙博士为首席谈判代表，及有绣厂实际经验的曾昭英参与的访韩谈判代表团。

信任是一种动力，更是压力。曾昭英临危受命，自然对谈判不敢掉以轻心。为此，他专门到省图书馆办了一个借书证，查看韩国的风土人情、民族喜好。晚上还偷偷练起了英语。尽管曾昭英为此次出访做了大量准备工作，但中国湘绣代表团与韩国刺绣研究院的谈判并不顺利。开始会谈在韩国刺绣研究院仁诗洞的绣品展示中心举行，三天谈了四个回合，谈判没有任何进展。湘绣代表团深感客场谈判的压力。最后一天，曹旭东要求新加坡的谭先生将最后一次协商改在代表团在韩国首尔的驻地乐天宾馆举行。会场租赁费由中方承担。

韩国乐天宾馆的谈判，不仅没有让曹旭东感觉到主场的优势，随后出现的价格僵局，让湘绣贸易代表团内部又一次陷入了尴尬的局面。

湖南湘绣贸易代表团此次与韩国的外贸谈判事关重大，它是在中国正在进行市场经济改革的大社会背景下，先行试水的外贸交易。所以这次省外经贸委一改过去政府主导外贸谈判的惯例，顺应市场要求组建了湘绣贸易代表团，直接来韩国进行外贸谈判，可是没想到这价格的问题，却卡在了湘绣贸易代表团主谈代表沙大成的身上。

被人尊称为"沙博士"的湘绣专家沙大成，来自湘绣的一个研究机构，他对湘绣的工艺技术颇有研究心得，对湘绣生产的工序也大致熟悉，每套湘绣条屏八百美元的价格就是他提出来的，他认为根据厂家报上来的生产成本，加上湘绣的艺术附加值，这是一个最合理的价格。他是湖南湘绣界的权威，在他的思路中，如果这个价格在谈判桌上被否定，不仅仅中国文化湘绣的价值没有得到充分体现，更重要的是他这个湘绣权威将颜面扫地，任人践踏，以后，他如何在同行面前露脸？

面对前几轮谈判破裂，看到有些代表动摇的态度，沙大成愤愤不平地对曹团长道:"这又不是卖小菜,这是艺术品呀!到底是资本主义国家的人,斤斤计较,这哪里是做生意?分明是贬低中国传统文化的价值呀。团长,你可得挺直你的腰杆子,决不能退缩呀!"

曹团长没有答话,心里在思考着问题。作为政府的外贸部门领导,他比沙大成更了解国家新的市场政策,更懂得一些市场经济规律。从这几轮谈判中,他感觉到了沙大成在价格问题上过于强硬,但又因自己对湘绣生产成本的不了解,造成他对本次谈判难以取舍的"硬伤"。

谁能来打破这僵局坚冰呢?曹团长从内心倾向于这次谈判的中介人新加坡客商谭亚轩。事实上,谭亚轩也不知双方的真正底线,只能听任双方的讨价还价。他对沙大成的一味强硬不无自嘲地对曹团长说:"你的这位首席代表'沙博士'还真是个人物——不食人间烟火的人物。他如果只知道僵化地抱着文化价值不放,这样的生意只会做一桩砸一桩,我的佣金不知你该怎么付?"

曹旭东虽然不懂湘绣生产的成本,但对沙大成在谈判会上列举的种种关于价格的理由,觉得有些离谱甚至好笑,但他熟悉中国刚刚开放的国情,也清楚商业谈判内外有别,个中的缘由自然不便对谭亚轩说,只能苦笑着道:"谭老板,中韩两国目前尚未建交,思维方式、社会制度都有一个磨合期,我们在谈判过程中,如果说了一些不符合市场规律的话,你绝对不能说我们全是精神病,你的作用就是协调。"

"生意就是生意,你总不能拿个古董的价格来谈现代生产的商品吧。韩国虽然被誉为'亚洲四小龙',所有的买卖都是真金白银,你们的主谈代表如果还要这样坚持的话,这笔湘绣贸易很可能就要泡汤了。"谭亚轩忧心忡忡地说。

"生意是否泡汤,取决于你的协调水平。"曹旭东恭维着谭亚轩说。

谭亚轩转向曾昭英道:"你是湘绣世家,你不站出来说话,这个谈判僵局难解啊!"

曾昭英发现这个谭亚轩真会说话,一顶高帽子顺手戴了上来,其实,他是担心自己的那份佣金会泡汤。曾昭英目不转睛地盯着谭亚轩道:"谭老板,你也知道,在这个谈判桌上,我是人微言轻。在张女士面前我俩的说话分量就像乒乓球比地球,不在一个等量级。沙博士那里由曹团长再去审核一下价格,只要不亏,他会力促成交。关于张女士那方,全靠您的斡旋!"

谭亚轩近年与中国进行过多次贸易往来,感觉到中国的改革虽然实施了许多年，但在生意场上还是有着很多意识形态方面的清规戒律。他抱歉地耸耸肩，表示对曾昭英处境的理解。

曹旭东从这番对话中发现曾昭英并不简单，既懂得自己的心思，又将谭老板纳入自己的阵容，便趁势说："张女士说，韩国的刺绣市场很大，只要生意做开了，谭老板就会赚钱。"

谭老板听曹旭东这么说，显得有些感动地说："我在长沙听许多朋友说，湖南出政治家，而不出实业家。原因就在'重农轻商'，我想只要你们不放弃，我就会促成这笔生意，韩国人使用刺绣品的频率比中国高得多。"

谭老板的这句话，使曾昭英心弦猛地一震。是啊，从香港乘机抵达首尔后，街头所见，商场所闻，当地民众的穿着，无不与刺绣有着关联，听说韩国人的婚庆和丧葬都有使用刺绣品的习惯。特别是在仁诗洞工艺品一条街，你还会发现各类的刺绣消费品，提袋、钱包、小孩衣服、女士服饰等应有尽有。我们不能因为个人的情绪影响这次谈判，而失去张女士这个客户。

回到下榻的房间，曾昭英再次拿出《宫廷牡丹》条屏的资料，认真地计算了一下制作成本。他因来自湘绣企业生产一线，对湘绣从设计到刺绣各个环节的工序成本都了如指掌，经过细心计算后，他列出了每套屏风实际生产成本，只有沙博士报价的百分之四十。他犹豫片刻，拿着自己核算的价目表，毅然按响了曹团长房间的门铃……

次日，又一轮艰难的谈判开始了。沙大成仍然坚持己见，在侃侃而谈湘绣与中国文化艺术价值的时候，韩国刺绣研究院负责人张女士，打断了他的话："贸易就是贸易，无论湘绣里含了多少文化元素，它终究是商品。工艺与文化的差异是什么？文化是精神，是内涵；工艺是技巧，是制作。文化是原创，是意义，工艺主要是复制，是模仿……"

谭亚轩也推波助澜地开导着沙大成说："湘绣本身就是一个商品，无论含有多高的文化价值，它都有一个合理的价格区间。你们提出的价格，比韩国的零售市场都贵，这个生意怎么做？"

"不做生意，我们还可以做朋友啵。"沙博士显出一副无所谓的样子，官商气场十足。

张女士见状，从资料袋里掏出一份合同书搁到谈判桌上，以强硬的口吻道："如果六百美元一套，你方能接受，我的承诺不变，不行的话，我们就不谈了。"

谈判局面顿时变得异常地尴尬，现场气氛降到了冰点。面对韩国刺绣院贸易代表强硬的表态，沙大成哑了声，不知接下来该说什么好。

谈判走向破裂，众人都是面面相觑。曾昭英望了望脸色铁青的"沙博士"，又瞅了瞅一脸肃容的曹旭东，扫了一眼不知所措的新加坡的谭亚轩，还有一脸木然的韩国张女士。他缓缓地举起了手，低声地冲着曹旭东道："团长，我能说两句吗？"

曹旭东还没反应过来，坐在一旁的谭亚轩立即大声道："可以说，你当然可以说。"

沙大成不觉皱起了眉头低声警告道："曾昭英，我是谈判首席代表，你打什么岔？"他扭头望了曹旭东一眼，见他的脸色有些不悦，便得寸进尺地接着说："你如果没事干，可把这些样品叠起来，送到宾馆房间里去！"

曹旭东见沙大成盛气凌人，便快快不乐地说："沙博士，让他说吧！"

有了曹团长的支持，曾昭英便直截了当地说："六百美元一套的价格，我认为可以接受，不过，还有两个问题，需要双方进一步商谈，一是面料，二是工期……"

翻译将曾昭英的发言，同声传译过去。韩方张女士眼睛一亮，直勾勾地盯着曾昭英好一阵，又转头朝向了曹旭东："曹团长，如果您认可这位代表的话，我想，我们可以成交。"

"我反对！曾昭英刚才的发言，不仅有违统一对外的谈判纪律，还让每套条屏损失二百美元，这个国有价值的损失谁负责？"沙大成咄咄逼人地冲着曹旭东说。

张女士虽然听不懂中国话，但从沙博士那愤愤不平的僵硬表情中，早已察觉出他的反对。她没有理会沙大成，再次追问曹旭东："曹团长，我是否可以理解为我们成交？"

曹旭东霍地站起身来，隔着谈判桌大声道："当然可以。"

"好，成交！"张女士伸过手来，握住了曹旭东伸出的手。

事后，在曹团长的告辞宴请上，张女士特意端了杯酒走到曾昭英的面前："曾先生，贵公司的湘绣工艺十分精美，只是单纯地做成工艺品有点大材小用，它应该还有更宽广的市场。"她示意随行人员拿来一个礼品："这是我院的刺绣礼服，送给您，一是感谢您在这次生意中尽心尽力，二是如果哪天您企业生产了湘绣礼服，希望您能回赠一件，留作纪念。"

曾昭英回望了曹团长一眼，见他不置可否，十分高兴地收了下来。

张女士通过翻译继续说道："以后，我如果有朋友去中国，希望曾先生能给予一定的帮助。"

曾昭英点点头应承了下来。

"曹董事长，我们大家都不要高兴得太早。这批《宫廷牡丹》条屏的订单，华夏湘绣研究所如果不接受，宏兴湘绣厂就要对曾昭英的谈判烂价负责！"

曾昭英被"沙博士"的当头棒喝打得兴趣全无，他望了一眼曹旭东，满脸不高兴地说："华夏湘绣研究所如果非要摆谱，宏兴湘绣厂保证完成任务！"

曹旭东很不满此时此刻还在挑事的沙大成，也不满曾昭英还嘴，在外人面前的内讧，让他很丢面子。他低声地呵斥着说："有法不在堂前使，你们要吵架回国去吵。别在这里丢人现眼。这事该谁负责，我心里面有数。"

曾昭英起死回生挽回一千套《宫廷牡丹》条屏订单的消息，通过"电传"很快传回国内，但回国的第二天，说他谈判"烂价"的消息也很快在湘绣界流传开来。

在中国，由于特殊环境，小道消息往往比官方信息更受人关注。因沙大成原因，华夏湘绣研究所自然力挺"沙博士"，始终坚持要八百美元一套才能接单。曾昭英信心满满地回到宏兴湘绣厂，将潇湘工美集团签订的一千套《宫廷牡丹》消息告诉宋伟山，谁知宋伟山不屑一顾地说："华夏湘绣研究所不接的订单，我们宏兴湘绣厂为什么要背这个锅？"

"根据我的预算，按照现行的绣工单价、丝绸的耗用、绣线的配置，每套《宫廷牡丹》条屏的直接成本只需三百美元。六百美元为什么不能接单？"曾昭英反问道。

宋伟山嘿嘿一笑说："曾昭英，你就是太精。你老实告诉我，这单合同你与曹旭东吃了多少回扣？你给我说实话，我还愿意帮你，否则我宏兴湘绣厂宁可放假，也不会接这个订单。"

曾昭英听了这话，肺都差点气炸，但他仍然压着火气轻声说："宋厂长，你这是以小人之心，度君子之腹。我告诉你，这一千套《宫廷牡丹》条屏如果能按时交货，后面还有一万条湘绣被面的订单。你如果要学华夏湘绣研究所那样漫天要价，想在一个产品上赚个盆满钵满，那样的生意能做得长吗？"

宋伟山知道曾昭英尽管有千般本事，手里没有工厂，是他无法逾越的硬伤。他对曾昭英的警告根本没当一回事，双手抱肩，半开玩笑半认真地说："你的订单我为什么要图长远？"

华夏湘绣研究所的拒绝，宏兴湘绣厂的不配合，让一个好端端的出口订单陷入进退两难的尴尬。曾昭英也因这次韩国《宫廷牡丹》条屏的谈判，与"沙博士"的矛盾日益严重。

这天清晨，一层朦胧的浓雾笼罩着大地。曾昭英早早起了床。昨天他接到省外经贸委办公室的通知，说办公室史主任过两天要找他谈话，估计是说到农村工作队的事，因为有消息说，上级单位分了一个名额给外贸公司。他急着在走前找些湘绣的资料，所以在清晨七时还不到，就骑着自行车出了家门。

"哎！你这人是怎么骑的车？"因为视线不好，加上是拐弯，曾昭英险些撞着了一个疾步横过街口的人。

"对不起啊！不过，你过街口也应该……"曾昭英正埋怨着，突然睁大了眼睛，哟！这不是家住靖港镇上的焦志达吗？

"曾昭英！"焦志达也认出了曾昭英，激动地叫嚷着，"兄弟，哪里发财啊？"

曾昭英也用灼热眼光，盯着焦志达，不好意思地笑了笑，问道："又到城里送货来了？"

"送什么货？"焦志达一时没回过神来。

"不是在接宏兴湘绣厂的服装加工吗？"

"服装加工？"焦志达大声笑了起来，"你那本老皇历什么时候才能丢掉？我早就鸟枪换炮，改行了！"

"干什么？"

"提篮子！"焦志达神秘而又带着几分得意地回答。

这是两个光屁股一起玩大的朋友，突然相遇自然亲热得很，嘘寒问暖说个不停。说着说着，焦志达脑海里突然冒出个想法来，最近他正想寻找一个合作伙伴，此刻遇上曾昭英，莫非就是天意？他知道曾昭英从小聪明，头脑灵活，很有远见，如果能邀他合作，自然是最理想的生意伙伴。

他试探性地问道："你还在湘绣厂？"

曾昭英神色暗淡下来："出来了。"

"下海了？哥们终于想通啦？"焦志达喜形于色，"这可是件大好事呀！正好，我们可以合作做生意呀。"

"做生意？"曾昭英疑惑地瞧了对方一眼。真是士别三日当刮目相看！这时，他才注意到眼前的焦志达，那可不是当年那副穷酸相了，脖颈上戴着指头粗的金项链，裤腰带上别着新流行的 BP 机，嘴里叼着过滤嘴的中华牌香烟，俨然一副暴发户的模样。

曾昭英将自行车推到路边上："哟，看样子，你还真的发财了啰！有什么好经验可以分享吗？"

"两年前我在深圳打工，看到东大门一带许多深圳老居民都是靠门面租金吃饭，都说他们'一铺养三代'。去年 2 月我回长沙过春节，恰巧遇到建湘路的十多户居民，将临街的住房改造成商铺，我心一横，一口气租了四个店铺，转租两个给东风钢厂自谋职业的下岗职工做钢材生意，将赚回来的两个门面做机电。"焦志达得意地说。

曾昭英瞥了一眼旁边的几家钢材店，有些不以为然地说："你为什么不做湘绣呢？这里做钢材、机电的人太多。"

"这里是机电钢材一条街。如果要做湘绣，还真有一个好地方。"焦志达悄悄地告诉曾昭英，现在天心阁公园的围墙要打通，准备开发出一溜门面用于招商。

从焦志达店铺内走过来的一名伙计，听到他们的谈话插嘴说："这还得感谢苏州作家陆文夫。他那一篇小说《围墙》在全国获奖后，被时任河北省委书记在讲述干部与群众关系时专门提到，自此在全国范围内，便掀起了一场拆机关大院围墙的运动。"

曾昭英知道，这场政治观念上的变化，启动了市场经济发展的序幕，谁能敏锐地捕捉到它的发展机遇，谁就可能走向成功。现在很多机关、学校、公园的围墙都被推倒，建筑起一排排的临街商业门面，成为一轮异军突起的新商圈。

曾昭英心里虽然有临渊羡鱼之感，但他又认为每个人有每个人不同的人生之路，别人的成功之举，却并不一定是自己的成功之路。然而，他脑海深处的第五感在提醒自己，在长沙市，市场经济正在兴起，抢占好码头已进入了个人行为。

焦志达邀曾昭英到店内聊聊天，他看了一下手表后道："哎呀！今天主任要找我谈话，我们以后再聊吧！"

"你那点破工资，也值得玩命？"焦志达热情地拉着曾昭英的手臂，继续劝说道，"我看，你不如辞了那破工作，我们合手开家公司，我保你一年就当个万元户。"

"一年就当万元户"？曾昭英的心猛地战栗一下。他心思有点浮动起来。万元户，对于曾昭英这种每个月才七十多元工资的人来说，一年能挣到十多年的收入，这种诱惑是有足够的吸引力……各种念头在他的脑海里飞快地旋转起来。

不过，曾昭英只是深深地吸了口气，迅速地敛住心神道："对不起，我还有重要的事必须马上走。"说着，他跨上自行车，飞也似的溜下一道长长的下坡。

路过城南路，曾昭英的眼睛突然一亮，天心阁的围墙已被改造成一长溜亮丽的商铺。

以前，为了保护长沙唯一的古城风貌，政府特地在古城墙遗址外面，砌了一长溜的砖墙进行保护。那年月，缺衣少食的市民，很少愿意来游园，试想，只要能解决温饱问题，就心满意足的人，谁会有闲心来散步？所以围墙根下长满了青苔、杂草，可眼前的围墙竟变成了一长溜的商业店铺。

店铺的马路旁，停放着各色装卸货物的汽车，店内的人群穿梭不息，让平素冷火秋烟的公园，仿佛突然之间由沧海变成了桑田。

第八章 信期

中国刚刚启动市场经济之门，就遭遇一场"姓社还是姓资"的阻击。为着保险，又启动了计划与市场并行的双轨机制，习惯于计划经济的管理者谁愿放下手中的权柄？企业面对迎面而来的市场"信期"，如新生的婴儿手足无措。

外面的世界很精彩，自己的际遇很无奈。曾昭英有学包玉刚的愿望，却没有像包玉刚那么多的起手资本和可以资助自己的朋友。他思前想后觉得自己学焦志达的条件都不成熟，只得将这个萌芽的想法又按了下去。无论是辞职还是去沩江扶贫，他都必须把张女士订购的那批《宫廷牡丹》条屏落到实处。第二天，曾昭英早早地赶到集团会议室。突然，他接到父亲的电话："昭英，你的二伯从台湾回来了，你有时间就陪他到街上转一圈。"

"二伯来长沙啦！"曾昭英的苦闷顿时被一种莫名其妙的兴奋冲淡。亲情的感应、传奇的伯父、神秘的台湾就像磁石的引力，迅速将曾昭英召唤回家。他刚刚跨进大门就见外屋厅里的小桌旁，坐着一位须眉皆白的老人。老人一双炯炯有神的眼睛，紧盯着走进门来的曾昭英，那两道犀利的目光，让曾昭英有一种不寒而栗的感觉。他不敢直视老人的目光，低下头准备从门的一侧绕过去。

"昭英，"曾广智掀开里屋的门帘，端杯茶走了出来，见到曾昭英便连声喊道，"快，快来见过你二伯！"

这位个子修长、须眉皆白的老人就是二伯？曾昭英心里一愣，认真地揣测着眼前这个看起来普普通通的老头，他就是自己心目中那位神秘的国民党上校军官曾广涛?!

曾广智把茶杯搁到小桌上，又高声道："还不快叫二伯?!"

曾昭英迟疑地走到小桌前，怯生生地叫了声："二伯。"

老人眼光变得柔和了。他招呼曾昭英来到自己身前，抓住他的手左看看，右瞧瞧，好一会儿工夫，也没有说话。

正是因为二伯，曾昭英格外关注台湾消息和时局的变化。他知道二伯这次回大陆探亲可谓是一波三折。此事缘起于1987年5月，台湾一批要求回大陆探望亲人的"荣民弟兄"，聚集在"国军退除役官兵辅导委员会"门口请愿，要求返回大陆老家探亲。后来蒋经国主持召开了一个国民党中常会，通过了有关《大陆老兵回乡探亲的决议案》，自当年12月1日起，台湾民众可赴大陆探亲。曾广涛当即提出了回大陆湖南长沙铜官老家探亲的申请，由于他属于将校军职敏感人群，因此一直拖了两年多后方批准了他的大陆探亲签证……

眼前回家探亲的曾广涛，与曾昭英心中想象的二伯，形象上实在是相差太远了。久隔的陌生，使曾昭英与二伯陷入短暂的沉默。

围棋是曾广涛去台湾后消磨时光的爱好。此时，他一眼瞥见客厅的茶案下摆着一个棋盘。他揉了几下手指，微笑道："昭英，你会下围棋?"

听到曾广涛的声音，曾昭英赶忙恭敬地回答道："略知一二。"

看着曾昭英那拘束的样子，曾广涛不由得笑了。围棋可是他的拿手好戏，还曾蝉联所在部队三届围棋冠军，虽说现在年纪大了，思维没有年轻人敏捷，但深厚的功底岂是年轻人可以相比? 他好胜心顿起，落座下来："我们来对弈一局。"

见二伯开口，曾昭英不好拒绝，他心中也想见识一下二伯的棋艺，于是，躬着身子道："二伯既然开口，侄儿就恭敬不如从命了。"说着，曾昭英将盛着白子的棋罐，推到曾广涛面前，自己拿过黑子罐，在棋盘上落下一子。

看到曾昭英的举止，曾广涛心中暗地里赞了一声。按照围棋落子口诀"黑子先行白子后"，曾昭英将白子给他，是对长辈的一种尊重，也是一种谦虚的表现，同时随意落下的黑子，并没有占据要位，是说明不打算占他先手的便宜，要和他真正地拼杀一场。

真是初生牛犊不怕虎啊! 曾广涛顿时雄心大起，他起手布局便施下了四连星，跟着又运用弃子加强中腹控制，逐步实施围空中原的战略意图……如此犀利的棋风，与他那已到了"和为贵"的七十高龄一点也不合，倒是显露出了他一生军人的性格。

曾昭英毕竟年轻，棋龄甚短，虽说在东城县区年轻人中算是位"国手"，可在二伯如此犀利的攻势面前，他却被逼得步步后退，险象环生，曾昭英从围棋的布局中领教了伯父的敏捷反应和杰出的棋艺水平。

在曾昭英面对复杂棋局长考之时，曾广涛站起了身，踱到书桌边拿起一本笔记本随手翻了起来，翻着翻着，他突然变得兴奋起来。

这是记录湘绣资料的本子，里面一行行娟秀的字记载着湘绣的前世今生：

"1958 年，湖南烈士公园出土的战国木椁墓中，出土了两件绣花绢；1972 年，长沙马王堆发掘的西汉古墓中，出土绣品四十一件，有'绢地长寿绣''绢地乘云绣''罗绮地信期绣'……"这段文字旁边，还有一段注解："关于'信期绣'所用的针法，极似当今湘绣所用'掺针'的论证……"

"湖南湘绣有两千多年历史？你有什么根据？！"曾广涛似乎不敢相信自己的眼睛，他一边自语着，一边把目光转向曾昭英，想从他的脸上寻找到答案。

曾昭英拈着手里的棋子，有点不好意思地说："这不是我的发现，是当年一位老人告诉我的。"他的思绪飞到了早几年偶遇的一件事情上。

那还是 1979 年一个炎热的夏天，正在读大学的曾昭英放暑假，便来到省博物馆参观马王堆汉墓墓葬品。也许是家族缘故，抑或是自己职业原因，他对丝绢之类的墓葬品瞧得非常细致，只是由于阅历因素，他对这些似刺绣而非刺绣的绢物难以辨识，便去询问工作台的人员，不料，他们也不太熟悉。正在曾昭英准备怏怏而去时，一个身着中山装的老人在旁边接口道："这位先生慢走，我知道这些汉朝的刺绣品。"

曾昭英惊喜地问道："您知道？太好了！"

老人娓娓道来："西汉古墓中，出土绣品四十一件，有'绢地长寿绣''绢地乘云绣''罗绮地信期绣'……"

"信期绣？为什么叫信期绣？"曾昭英对蟠桃献寿、仙鹤乘云的内涵很容易理解，唯独对那幅"信期绣"看不懂。

"春燕衔泥何处去，堂前巧筑正待迁。信期绣是我们先人对季节变换的寄寓，用它陪葬暗示着生命的轮回……"听着老人的讲述，曾昭英瞬间发现，那

"信期绣"的画面原来全部由变形的燕子组成。他不由得好奇地打量起老人来。

老人年逾六旬，一身灰色中山装，领扣扣得紧紧的，显出一丝不苟的风范，方正的面容布满沧桑，而且脸上还有块铜钱大的疤痕，只是那双眼睛有点特殊，眼神里露出一种穿透世事的魅力……

"脸上有铜钱大的疤痕？"曾广涛喃喃地自语，跟着激动地问道，"你问了他姓名吗？"

"他只说他姓王。"

"王什么？"曾广涛急切地问道。

"他没说。"曾昭英摇摇头，表示不清楚。

"一定是他，一定是他。"

"谁？"

"王夫强！"曾广涛神情激动，不无感慨地道，"你以后见过他吗？"

曾昭英摇摇头。

曾广涛脸上露出遗憾的神色。不过，他没有再问下去。从侄儿的描述中，他心里有数，这肯定是当年帮助曾纪生、焦菊香脱险的王夫强：一是脸上有铜钱大的疤，二是熟悉湘绣历史。但他没有再问下去，毕竟初到大陆，有些敏感的政治事情难以深盘，于是转换了话题："其实，论起刺绣针法，这是你妈的拿手好戏。"曾广涛手里拈着一颗白子，若有所思地道："当年，你妈的绝技还不止于此呢。"

对于弟媳焦菊香的能耐，曾广涛自是比曾昭英了解得更多，当年她对刺绣的痴迷，让他至今记忆犹新，为着让曾家绣店重新开到长沙城，她不惜与爷爷焦庭山闹翻，解放前曾家大屋的长沙绣店摇摇欲坠，要不是焦菊香死撑着，绣庄早垮了……

历史的往事，在曾广涛脑子中荡来荡去。他似乎突然想起了什么，放下手中的棋子，感叹地问曾昭英："你父亲与你讲过爷爷的故事吗？"

"爷爷的故事很多很多，不过，给我印象最深刻的还是爷爷那句口头禅：'人在，剑就在！'"

"是啊，这是他一生的灵魂。"曾广涛叹息了一声，"当年他如果不解甲归田，一定是朝廷的栋梁之材。他急流勇退之后，一辈子都在为'绣传天下'而努力，终于成就了百年绣庄'芙蓉坊'这块老字号招牌。"

"有人说，湘绣的中兴缘自湘军……老爷爷功不可没！"曾昭英插话道。

一谈起这些往事，曾广涛布满皱纹的脸上，便泛起了难得的笑容，话语也变得兴奋起来："当年你爷爷说：'湘绣历史虽然可以追溯到二千五百年前，但湘绣真正的繁荣昌盛之时，却是清朝湘军崛起之际，由于大量的湘军官员需要官服，官服上的刺绣，也就从以往的苏绣改为了湘绣。那时候，曾家大屋的湘绣订货做不赢，长沙城里也呼啦啦地冒出了几十家湘绣绣庄……'"

曾广涛所说的这些湘绣往事，曾昭英略有所闻。在他所收集的湘绣资料中，便记录有这样的文字："湘绣的大发展始于清朝晚期，那时大量的湘军官服上的佩饰需要用上刺绣，朝廷考虑地方情绪，特意选择了湘绣。因为市场的兴旺，湘绣技艺大幅提高，在中国的四大名绣中，自 1850 年《荷鹤图》诞生以来，逐渐形成诗、书、画、绣、印五种艺术合而为一，自成一体的独特风格……"

"二伯，"曾昭英望着滔滔不绝讲述着的曾广涛，不甘沉默地插嘴道，"其实新中国成立后，湘绣也曾有过几次轰动的壮举。"

"哦！"曾广涛兴趣盎然，"说来听听。"

曾昭英说起了 1949 年毛泽东首次代表中国出访苏联，特意带去的"国礼"湘绣《斯大林绣像》，便出自母亲等人之手。毛泽东主席的这份厚礼，在苏联产生了巨大的影响力，在苏联境内掀起一轮热购中国湘绣的风潮，长达十年不衰！到 1959 年，耸立在北京人民大会堂湖南厅的巨幅湘绣毛主席诗词《沁园春·长沙》双面绣屏风，在那里吸引了众多人的目光；还有 1971 年，由周恩来总理指令，参展欧洲阿尔巴尼亚国际文化艺术博览会的湘绣《祖国山河一片红》……曾昭英说起这些往事如数家珍，神情比刚才的曾广涛更为得意。

听着曾昭英的讲述，曾广涛心里荡起一阵涟漪。侄儿对新中国成立以后湘绣的研究和思考，让他心里燃起了复兴湘绣的希望之火。曾家后人要实现父亲"耕读继家，绣传天下"的祖训，就必须有人担承起传承这个手艺的责任。

曾广涛目光久久地注视着曾昭英的脸，没再说话。曾广涛从军几十年，是个久闯江湖的人，曾经带兵上万，阅人无数。与曾昭英的一番交谈，尤其是看到那笔记本之后，他便有心仔细地观察着曾昭英的言谈举止，不禁暗吃一惊，他认定侄儿是一个极不简单的人！长相俊俏，两眉浓密，特别是那内敛的眼神，给人一种深藏不露的感觉……他清楚这种面相的人，个性丰富，具有敏锐的观察力和理性的分析能力，无论从事什么职业，总会有骄人的成绩，可以成为行业内的佼佼者，而且看曾昭英的性格，他一定也是一个和父亲曾纪生一样，从不按常理出牌的"贼大胆"。

曾昭英被曾广涛奇怪的眼光，看得有些发愣。为了打破伯父无言注视的尴尬，他看了一下腕表提醒着说："时间尚早，我陪您到长沙的下河街看看小商品市场，顺便体验一下大陆的民俗风情。"

曾广涛这才缓缓地收回目光，放下手中的棋子，与侄儿一道走出门去。

长沙的下河街，是全国极负盛名的小商品集散中心。地处长沙繁华闹市五一路与沿江大道交会处，在一般长沙市民的眼中，下河街也没有什么特别之处。它之所以吸引人们的眼球，实则是它开启了长沙当年自由商贸之风的先河，成了长沙最早的自由市场。这里的摊担和小铺，鳞次栉比，堆满了五颜六色的各类小商品，而且价格非常便宜。各类日常生活用品的叫卖声此起彼伏，嘈杂中显露出市场所特有的热闹与繁华，不少的市民都愿意到这里去逛一逛，尝一尝长沙城初起的市场经济给人们带来的甜头。

在曾昭英的眼中，这是长沙经济改革开放的一个信号——一个长沙即将兴起的新型商品市场。虽说摆摊设铺卖的货物五花八门，质量也是鱼龙混杂，但这个市场的前景，很有点像母亲讲述过的当年东洋绸风靡长沙城的光景。不说别的，你瞧瞧这里一天天多起来的游逛市民便是例证。虽说目前来的都是些爱新鲜的年轻伢妹子，要不了多久，会有更多不同年龄层次的市民过来瞧新鲜、买货品。从多年的一个接一个的政治运动中熬过来的长沙人，没有几个有钱的，物美价廉的商品自然会成为他们的首选。

曾昭英领着曾广涛穿过一条小巷，来到与下河街平行的太平街。这里与长沙普通的街道相比并无什么特殊之处，只是它的文化底蕴更加厚重。走到太平街的一处不起眼的建筑前，虽然是座显得有点破败的木结构建筑，仍然难掩当年的风华：圆柱、梁枋刻纹雕饰，戗角高翘、龙头雕饰，猫弓背山墙，屋檐下刻有蟛蜂巢。

对于长沙城，曾广涛虽然出去的时间早，但因着生于斯长于斯，对这里的老物并不陌生，他停住脚步，回望了曾昭英一眼："这好像是清末湖南首家戏园——'宜春园'。"

曾广涛接着补充说："自清朝年间长沙开商埠以来，各商号的货物水路运输，多从这里集散进出，加上它与西牌楼街交会处的宜春园茶馆、清末年间的著名戏院宜春园、同春园一脉相承，集茶馆与戏院于一体，曾风靡长沙城。"

　　曾广涛驻足欣赏了一会儿，不停地点着头，深有感触地说："我们台湾也有一条很有名气的街叫'女红坊'，是时尚年轻人经常出入的地方。你下次有机会去台湾，我带你去参观一下。"

　　曾昭英半开玩笑半认真地说："这恐怕不行，目前我必须先把韩国的《宫廷牡丹》条屏的任务完成好，我们曹董事长才会放行！"

　　曾广涛先是一愣，斜眼瞅了曾昭英好一会儿，说："你不是去做生意，是了解一下台湾的商业氛围，这对你开拓湘绣的国际市场有好处，你可以请假来台湾探亲呀。台湾是'亚洲四小龙'之一，现在大陆的改革开放，不就是要学习境外的先进技术和管理经验吗？"

　　曾昭英解释说："二伯，你误会了。目前我的处境有些尴尬。现在虽然改革开放已经有四五年，但许多企业仍抱着计划经济的老套路不放。我先前所在的宏兴湘绣厂便是这么一种状况，凭个人意气办事，为了个人恩怨，工厂宁愿停工有订单不接，却与华夏湘绣研究所一唱一和，硬是逼着集团公司将一千套《宫廷牡丹》条屏要退单。还说什么我们集团公司是官办企业，当然要维护国有研究所的报价。"

　　在曾昭英的眼睛里，华夏湘绣研究所虽然大师林立、人才众多，但由于长时间的养尊处优，形成了一种以"沙博士"为代表的"大鸡不啄小米"官商习气。他们视日用湘绣为"下里巴人"的粗绣，从不愿意涉足，死抱着"艺术至上"的障眼法，无所事事地混日子，导致市场竞争力丧失。他不无感慨地说："这一千套《宫廷牡丹》条屏如果退单，就意味着湘绣在韩国市场的溃败。"

　　当曾广涛听到曾昭英说那批韩国《宫廷牡丹》条屏的实际成本只需三百美元，而宏兴湘绣厂仍然不肯接单的事时很不理解。他沉思了一阵后，目光炯炯地瞅着曾昭英，意味深长地道："你为什么不自己办厂呢？"

　　"自己干？"曾昭英对这个问题也曾有过念头，但没有深思过，只能怏怏地说，"这不是一个人可以干得了的事，再说我也没有本钱。"

　　"年轻人呀，目光不要仅仅落在鼻子尖上，你如果能从喜马拉雅山上看方向，所做的事情保证错不了。"曾广涛接着说，"至于本钱，旧时有句话，欲想当财主，先要当债主。你可以向银行贷款啊！"

　　"我也想过这个问题，但行动起来，谈何容易？再说这是集团公司的客户资源……"曾昭英显得无可奈何地说。

"他们不是要退单吗？你若能将他们抛弃的这个资源利用起来，何尝不是件好事？"曾广涛解说道。

"话可以这么说，也可以那样说……有时候人言可畏！"

曾广涛知道曾昭英心态很是矛盾，于是问："你去过广州吗？"

曾昭英很奇怪二伯怎么会问出这个问题来，非常自信地说："我参加过'广交会'。"

"深圳呢？"曾广涛接着问。

"深圳？"曾昭英有点不好意思地摇摇头。

"深圳，是中国内地开放的一个信号！"曾广涛话中有话地说，"它既是中国内地政治走向的一个信号，也是中国经济开放的窗口。透过这个窗口，你能看到未来中国经济的发展会有多条道路，'信期'来监，你得未雨绸缪哇！"

曾广涛这次从香港入境大陆，是从深圳的罗湖桥过的关。刚出海关大楼，他就被眼前一片宽阔的广场所震惊。

深圳，这个昔日的小渔村，不远处一片高楼大厦拔地而起，四周形成一个巨大的工地，到处都是机械塔吊伸开的长臂，到处都是忙碌的建筑工人，道路上车辆穿梭如织，过路的行人也是步履匆匆……这预示着要将昔日的一个小渔村，改变成一个国际化的大城市。这不仅仅需要大量资金，还需要有产业支撑。更重要的是，需要有中国内地高层领导人的支持，因为在中国内地多年的政治风气中，政治与经济总是处于矛盾之中。与香港一水之隔的深圳，发生的这一切变化，意味着中国内地高层领导人的国家经济发展思路有重大改变，也让曾广涛意识到中国内地的经济巨变在即。他提醒着曾昭英说："你应该去深圳看看，那里今天的快速发展，说不定就是明天的长沙。"

曾广涛见曾昭英沉思不语，他透过太平街两边鳞次栉比的商铺天际线，目视着远方的天空回忆着说："我在黄埔军校读书时，有一位曾留学苏联的同学，在一次校友聚会时朗诵过一首诗。时隔四十多年，我至今记忆犹新，历历在目。当时我是热血沸腾，立志报国。可是时局动荡，最后蹉跎一生。哪比得上你现在的好时运！"

"什么诗能让伯父如此刻骨铭心？"曾昭英惊讶地问。

"一首俄罗斯的民间小诗，名曰《短》……"曾广涛情不自禁地背诵出来。

听到曾广涛抑扬顿挫的背诵，曾昭英顿感心潮澎湃，热血沸腾。他回想起自己十八岁进宏兴湘绣厂，当年是那样地意气风发、雄心勃勃。现在转眼十多年过去，忙忙碌碌，一晃就已步入中年。宏兴湘绣厂的民主选举，他因支持肖福海而与宋伟山针锋相对，现在是成者为王，败者为寇。他有厂回不去。原以为调到集团公司后，更高层次的工作环境，他可以海阔天空，谁知又因在韩国的《宫廷牡丹》条屏合同谈判中得罪了"沙博士"，不仅处境微妙，且步步如履薄冰。沩江挂职前景未卜，即使三年后归来，还不知市场变化如何。他极为矛盾而又羞涩地对曾广涛说："小侄孤陋寡闻，对外国的诗词知之甚少。您能再说一遍吗？我想把它记录下来。"

"可以。这诗的主题就是说'光阴似箭，日月如梭'，人生短暂，有些该做的事，我们必须当机立断。"

伯侄俩沿着麻石路面前行，路旁有着一幢砖木结构的建筑，挂着已近褪色的招牌："乾益升粮栈"。曾昭英一边走一边回味着与曾广涛的谈话。

"曾昭英！"忽然间一声清脆的声音打断曾昭英的沉思，他循声望去不禁大声惊呼道："张女士，你怎么在这里？刚才我还在跟伯父说起那批《宫廷牡丹》哩！"

太平街的不期而遇，张女士惊喜万分，她环顾了一下四周，很是感慨地说："这可是个好地方啊，人来人往繁华闹市，与我们韩国首尔仁诗洞差不多。如果在这里开一家刺绣商场，生意一定会很不错！"

曾广涛接口道："清末，太平街曾是长沙米市的极盛之地，'乾益升粮栈'则是当时众多粮栈中最著名的一家。当年的太平街可是长沙早期重要水路交通之一，也是长沙民俗文化的要地之一，就像台湾的女红坊，近百年来，历来都是商家抢占的好码头。"

韩国张女士与二伯近乎一唱一和的话语，在曾昭英的心里荡起涟漪，但他什么也没有说，带着他们走到太平街的南端，指着一处摊担包围着的青灰色建筑物，饶有兴趣地介绍说："您可能不知道，这座不起眼的建筑物支撑了太平街两千多年的文化底蕴。它也是长沙古老街巷的源头。"

张女士好奇地打量着这座被嘈杂商铺包裹着的古朴建筑物，灰砖为墙，黑瓦为顶，古香古色，雅气扑人。她反问道："这座建筑一定是有什么来历吧？"

曾昭英抑制不住内心的自豪激动地解释说："那还是西汉文帝时期，皇帝的老师贾谊居住的地方——贾谊故居。1938 年'文夕大火'被烧毁，这是抗战胜利后重新修复的。"

"哦……原来这条街有如此深厚的文化内涵，我想当年这里也一定是热闹非凡！"

张女士的感慨引发曾广涛的沉思，他有些伤感地说："当年往来贾府的宾客应该是'谈笑有鸿儒，往来无白丁'，这里曾流传着一首脍炙人口的《太平街》童谣，我至今还记忆犹新。"

"太平街还有童谣？我怎么一点都不知道？"曾昭英大吃一惊。

"我的记忆中，这里很早就是一派车水马龙的热闹场景，但自'文夕大火'后，长沙城的古典建筑百分之九十被毁，此后的太平街废墟重建，谁还会去记一首百年流传的童谣？"曾广涛说完便放开嗓子当街唱起来：

> 太平街，好地方，
> 皇帝的老师当大官，
> 红薯粑粑甜又香，
> 洗绣浆衫濯锦坊！

张女士笑眯着眼睛，将双手伸直到胸前"啪啪"地鼓起了掌。

曾广涛唱完童谣，向张女士介绍说："'濯锦坊'的传说源自楚国屈原被贬后曾在长沙逗留，居住在太傅里。屈原在此期间曾经常在一口水井边洗涤染尘的锦衣，后人便称此为'濯锦坊'。"

张女士一听说"濯锦坊"这个名称，感觉很有一种访古思幽的意境，便高兴地对曾昭英说："曾先生，我们能否去参观一下'濯锦坊'？"

曾昭英忍俊不禁地说："我们现在就站在了'濯锦坊'。开始我也是寻遍整个太平街，却找不到'濯锦坊'的旧址。经多方打听，后来从我父亲嘴里才知道'濯锦坊'，原来就是这个'太傅里'的一个别称。"

长沙太平街在曾广涛的记忆中，它是时代变迁的缩影，对韩国张女士来说，它是一幅历史文化画卷。她兴致勃勃地问曾广涛："它为什么叫'太平街'？其中有什么来历吗？"

曾广涛停顿了片刻，努力从自己的记忆中寻找着太平街的历史变故。他精神抖擞地告诉张女士:"千年前的长沙因有穿城而过的湘江,太平街又紧挨湘江,夹在小西门、大西门与潮宗门之间,往来货物得地利之便,商贾云集达千年之久,故有'舟楫转输半天下'的赞誉。至20世纪初期,更是洋行密布,盛极一时。据说这一时期太平街区的各类商号达二百多家,其中不少是清代遗留下来的名老字号,加上其众多历史古迹和在辛亥革命中的特殊地位,太平街一度享誉江南。"

张女士很有感慨地问曾昭英:"这里是开设绣庄的好地方!沙博士不愿接那一千套《宫廷牡丹》条屏,你为什么不自己在这里开家刺绣厂?我保证你有钱赚。"

曾昭英随意地回答说:"我没开工厂的本钱。"

"你们合同不是要求我先付百分之三十的预付款?你如果分批交货,第一批交货百分之三十,等于我预付了百分之百的货款。"

"我……"曾昭英不知道如何回答为好。在曾昭英的眼里太平街的商业氛围虽好,但并不适宜办湘绣厂。现在张女士说开店的目的,还是那一千套《宫廷牡丹》的订单,于是他安慰着张贞淑说:"张女士,你放心,那一千套《宫廷牡丹》条屏,我会保证完成任务!"

"曾先生,我听新加坡谭先生说,为了此事,曹董事长的上级要把你下放到农村里去挂职。真有此事吗?"张女士似乎不经意地问道。

曾昭英只是默默地点了点头,跟着说道:"您那《宫廷牡丹》条屏的订货,我想,曹董事长应该会有安排。"

也许是翻译没有解释清楚,也许是张女士的臆测,她误以为曾昭英到农村挂职,是因为在韩国谈判时曾昭英的让步,回国后受到的处罚。第二天一早,她与新加坡谭先生特意赶到集团公司,闯进董事长办公室询问曹旭东:"曹董事长,你们为什么不派沙博士去农村?如果你们是因为曾昭英在韩国谈判时给了我一个公平的价格,就要惩罚他的话,我可以撤单。"

曹旭东面露尴尬,但仍然微笑着向张贞淑解释道:"曾昭英到农村挂职,是重用而不是惩罚。挂职是一种锻炼,不是谁都可以去……"

正在董事长办公室汇报工作的沙大成一听来了火,他认为曹旭东的回答有损自己在这个韩国女人面前的形象,但当着领导的面,他不便公开发作,却在心里暗暗画出一条底线,就是张女士的这一千套《宫廷牡丹》条屏如果不加价,华夏湘绣研究所和宏兴湘绣厂绝不接单。这已经不是生意上的事了，事关自己威信和面子。

张贞淑看见沙博士那有些怪异的表情，也不知曹旭东的解释是真是假，见到刚刚进来的曾昭英，便迎了上去，诚恳地说："曾经理，不论你是受重用还是其他原因，不论你是留在长沙市还是去农村，我都拜托你帮我完成那一千套《宫廷牡丹》条屏……"

曾昭英本是来向曹董事长汇报工作的，没想到韩国的张女士会为他昨天那番话赶到集团公司来交涉，一时不知如何回答。

曹旭东见曾昭英尴尬呆立，急忙解释道："张女士你放心，即使曾经理去了农村，还有我和沙博士，我们会尽快到华夏湘绣研究所做工作，把这个任务定下来！"

"别……别……别，曹董事长！您千万别为难我，研究所许文强所长的工作我做不通。"沙大成双手忙不迭地摇摆着，就像躲避一场瘟疫。

曹旭东感到有些难堪，低声而又严肃地对沙大成说："你给我说实话，你们研究所是做不了，还是嫌价钱低不做？"

"两种情况都有。"沙大成也毫不掩饰地说。

曹旭东很不高兴地说："从一开始我就知道，你为什么要死咬着价格不放。明天你告诉许文强，研究所与宏兴湘绣厂各承担百分之五十的任务。"

"我去过宏兴，现在那里是一盘散沙，宋伟山说华夏湘绣研究所不做的单，他们也绝不会接。"

韩国张贞淑从新加坡谭先生没做翻译的神态中，猜出曾昭英与潇湘集团之间似乎有矛盾，她感到事态严重，便央求着曹旭东说："曹董事长，实不相瞒，这一千套《宫廷牡丹》条屏是从韩国转口销往日本的，我与日本二条丸八株式会社签订的合同，也就是六百美元一套。"张女士说完从手包里掏出了他们韩国刺绣研究院与日本二条丸八株式会社签署的《宫廷牡丹》条屏订货合同，以示自己说话的真实性："而且，我们已经耽误得太久。从打样、报价到首尔会谈，包括这次我来中国，三个月就这样浪费过去，耽误得我已没时间补救！这次你们即使不赚钱，你也要帮我的忙，下次我可以将日本和服的订单下给你们，做一些弥补。"

沙大成瞟了一眼张贞淑，不屑一顾地对曹旭东说："董事长，下次的事，还是下次再说吧！她这个《宫廷牡丹》条屏我是没办法完成。我们是国有企业，与韩国这样的'资本家'谈判，价格我是绝对不会让。"

俗话说，"打狗欺主"，沙大成的不可一世令曹旭东都有些看不下去，他善意地提醒道："沙博士你话不要说得那么死。1984年国务院就出台'价格双轨制'的改革政策：'同一商品的价格，在计划指标内实行固定价格，计划指标外可由市场自由调节。'现在是什么时候？1991年3月。这《宫廷牡丹》条屏的合同都签了三个多月，我们应该是谈落实而不是谈价格。"

"合同是你签的字，找我谈什么落实？张女士如果不恢复省研究所的定价，这合同你让曾昭英去履行呀！"因有二轻工业厅张厅长撑腰，在沙大成的眼里早已不把曹旭东当根葱。

大概是初生牛犊不怕虎，一股豪气从曾昭英心底升起："董事长！就凭张女士这句话，只要她下次能将日本的和服订单下给我们，在韩国谈判时，我既然承诺六百美元能够接单，我就会对自己的话负责。你只要给我三天假，保证落实好合同生产任务。"

曹旭东也清楚沙大成之所以有恃无恐，缘起省二轻工业厅张厅长在全省二轻计划工作会议上的讲话，价格的制定要"预测未来三年之内的物价上涨因素，争取一步到位，再交由市场调节"。他为了缓和紧张的气氛，只能勉强笑着说："我提一个折中方案，因原定合同时间已经过去三个月，考虑原材料涨价因素，张女士的韩国刺绣研究院与沙大成所代表的华夏湘绣研究所各退一步，将价格调整到七百美元一套。"

谁知沙大成此时的态度比先前更强硬，他直截了当地说："华夏湘绣研究所是国有的，什么事都有政府兜着，搞的是艺术研究，不是农民卖小菜，这《宫廷牡丹》条屏如果交给个体户，也许确实能生产得出来，但我们代表的是国家利益，要预估价格上涨因素。张厅长说我们有些商品'计划内的价格远低于市场价格，于是就有不法分子投机倒把严重侵害国家利益。对于掌握价格制定权的国有企业要测算出未来价格的走势'。我要考虑价格的上涨因素，不能像那些鼠目寸光的个体户，只顾眼前，八百美元一套的《宫廷牡丹》条屏分文不能少！"

面对沙大成的咄咄逼人，天生傲性的曾昭英不由得心里升腾起一股怒气，他豪迈地回道："张女士，你百分之三十原材料预付定金的付款之日，就是我们合同生效之时。曹董事长作证，我就是辞职，也保证完成一千套《宫廷牡丹》

条屏，绝不'退单'！"

> 一天很短，
> 短得来不及拥抱清晨，
> 就已经手握黄昏！
> 一年很短，
> 短得来不及细品春的豆绿殷红
> 就要素裹秋霜寒冬！
> 人生苦短，
> 短得来不及享用少年情窦，
> 就已经身处暮年的迟钝！……

曾昭英不屑一顾地盯着那个无动于衷的沙博士，大声地对着他道："一首俄罗斯《短》诗告诉我们：我们的余生很短，放弃，就意味着失败！怠滞，无异于谋杀！人生的'信期'没有等待！……"

第九章 变道

　　岁月悠长，人生苦短。曾广涛一首《天生我材必有用》的歌曲，触发曾昭英欲从"上班族"中换道的冲动。他说："平庸一生，不如奋力一搏，即使变只萤火虫，只有一晚的生命，也要闪出自己的光亮。"

　　浓浓的晨雾就像一张沉重的大幔，斜挂在一块苍茫的山崖脚下。这里就是当年曾家大屋后院，有名的"听水轩"所在地。

　　从长沙城来到老家铜官祭祖的曾广涛，撑着用树枝做成的拐杖，站立在"听水轩"的废墟上。这里早已没有了八角凉亭和走廊，也听不到"叮咚"的泉水声了，铁灰和褐色主宰了对面当年翠绿的山崖，眼前看到的只有破败和萧条。这里曾经是爷爷曾传玉和父亲曾纪生最喜爱的地方，他和大哥曾广仁、三弟曾广智，也常常一起在这里玩耍，如今这一切都已经成了过眼烟云。眼下，脚下的土地还是那片土地，却已是物是人非。在台湾这么多年，他一直念叨着大陆的家人，如今返回故里，大哥和小弟，却是一个辞世，一个变得胆小怕事，处处谨小慎微。

　　曾广涛昨晚几乎一夜没有睡，今天一大早就赶来这里，是想和父亲说说话。原本是要到父亲坟上去说的，因为父亲的坟被破坏了，只好到这里来说。

　　曾广涛望着朦胧的山崖，喃喃地道："父亲，湘绣在您的手里发扬光大过，您曾经将曾家大屋'天然阁绣庄'的分号，开到了全国十六个城市……您在天之灵，请保佑孙儿昭英，再次将湘绣发扬光大，实现曾家'绣传天下'的梦想……"

　　曾广涛在曾家大屋的前前后后转了大半天，直到下午三点才回到了长沙城里，随后办理好了回台湾的手续。在那个时候，从大陆返回台湾，必须要经香港转机，如果坐火车去香港，也要经过深圳。曾广涛原本想带着曾昭英去深圳看看，但听焦菊香说办边境通行证的手续十分烦琐，就放弃了这个想法，决定从长沙转广州再飞往香港。

　　第二天上午，曾昭英跟随曾广智早早地来到湘江宾馆，等候统战部来车一同送曾广涛去机场。

　　曾广涛与曾广智聊了一会儿家庭琐事后，曾昭英低声而又有些犹豫地对曾广涛说："伯父，您的话有道理，我准备辞职。"

　　曾广智听到儿子的话，有点气急败坏地吼道："辞职，你千万不要一时脑壳发昏，就冲动。"他是从旧社会走过来的人，经历得太多，对现在的时局变化也很支持，但对未来却有些难以预测。他听曾昭英说准备辞职，便毫不犹豫地反对道："你现在去沩江挂职，只要你脚踏实地努力干，十年以后也许能当县长，你如果辞职，此前十多年的努力就前功尽弃……"

　　曾广涛目视着曾昭英，不置可否地问："你真想辞职？"

　　曾昭英默默地点了点头，他想起早几天自己到宏兴湘绣厂落实韩国订货的事，心里就窝火。

　　当时，曾昭英想着抢在沙大成之前，与宏兴厂的宋伟山再接洽一番，瞧瞧宋伟山的态度。在他的思路中，宋伟山毕竟与自己在宏兴这口锅里吃过饭，再怎么说，两人也有十多年的交往。可他没想到，事情并非自己想的那么简单。宋伟山一见他的面，话语中便夹着刺："曾大经理，你在韩国吃肉，回长沙也要留点汤给我们喝呀。沙博士谈判还想着给我们多留点肉，你倒好，大嘴巴一张，连骨头汤都奉送人家，这样的活我们可没法干哟！"

　　其实，在曾昭英到来之前，沙大成早与宋伟山有过接洽。宋伟山从沙博士那里得知，华夏湘绣研究所对《宫廷牡丹》条屏的态度是：低于八百美元就退单。沙大成还暗示宋伟山说："曾昭英如果不能在《宫廷牡丹》条屏上翻盘，待他三年挂职后回来，已是物是人非，湖南的湘绣江湖哪里还有曾昭英说话的地方？今后我做总经理，这集团公司副总位置就非你宋伟山莫属……"

　　宋伟山带着嘲弄的眼光瞅着曾昭英。

此时曾昭英明知目前宏兴湘绣厂一无生产订单，二无周转资金，处于等米下锅的处境，如果接手韩国张女士的这批订单，无异于雪中送炭。没想到宋伟山此时仍然在充大头，与华夏湘绣研究所一个鼻孔出气。他不由得软中带硬地回敬着说："宋厂长，你愿做就做，不做就别讲风凉话。我只是考虑给宏兴厂提供一个不被沙大成卡脖子的机会。"

宋伟山自得地笑笑："机会你还是留着，看能不能给你带来好运吧！"

酒逢知己千杯少，话不投机半句多。曾昭英见宋伟山毫无合作之意，只能怏怏而去。

在宏兴厂的碰壁，让曾昭英陷入人生的两难抉择：留在公司吧，不要说实现自己的理想，就是主动做好本职工作，都会有人认为你动机不纯，为你设置门槛，而且由于沙大成、宋伟山从中阻滞，韩国的订单显然只能是纸上谈兵；而辞职接单吧，自己在这里工作十多年的心血都将付之东流……

听到儿子有辞职的打算，曾广智有些恨铁不成钢地继续说："到沩江挂职，干得好十年后有可能当县长，干得不好，还可回原单位上班，工资照拿，有什么不好？辞职如果失败，难道还要刘健萍来……养你？"

曾广涛则劝慰着曾广智说："老三呀老三，我人生的信念就是'输赢看淡，认准就干'。"曾广涛无意中摆出了做兄长的架势接着说："现在大陆改革开放，发展的机会很多。孩子认谁的事，做父母的不要去阻挡。昭英辞职后，表面上虽然一无所有，但十多年的企业经历，就是他日后成功的最大资本。当一个无所作为的县长，还不如去做一名建筑工人，用一砖一瓦去铺设一条自己想走的路……"

"输赢看淡，认准就干"伯父的支持使曾昭英更加激动："爸，你以为我愿意辞职吗？目前这种碌碌无为的日子我实在受不了。辞职，我是没有选择的选择！我曾读过一本书《世界船王》，包玉刚曾说过：人无法掌控自己命运的长度，却可以尽情地去扩展它的宽度。"

曾昭英对这位世界船王有着极大的崇拜，包玉刚的人生之路与他的境遇有着相似之处。论创业年龄，包先生三十七岁投身船运业，曾昭英此时尚只有三十五岁，如果现在下海，将比包玉刚出道还早两年，都说青春不打折，年轻是最大的本钱。论对行业的熟悉，包玉刚初入船行之时，连左舷右舷都分不清，但他凭借学习，一跃而成为船王。曾昭英出身湘绣世家，十八岁便进入刺绣行业，对湘绣的人文地理了然于心。如果论心智，这是一个无法用数据来衡量的领域，"成者王侯，败者贼"是其真实的写照。

包玉刚创业之路也不是一帆风顺，当年他从上海银行的副总经理，沦落为香港街头的难民。自己目前虽然也是内外交困，但处境与当年落难之时的包玉刚，不可同日而语。包玉刚能做到的，自己为什么不能做到？

辞职还是留守？曾昭英陷入人生的两难抉择。辞职，自己原本打算为之奋斗一生的铁饭碗，将付之东流；坚守岗位，每天在人事与制度的夹缝中度日，像缩头乌龟似的工作，难展拳脚。

曾昭英的思想纠结有着深刻的社会因素。此时，中国刚刚启动市场经济之门，计划与市场经济的双轨机制尚在试运行阶段。在这种情况下，对于曾昭英来说，要像焦志达那样"下海"确是一种痛苦抉择。

曾广涛目视着远方却猜透了曾昭英的心思，他语重心长地说："昭英，你的处境使我想起当年我刚去台湾的状况。那时我也十分迷茫，曾写了一首《天生我材必有用》的小诗鼓励与我同去的弟兄们。一个名叫陈百罩的小青年把它谱曲后，激发眷村许多老兵转行投身台湾的经济建设，在台湾眷村老兵心目中，它比当今正在大陆流行的邓丽君《小城故事》一歌还火。"曾广涛说罢情不自禁地唱起《天生我材必有用》：

> 谁的跌落不会伤心？
> 谁不希望有好命运？
> 终日醉蒙蒙，
> 哪个甘平庸？
> 卧薪尝胆图自强，
> 不怨天地不怨人！
>
> 人生就像逆流的水，
> 进有退来退亦是进。
> 歹运双肩扛，
> 好运靠打拼。
> 天生我材必有用，

无限风光在险峰！

"膏药人人有卖，各有熬炼不同。"这是曾广智对曾昭英儿时读书的告诫，也是"失败仍要坚持，决不气馁"的一种安慰。曾昭英暗自下定决心：与其在体制内与宋伟山、沙大成等相互拥挤而行，还不如"变道"高飞。

也许是伯父老了，出口的歌曲并不动听，但唱出来的一字一句，却听得曾昭英心潮澎湃、热血沸腾，他说："这首小诗我也很喜欢。正因'天生我材必有用'，所以平庸一辈子，还不如奋力一拼。哪怕是变只萤火虫，只要有一晚的生命，我也要闪出自己的光亮。"

如果说，《世界船王》一书，鼓起了曾昭英内心那祖先遗传的好勇斗狠的血性，那么，曾广涛那首《天生我材必有用》却给了他义无反顾的力量。是啊，包玉刚从海上登陆在香港发展时，收购著名码头"九龙仓"一役，便是借用了华资地产大亨李嘉诚的资源。李嘉诚出让了"九龙仓"的股票权，使得欲离海上岸的包玉刚，持股迅速超过了控股的大股东——英资公司的董事长，为他抢夺董事长宝座奠定了基础，而包玉刚则投桃报李，将自己的汇丰股票出让给李嘉诚，让他坐拥汇丰银行的控股权，为他融资收购香港最大的地产公司和记黄埔铺平了道路。

资源共享、互利互惠，一个商人能够长袖善舞到如此地步，可谓是商界的最高境界。可目前曾昭英的处境非常尴尬。他脑海里不时浮现出宋伟山的专横拔扈，也闪现过"沙博士"在韩国谈判时对自己轻蔑的一瞥。他与包玉刚相比，既无资本可以运作，也无人脉可以经营，但他有改变现状的雄心。也许，他自己并未意识到，改变现状，正是改变世界的基础。

送走伯父曾广涛后，曾昭英回到集团公司立即呈交了辞职报告准备"下海"。

曾昭英离开宏兴厂后，宋伟山立马给沙大成打了个电话告知情况，电话那头传来了沙大成得意的笑声："瞧他曾昭英还能怎样折腾。"

宋伟山心里很是兴奋，与沙大成联手合作，便是与湘绣最权威的机构结了盟，这种政治上的结盟，于他宋伟山在宏兴厂的地位稳固极有帮助，即使宏兴厂还有那么几个不听指挥的人，也难以撼动他的厂长地位，何况，沙大成要求联手还给出了颇为优厚的条件，答应帮他开辟新的销售渠道，这样的好事可是百年难遇呀！只是，他也清楚，曾昭英是个鬼点子极多的人，弄不好想出个奇招，打破他们一统湘绣天下的梦……宋伟山不由得在电话这头说出了自己的担心。

"你呀，真的是现代人操民国的心。"电话那头传来沙大成得意的笑声，"他的辞职信就放在我的办公桌上，凭他个人之力，还想在湘绣江湖上翻起浪？恐怕镜中花、水中月啦。"其实，他对于宋伟山提出这样愚蠢的问题，心里很是不爽，大老粗就是大老粗，永远只能看鼻子尖的那点事。但他并未露出来，而是补充说："他曾昭英再有能力，手头无资金无人力无原材料，还真能做成无米之炊？除非他是神仙！"

听得沙大成信心满满的回答，宋伟山终于放下心来。

就在宋伟山与沙大成电话来往之时，曾昭英也正在为下海之后的生计绞尽脑汁。他虽然号称经理，手里却要钱没钱要人没人。幸好，他早与韩国的张女士谈妥，将《宫廷牡丹》条屏的订单先打了百分之三十的货款过来，这才在沿江大道租了一间房，将湘绣公司的招牌打了出去。只是，他带着跟过来的老部下罗汉斌一连数天，跑了不少的绣厂，都是碰了一鼻子灰，没有接单的企业。

罗汉斌见曾昭英脸色不好，发动汽车后试探着说："老板，有个事不知该不该告诉你？"

"什么事？"曾昭英问。

罗汉斌回答说："昨天有朋友告诉我，沙岭杨玉泉开了一家湘绣厂，也许可以给我们帮忙。"

曾昭英知道，沙岭位于潇湘市北部的城乡接合部，南与东城县相邻，是湖南湘绣发祥地之一，自称"湘绣之乡"。长沙城市扩容之前，也就是改革开放之初，它隶属于东城县。也是宏兴湘绣厂自创始以来，经过近三十年的持续培训、重点扶植、依赖的湘绣主产区之一。沙坪岭被划分到长沙市区的第二天，沙岭村党支部书记利用村镇绣工资源，创办起全省刺绣行业第一家乡镇企业。曾昭英毫无信心地说："我不认识杨玉泉。"

"李俊义已被杨玉泉接到沙岭湘绣厂当顾问去了。"罗汉斌回答说。

曾昭英稍微犹疑了一下，转而兴奋地说："你怎么不早说？走，到那边去瞧瞧。"

罗汉斌的车刚在沙岭湘绣厂的大门口停稳，站在台阶上与绣工聊天的李俊义看到坐在副驾位上的曾昭英，顿时眼睛一亮，笑容可掬地迎上前，显得格外亲切："今天是刮什么风？把我们宏兴湘绣厂的'秀才'刮到沙岭来了？"

"老厂长，我是无事不登三宝殿。今天我有一件事情特意来请教您！"

"我已经退休半年了，你还有么子事要请教我？"李俊义一边泡茶、请坐，客气有加，但话语里仍然透露出昔日厂长的尊严。

"我手头有个一千套韩国《宫廷牡丹》条屏的刺绣合约，华夏湘绣研究所与宋伟山漫天开价，不知道您是否可以给我帮忙？"曾昭英示意罗汉斌从车上拿出《宫廷牡丹》条屏的样稿，坦诚地说。

"一千套？"李俊义展开《宫廷牡丹》条屏的样稿，他有点不相信自己的耳朵。

"对！一千套。"曾昭英回答说。

"我们生产不了这么多。如果是'大路货'花鸟条屏我还可以想想办法。"李俊义很为难地说。

"您能生产多少套？"曾昭英心里有些紧张，但脸面上并未带出来，因为这是他最后的希望。

"交货期多长？"李俊义漫不经心地问。

"三个月。"曾昭英回答说。

李俊义听后沉默了许久，然后严肃地说："你这么大的数，这么短的交货期，没有宏兴湘绣厂帮忙，仅凭你我的能量，三个月时间根本完不成这个任务。你要知道，哪怕是一片树叶，绣工都必须一针一线去绣。"

"现在是研究所咬着价格不肯接单，而宋伟山又咬着要与研究所共进退，所以我现在只好来找您帮忙！"曾昭英显得很为难地说。

"这么大的订单下给研究所？你是认错了庙门，拜错了神。"李俊义毫不客气地说。

"因为样品是研究所提供，集团公司理所当然首先考虑的是研究所。"曾昭英解释说。

李俊义不假思索地说："道理没错，但工厂与研究所是两回事。你如果拿华夏湘绣研究所的报价，照葫芦画瓢报给客户，别人会以为你是疯子……"

曾昭英第一次听李俊义如此评价工厂与研究所的关系，不禁好奇地问："您当厂长时不是时常赞扬研究所人才济济，宏兴湘绣厂自愧不如吗？他们的报价，客户为什么会认为是疯子……"

李俊义冷冷地说:"消费决定市场。研究所确实是人才济济,但三十几年的养尊处优,使他们得了一种职业病,开发一个产品都要左研究来右研究去,等待研究出结果,黄花菜都凉了。特别是改革开放后,社会上刮起了一种坏风气,书法按照字体的大小计钱,画画以平方尺论价,画师们参加一个什么笔会,收入的红包超过一个月工资,谁还有心思搞创作?即使在上班时间画出几个画稿,价格也早上了天。就拿你这套《宫廷牡丹》条屏来说,说实话,你给研究所一千美元一套,他们也不一定有钱赚。"

"按您这么说,我现在只能退单啰?"曾昭英担心地说。

"嘿嘿……你到沙岭来,算找对了人,走对了路,要讲清这个问题,湘绣行业恐怕还没有几个人。成本决定价格,实际上,样品你可以让华夏湘绣研究所去打,但与客户谈判订货,你就得拿定主意,根据'成本决定价格'的原则,找工厂去生产。"李俊义诡异地笑着说。

"成本决定价格?您看这《宫廷牡丹》条屏成本应该是多少?"

"如果是沙岭湘绣厂,三百美元一套足够了!你信不信?"李俊义的话语里充满着自信,无意中也泄露了这套《宫廷牡丹》条屏在他心目中的底价。

"两者的价差为什么会如此之大?"曾昭英听了李俊义这么一说,心中暗喜,仍止不住心中好奇追问,还顺势递上了一支中华香烟。

李俊义喝了一口茶,点燃香烟,深深地吸了一口,这才惬意地徐徐地喷出一丝烟雾:"研究所的大师多,绣工少;动脑多,动手少;研究多,作品少。出一幅产品耗时长,所以价格高。如果不限时间,不考虑工价,只绣一幅作品,我敢保证一定是研究所绣得最好!因此,研究所只适合打样,产品也只适于收藏而不是市场。如这套《宫廷牡丹》条屏,我们一个绣工三个月可以绣一套,研究所的大师也许一年零三个月也不能保证完成。因此,他们的生产成本,远远高于批量生产的工厂成本。这就是刺绣研究机构与生产工厂价差的来由,也是研究所自公私合营后,从宏兴湘绣厂分离出去的三十年间,从没有接过'大货'订单,而我当厂长三十年,从来没有丢失过一个客户的原因。"

听得老厂长无意间道出了管理宏兴湘绣厂一路走向成功的秘密,曾昭英自是喜出望外,他吩咐罗汉斌从汽车里拿出一条待客的中华香烟,接过来,恭敬地硬塞到李俊义的手里:"与君一席话,胜读十年书。"

见李俊义并无嫌弃的意思,半推半就地收了,曾昭英便开腔请教道:"老厂长，按照三百美元一套的价格，也就是二千五百二十元人民币一套的价格，在三个月时间内您能生产多少？"

李俊义沉思了一下，建议说："沙岭湘绣厂可以完成三百五十套。剩下的六百五十套，宋伟山如果不接单，你完全可以插到宏兴湘绣厂的收发站，通过当地乡镇企业办，直接发到绣工手里。让农村剩余劳动力、家庭妇女、姑娘、嫂子有事干，有钱赚，当地政府何乐而不为？宏兴湘绣厂现在已经死到了眉毛尖上，宋伟山这个'说客'，还在串通研究所搞价格攀比，真是不知死活……"不知道为什么，李俊义对宋伟山的为人处世越说越激动。

李俊义的一番话，让曾昭英茅塞顿开。作为曾经的宏兴湘绣厂办公室主任，他对宏兴的组织结构、技术力量、站点设置、绣工分布、产品投放运行流程，都是胸有成竹，他明白自己该从何处下手了。

告别了李俊义，回到车上，曾昭英吩咐罗汉斌："我下午就去找曹董事长，我们动用张女士预付百分之三十的订单保证金，注册成立一家湘绣厂。你今晚将宏兴湘绣厂的谭科明约到湘江宾馆茶楼里，我们商量一下，争取把工厂办起来，把这一千套《宫廷牡丹》条屏生产订单全部发下去。"

曾昭英手握生产订单，罗汉斌立马行动，只三天时间，注册了"龙福绣庄"，法人代表曾昭英并兼任厂长。

新厂伊始，一切都得从零开始，首要难题是《宫廷牡丹》条屏的印花制画稿的复制。不过，好在曾昭英是个脑瓜子灵活的人，他在湘绣企业的生产车间和办公室先后待了十多年的时间，不仅自己对绘画略知一二，更有一群当年泡在一起的狐朋狗友，找个画师，拿出几幅湘绣画稿，并不是什么难事。他沉思了一阵，拿起电话拨了个电话号码："喂，俞成庆在吗？哦，成庆呀，这么热的天，忙什么呢？"

俞成庆是宏兴湘绣厂的年轻画师，酷爱漫画，由于趣味相投，与曾昭英也是铁杆朋友。此时，他正忙得不亦乐乎地为宏兴湘绣厂参加广州秋交会而准备新产品画稿，听到曾昭英打来的电话，心里很是高兴："曾主任，外面过得还滋润？"

"穷忙的命。"曾昭英话锋一转，"这么热的天，到红梅店喝杯冷饮？"

俞成庆爽快地答应道："听你的。曾主任，自从你和肖福海一帮人走了后，我们设计室里现在孤寂得很，我今天刚设计完一个《龙凤百子图》画稿，正想轻松一下，有冷饮喝怎么会不来呢？"

"那你就快点过来吧，聊聊天是人生一大快事，还有个《宫廷牡丹》条屏请你帮帮忙。"

在那个年代，因为物质贫乏，饮料是一种奢侈品，请喝一杯冷饮，足以调动俞成庆的积极性。曾昭英放下话筒，立即又吩咐罗汉斌道："为了加快产品投放进度，你去购买一台北京213型吉普车，资金可在《宫廷牡丹》条屏的预付订金中开支。"

在李俊义、谭科明的暗中帮助下，曾昭英每天穿梭在沙岭与宏兴厂湘绣收购站点之间。三个月时间便顺利完成一千套《宫廷牡丹》订单。

由于曾昭英指挥得当，即利用自己的人际关系，协调裁、刻、印、配各个生产环节，由单兵作战，改为"流水线"作业，借用了宏兴厂历史上形成的湘绣网络投放产品，因而大大地减少了中间环节，使每套《宫廷牡丹》条屏的实际生产成本，由华夏研究所测算的每套五千六百多元，下降到仅一千八百元人民币。按照当时的汇率，直接生产成本不足三百美元，使新成立的龙福绣庄获利一百多万元人民币。

经罗汉斌提议，曾昭英给龙福绣庄的全体工作人员，每人奖励单车一辆，奖金一千元人民币。

眨眼间几个月过去。踌躇满志的曾昭英又带着罗汉斌、汪芝玲、曾林，以及临时招募的业务员柳青，五人向广州"中国旅游商品交易会"进发。

"中国旅游商品交易会"是由中国内贸部牵头，由全国各省工艺美术公司组团参会的中国最大的国内贸易交易会，简称"旅交会"。它与"中国进出口商品交易会"齐名，所不同的是前者主要是针对国内主要旅游品商场、友谊商店、工艺美术大楼以及各涉外五星级酒店的订货，参展商以省为单位，由全国各省工艺美术总公司组团，组织本省各工艺美术生产企业参展，会址采用举办城市轮流申办制，每两年一届；后者因为会址固定在与港澳台较近的广州，故简称"广交会"。

本次"旅交会"的举办场馆，选择在广州"中国进出口商品交易会"内。其目的不仅仅是为国内各大商场、工艺美术大楼、酒店、宾馆提供一个商品集中订购、交流的机会，也有意借助"广交会"的影响力吸引港澳台以及一些外国商家到会。

还有一个重要原因，就是"广交会"每年分春、秋两季的常年固定举办地也是中国最大的外贸展会，被称为中国外贸商品交易的"晴雨表"和"风向标"。它起始于 1957 年，一直是中国对外贸易展销会的一个重要窗口。由政府外贸机构主办，参展的也全是国营公司和企业。会展期间，广州乃至全国会有大量的游客云集会馆，游览、购物。参加这样的展会，不仅企业要有经济实力，产品也必须是全国一流，否则，你根本拿不到展位。

随着改革开放步伐越来越大，商品经济不断地走向市场，曾昭英知道，参加本届"旅交会"是他"龙福绣庄"在湘绣业界站稳脚跟的好时机。他凭借曾经是宏兴湘绣厂办公室主任的人脉，悄无声息地在湖南省工艺美术公司申请到一个展位。

在广州找了个地方住下后，曾昭英带着罗汉斌前往广交会组委会所在地，联系展位一事。正巧，曾昭英在大门口遇上在广东省外贸公司的刘策，老朋友见面自是高兴万分，他吩咐曾林先去办理展位，自己与老朋友扯扯淡。

几年不见，刘策较之长沙时期已然发福，圆润的脸庞，凸起的啤酒肚，尤其是满脸踌躇满志的神色，将当年那副东怕狼西畏虎的神情抛之九霄云外。看来，早期的南下广东经历，让他尝到了甜头。

刘策早几年在父亲的运作下，南下广东进入了外贸公司，由于他有做生意的天赋，自是在外贸公司如鱼得水，不到两年便负责一个部门的工作。此次，他是与广交会组委会合作一个展区项目。

老朋友几年未见面，刘策很是热情，连忙拖着他来到组委会所在地的宾馆咖啡厅，叫了两杯雀巢咖啡。

刘策用勺了舀了几勺拌奶，放了几块方糖，略略搅拌了几下，抿了口咖啡，神清气爽地问道："昭英，广州生活得还习惯吧？"

"自己谋生活的人，到哪都随俗，讨口饭吃呗。"

"你自己的公司，自己的员工，哪是讨饭人？"刘策似乎颇有感慨，"哪像我，端着人家的碗，服着人家的管。"

曾昭英打量着刘策，但从他的脸上一点也瞧不出受人家管的那种沮丧神情，反倒是流露出志得意满的自信。他会心地一笑，并没有揭破这种交际间的小伎俩。看来，广东真是个天生的生意大染缸，即使是像刘策这样生性平和的人，心里也会有了几个小九九。他正琢磨着选择用什么话，既揭穿刘策的小伎俩，又不伤他自尊心，这时，曾林却满脸沮丧地走了过来，见他们正在说话，便无声地站立一旁。

瞧着侄子的神色，曾昭英意识到报到不顺利，他瞟了眼刘策，说："说吧，刘策老朋友了，没关系。"

原来，曾林带着人高兴地到接待处报到时，却碰了钉子。

"你们是哪个省的？单位呢？"

柳青连忙回道："湖南来的龙福绣庄。"

"不对，花名册上没有这个名字。"对方冷冰冰地说。

柳青很是诧异，公司的大门上不是明明挂着"龙福绣庄"的店牌吗？！他们一行人力争了半天，仍是被拒之展厅外。听得情况是这样，刘策方向他们解释了一番。由于中国多年实施的计划经济，观念一时难变，本届"旅交会"只有国营、集体企业才有参展资格，对个体企业仍是拒之门外。幸好来参展之前，曾昭英做了几手准备，未来前便与东城县龙福村联手，将龙福绣庄，更名为乡镇企业"东城湘绣厂"。在刘策的协调下，公司的展位安排了下来，而且还是"旅交会"的精品会场。

旅交会的展位尘埃落定之后，曾昭英心里一块石头落了地，他辞别了老朋友，返回了住地，又一桩心事浮上了心头：全国这么多的企业参展，仅仅湖南省做刺绣的企业就来了五家，另外四家不是国营便是集体的厂子，企业实力雄厚，号称"中国湘绣四大家"。他们陈列的展品也十分精湛，人家客商凭什么会到你的展位前驻足流连呢？他左思右想，一时无计可施。直到他来到住地附近的一家小饭馆吃饭时，方才找到了解决问题的办法。

当曾昭英与同伴来到小饭馆时，店老板便很热情地迎了上来，一边抹桌子一边笑着招呼道："来几杯绿茶给这几位湖南客人。"

曾昭英甚是奇怪，这个小饭馆老板眼睛怎会如此火辣，竟然一眼瞧出进门的是帮湖南客人，这可真的奇了。一问之下，那老板的回话也挺有意思的："我们是隔省邻居，哪还有听不出邻居老乡口音的道理？"原来，是他们那一口湖南普通话泄露了来历。饭后，店老板还特意拿出了小店的烫金名片，希望湖南的老乡以后还来照顾生意。正是这名片启发了曾昭英的灵感，他想到了一个如何让客商云集自己展位的办法。

"柳青，你赶快去百货商店买二百张请柬回来，有急用。"他停了停，叮嘱道，"不要怕花钱，请柬一定要买高档的。"交代完毕，他独自一人又匆匆赶往会务接待处。

曾昭英以查找朋友是否报到的名义，迅速在报到花名册上查阅到北京、上海等十多个大城市旅游商品采购代表所住的宾馆和房号，连夜与柳青、汪芝玲分开行动，实施他的"餐后叙茶、看样订货"行动计划。

第二天，"旅交会"如期拉开了帷幕，曾昭英特意没有去会场，但他心里有数，经过自己一连串的安排，会场的产品展览只是热闹衙门，起到一个招引客户的接待作用，重头戏还是晚餐后的看样订货。果不其然，上午开幕式刚刚结束便传来了喜讯，东城湘绣厂展位虽然偏僻，面积也不大，但展位上却客商云集，那些事先受邀的客户拿出请柬，记下一些产品货号后便纷纷退场，而一些不知晚上还有"叙茶"活动的客户却排队签单。

人声鼎沸的东城湘绣厂立即引起其他参展商的围观，他们不知这个湖南来的湘绣企业玩了什么名堂，竟然将客商的目光都吸引了过去，难不成他们对客商使了什么魔法，竟让这群人蜂拥而至？！

一个在长沙谁也不曾见过的湘绣厂，陡然在"旅交会"露脸，更把参展的"湘绣四大家"惊得目瞪口呆。他们不知道这匹突然杀出的黑马，究竟是何方神圣？

东边日出西边下雨，几家欢喜几家愁。东城湘绣厂展位的红火，严重地影响了旁边几家长沙湘绣企业的生意。试想，客商只有那么些客商，你这边火爆，他那边就自然冷清。华夏湘绣研究所的参展，那是"和尚撞钟——庙里的工"。多一事不如少一事，没有客户反而落个安静。宏兴湘绣厂的新任供销科长肖仁富开始还比较淡定。武汉友谊商店经理李国宗，笑容满面地来到宏兴湘绣厂摊位："肖科长，我想订两千件真丝绣花贵妃袄，今年有什么新款式吗？"

"哦哟，李大经理好！好久不见了。来来来坐。"肖仁富热情地迎接李国宗坐定后，他话锋一转，"今年我们新厂长上任，实行产品结构调整。你那毛多肉少的'绣花袄'现在谁还会生产啰？'竹林七贤'的绣片、'八仙过海'的条屏、'五子登科'的册页画……我都为你准备了，应有尽有任你挑。"

李国宗苦苦地一笑，从包里掏出一张精致的红卡片瞄了一眼问道："工艺品区 B21 号展位在哪儿？我去那里看看。"

肖仁富见自己展位上的老客户要去东城湘绣厂，心中的滋味可想而知。他瞟了一眼东城湘绣厂的展位极不情愿地用手指了指："在那里！"

解放前以拖板车、挑河水为生的肖仁富，因没有文化且脾气粗暴，被人称为"肖火炮"。由于为人仗义，嫉恶如仇，又特别吃苦耐劳，因此也颇得宋伟山赏识，从一名搬运班长提拔为供销科长。他对展位的冷清憋着一肚子火，只是无处宣泄。

最沉不住气的要数沙岭湘绣厂杨玉泉。他发现"肖火炮"一个人在生闷气，便悄悄地凑了上去讨好地说："这东城湘绣厂是哪儿来的？我怎么从来没有听说过？"

"我怎么知道这是哪里来的野种？"肖仁富义愤填膺，脾气暴躁地接着骂道，"这是么子鬼改革，现在连个体户都敢骑到老子头上耀武扬威啦！"

"说不定又是李俊义办的厂？"杨玉泉疑神疑鬼地说。

肖仁富狠狠地瞪了杨玉泉一眼："李俊义办厂，还逃得过我的手掌？当年他到你们沙岭来办厂如果不是我们宏兴湘绣厂给你'放水'，你想起屋，还没人扛梁哩！"

杨玉泉讨了个没趣，蹑手蹑脚地在东城湘绣厂展位前后遛了一圈，又回到肖仁富前面，神秘地说："我敢肯定，东城如果没有李俊义帮忙，那他们一定是偷了你们宏兴湘绣厂的绣稿。"

"你怎么知道？"肖仁富的眼睛惊奇地睁得牛大。

杨玉泉故作神秘地向肖仁富勾了勾手，当肖仁富凑过头来他才悄悄地说："我看那边的湘绣样品图案好眼熟。"

"这个东城湘绣的老板是谁？一个土眼里冒出来的牛屎壳虫，怎么会有我们厂里的画稿？"肖仁富一脸疑惑地问。

杨玉泉也觉十分蹊跷，他也不知道这"东城湘绣"的幕后究竟是谁。

第十章　邪门

国企与民企的发展，实质就是相向而行的两条平行道。同行业的竞争如同一个横截面的万花筒，将矛盾的碎片拼接成一道道风景。一张平淡无奇的"请柬"，为何会搅得宏兴湘绣厂众叛亲离？

肖仁富从内心深处瞧不起杨玉泉。他这个供销科长可谓吃足了他沙岭湘绣厂的苦头。当年沙岭湘绣厂成立之初，首先就是他杨玉泉利用老厂长李俊义出面，将宏兴湘绣厂在长沙的营销"大本营"友谊商店、湖南湘绣大楼先后攻陷。自己上位以后，沙岭湘绣厂又像幽灵一样，生产的产品形影相随，只要是宏兴有业务的地方，就会有沙岭湘绣厂的影子。人家是财务自由的乡镇企业，有许多营销手段是国有企业无法逾越的雷池。他此时见杨玉泉欲言又止，说话吞吞吐吐，便没好气地骂道："有话就直说，我可没闲工夫陪你。"

"我们工厂说到根上还是李俊义创办的，这个东城湘绣厂肯定是个体户。你看他们展位上那件'百子睡衣'，图案与你们宏兴湘绣厂的最新产品'百子和服'一模一样，如果不是你们有人做内应，他们谁有这个本事？"杨玉泉放慢声调，有意激将。

"放屁，谁会给他们供稿？"肖仁富大声叱喝道。

一个沙岭湘绣厂就弄得肖仁富如芒在背，现在又冒出一个东城湘绣厂出来抢食，他自然心里窝火。

杨玉泉知道肖仁富是个直性子，对他的怒吼不但没有生气，反而非常坦诚地说："我实话告诉你，你们宏兴湘绣厂这'百子和服'的图案我也有，只是在这个展销会上不敢拿出来，免得我们在大庭广众之下露馅。"

沙岭湘绣厂在宏兴湘绣厂窃取设计图稿已是公开的秘密。更为夸张的是，曾经有一个叫柳叶伟的印花制版员，开始是将图稿拍照交给李俊义，发展到后来直接利用针刺制版机，在刺制印花原稿时，再在下面垫放一层描图纸。实际等于是一次制作了两个印花版。上面的原稿留在厂里交差，描图纸的"复制稿"就流到了厂外。这样一来，有时候宏兴湘绣厂自己设计的图案还没投产，市场上就有了产品。为此宋伟山也曾经追查过几次，每次都是不了了之。

"你怀疑是李俊义偷了我厂的绣稿给他们吗？"供销员李单奇插话道。

"我可没这么说。"杨玉泉知道如果自己指证是谁偷了宏兴湘绣厂的画稿转手给东城湘绣厂，事情立马就会闹大。他煽动着说："只要你拿出证据不就找到了幕后的偷稿人？"

"废话，我哪里来的证据？"肖仁富闷声闷气地说。

杨玉泉低头哈腰指着东城湘绣厂的展位："这证据不就挂在那衣架子上吗？"杨玉泉这么一说，肖仁富顿时火冒三丈。他当即带着业务员李单奇气势汹汹地来到东城湘绣厂的展位，不容分辩地对汪芝玲说："给我取下来！"

汪芝玲正欲问为什么，李单奇二话不说便将布置在展柜内的"百子睡衣"扯了下来，高声地吼叫道："老子厂里的绣稿，你们谁偷来的？"

"少跟她啰嗦，先砸了他们的展位，回长沙再找他们老板算账。"杨玉泉怂恿着李单奇说。

李单奇背后有人撑腰，叫嚣的气焰更凶，他用双脚反复地践踏着甩落在地上的"百子睡衣"，手却不停地撕扯着展位上陈列的其他湘绣画片，骂骂咧咧地嚷着："偷，我让你偷……老子厂里的绣稿！"

汪芝玲急得眼泪哗哗的，拼命去抢救被踩踏的湘绣画片，不料被李单奇飞起一脚踢在脸上，嘴里还不停地叫骂道："老子踢死你这个'个体户'。"

鲜血顿时从汪芝玲的口鼻流了出来，她双手一抹，血液顺着手指间的缝隙流到了肩膀上。正在和肖仁富解释的柳青见汪芝玲被打，顿时怒不可遏。他转身冲向李单奇。肖仁富见状，阴险地将身体一歪挡住柳青的去路，两人纠缠在一起，现场立即形成"双打"的局面。

李单奇头脑简单四肢发达，因没有文化，开始在长沙市大西门码头当"搬运工"。有个弟弟李三耀在高坪镇当税管员，是宋伟山牌卓上的"赌友"。在一次高沙收发站税务稽查中，他帮宋伟山摆平了"白纸条入账"的违规处罚，随后乘机将李单奇安插到东城湘绣公司运输班。

粗人有时也会有细心眼，李单奇虽然容易冲动、脾气大，在牌桌上被人称为"输打赢要"的"李单痞"，但对宋伟山却是毕恭毕敬，言听计从，又被人称之为马屁精。他在赌桌上即使赢了宋伟山的钱，也会背后悄悄退回去。因此深讨宋伟山喜欢。前不久，宋伟山刚将他从运输班调到供销科，其目的是利用李单奇头脑简单的弱点，掣肘嫉恶如仇又敢于直言的肖仁富，用来打击异己摆平供销科的内部矛盾。李三耀也主动当起了宋伟山的税务顾问。

李单奇因此有恃无恐，此时他见柳青敢与自己玩命，不由得恨从心头起、恶向胆边生，趁肖仁富挡住柳青之机，闪身操起摊位上的一把座椅狠狠砸向柳青的后脑壳。因下手太重，一摔椅便将柳青砸晕在地。

人命关天。杨玉泉连忙抢过李单奇手中的椅子假惺惺地训斥道："你砸摊子可以，打什么人？"

此时，组织这次"旅交会"协调工作的刘策，也带着组委会负责人和保安赶了过来。问明原委后，他严厉地对李单奇说："谁给了你在展会砸摊的权利！打假，你必须向组委会举证，由组委会处理！你们扰乱展会秩序，我宣布你单位的参展代表必须立即换人。否则取消你们单位的参展资格。当事人必须去派出所接受调查，对这起伤人事件负责。"

广州"旅交会"的砸展伤人事件，明显是宏兴厂这帮人的不对，你再有理，也不能擅自去掀翻人家的展位，这是有意破坏展览会场秩序。何况两家《百子图》绣片图案雷同之事，也是公说公有理，婆说婆有理，一团乱麻谁也扯不清。场面的失控远远超出了肖仁富的想象范围，他原只想让李单奇出面吓唬一下东城湘绣厂，没想到李单奇那"草包"竟逞一时之威大打出手。这是广州"交易会"从 1953 年开办以来，三十多年从未发生过的事。

一直冷眼旁观的华夏湘绣研究所参展人员，有点困惑不解地询问杨玉泉："论质量全省湘绣行业没有一家拼得过我研究所，论生产规模谁比得过宏兴？论开支灵活谁比得过你沙岭？我们湖南的'湘绣三大家'，为什么会被这东城湘绣厂大爆'冷门'？"

杨玉泉望着李单奇被"旅交会"的保安带走，宏兴湘绣厂的展位前拉起一条休展的警戒线，不可思议地摇晃着头说："冷门？不！这绝对不是冷门！而是邪门，你知道吗？邪门。"

其实这次东城湘绣厂参加"旅交会"的人员并不比宏兴湘绣厂少，准备工作也充分得多，只是因曾昭英带着罗汉斌在会外邀客而一直没有进入会场。时近中午，曾昭英将手头的工作交给曾林，他这才匆匆叫了辆的士赶往会场。毕竟，他这个掌门人在关键时候也该亮相了。他走进"旅交会"二楼工艺品厅的大门，却意外地发现会场有点乱，再定睛一瞧，自己企业所在的位置被人围得水泄不通。眼前这种情景，让他心里不由得咯噔了一下，第六感告诉他，此时的围观绝对不像是客户对展品的兴趣，一定另有原因。他几大步奔了过去，拨开围观的人群，果不其然，东城湘绣厂展位上的产品散布一地。

曾昭英目睹自己展位的惨状，心里的火一蹿一蹿的，但此时组委会已将柳青送往医院。汪芝玲哭着告诉他事件的起因，曾昭英按住心里的愤怒，暗忖：市场嘛，应该是自由竞争。你是国有企业更应该展现大企业的风度，哪能恃强凌弱？宏兴厂的这位打手李单奇，他并不认识，大概是自己走后才来到厂里的。他定了定神，稳定一下情绪，疏散围观的人群，亲自动手整理好产品，安慰汪芝玲继续守在展位上，自己则赶往医院。曾昭英见躺在病床上的柳青虽然脑袋缠着纱布，伤势似乎并不十分严重，主要是头皮被打破，医生珍断为轻伤，是否有后遗症仍需住院观察。此时曾昭英虽然一万个不想与宏兴湘绣厂公开对立，何况宏兴湘绣厂还是他曾经工作过的娘家，他深知"冤家宜解不宜结"，但肖仁富与李单奇在大庭广众之下上演"全武行"，他作为柳青的老板，如果不出面讨出一个子丑寅卯的说法，今后谁还敢在自己的手下工作？他当即咐咐罗汉斌带曾林去找宋伟山理论。

宋伟山开始并没有将广州"旅交会"砸展伤人的事件放在心上，在混乱中他暗自窃喜，带着肖仁富溜进了咖啡厅。在他的惯性思维中，国营厂的人打了个体户，那还不是老子教训儿子，天公地道的事，还要讲什么理？他振振有词地强调："东城偷稿在先，李单奇打人是维权！"

"旅交会"公安管理处的态度并没有像宋伟山认为的那样简单，也没有让李单奇逍遥法外，事后尽管宏兴湘绣厂宋伟山通过杨玉泉与罗汉斌达成"赔礼道歉、赔偿医疗费"的调解协议，但"旅交会"管理处当天下午仍采取强制措施，通知宏兴湘绣厂无条件"拆展"。与此同时，公安机关也完成了对李单奇滋事伤人的调查取证，做出予以刑事拘留决定。

说实话，宋伟山这次大张旗鼓地率队参加广州"旅交会"，是在为企业产品结构调整探路的。他知道以前宏兴厂在李俊义的领导下，主要是销售被面手袋之类日用品湘绣产品。这类产品数量大，工艺流程复杂，利润却很低。就像卖棉花一样，看上去一大堆，却值不了几个钱。经常被华夏湘绣研究所沙大成讥笑为："李俊义喜欢'捡狗屎'，专做一些'粗货'。"

宋伟山从研究所与韩国谈判的那批《宫廷牡丹》湘绣条屏的订单上，似乎瞧出了什么门道，心痒痒地一改往日的参展风格，将所有的日用湘绣全部淘汰，只带了几种新研制的艺术湘绣品参展，没想到在"旅交会"第一天却剃了个"光头"。

"旅交会"砸展，从表面看是宏兴与东城两败俱伤，但实际则是宏兴湘绣厂由盛转衰的转折点。宏兴湘绣厂被强制停展后，失去产品展示联络客户的平台，东城湘绣厂虽然柳青因伤住院，产品展示的舞台尚在，机遇的天平倾向了弱者。

宋伟山忍住心头的不满，再次走进"旅交会"，他不明白初出茅庐的东城湘绣厂，为什么会如此风生水起。宋伟山在展会转了几个圈，终于发现了一个奇怪的现象：许多老客户在华夏湘绣研究所和沙岭的展位蜻蜓点水似的应酬一下，便不约而同地转到东城湘绣厂的展位，他们每人都会拿出一个请柬，在汪芝玲眼前晃一下，曾林便拿着一个本子记录着什么。宋伟山不知道那是什么请柬，也不知道是"旅交会"哪个部门发放的。疑惑之际，他一眼发现了宏兴的老客户严华强，他立即迎了上去，几句寒暄之后便顺手接过严华强捏在手中的请柬，只见上面印有：

诚邀您参加本届"旅交会"开幕典礼后的答谢晚会

邀请事项：新品展示

晚会地址：东方宾馆

邀请人：长沙东城湘绣厂总经理（原宏兴湘绣厂办公室主任）
曾昭英

温馨提示：备有薄宴，答谢光临！请凭此柬到 8·1D28 号东城湘绣展位登记参加晚宴的人数，您的光临，我们不甚感谢！

宋伟奇看罢请柬大吃一惊，原来这东城湘绣厂的幕后竟是曾昭英。他顿时明白了李单奇的砸展，全是这"请柬"惹的祸。

宋伟山气愤地说："套路，请客送礼这是乡镇企业惯行的套路！"

严华强并没领会对方的态度，他纠正着宋伟山的话说："这套路好呀！大家天南海北会集到广州，能找个机会聚一聚，彼此交流一下何乐而不为呢？"

宋伟山后悔自己为什么没有想到这一招呢？他懊恼地说："我们宏兴湘绣厂是凭'厂牌'吃饭，以前我每次出差深圳，都是霍先生从香港跑到深圳来请客！"

严华强笑了笑："香港人请你的客，那是羊毛出在羊身上。既然曾厂长是你们宏兴湘绣厂原来的办公室主任，今晚我们一起去喝杯咖啡吧。"

宋伟山有点左右为难。去吧，此时此刻他实在不想和曾昭英碰面。不去吧，宋伟山心里有数，这严华强可是上海外贸商场的老总，是中国工艺美术界有名的大佬，有人说他打个喷嚏，弄不好国内工艺美术品市场就会下场雨。要改变宏兴厂的湘绣产品结构，肯定离不开他的支持。此时他也很想摸一摸东方宾馆晚会的虚实，便半推半就地说："为了陪您，曾昭英不请我也得去呀！"

当天晚上宋伟山陪着严华强来到东方宾馆，只见大厅内早已坐了不少的人，他的出现众人都是面面相觑。宋伟山心里不由得咯噔了一下：看样子，事情有点不对头。果不其然，待服务员送上茶点出去后，来自上海工美商场的俞志刚就忍不住开口问道："宋厂长呀，今天上午你们闹出那么大的动静，这是怎么回事呀？"

俞志刚的话一出口，众人的目光齐刷刷地望了过来。宋伟山一下子蒙了，他眼睛瞅着周围的人喃喃地回道："俞经理，这件事不是三言两语能说得清的，何况，这么多人，我们换个时间再谈这个问题吧。"

"这没有什么不方便。"俞志刚满不在乎地说，"在座的都是你们宏兴厂的老朋友，他们都觉得你们今天的事情有点过头。"

"您可能不知道底细，这是事出有因。"宋伟山也是个闯荡过江湖的人，知道今天的事难以善罢，但他更清楚自己不能放软，依着他多年的经验，愈是这样的场合，愈是要显出硬气，不然，自己在工艺品市场上难以立足。他停顿了一下说："还不是有人私下'偷稿'。"

"偷稿之事暂且不论，即使你再有理，也不能去掀翻人家的展位。你们宏兴湘绣厂可是中国刺绣行业的大牌，怎么用了这样的人当科长，今后谁还敢与你们做生意？"

"严经理知道，东城湘绣厂展出的'百子睡衣'，那图案分明就是我们宏兴厂的《百子图》绣屏。"宋伟山闭口不谈自己厂打人的事，只一味地在东城湘绣厂"偷稿"的事上纠缠。

俞志刚见宋伟山仍然在为他们厂打人掀摊的事狡辩便打断他的话说："宋厂长，你可别拿图案说事，不说在座的都是内行，外人只要一看就知道你们两家的《百子图》只是名称相同，图案完全是两回事。你如果硬要缠在一起，谁能扯得清？"

广州外贸中心商场经理杜嘉鹏则毫不掩饰地说："宏兴的《百子图》是龙凤吉祥，东城的'百子睡衣'则是麒麟送子，两个主题风马牛不相及，根本不是一回事，你这是借题发挥……"

其实宋伟山和肖仁富谁也没有看到东城湘绣厂的图案，即使看了也不懂其内容，就稀里糊涂地在杨玉泉的误导下上演了一场"全武行"，这样的人主宰下的宏兴湘绣厂，谁敢与之继续合作？

北京工艺美术大楼经理周耀强与李俊义是多年的老朋友，爱屋及乌，他开始只是低头喝茶，听到大家的议论，他非常惋惜地对宋伟山说："有理不在声高，得理更不要将人逼入绝境。你们宏兴这次参展的产品都是'三十年一贯制'老东西，在市场根本没有销路，现在大家找一个新企业订购一些新产品，这是理所当然的事，怎么能借口人家'偷稿'以大欺小，来砸人家的展位呢？我有一个韩国客户，通过大使馆找到我们，要订五千条'百子号'被面，你厂只有挂在墙上的'画片'，价格却是东城湘绣厂'被面'的十倍。客户要订的是被面而不是画片，我们不找东城又该找谁呢？你总不能强逼客户订你的画片当被子盖吧？"

宋伟山的脸由红转白，他感到这是个鸿门宴，这茶无论如何喝不下去。在座者大多是宏兴厂的老关系户，也是老厂长李俊义的朋友，眼下最好的选择是离开。他缓缓地舒了一口气，故作潇洒地站起身来一字一句地说："感谢严经理今晚邀我来喝茶，本人来此前早已与沙岭湘绣厂杨玉泉有约，只因是严经理召唤就先过来了。恕不能久陪。"

宋伟山走后，俞志刚见众人仍在对白天所发生的事议论纷纷，他便悄悄地对柳青说："小柳，我手头有一万套出口到欧洲的牛仔裤订单，只要你们东城湘绣厂能保证交货期，我今晚就可以签约，省得明天再去展厅了。"

"牛仔裤上绣花？我手头也有一个要绣花牛仔短裤的客户，刚进门时我就找了宋伟山，他说那是茅草屋顶安寿星——浪费刺绣资源，不愿接单。你们东城如果愿绣，今晚我们也可下单。"周耀强兴奋地插话道。

严华强毫不在意地解释说："这么好的事，小柳有什么不愿绣？目前中国还没有加入世界关贸总协定，我国所有出口到欧洲的牛仔裤都有'配额'限制。每条牛仔裤的配额需要五美元，去年我找苏州宋锦厂的金大浩在牛仔衬衫上增加二美元的苏绣图案，不仅每件牛仔衬衫增加了十美元的销售价格，而且订单一路飙升。"

周耀强自恃来自首都北京，见多识广的他自视神秘地对柳青说："我告诉你一个秘密，严经理的牛仔绣花衬衫订单为什么会一路飙升？就是刺绣服装的出口，归类在'工艺服装'内。而工艺服装在全世界都不需要'配额'，没有任何贸易壁垒。这个市场大得很哦。"

柳青听罢，赶忙向前一步："谢谢周经理的提醒，大家如果有雅兴，可以到隔壁'聚餐点茶厅'详细聊。"

"还去茶厅？在这餐厅喝茶不是蛮好吗？小柳，别浪费了，我们这些工艺美术行业的经理都是讲究实际的人。"严华强推托着说。

柳青忙笑着解释道："严经理误会了。隔壁茶厅实际是我们布置的一个新样品的陈列室，全部是'交易会'展厅没有的新产品。"

随着柳青的引导，宾馆服务员徐徐打开茶厅的屏风门。这哪是什么茶室？简直就像一个丰富多彩的湘绣产品展示厅。厅堂的中央还摆放着一个床模，陈列着被面、枕套、坐垫、抱枕一系列湘绣床上用品。曾昭英正在陪着刘策、粤海丝绸公司董事长等人，聚精会神地向他们介绍"百鸟朝凤"系列床上用品十件套，业务员汪芝玲则在不停地记录着客户需要订购的产品。

"哟，你们白天在'旅交会'上揽客户，晚上又到宾馆开'小交会'，你们这种大展会套小展会的'套展'方式，真是事半功倍啊。"杜嘉鹏笑声朗朗地称赞着柳青。

"我们这也是没办法的办法。"

杜嘉鹏刹住笑容："此话怎讲？"

"我们担心这些新产品'见光跑'。就是被仿冒的意思。"柳青解释说。

严华强想起下午宋伟山所说的话，又见这里陈列的样品比交易会内还多，便兴奋地对曾昭英道："曾老板，你是'神龙见首不见尾'。这新品展示哪是什么套展？这是请君入瓮的新套路呀！明天，我帮你把上海友谊的候总、北京友谊的索总都招呼过来！将大家都套在一起。"

曾昭英连忙鞠躬回答说："非常感谢严经理，今天下午他们都来过了，待会儿他们还会过来喝茶。我们一起围一桌怎样？"

"好呀！好的！"严华强爽朗地回答。

东城湘绣厂当天展会上的损失，在晚餐的茶厅得到加倍补偿。凡受到邀请的商家，无一例外地都在茶厅陈列的展示产品中，订购了自己所需的商品。

第二天柳青将在茶厅签订的合同全部整理出来。他兴奋地告诉曾昭英："老板，还是你的决策正确。'旅交会'上我们虽然只签了三个被面合同，金额十五万元，但会外合同签订一百零五份，合同金额超过五百万元人民币。"

曾昭英追问道："湘绣画片签订了多少金额？"

"我们的订货绝大部分是被面、服装、床上用品之类。其中被面的数量特别大，达到一万五千多条。其次五千多件刺绣服装和二万多件（套）床上用品。至于湘绣画片，订单不过二十多万元，我们完全可以忽略不计。"

曾昭英听后，心底一默算，眉宇间忽然涌上几丝忧郁神色："二十万比五百万，宏兴湘绣厂看来是'在劫难逃'。"

"你说什么？宏兴为什么会在劫难逃？！"柳青掩饰不住内心的暗喜高兴地问。

罗汉斌插话道："据说今天上午许多人都骂宋伟山用错了人。如果是李俊义当厂长，绝不会用李单奇那样的'鬼崽'，他们提前撤展，不仅没签一分钱订单，还背了一个连'绣片'与'睡衣'都分不清的臭名。"

曾昭英语重心长地说："宏兴湘绣厂的工人是'国难思良将，家贫思贤妻'。我替他们担忧的不在这里，而是他们的产品结构。"

柳青一脸茫然："从华夏湘绣研究所，到沙岭湘绣厂，再到宏兴湘绣厂，还有那上百家没有参会的湘绣个体工商户，他们的产品结构不都是一样吗？这有什么好担心的。"

"你想过没有？我们这次交易会准备了那么长时间，宏兴湘绣厂所有的产品，我们都有，结果只有二十万湘绣画片订单，却签有五百万日用湘绣，二十万比五百万。它们的比例是1:25。今年宏兴湘绣厂却没带一件日用产品参展，也就是说它丢掉了百分之九十六的日用湘绣市场，转而去与湘绣研究所和沙岭湘绣厂抢夺那只占百分之四的湘绣画片份额。你不觉得他们前景堪忧吗？"曾昭英反问道。

充满期待的"旅交会"结束，结果却是几家欢喜几家愁。名不见经传的东城湘绣厂一炮打响。初战告捷极大地鼓舞着曾昭英的信心。他春风得意地带着柳青、汪芝玲返回长沙时，公司员工全部拥到大门口并燃起烟花、鞭炮。大阵容出征的沙岭湘绣厂却是劳民伤财，最终空手而归。杨玉泉万般不解地问李俊义："一场闹腾得轰轰烈烈的'旅交会'，为什么百分之九十的湘绣参展企业被剃了光头？"

李俊义眨巴着眼睛说："他们还不是图省事，都去做赚大钱的产品。"

"你是么子意思？"杨玉泉如丈二金刚，一时摸不着头脑。

"大家都只做湘绣画片，又不能当饭吃，哪来那么多人要啰？"李俊义一针见血地说。

杨玉泉不服气地说："湘绣的出路在'精品化'，袁市长都在政府工作报告中肯定了我的观点。'湘绣是湖南的一张文化名片，要多出精品力作。'宏兴这次在广州'旅交会'产品转型失败，主要是湘绣画片的精品不多。"

"你们如果只图省事，市场就会省略你们。"李俊义沉静地说。

杨玉泉听李俊义话里有话，心底里有些不舒服。

杨玉泉参加"旅交会"前瞄着华夏湘绣研究所。因为他知道研究"湘绣艺术"的华夏，一切费用都有国家出。他们每推出一幅湘绣画片，只要一放风，媒体就会蜂拥而至，进行一场铺天盖地的疯狂宣传，不仅出名，还能得到政府的资金支持，拿到各种荣誉，既得实惠又有面子。不像李俊义虽然统率着一个近千人的宏兴湘绣厂，干了一辈子日用湘绣，一个县级"劳模"都没评上，退休后还得给乡镇企业打工赚"补差"。

然而眼下"旅交会"的订货剃了个光头，给了个极大的教训，他不得不回到现实的市场来，带着点乞求的口吻问李俊义："这次'旅交会'的效果现在还看不出来，你说我们工厂现在是继续投入备用产品好，还是给工人放假？"

李俊义断然拒绝道："放假？沙岭就会散摊子。根据我的经验，经营一个厂子就像流水的渠道，只要有活水流动，渠道就不会淤积成干渠。我建议，现在备用产品继续投一点，但只能投被面、枕套之类的产品。我明天去一趟东城湘绣厂搓一搓糠头绳，争取拿点合同过来。"

"为了参加这个'旅交会'，据说曾昭英不分日夜暗中准备了大半年，好不容易才签下这么多订单，柳青还被李单奇打得住院，他们的订单会给你吗？"杨玉泉表示怀疑。

李俊义嘿嘿一笑："我们可以给他百分之五的合同转让费。另外不是我小看曾昭英，他们所签那些被面、服装订单，就像一只'腊猪蹄'，皮干、肉少、骨头硬，虽有嚼劲，但没油水。以目前东城湘绣厂的实力，无论是从资金、人员，还是技术上，没有三五年的历练，要啃下一块这样大的硬骨头，我断定他们的牙齿不行。"

杨玉泉反问说："既然这样的产品没有赚头，我们又何必如此劳神费力？"

"土地爷吃蝗虫——多少都是荤腥。"李俊义回答。

"他们既然做不出来，我们为什么还要给他们百分之五的转让费呢？"

"你以为那合同是捡来的？摊位费、差旅费、住宿费、应酬费、产品运输费、人工工资一样都不能少。你不给曾昭英一点补偿，人家凭什么要把合同转让给你？"李俊义反问道。

"我计算了一下成本，管理得好，针尖上削铁，能有百分之十的利润，管理不好必亏无疑。再加百分之五的合同转让费，我们岂不是亏大了？"杨玉泉从心底不想去碰那些"毛多肉少"的粗绣日用品，仍坚持着自己的观点。

"亏？'亏'字头上两横，代表任何事物都有两个方面。"闲坐不如咬文"，万一亏了，还能让一百多工人有事做，散不了心，以后还有赚回来的机会。再说有生产合同，到银行贷款都方便些，如果企业关门，一切都是零。"李俊义狡黠地笑着说。

杨玉泉实在不想在曾昭英面前扮矮。经李俊义的前后细说，他完全明白巧媳妇儿难为无米之炊。自己手中没有订单，工人就得放假，银行也不会放贷款，这个后果他比谁都明白。人到屋檐下，怎敢不低头。此时此刻，他不得不放下身段嘿嘿一笑："你是我们厂里的第一顾问，沙岭的成败关系到你几十年来在湘绣界的名声。你就先去东城探探曾昭英的口气再说。"

第二天上午，李俊义自退休后起了第一个早床。他在上班前赶到东城湘绣厂。没承想扑了个空，曾昭英一早就到厂里打了个转，又去了东城县荷叶绣线厂。李俊义觉得有些不妙，连忙问罗汉斌："曾昭英这么早去绣线厂干什么，订线吗？"

"是的。"罗汉斌一边泡茶，一边回答说。

"还进么子线啰？你转告曾昭英，把这次在'旅交会'的订单转让给我算了，我出百分之五的业务转让费。"

罗汉斌明白李俊义的来意后，有点不理解："要我们将订单转让你？据说'旅交会'开幕前三天，你们就在广州大肆请客，怎么没接到单呢？！"

李俊义抱怨着说："杨玉泉如果当初听我的，带一点湘绣被面、服装之类的样品去'旅交会'，又怎么会接不到单？这也是曾昭英走狗屎运，宋伟山今年参展'旅交会'也砍掉了全部日用湘绣，让你们东城湘绣厂捡了个'大篓子'。"

罗汉斌听完李俊义的话后，不觉嘿嘿一笑："您这可真是吃甘蔗——想两头甜。您也不想想，把订单转给你们，我们怎么办？"

"不转？你们在三个月内做得出来吗？"李俊义反问道。

李俊义在宏兴当了三十多年厂长，非常清楚客户订单的生产与交货规律。只是因为自己已经退休，宏兴湘绣厂已经插不上手。沙岭虽然聘请自己当顾问，重大事件也是厂方我行我素，不然怎会将一个企业弄得如此被动呢？他将沙岭愿意出一笔转让费的意思告诉罗汉斌后，便起身告辞了。

曾昭英从荷叶绣线厂回东城湘绣厂后，罗汉斌立即将沙岭湘绣厂意欲购买订单之事告诉了他。旁边的柳青一听喜形于色："曾总，这可是天助东城呀。我们用不着再这样东奔西跑穷忙活的了，订单转过去，几十万元的利润就到手了。"

汪芝玲也附和着说："我赞成，我们先把这转让费拿出百分之五十发工资、奖金。剩下一半抵公司费用开支，这半年我们总算没有白忙。"

"不行，订单绝对不能转让！"曾昭英斩钉截铁地说。

柳青与汪芝玲正为各自设想而兴奋之时，曾昭英这瓢冷水泼来让他们很是不解，不知曾总为何对如此轻易到手的利润不捡，非得要劳神费力地去自己生产。曾昭英瞧着柳青与汪芝玲面面相觑，解释说："订单如果转让出去，表面上转让的是合同，实际却是转让了客户，以及客户对我们东城湘绣厂的信任！这等于企业自杀！"

"可我们要生产的资金上哪儿去寻找？绣线、面料、绣花、工资都没着落，交货时间又这么紧，假若产品绣不出来而失信，这可比转让合同更危险……"柳青提醒着说。

"困难肯定有，你们想过没有，转让订单的后果会比缺乏资金更为严重。"曾昭英何尝不清楚眼下公司的窘况，此前为了订购生产面料，他们已耗尽了手头能凑的，以及能借到的所有资金。像昨天去绣线厂赊线，真是人上托人，保上托保。他语气坚定地说："我们只有克服困难，尽快生产出第一批产品，才能盘活全局。"

"我担心投放的产品还没有收上来钱，我们公司就被资金逼垮。"柳青仍然坚持着说。

就在他们议论之时，主管生产的王朝凤怒气冲冲地大步走进来，一屁股坐在椅子上，就像一只泄气的皮球。汪芝玲连忙凑上前去安慰着说："什么事？别生气。"

"你们说气人不气人？刚才安沙乡的组导员送来十几条绣花被面，因为没有兑到工资，不肯交货。"让她泄气的不仅是这个组导员不肯接受"欠条"，而是对方还将产品拿回去了，并威胁说："如果在半个月之内不带钱到乡里去收货，就拿到集市上去卖掉。"

这个主管生产的王朝凤，是一个精明泼辣的人物，当过村里的妇联主任，上过县里的劳模榜单，如果不是曾昭英，她再怎么精明强干，恐怕充其量也就是个普普通通的村姑终老一生。正是曾昭英瞧中了她管事细心、性格泼辣的能力，特意邀请她当了这个厂的生产主管。自然，她对曾昭英心怀感激之情，也全副身心投入，为这个厂子的发展尽力。可自从听说绣工发不出工资后，厂里年轻人的心也就野了起来，动不动就是休假请假，还私下议论拿这两吊钱的工资不值得为谁去玩命，惹毛了老子拍拍屁股走人。王朝凤很负责任，见此懒散情况当然针锋相对加强管理，可谁知一来二去的，便有不少年轻伢妹子辞工走了，无奈之下，她只好将情况告诉老板，希望曾昭英能拿出个办法来。

曾昭英当然明白组导员在农村湘绣站点的重要性，他们在农村各村落，将绣娘集中起来进行统一刺绣，是负责产品投放以及技术指导的"包工头"。他们的手中少则十多人，多则五六十人，有的甚至掌握了一百多名绣工。毫不夸张地说，组导员是生产工厂与绣娘之间的桥梁。工厂每次根据组导员投放产品后，收回绣娘刺绣产品应付工资的总额，另行增付百分之十给组导员，作为技术辅导与产品投放的工资。如果有一个组导员反水，就意味着一片绣工区域的工作瘫痪。他跟着王朝凤赶到刺绣车间，只见几十个绣绷摆了开来，却是稀稀拉拉十来个女工在忙活。瞧着这种情况，他的心里凉了半截，这次"旅交会"回来，他还寄希望这个刺绣车间能够扛起半壁江山，如今这个状况，却是他始料未及的。他当即告诉汪芝玲说："既然这样，我们就先收回一部分产品凑齐广东外贸中心的合同。收回货款后第一时间将安沙绣工手里的被面收回来。我们只要盘活一个合同，就可带动全局。"

事情并没有曾昭英想象的那么顺畅，柳青发出第一批湘绣产品后，广东外贸中心商场不仅没有及时付款，反而提出只有发齐全部订货才能付款。如果分批收货，则将滞后三个月结账。这是计划经济转为市场经济后，卖方市场变为买方市场。商场是粥少僧多，你东城湘绣厂如果不愿滞期结账，还有愿意赊销的工厂，沙岭湘绣厂的湘绣画片就是采用"赊销"的模式，抢得宏兴湘绣厂在北京工艺美术大楼的市场。在那个年代，从乡镇企业出现开始，就有了一个全国范围内拖欠货款的怪现象，俗称"三角债"。此时个体企业因本身实力比乡镇企业更差，就是赊销，也要看你三个月"试销"的营业额，因此欠债更为严重。

柳青送货到广东外贸中心后并没有如期收回货款。消息传出去后，农村许多绣站的组导员开始消极敷衍。这天，刚从乡下回来的罗汉斌走进曾昭英的办公室，气恼地说："老板，不知为什么，如今的许多年轻人都好像吃了什么药，动不动就撂挑子，根本不珍惜这手头的工作。"

曾昭英还没有说话，汪芝玲又神色凝重地走进来，附着曾昭英的耳根悄悄地说："刚才有组导员传来消息，沙岭湘绣厂的杨玉泉用现金在农村绣工手中收购我们计划生产的被面……"

"沙岭湘绣厂为什么要收我们的产品？"曾昭英气得两眼冒火，一拳重重地砸在办公桌上气愤地问。

"肯定是李俊义见我们不肯转合同而破坏行规'挖墙脚'？！"汪芝玲猜测着说。

曾昭英当即开车赶往乡下去处理绣工扣押绣品转卖事件。与此同时，李俊义踌躇满志地来到了东城湘绣厂。一见李俊义到来，不知何故，柳青显得十分地热情，一边让座，一边吩咐汪芝玲赶快泡茶。

"小柳呀，你们曾总想通了没有？"李俊义很舒适地坐在软软的沙发上，发声问道。当得知曾昭英下乡去处理绣工扣押绣品转卖之事去了，他感叹地说，"现在是什么年代？市场经济年月，哪个绣工会见现钱不要？到手的钱才是财嘛。你们今天解决了张三的问题，明天李四又会闹。"李俊义有意停了一下，瞧瞧汪芝玲的反应，他知道曾昭英对汪芝玲的信任还在柳青之上，只要她动心了，是会影响老总决定的。他补充道："曾昭英如果愿意将手上的订单转让给沙岭湘绣厂，我还是愿意帮你们搭这个桥。"

汪芝玲自然知道曾昭英对此事的态度，可湘绣界老班子的话又不能不回答。她灵机一动，反客为主地问道："老厂长，你们沙岭怎么这样有钱？资金是哪里筹的啰？"

"银行呗。"李俊义觉得汪芝玲问得有点怪，斜着眼睛回答说。

"真的？"汪芝玲心弦灵动，"银行能借？！"

李俊义似乎猜出了汪芝玲心思，微微一笑："你们在银行是借不到钱的。现在的银行是'狗肉体质，扶强不扶弱'。没人为你担保，谁会借钱给你！"

"沙岭为什么能借到钱呢？"

"它有乡财政担保，企业倒闭了还有乡政府撑着，你们个体户如果垮了，别人怕你们曾总跑路。"李俊义不无得意地说。

曾昭英回公司后，听柳青一五一十地讲述了李俊义的来意后，仍不为所动："我对李俊义的好意心存感激。即使工厂倒闭我也不转这订单，哪怕是翻船，我也要把船撑到河中间去……"

柳青听曾昭英这么一说，知道他已经是"吃了秤砣，铁了心"，因此对湘绣厂感到非常失望。上班开始是三天打鱼两天晒网，后来干脆关掉 BP 机，曾昭英有时候一个星期都找不到他的人。

就在曾昭英四处托人寻找柳青之际，王朝凤从沙岭绣工口里得到一个消息："柳青跳槽了。"

接着又有消息传来，柳青正在用沙岭湘绣厂提供的现金，私底下收购那些被绣工扣押在手头的湘绣被面。此时工厂内部又发生了接二连三的辞工事件，严重动摇了企业的生存根基。杨玉泉的趁火打劫，柳青的吃里爬外，让东城湘绣厂受到内外夹击。

王朝凤很不理解地说："没想到，柳青这鬼伢崽眼里只有钱……"

汪芝玲得知消息后，很是气愤，安慰着王朝凤："王姐，您别急，只要我们坚持到产品全部交货，面包和牛奶都会有的！"

汪芝玲知道，东城湘绣厂这一连串的不顺，都是因为缺乏资金而造成的，要解开湘绣厂人心不稳定的心锁，还得找到"资金"这把钥匙。她提醒曾昭英说："上次你们同学聚餐，你有个同学的朋友不是在建设银行吗？他能否给我们贷点款？解决燃眉之急。"

听完汪芝玲的想法，曾昭英有点迟疑地说："你是说那位穆行长吗？他虽然是我同学李成彬的朋友，可如今厂里这种状况……"

贷款难，难于上青天。这是当今政府都无法破解的一个社会难题。况且，曾昭英与这位行长的关系尚未升级到铁哥们级，人家会伸出援助之手吗？

第十一章　曲线

　　种豆得瓜，这本属匪夷所思的事情，却发生在曾昭英的身上，让他感到不可思议。说起来这只是一件时运小事，有个外国客人想游逛长沙古街，领略下古城的文化气氛。在这个时间就是金钱的年代，谁愿意浪费时间去陪客游逛，可曾昭英秉承祖辈传承的待客之道，主动陪客人游逛古街。没想到，竟是这一陪，"陪"出个大惊喜。

　　"死马当活马医。只要有一点点希望，我们就做百分之百的努力。即使没贷到款也不会后悔！"

　　当天下午，曾昭英带着二百多万的湘绣订单，还有广东外贸中心商场的第一笔交货清单，找到建设银行的穆行长办公室，将自己深思熟虑的企业发展思路，以及目前所面临的困难一五一十地诉说了出来。

　　"你是想贷款吗？没问题，你想贷多少？"穆行长一边热情地招呼曾昭英喝茶，一边客气地问。

　　曾昭英犹豫了一下，试探性地说："我想贷款二十万，你说行吗？"

　　穆行长当即喊来两个人，向曾昭英介绍说："这是信贷科的郭科长和信贷员小戴。"

　　"你是个体户？"郭科长将曾昭英带来的材料仔细看了一遍，又递回给他，"你还要补充抵押物，如土地证、房产证……"

　　"我们的厂房是租赁的，只有租房合同。"

"租赁合同不能作抵押物。"郭科长例行公事地回答。

曾昭英用求援的目光望了望穆行长,解释说:"我只贷二十万。我现在急需二十万付给绣工。我只要收回产品,二十天就可以还给你们。"

郭科长不以为意地说:"二十天?你今天办手续,我也不能保证二十天放得出款。"

"救急如救火。你就特事特办,快速处理。"穆行长打着圆场说。

郭科长仍然坚持:"没有抵押,我们快速不了。"

听着办事人员的坚持,曾昭英不觉心里一凉,他搜索着自己的记忆:"据我所知,沙岭有一个一无生产场地、二无技术管理、三无客户订单,仅在一座乡村废弃小学校门口挂了一块厂牌的乡镇企业,他们不也在银行贷了款?"

郭科长被问住了。

穆行长接口道:"你是说沙岭湘绣厂吗?他们好像在我们行里也有贷款。"

"沙岭湘绣厂是我们的老客户。"一旁的信贷员小戴解围似的回道。

"他们的抵押物是什么?"穆行长追问道。

小戴望了一眼郭科长,有点犹豫地解释说:"他们是依据香港华鑫刺绣有限公司下达的上千万湘绣高档绣片生产计划单,由乡财政担保。"

曾昭英不由得笑了,他心里有数,这是一种缘起计划经济时期的生产订单,当时的出口主要通过香港华鑫公司,如今香港华鑫公司生产计划单实际已成了废纸,没有哪家湘绣企业还会通过它去做出口贸易。何况,当年的香港华鑫公司曾以这种形式,坑害了众多湘绣企业盲目扩厂、扩产,造成产品泛滥成灾,从而达到压价压货坐收渔翁之利的目的。当然,他不会把这个内幕在穆行长面前曝光,避免产生忌妒之嫌,只是顺着小戴的话说:"他们是依据香港公司的生产计划单,而我公司采购商全部是国内几家著名大型国际旅游购物商场,如北京友谊商店,顾客进店购物,进门时还得亮出护照。合同的履约率可以达到百分之百。今天我来找穆行长,就是因为穆行长了解我这个人,难道穆行长的信誉还不如一个乡镇的财务员……"

听得曾昭英如此之说,郭科长显得极不耐烦,不客气地打断他的话:"桥归桥路归路,这是两码事!穆行长是我们的行长,他怎么能给你担保?与规定不符嘛!"

现场的气氛出现诡异的沉默。很少受人脸色的曾昭英被郭科长一顿抢白,脸上变了色，但他忍了忍，什么都没说，只是沉默地走上前去，从郭科长手里收回材料，转身欲走。

"慢！"只见穆行长霍地站起身来，一脸寒霜地对信贷员小戴说，"不就是二十万吗？我担保！小戴你先办放款手续。"

曾昭英见状，生怕影响穆行长与下属的关系，他体谅地说："算了，穆行长！非常感谢您，我还是另外想办法。"

"没事，我做事还是有分寸的。"穆行长话中有话地说。

听得穆行长如此一说，郭科长显出几分尴尬，嗫嚅地问道："担保的程序怎么走？"

只见穆行长手一挥，大大咧咧地说："我不会为难你，公事公办。我娘老子在老家株洲有一套住房，我今天下班去把房产证拿来作抵押。你按规矩补程序。"

穆行长的举动大大出乎曾昭英的意料。曾昭英有些不好意思地说："穆行长，太为难您了，如果要惊动您的家人，这款我不贷了。"

穆行长摆了摆手，直截了当地说："你不要以为我为谁都会拿自己的房子去抵押。我妈一辈子也就一套房子，如果不是有难处，我知道你决不会轻易找我。如果我不知道你的人品，也不会拿我老妈的房子开玩笑……"

一周以后，建设银行的二十万贷款终于放下来了。这是曾昭英人生第一次贷出来的一笔巨款。此时柳青已公开跳槽到沙岭湘绣厂。为了确保以前投入的绣品能够顺利回收，曾昭英决定把派到上海豫园商城开店的罗汉斌召回长沙，接替柳青留下的那一摊子事，但上午与罗汉斌通电话时，得知他要在上海等待一个重要客户，不能立即回长沙。

这天晚上，曾昭英与汪芝玲还在办公室商量接手柳青工作人选时，电话铃响了，那头传来罗汉斌高兴的声音："曾总，我有一个好消息要告诉您……"原来自从曾昭英从潇湘工美集团辞职下海创业后，宏兴湘绣厂因时常发不出工资而导致大批职工下岗。罗汉斌因绘画车间没有工作可干，从宏兴湘绣厂绘画班离职后主动到曾昭英的工厂帮忙，应该说是东城湘绣厂最早的四个创始人之一。为了不将鸡蛋放在一个篮子里，自广州"旅交会"结束后，曾昭英自己带着柳青、汪芝玲主攻生产与北京等全国各地的业务拓展，并通过严华强在上海豫园商城承租了一个湘绣柜，以龙福绣庄的名义在上海推销湘绣产品。

罗汉斌白天看管着铺面，一般来说晚上关门才会与曾昭英电话联络。今天曾昭英听到罗汉斌满腔兴奋的语气，忍不住问道："听你高兴的口气，店里今天有什么喜事吗？"

"哦！是这样的。今天商场来了一位韩国姓林的客商，他要找长沙龙福绣庄，他对那款《牧童渔歌》的睡衣特别感兴趣。我告诉他，这画稿是由我省著名画家朱训德先生所创稿，画面的诗词是我公司曾总所作，并请著名书法家'用金先生'抄录，由湘绣界的刘大师绣成精品……"

罗汉斌话还没说完就被曾朝英打断："你说的这些我都知道，你有什么事？直接说吧。"

"这个林先生对汉语的词汇好像蛮懂，他特别喜欢画面上的这首《牧童渔歌》：

> 远处山岚杳无踪，
> 近有荷摇鱼竞行。
> 不识牧童真面貌，
> 唯听云间天籁音。"

"这算什么喜事？"站在一旁的汪芝玲，听了曾昭英与罗汉斌的对话不以为意地说。

罗汉斌顿了一下，接着说："我明天就带他们飞回长沙，这是一个大客户，您能来机场接一下吗？"

"呵呵，一个韩国人说要来公司谈业务，与老板见个面，到长沙游逛一圈，然后就不了了之，这种情况实在太多，还要老板去接飞机，也太给面子了吧。"汪芝玲逗乐着说。

曾昭英纠正道："在生意清淡时期，闲着也是闲着，接个飞机也不算什么事。万一这位外国客户还真是个人物呢？"

罗汉斌从听筒里听到曾昭英与汪芝玲的对话，诡异地一笑："嘿，我还真有一个事要告诉你们，柳青拿着沙岭湘绣厂的钱，收齐了两千条百子图被面，明天准备发往上海外贸商场。严经理打电话给我，他要公司开二十六万元发票带过来，货到付款。"

一听此话，曾昭英大吃一惊："这是搞么子鬼？柳青不是早就跳槽离职了吗？"

罗汉斌连忙解释说："开始我也不知道，是柳青把收购的被面寄存到火车站的发运仓库后才电话通知的我，说他这是曲线救厂。"

罗汉斌的解释，让曾昭英啼笑皆非："曲线！亏他想得出这着臭棋。你说这犯得着吗？说明白了，别人会怀疑柳青的人品。如果话不说清楚，别人还以为是我曾昭英安排他柳青到沙岭湘绣厂去卧底。"

"你说我们现在该怎么办？"罗汉斌也觉得此举会让外人产生误解。

深思了一阵后，曾昭英从心底还是感谢他们为公司着想，连忙缓和着口气说："资金我们已经贷到二十万。你明天全部付给沙岭湘绣厂，就以你龙福绣庄的名义，收购柳青为沙岭湘绣厂收回的这批被面。按沙岭付给绣工的工资总额，多付百分之五的差价给沙岭湘绣厂，作为他们垫付这两千条被面资金的利润也好，手续费也罢。"

他们正在说话之间，柳青风风火火地闯进来，一见到曾昭英的面，连忙解释说："这个'曲线救厂'的主意可不是我想出来的，全是老厂长的安排。他的目的是想让你转让这批订单给沙岭，他又担心最后转不成功，我们东城没有资金而影响这些合同交货，故让我以个人的名义从沙岭借钱收回了这两千条被面。"

曾昭英恍然大悟，非常感动地说："你替我感谢老厂长。为了使他能在杨玉泉面前有个交代，给沙岭百分之五手续费的决定仍然不变。"

"这个百分之五老厂长绝对不会要。他说：'我去沙岭湘绣厂不是为了退休补差，不是考虑企业之间的恩怨，而是要湘绣的旗帜不能倒，如果本末倒置，这个行业会被毁掉。'……"柳青说出了李俊义的真实想法。

曾昭英感动地说："他不要，我们也得给，这是乡镇企业的套路。老厂长讲贡献，我们也不能坏乡镇企业的规矩……"

湘绣被面的成功履约，极大地提高了东城湘绣厂的业内地位。湖南湘绣行业已从原有的宏兴湘绣厂一厂独大，到双星拱月的湘绣"三大家"，步入到宏兴、沙岭、东城三种经济体制混合并存的状态。

这天上午，时针指向九点，客人如约而至，与他同行的还有一位年轻的中国人。他们对布置一新的店面似乎毫不在意，直奔曾昭英的办公室。

走进办公室的韩国人并未急于开口，却是四下里打量了一番办公室内的陈设。一张不大的带电脑办公桌，高靠背椅子背后的白墙上，悬挂着由湘绣简介和诗、书、画组成的镜框装饰，室内有一套现代时尚的布艺沙发，还有一套古色古香的八仙桌椅。这位韩国人眼中闪现出一种奇异光彩，他径直走向八仙桌椅边，在八仙椅上坐下，这才开了口。

"老板，你好！"这句略带东北口音的中国话，从那位韩国人口里吐出来，让曾昭英大吃了一惊。虽然他之前有过与韩国人打交道的经验，但从一位外国人嘴里说出中国话来，他却还是第一次遇到。不过，大概这位韩国人只会几句简单的中国话，随后吐出来一连串他不熟悉的话语。

通过陪同的翻译，曾昭英了解到，这位韩国人姓朴，从中国改革开放以来，便在东北开设了刺绣服装厂，因此能说得三两句的中国话，再往深处说却是一口糨糊。对中国刺绣文化有着浓厚兴趣的朴先生，一直遗憾自己未能前来中国四大名绣之一的湘绣发祥地——湖南游逛一番。他此次的中国湘绣古城之行，带了两个目的而来，其中文化方面的意义，便是拜访这座古城的一处历史景观——潮宗街的"楠木厅"。

昨天朴先生独自在太平街游逛时，在这条杂乱的商业街上，他突然发现了自己要找的龙福绣庄。这让他很是惊讶。在他的印象中，作为邻邦的中国人，一直都在政治漩涡中挣扎着生活，这才搞改革开放十几年的时间，就有了如此巨大的变化，这便有了他拜访龙福绣庄老板之约。在他对龙福绣庄的粗粗观察中，经营刺绣的老板，应该是有文化的人，对地方的历史文化自是有一番研究。他正是想通过有文化底蕴之人，了解当年的韩国临时政府为什么选择迁都长沙。

听完翻译的讲述，曾昭英注视着朴先生的眼睛，透过瞳仁，他似乎读到了一种真诚，虽然这种真诚里含有执拗，但更多的却是友善的成分，这是一个值得深交的人。

看人下菜，这是曾氏家族特有的不二法门，只是以前曾昭英并未留意自己的这一奇异功能，几次的应验后，他才重视起来。他喝了口茶，略为沉思了一下说："您想了解这个古城的文化？您脚下的这方土地，您所走过的这条道路，它的一景一物便是这座古城文化的历史表述。"

"一条街道居然就能道出古城的历史文化？这可太神奇啦。"朴先生脸上露出了惊讶的神色。

"百闻不如一见。"曾昭英站起身来，往店门外走去，"您不是想去'楠木厅'吗？它在通泰街6号。如果朴先生有兴趣，不妨随我从太平街走过去，沿途我给你导导游。"

曾昭英边走边讲述，长沙城太平街在韩国商人朴太奎先生面前展开了一幅宏伟的历史画卷。曾昭英抑扬顿挫地介绍说："太平街，'太平'二字原意是指'皇恩浩荡，天下太平'。千百年前的长沙依湘江而建，是有着'舟楫之便'的繁荣昌盛之地，穿城而过的湘江更是'转输半天下'……"

曾昭英走到一处不起眼的木结构建筑前停住脚步，回望了朴先生一眼："这便是清末湖南首家湘剧戏园——'宜春园'。"

对于刺绣艺术，朴先生自有心得，可对于戏剧文化他却是了解不多。他静静地听着翻译的转述，湖南有两大戏种，一为地方花鼓戏，一为湘剧。花鼓戏多在农村田头屋角处演出，湘剧则多在城镇舞台上演出，而太平街的"宜春园"在中国清末的光绪年间便有了，是湖南最早的演出舞台之一。

沿着麻石路面前行，路旁有着一幢砖木结构的建筑，挂着已近褪色的招牌："乾益升粮栈"。

太平街真正进入长沙老百姓的记忆中，还在于近代的商业，由于它依托湘江，航运方便，码头众多，所以很多外地来的货物最先在这里集中然后分散，于是，这里逐渐形成了古城最早的米市。同时，码头边上客流量也大，无论是在古城生活的居民，抑或是进出这个城市的外地客，都可以在这里买到东西。当年办起"乾益升粮栈"的老板叫朱昌琳，他以后的生意越做越大，形成了盐、茶、粮三大宗商品。

这位朱老板成为这座古城首富后，乐善好施，耗巨资办义学、修义渡，捐巨款修驿路、疏浚新河河道，功授候补道员。不过，太平街的出名更在于中国汉文帝时期住了一位长沙王的老师——贾谊。

曾昭英指着一处摊担包围着的青灰色建筑物，介绍说："这是贾府所在地又称太傅里，还有个名字叫'濯锦坊'。传说楚国屈原被贬后来星源小住，居住之地正巧也在太傅里。据说，屈原与当地老百姓相互交谈时，曾在一口水井边洗涤染尘的锦衣……"

听着曾昭英解释，朴先生满意地点着头。毫不经意间，他们横跨过人来车往的五一大道，沿着湘江来到潮宗门码头走进一条狭窄的老街。朴先生指着一座灰砖为墙、黑瓦为顶、古香古色、雅气扑人的复合公馆建筑说："嗨，这个房子我好像在哪里见过？"

曾昭英嘿嘿一笑："朴先生真是好眼光，这就是你要找的楠木厅6号。"

"哦，难怪这么眼熟，它的照片早就记在了我的脑海里。"朴先生说完，一步踏入公馆的石库大门，内景虽不显豪华，但青砖黑瓦、天井、木楼却是别有洞天。整座建筑虽不十分起眼，但因20世纪30年代韩国临时政府主席金九先生曾入住此处，因而使这栋建筑具有了非凡的历史意义，成为见证中韩人民友谊的历史纪念地。

朴先生很有点自豪地说："这里闹中取静，适用而不张扬！难怪当年韩国临时政府的金九先生，极力主张迁都长沙古城，看来很有他的道理！"

曾昭英开着玩笑说："长沙是中国二十四座历史文化名城之一，湘绣作为中国四大名绣之一，更是绣艺精湛，风情万种。大韩民国临时政府能与这样深厚的文化为邻，不沾福气，人气总是少不了。"

朴先生听后呵呵大笑："我之所以要拜访金九先生当年的驻地，不仅是要寻找与中国的刺绣合作，更主要的是想打听一下长沙龙福绣庄的近况。"

从大平街到潮宗街，再到宏兴湘绣厂所在地油铺街。这是曾昭英曾多次往返的路线。以前他只知道楠木厅这座老房子，曾有一个叫金九的韩国人住过，从没想到金九是韩国人崇拜的领袖，至此时他才知道"楠木厅6号"，即是韩国临时政府在这个古城活动时期的本部，也是韩国国父、建国元勋金九先生当年在楠木厅6号2楼的会议室里遇刺受伤，"楠木厅事件"的发生地，当时幸有湘雅医院的全力抢救和精心治疗，才使金九先生幸免于难。

参观近尾声了，一个疑惑一直在曾昭英的脑海里盘旋，眼瞧着一脸兴奋的朴先生，他的问题不由得脱口而出："朴先生，您是怎样知道我公司的？"

"你还记得张女士吗？她说你公司很讲诚信！"

曾昭英惊诧不已："你是说韩国刺绣研究院的张贞淑？"

朴先生点了点头："她给我看了这个古城太平街的照片，建议我来找您。"

张女士的话题立即拉近了两人的距离。曾昭英也就毫无顾忌地问："您这次来这个地方是为了参观'楠木厅'，还是另有想法？"

"当然还有别的事。参观楠木厅是对金九先生的敬仰！金九先生在中国能够大难不死，完全得力于一位善良淳朴的绣娘。这也是我参观楠木厅的目的！"

　　说话之间，曾昭英见有两个人对着朴先生的背影指指点点，他们私语了几句后，便朝着曾昭英这边迎面走来。来人见朴先生一直没有反应，便用手重重地拍在朴先生肩上："朴社长，您怎么在这里？"

　　朴先生转头一瞧，面露惊喜之色，立即把曾昭英介绍给二位来人。曾昭英顿时明白过来，朴先生遇上了同在此处参观楠木厅6号的韩国老乡。来人与朴先生简单地寒暄了几句后，便抱歉地说："不好意思，今天下午我还要赶飞机去上海。下个月你抽两天时间再陪我到古城专程拜访曾厂长。"说完便匆匆地离开。

　　商人自有商人的规矩。朴先生没介绍那两个不速之客的情况，曾昭英自然不便多问。

　　回到店铺，曾昭英吩咐侄儿曾林上茶。朴先生因已经耽误了曾昭英很多的时间，欲请曾昭英去湘江宾馆吃饭。曾昭英哪里肯依，非要尽地主之谊，请他先喝了茶后再走。

　　"朴先生，您来中国多年，应该喝过不少的中国名茶，但江南的这个银针茶却是值得尝一尝的。"曾昭英有点得意地道，"当年，它可是中国皇帝才能喝到的贡茶哟。"

　　随着曾昭英的讲述，曾林用托盘端来三个放了茶叶的玻璃杯放在八仙桌上，然后转身离开了。

　　朴先生透过玻璃杯，细瞧了瞧这号称贡茶的银针，只是茶叶似针状，外观上与他以前喝过的杭州龙井似乎有点相像，并无多大区别。

　　曾昭英接过曾林提来的刚烧开的水壶，对着玻璃杯冲了下去，不多时，随着沸水进入杯中，玻璃杯中的针状茶叶发生了变化，像鱼似的浮上了水面。一会儿后，又沉了下去，俄顷，茶叶再次浮上水面，三次浮沉后方才静静地躺在水底不再动弹。

　　这个湖南的银针茶泡起来有点像玩魔术，极大地引起了朴先生的兴趣，他的话语中有了几分尊敬："曾先生，您这江南银针产自何地？怎么这样神奇？"

　　"湖南岳阳的君山。"

　　"君山？它在哪里？！"

　　曾昭英应口而出唐朝刘禹锡一首古诗：

湖光秋月两相和，

潭面无风镜未磨。

遥望洞庭山水翠，

白银盘里一青螺。

在中国古诗的吟唱声中，朴先生嘴里品着清香的君山银针，耳朵听着中国古代的佳诗，不由得感慨万分，还真没想到，眼前这位中国的商人，竟然有如此深厚的民族文化底蕴。他庆幸自己遇到了中国的文化商人。

"曾先生，我此次来绣城，还应另一位朋友之托，就是你刚才所问到的事，到长沙寻找适合刺绣韩服的企业。"

原来，朴先生有一位朋友在韩国经营着一个较大的真丝印染公司，主要生产韩国真丝刺绣面料。由于韩国的人力成本较高，便有了到中国来寻找加工生产的合作伙伴的想法。

听朴先生道明来意，曾昭英的心里乐开了花：这可是天上掉馅饼——还是夹肉的。说实话，当初店里人说起这个信息时，自己只是出于礼貌善待外国客人，这才有了他不辞辛苦带着韩国客人参观古城太平街之举，没想到，好心有好报，竟然带来了这么大一笔的生意，这可是当年所在宏兴湘绣厂一年都难得一见的大生意呀。

不过，尽管曾昭英内心欣喜若狂，脸面上却没有表露出来，只是淡淡地说："欢迎先来看看，如果合适，再说合作一事。"

"好，有了您这句话，这线我不帮您牵，还真有点不好意思。"朴先生放下茶杯告辞了："下个月我们或许还会再见面。"

得到这个信息后，曾昭英立马吩咐侄儿重新布置店面，将一些湘绣工艺品挪到仓库，腾出四分之三的地方陈列刺绣礼服、旗袍，突显刺绣工艺服装经营的特色。同时，还在进门的柜台陈列出诗、书、画，与湘绣相配，以呈现湘绣与众不同的艺术特色。

一个多月后，朴先生果真带着那位年过半百的韩国客商如约而来，后面还跟了位身着刺绣旗袍的女子。

曾昭英定睛一瞧，那位年过半百的韩国客商，不正是月前在楠木厅内打过照面的那位先生吗？虽然他做生意还是出窝练飞不久的嫩雀子，但过目不忘的识人本事却是祖传的。不过，他并未显露出来，只是像初识贵客似的招呼客人坐。在他瞧着这位年过半百的韩国客商时，他发现对方的眼睛在不停地眨巴，眼神很少在一个地方停留许久，常常一扫即过。

站在一旁的朴先生介绍说："这是我们韩国大邱天丽丝绸株式会社的金东勋先生，专门从事丝绸面料的生产、印染。他在韩国汉城、釜山、晋州都有自己的营销公司，销售网络更是遍布韩国……"

不待朴先生说完，金东勋接过话题说："我此次前来湘绣之地，就是为了寻找将真丝面料加工成刺绣服装布料的合作伙伴，形成丝绸织造、染色、印花、刺绣完整的产业链，在与日本二条东机株式会社的竞争中，更具刺绣工艺的优势。"

大概朴先生知道金东勋的脾性，他并不因金东勋打断了自己的话生气，而是点燃一根白色而又纤细的香烟，深深地吸了一大口，静静地坐在一边，直到金东勋的话落音，这才接过话头说："金先生的设想不愧为丝绸产业的一个伟大创举。曾先生如果与金先生联合，凭金先生的实力，很快就可占领韩国丝绸织造、印染、刺绣韩服的整个市场。佛家说'德是福之根'，如果我们那天不去楠木厅，我与金东勋先生的古城之旅，就会失之交臂，真可谓是'没有缘分不聚头'呀。"

金先生对朴先生的侃侃而谈笑而不语。但他那淡淡的微笑，既使人感觉到他的淡定与从容，又感觉出他的力量与自信。这也许就是一个国际商人的气场。

金东勋从容地解释说："为了在中国寻找合作伙伴，我到过中国的浙江、四川成都，也到过广东潮州，没有一个企业使我一见如故！前几个月，韩国刺绣研究院的张院长到我公司订购刺绣面料，她说长沙市的湘绣风格特别适宜韩国市场。你们中国有句俗语，叫作百闻不如一见，我想先来做个市场调查，如有必要再通过张院长牵线联系她所熟悉的企业。质量问题嘛，此次我带来了公司的李小姐……"

韩国大邱金东勋先生的到来，让曾昭英第一次知悉国际刺绣市场的需求潜力巨大。但他仍对金东勋董事长张口就是十万匹韩服刺绣订单心存疑惑。已有十五年刺绣工作历练的曾昭英明白，湘绣是中国的四大名绣之一，湖南有七千八百万人口，目前不说在湘绣的家乡，哪怕是全国还没有一个企业一年可以消耗十万匹刺绣布料，因为，它可以生产五十万套刺绣服装呀！

在交谈中，曾昭英得知那位李小姐可不是一般的人，她叫李都燕，是韩国刺绣大师，也是韩国刺绣研究院张贞淑手下的一名学生，后被大邱丝绸公司招聘，在汉城分部担任丝绸印染设计客户经理，主要从事丝绸面料印染的花形设计。

这位刺绣大师李都燕跑遍了大半个中国，对中国的刺绣市场一定了如指掌，今天她一言不发，眼睛却不停地在湘绣的针路、线色之间穿梭，似乎在琢磨着什么，令充满希望的曾昭英又感到一些忐忑。他心里有数，金东勋的业务最终会投放在何处，是长沙还是苏州，或者还有其他什么地方，李都燕说话的分量必定超过朴先生。于是他礼貌地问道："李小姐，你认为我们东城湘绣厂的产品质量怎样？我们东城湘绣厂能否为金先生服好务？还得请朴先生和您多指教！"

城府深不可测的李都燕立即站起身来，彬彬有礼地说："我到中国是来学习的，还请曾先生多关照。"

"哪里，哪里，是贵公司在关照我们啦。"曾昭英在客套了几句话后，探询起对方要这么大批量刺绣货的缘由来，"李小姐，你们韩国有多少人口？"

朴先生不待李都燕回答，便不假思索地插话说："四千五百多万。"

曾昭英故作轻描淡写地接着问："十万匹刺绣布料，在你们大邱一年可以销售完吗？"

"我是管技术的，销售由营销部负责！"李都燕淡淡一笑说。

朴先生似乎明白了曾昭英的顾虑，解释说："大邱是韩国最重要的丝绸产地之一。天丽丝绸不仅畅销韩国市场，还出口日本、美国。一年别说是十万匹，只要你能刺绣出来，年销二十万匹都不是问题。"

见曾昭英仍然一脸的茫然，金东勋说话了："韩国是世界上人均使用刺绣用品最高的国家，我们全国人口有近五千万，在工商产业部门登记的刺绣商场便有五千多家，平均不到一万人便拥有一家刺绣商场。你认为十万匹刺绣布料很多吗？"

金东勋的话刚说完，曾昭英心里却是大吃一惊，他没有想到国际刺绣市场会这样大，这可不是在宏兴湘绣厂时，百万元的订单拿到手便自认为顶天立地的英雄啦，这个国际市场的交易可是以亿计的。他自愧自己孤陋寡闻，对国际刺绣市场一知半解。又暗自庆幸自己能与"亚洲四小龙"之一的韩国企业直接联姻，今后再也不用受香港公司霍尚成的打压。

朴先生望着曾昭英那惊疑的神态，笑呵呵地说："我担心的不是金先生的十万匹刺绣布料是否可以销售出去，而是你曾先生是否绣得出来。"

大约是曾家人天性，话题一转到生意上来，曾昭英的用语便谨慎起来："金先生如果选择了我们东城湘绣厂，我们一定全力以赴，尽力而为。只是不知金先生对我方有什么要求？"

"很简单，你与朴先生谈好合作方式，我公司先发一千匹韩国丝绸过来给你公司试手。如果'试单'合格，十万匹丝绸分批发给你们。"金东勋言简意赅回复道。

曾昭英一听之下，心里可是乐开了花，十万匹真丝布料，那可是上千万的刺绣业务，对方还先行提供刺绣用的布料，这可真的是打着灯笼也找不到的好事啊！

他没有想到东城湘绣厂这辆刚刚诞生出厂的新车，还没有经历与社会对接的"磨合期"，就直接驶入了国际市场的"快车道"，开始真正实现"绣传天下"的梦想。

曾昭英从心底非常渴望做成这笔大生意，但又担心自己的生产场地过不了李都燕的"验厂"关。他知道李都燕已去过国内诸多的绣厂，在她的心里一定还装着不少的备选企业。为了给金东勋留个好印象，素来不好酒的曾昭英特意拿出一瓶存放了十年的茅台。

金先生却婉言拒绝说："我不喝酒。"

曾昭英连忙声明："其实我也从来不喝酒。中国有句老话说：'人生四大喜事，莫过于洞房花烛夜，金榜题名时，久旱逢甘霖，他乡遇故知。'今天与您和朴先生在中国相遇，我们得好好庆贺一下。"

金东勋不以为然地说："酒虽然助兴，但酒也容易误事。我们还是不喝为好！"

朴先生恭维着说："金先生是干大事的人，看李小姐喝点什么饮料？"

"我就以茶代酒！"一直笑而不语的李都燕此时端起茶杯，向朴先生点了点头说。

曾昭英没有从李都燕的嘴里得到任何想要了解的信息，但她那谦卑的态度，又使他放松了自己对这位韩国刺绣大师的戒备。此时的他畅想着与天丽丝绸株式会社合作的灿烂前景。

好事来得过于突然，希望也令人憧憬。不料韩国天丽丝绸株式会社董事长金东勋长沙一别，竟然两个月没有任何消息。久等不至的期待使曾昭英的雄心大受打击，他总希望能有奇迹发生，改变东城湘绣厂的现状。

第十二章　借鞋

韩国客商的拜访让曾昭英了解到国际刺绣市场之大，远远超乎想象。他像一只跳出井底之蛙，看见了外面世界的宏大。韩国金东勋杳无音信，令他既焦灼又充满渴望，一首捉迷藏的童谣点燃了他的灵感。

做生意讲究机遇，更要珍惜缘分。曾昭英几次打电话给那位居住于香港的韩国朴先生，每天的答复都是"金先生如果有消息，我会在第一时间告诉你"。

曾昭英焦虑地等待着韩国朴先生的"第一时间"，内心总是感到忐忑不安。这天下班后他吃完晚饭独自走出家门，漫无目的地沿着油铺街走到湘雅路。不知何时起，长沙城内的临街民宅的一楼都在陆续变脸，不是成了餐馆，便是成了商铺。沿江大道旁如雨后春笋般地冒出了星星点点的露天茶室。

有需求便有市场。沿湘江大道往南走到湘江橘子洲大桥，此处的闲散人群越来越多，吊嗓子的，唱花鼓戏的，奏民间乐器的，下象棋的，摆摊卖药的，出售茶水的，应有尽有，这里变成了市民露天表演场地，也逐渐成了老城的一景。那种地方民俗文化的热闹，早已超过了古城著名的小吃一条街——坡子街。

一阵阵叫好声，从不远处的桥下广场中传来。那是一群五六十岁的戏迷，分成了两派在打擂台，一边是湘剧高腔，一边是花鼓戏小调，湘剧高腔辅以二胡、京胡，唱腔声震云霄，花鼓小调伴随着唢呐、锣鼓，乐曲震人耳膜。热闹的场面，吸引了无数看热闹的市民，把一个本来就不宽松的广场里三层外三层地围了个水泄不通，行人上下桥的梯口都被堵塞。

有人群的聚集，便有生意人。你唱戏喝彩，走路观赏，总有口干的时候吧？露天茶室就应运而生，几张小方桌，十几把竹椅，茶室的生意便开了张，曾昭英走过一家露天茶室，极有兴趣地观赏着自己难得有闲一见的属于市民的民俗文化，这民俗文化里也许有启发灵感的东西。观赏中，曾昭英的思绪渐渐地穿越了眼前喧哗的戏曲表演，一曲《躲猫猫》童谣传进了他的耳朵：

> 哎哟，哟！扁担无着，
> 打哒我的脚。
> 什么药？膏药，
> 什么糕？鸡蛋糕……

画面瞬间又转换到了草地上一群小孩正在玩捉迷藏游戏：

> 鸡蛋白，回不得；
> 鸡蛋黄，换地方……

小孩子的呼叫声，穿越曾昭英的思绪，他突然想起了"文革"时期的手抄本《一双绣花鞋》，不知怎么回事，他脑海中似乎有盏灯，突然闪亮了一下，童谣的暗示似乎有什么东西触动了他的心弦："鸡蛋白，回不得；鸡蛋黄，换地方！"

曾昭英明白，这是玩游戏旁观的小朋友在用暗语警告躲猫猫的小孩，你刚躲的地方，已被对方发现，你不要再走回头路，并用"鸡蛋黄"暗示，对方已顺着你躲藏的路径寻找过来，你必须马上"换地方"。

他从这童谣中准确地捕捉到一个稍纵即逝的灵感，小孩都知道老地方如果"回不得"，就必须"换地方"！你们一个企业的生存与发展怎能吊死在一棵树上呢？也许只有另辟蹊径，才能走出困境。

究竟如何开辟蹊径？千头万绪，曾昭英一时不知从何处下手。他漫无目的地徘徊在沿江大道的河岸上。忽然一个熟悉的声音从河滩上的一个茶桌上传来："曾总，好雅兴呀！怎么一个人散步？来，过来喝茶！"

曾昭英定睛一望原来是那个想要"曲线救厂"而投奔了沙岭湘绣厂的柳青。

由于建设银行的那笔贷款及时投放了下来，东城湘绣厂的那批下发绣站的湘绣被面如期收回，沙岭湘绣厂自然对柳青失去了兴趣，被沙岭湘绣厂辞退的柳青成了江边茶摊子上的常客。

柳青招呼曾昭英坐下后，很是不好意思，连连道歉，并说明了自己眼下的困境。

曾昭英没有接话，耳朵静静地听着，心里却在想，柳青这个年轻的大学生，内才还是有的，只是这个人有点好高骛远，更有点现代小年轻逢顺意气飞扬，遇难则躲着走，一见企业有危机便脚底抹油，撒腿开溜的风气。是婉言谢绝，还是再给他次机会？曾昭英有点犹豫。瞧着柳青满脸期待的神色，他又无法拒绝这个年轻人的请求："这样吧，你在沙岭不是待了几个月吗？对那里的绣工分布应该是了如指掌。我与韩国金东勋先生签订了一个十万匹韩服协议，待合同落定后你就主持在沙岭的刺绣投放工作，你觉得怎么样？"

湘绣是一项以家庭传授为主要方式的民间艺术。谁掌握了绣工，谁就掌握了湘绣的生产力。柳青在收购湘绣被面时，与乡下绣工接触甚多，掌握绣工资源有一定的优势。

柳青一听曾昭英手头有十万匹布料的刺绣订单，知道这是一笔极大的买卖，而且它的生产不是以月计算，而是以年来计算。他到底人年轻，脑子又灵活，眼珠子转了转，立马向曾昭英建议道："曾总，据我所知，一万匹就是十二万件刺绣韩服的用料。以沙岭现有的绣工人数，一年还刺绣不了十二万件，恐怕我们还得另想办法。"

"你的意思是？"

"开辟新的刺绣地盘。"柳青不假思索地接着说，"高考前，我当知青时下放在江华瑶族自治县。那里村村寨寨、家家户户的女人都会刺绣。十月十五日盘王节，县政府以招商局牵头成立了一个筹备组。我作为当年该县大圩镇下放知青受他们委托，代为邀请社会名流与企业家参加盘王节的庆典。您如果有时间，明天可以随我同去，看是否可以在江华瑶绣中扩展一个刺绣基地。"

听得柳青如此一说，曾昭英眼里不由得闪出赞赏的亮光，这个小年轻还真的是块搞企业的料，能做一看二想三，只要好好培养一番，将来前途无量。

这确是个不错的主意。在柳青的撮合下，江华县大圩镇党委书记和镇长对来自长沙的曾昭英想在江华发展瑶族刺绣产业表现出极大的热忱。在参观宝镜时，还特意锣鼓喧天地组织一支瑶族锣鼓队跳了一场"迎宾舞"，并请来副县长龙凤翔亲自出面接待。

为了表达瑶族同胞特有的深情厚谊，龙副县长特意驱车三十多公里，从老家捎来一双其母亲刺绣的"绣花鞋"，在当天的晚宴上送给曾昭英，这既表达了瑶家人的热情好客，又显示出瑶族刺绣的绣艺精湛与适用。

当曾昭英接过这双绣花鞋时，他心里有了种异样的感觉。这是一份满载着龙副县长对瑶绣基地希望的礼物，无形中给曾昭英也带来一种沉甸甸的压力。他心里有数，龙副县长的热情好客，是基于自己将在此地建起刺绣基地，为贫困瑶寨山区带来经济的腾飞，而这一切均建立在韩国金东勋的那笔订单上，如果韩国金东勋的那笔订单落空了，他在江华县所谈论的一切都是空中楼阁。此时的他甚至后悔不该来江华，画饼充饥向来不是他曾氏家族的传统。

湛蓝色的鞋面，刺绣着殷红洁白的杜鹃花。精湛的手艺让人体味到瑶族人做事的一丝不苟。曾昭英瞧着瞧着，那双绣花鞋瞬间似乎点燃了他脑海中"鸡蛋白，回不得；鸡蛋黄，换地方……"的记忆火花，一个联想呼之欲出。

从江华回长沙，直线距离虽然只有五百多公里，但曾昭英一行足足走了一整天，直到晚上九点才返回长沙。在油铺街一个地摊买了份快餐，解决肚子问题后，散步到竹山园码头，他斜靠在江边的麻石护栏上。时而望着滔滔的江水，时而观察着道路上行人的脚步，望着行人所穿的鞋子发呆。他的思绪就像那随波逐流的江水，只知来源，不知去处……

忽然一双穿着坡跟女式白凉鞋的脚，在正伏在河堤栏杆观看江水的曾昭英面前停留下来。他不由得将目光从那女式白凉鞋上收了回来，只听对方惊讶地道："嘿！曾昭英，你一个人在这里干吗？"

"哦！我今天刚刚从江华回来，坐了一整天的车，腰酸腿疼，到江边来透透气！"曾昭英抬头见是肖若云连忙回答说。

"健萍怎么没陪你？"

"我是同他一起去的，还没回家呢。"曾昭英指了指正在一张茶几上与几个老茶客聊天的柳青。

已有几年没见过曾昭英的肖若云，此时显得有些兴奋，话语也变得顽皮起来："和几个大老爷们泡茶馆，这可不是你曾昭英的生活方式呀！"

曾昭英没有解释，他盯着对方的那双女式白凉鞋，脑瓜子里一道灵光闪过，称赞道："嗨，你这凉鞋真漂亮，能借给我吗？"

肖若云感到有些莫名其妙，问："你散步不看风景，怎么关注起女孩子的鞋来了？我这凉鞋可是全世界的最新款式，'皮面磨纹'。"

曾昭英知道对方误解了自己，从挎包里掏出江华大圩镇龙副县长送的绣花鞋递给肖若云："我如果把你这'皮面磨纹'凉鞋改为一款绣花鞋……你觉得会有市场吗？"

"你可真是个工作狂，三句话不离本行。"肖若云有点哀怨地说，但旋即还是跟着他的思路走，"如果在家里休息或在休闲场所，穿上一双绣花拖鞋，那也是一种高尚的享受，说不定还是一个大市场！但如果就像现在这样，都是清一色的蓝布面、线纳底、船形状，既不耐磨又不防湿，款式土老帽，那就穿不出户啰。"

肖若云笑了笑，意犹未尽地道："你如果将鞋形方头改为尖头，平跟改为坡跟或者高跟，年轻人谁不喜欢？如果底用麻布包边、软胶充填，既与面料保持一致，又不失传统特色。那一定引领世界潮流！"

肖若云的话似乎触动了曾昭英脑海中时隐时现的那根弦，他突然有了种脱胎换骨的感觉，似乎找到了这江流的蹊径，于是顺势而问："你认为我只要改变这绣花鞋的款式，就会受欢迎？"

肖若云嫣然一笑："鞋帽半身衣。一个现代化的人，如果穿着一双土不拉几的鞋子，上面虽有刺绣点缀，你会认为时尚吗？传统文化的精髓是内容而不拘于形式。在你面前我也许是班门弄斧，但湘绣的精湛是缘于工艺，而不是一成不变的载体，只有艺术随着载体变，才能与时俱进。"

两人相谈甚欢，不知不觉时针指向十一点半。早已来到这边的柳青，知趣地起身告辞，并婉言提醒曾昭英："你们难得见面就多聊一会儿。我回去等韩国金东勖的订单消息。"

曾昭英也担心回去太晚，会被刘健萍说闲话。他当即转身招呼过来一辆出租车，关心地对肖若云说："时间不早了，你就坐车先走！"

肖若云刚打开车门，便脱下脚上的鞋子朝曾昭英一递："你不是想借我的凉鞋做样品吗？到时候还我一双绣花鞋就行……"

满脸尴尬的曾昭英连忙推辞，但肖若云拿凉鞋的手一松，"啪"的一声关上了车门。

瞧着远去的出租车，无奈的曾昭英提着一双女式凉鞋行走在大街上，不时有人投来疑问的目光。好在当时长沙城的社会风气尚正，还没有引起人们的多心。

当曾昭英回到家里，刘健萍早已入睡。为了不引起她的误会，曾昭英轻手轻脚地拿着肖若云的凉鞋走进门，先准备放在进门的鞋柜里，又担心早晨起床不记得拿，拿报纸包着放到书桌上，随后又担心刘健萍骂自己不讲卫生，最后干脆放到进门那间客房的床底下。其实，曾昭英一连三处换地方放鞋的怪异举动，早已惊动半睡半醒的刘健萍，因为不满曾昭英的晚归，她故意装成熟睡而不露声色。

第二天刘健萍早早起床，她在房间里粗粗观察了一圈没有发现异常，来到前面的客房时，却发现客床下似乎有着什么东西，定睛一瞧，那是一双时尚的女式凉鞋。她的心像触电一样猛然一震。她像一头暴怒的母狮，气急败坏地抓起那双凉鞋往房间的地上一摔："曾昭英，你给我起来！"

与肖若云一直亲如闺蜜的刘健萍，自然熟悉那是肖若云的鞋子，任凭曾昭英自证清白，刘健萍就是一个不相信。她甚至怀疑昨晚曾昭英将肖若云带回了自己的家里，也许是自己醒了过来，才打断他们的美梦而留下一双凉鞋。她没有像往常一样为曾昭英做早餐，而是自己安排孩子吃完，便离家出门上班去了。

既然解释不清，曾昭英也不想多作解释。他洗漱完毕捡起肖若云的凉鞋，无精打采地来到东城湘绣厂。当他走进厂门后，马上像换了个人似的，风风火火地发出通知：立即召开生产调度会。

走进会议室的罗汉斌一眼就瞧见了摆在会议桌上的那双高跟女凉鞋，他没有太在意。会议开始后，曾昭英从脚边的纸袋里拿出那双江华瑶族龙副县长送的土布绣花鞋，将两双鞋放在一起，谈起了自己对绣花鞋的想法。末了，他目光扫视了一眼在座的公司骨干，问道："如果我们将这瑶族绣花鞋的刺绣换到这双高跟凉鞋上，会有人喜欢吗？"

"您的想法很好，只是市场前景如何，谁都没有把握。"罗汉斌率先开了腔。

"肖福海常说，高手在民间。我说这种农村土得掉渣的绣花鞋，弄不好还是国际市场上的畅销货。"汪芝玲兴奋地说。

"看把你美的，就像天上掉下个金元宝。还国际市场的畅销货。"罗汉斌讽刺着说。

"你还别说，好的创意真像天上掉下来的银行，只等着数钱就是。"汪芝玲坚持着自己的说法。

曾昭英并未去细听两人的争论，他是个说干就干的人，吩咐汪芝玲道："你能帮我在宏兴湘绣厂找个画师设计几个鞋面花形吗？下个月就是'广交会'，跟着是深圳展销会，我想做几双样品到'广交会'试试水，是不是畅销货一试便知。"

不知怎么回事，刚才还兴致勃勃的汪芝玲，一提起宏兴湘绣厂就来了气："那个败家子厂，我不去！"

曾昭英愣了，旋即劝说道："厂子虽然败家子主持，可那里还是有几个好画手，去趟又不掉块肉。"

"我不去。你不知道宋伟山现在对我像防贼一样，我受不了那样的眼光。"

瞧着汪芝玲生气的样子，曾昭英只得打着圆场："好，好，不去就算了，我自己抽个时间画好啦……"

眼见"广交会"临近，曾昭英知道公司再也拖不起了，便自己动起手来，伏在办公室桌上一笔一画地修改着绣花鞋面的图案。

忽然，肖若云一阵风似的吹了进来，将设计的几种不同鞋样画稿摆放在桌上。说来也怪，这几张不同的鞋样往桌上一摆，办公室内突然充满了一种勃勃的生机，至少在曾昭英眼中如此。跟着，银铃似的话语在他的耳边响起："听汪芝玲说你在搞绣花鞋的开发，这是我最近两个晚上画出来的几个鞋面花形，供你参考。"

这么多年了，肖若云那份对湘绣图案的灵气仍然没丢，就像附着在她身上的灵气。艳丽的牡丹配以小巧的含羞草图案，给人一种怒放的青春诉说，却又不失富贵典雅，很是符合欧美女性那种张扬的气质。

曾昭英赞叹说："这些图案你是怎么样想出来的，'鬼佬'们一定会喜欢。"

"'鬼佬'们是否喜欢我管不着，这些图案只要你用得上就行！"肖若云满不在乎地说。

曾昭英的脸上荡漾着一种发自内心深处的喜悦，但仍然故作谦虚地说："我喜欢没有用，只有'鬼佬'喜欢，才能体现出它的价值。"

"如果你不喜欢，就没有人将这画稿刺绣到鞋子上。再好的民族艺术，'鬼佬'也没有机会去享受。我的设计再伟大，也就是摆在桌上的一张画，只能孤芳自赏!"

曾昭英是什么人,岂会听不出肖若云话中有话?只是他不敢沿着这个话题深入,只能嘿嘿地笑着说:"谢谢你的支持。"

当天下午,曾昭英将这几张绣花拖鞋的设计图带回家里,期期艾艾地对夫人说:"健萍,绣花鞋的图案我已经绘好。你觉得怎么样?方便时能否帮我找几个手艺好的农村绣工,赶绣几双样品?"

刘健萍接过绣花拖鞋画稿,细细地瞧了一阵,没有开口,心里却是有了几分兴奋。只是瞧着画稿似乎眼熟,好像是自己好朋友肖若云的手笔。以前,她也曾多次瞧过肖若云绘画的手笔,熟悉她那张扬而又不拘一格的画法。只是,肖若云结婚这么多年了,连她这个睡过一张床的闺蜜都难得有联系,怎么又在这几幅湘绣拖鞋画稿上露出了身影?是不忘旧情,还是为了曾昭英的湘绣事业?!真正是道不清理还乱。不过,她也知道丈夫一心扑在湘绣上,眼下初创阶段还是要靠朋友帮衬。她异样地瞧了丈夫一眼,什么也没有问便走了。

瞧着夫人匆匆离去的背影,曾昭英似乎从夫人那临走前的一瞥中看出点什么,但他没有去解释,有些事不说还好,越说反而会适得其反,倒变成了"此地无银三百两",身正不怕影子斜呗。想是这么想,过了一天,他还是忍不住到东城水渡河春芳嫂的绣站去走走。他知道,春芳嫂的这个绣点站是刺绣技术活最好的地方,刘健萍如果有重要活要交,也肯定会放在那里。

绣花站仍然设在那栋青砖瓦屋的农舍内,地点和外形并无多大的变化,但院内变化却非常大。当曾昭英跨进院门时,发现几十张绣绷将个偌大的院落挤得满满当当,却是悄无声息,只听得针过缎面的哐哐声。他知道,除了绣花鞋试制,这里还有着其他刺绣服装的加工任务。在绣绷的上方,几根粗壮的葡萄藤在院落上方沿木架攀爬,形成了遮阳蔽雨的"天罗"。

曾昭英的到来,让春芳嫂感觉十分惊讶。她连忙放下手里的绣花针,迎了上来。

"今早喜鹊叫,便有贵客到,还真灵了!"春芳嫂满脸喜色,连忙招呼曾昭英到屋里坐。

"这里坐坐蛮好的嘛,挺凉快的。"

"还是进屋去坐坐的好,豆子芝麻茶管够。"春芳嫂突然放低了声音,"我还有件事想与你说说哩。"

曾昭英心里咯噔了一下，莫不是与绣花鞋有关的事？果不其然，春芳嫂还真说的就是这件事。她压低了声音说："曾总，大家都说你是个有眼光的人，这种老掉牙的绣花拖鞋会有哪个要啰？"

按理说，乡间收发站的春芳嫂只要有加工费拿就行了，没有必要去关心加工费之外的事情，可她心直口快，将曾昭英当作自家兄弟一般，凡事都帮他想着点："这几天，在我院里做事的绣娘们都在议论，在我们乡里，哪家没有几双虎头鞋？我们这一辈，我们的上上辈，我们的上上上辈，几十辈子做下来，可真的老掉牙了，谁还会要这种老掉牙的绣花鞋？"

她这一番情真意切的说辞，把个曾昭英说得笑了："春芳嫂呀，即使在中国，玩文物的人都知道，越是有历史的东西，越是值钱。在乡里面，尿桶不值钱吧，可你家如果有明朝留下的尿桶，那可就值海了钱的。文化的价值，还就在于有历史来铺垫。我们常说，'百年无废纸'，看重的就是一个民族的文化历史。"

曾昭英的话直说得春芳嫂一愣一愣的，她没多少文化，曾总说的这些她也不懂，什么"百年无废纸"，她从来没听说过，什么明朝的尿桶，她更没有见过。她只知道千百年来，这乡村手工制作绣花鞋都是自绣自用，从来没有拿到市场上卖钱一说。

曾昭英见自己的话仍然让春芳嫂一头雾水，也就收住了话头，很恳切地道："春芳嫂，说多了你也一下子难懂，以后找个机会让你到外面的世界去瞧瞧，你会弄明白的。"

这个话，春芳嫂倒明白了，她有点不自信地运用着新听来的词："你说的是出去旅游？"

"对，对！"曾昭英笑着回应道，"不过，这几十双绣花鞋的布绣好后，您能否帮我每一个花形做一双样品？"

"没问题，没问题。肯定会做得比家里的虎头鞋更好！"

半个月后，春芳嫂将二十多双金丝绣花拖鞋的面料如约送到了公司。罗汉斌瞧着这见惯了的乡里土货，很有点不以为然："老板，这是干什么？'广交会'那是国际性的商品展会，又不是摆地摊。人家外国先进工艺技术，还会缺了你这点绣花拖鞋？"

罗汉斌想：自己一个堂堂的企业销售主管，如果带着这些不值几个大钱的拖鞋在那富丽华贵的展会上亮相，还不让同行笑掉大牙。在那样高规格的展会上，同行们一般都会展出价值几千上万元的湘绣品，谁会摆出这不值几个钱的拖鞋？这就好像千金布置的金碧辉煌马厩里，却拴了头不值几个钱的老水牛，弄不好还会惹来不少的闲话。他对汪芝玲说："什么马配什么鞍，什么菩萨涂什么料，我们东城湘绣厂不能只拿几个不值钱的产品去交易会，那会影响形象。"

为着自己首次主持公司的这次"广交会"的出征，罗汉斌可没少费脑筋，他准备了一大批的湘绣精品，以便让自己在国际性的展会上露脸。同时，他还有一个秘密武器：他从绣厂悄悄地抽调了几位漂亮的绣女，准备在展会上突然亮相，现场进行刺绣表演，以博人眼球。因着保密需要，他去绣厂交代管事人时，也只是说让这几位姑娘出几天差，具体要干什么，他没有说。由于他是东城湘绣厂四个创始人之一，又是指定的这次"广交会"的负责人，其他人自然不好多问。

对于自己的这个秘密武器，罗汉斌很是自信，你想想，几位漂亮的姑娘往展位上一坐，人手一个绣绷，穿花引蝶的，还不能将那些老外客商的眼光全部吸引过来？届时，偌大个"广交会"上闹腾个满堂彩也说不定哩。爱美之心人人有之，何况这还是老外们难得一见的中国民间手艺现场观赏，任谁大概都会动心，除非那些外国客商突然都变成了不食人间烟火的神仙。当然，这件事他连公司老总曾昭英也没有说，为的是成功后能向曾总表个功。

罗汉斌心里有了货，对曾昭英提供的这些地摊似的湘绣自是不屑一顾，但他不好拒绝，说出口的话也拐了一个弯："老板，这次参展的绣品够多的了，这些拖鞋是不是……"他有意停了口，想瞧瞧曾昭英的反应。只是，那言下之意却是很明显，拖鞋也就是那不值几个钱的地摊货，如果摆上大雅之堂，还不得让观众笑掉大牙？

"还是带上吧。"曾昭英态度很是坚决，半开玩笑半认真地补充说，"万一没有客商看中，广州那个地方热，你们去的人一人一双不是还能图个凉快吗？"

"不管怎样，这样品一定要摆进'广交会'。"曾昭英的话说得很是轻松，但语气却是不容置疑，必须将这批绣花鞋样品摆上"广交会"展台。他清楚，好商品抢的就是个时间。

"这土头土脑的鞋子带去可以，但我不能保证有效果。"罗汉斌有些勉为其难地回答。

曾昭英觉得罗汉斌的话有点刺耳，但他并未反驳，觉得还是让事实来说话。他的奇想能否成为现实？市场是否接受一个底层人的梦想？成败有时就在刹那之间。

这传统的虎头绣花鞋，虽然在中国有着自绣自用的市场，但能否与国际市场接轨，不要说罗汉斌不看好，即使是汪芝玲心里也没底。

曾昭英拿着三个颜色的绣花鞋面布料，与肖若云的那双坡跟凉鞋鞋面反复比较，若有所思地说："我们不仅可以做出这年轻人喜欢的高跟绣花拖鞋，还可根据不同年龄层次的人群需求，做成老年人喜欢的平跟、中年喜欢的坡跟。"

"要做平跟、坡跟、高跟三款绣花鞋的面料我们还是有的，但要做出这三个款式的绣花鞋，那是冰冻三尺，非一日之寒，恐怕我们赶不上'广交会'的时间啦。"汪芝玲担心地说。

"我有个同学在靖港'望江楼'当厂长，今天将这些绣花鞋面送过去，让他在'广交会'前赶制出来。"曾昭英自信地说。

罗汉斌知道靖港的绣花鞋早在民国初期就闻名大半个中国，有一首在靖港广为流传的童谣《绣花鞋》：

> 绣花鞋，靖港买，
> 走正道，上台阶；
> 县太爷，穿花鞋，
> 脚板稳，身不斜。

50年代创立的"望江楼制鞋厂"各式鞋类琳琅满目，而且价格十分便宜。他高兴地说："望江楼，那是全国闻名的一个鞋业品牌。如果能得到他们的支持，何愁没有市场？"

曾昭英正准备对罗汉斌说什么，突然，一阵眩晕袭来。他立即闭上眼睛，定定神，好一阵后才对罗汉斌说："你下午就去靖港。回来后再把'旅交会'流花外贸中心的最后一批订货发出去，将货款结回来，否则韩国金东勋的订单布料发过来，我们就没钱付加工费。而建设银行的那二十万贷款也在年底到期，现在我想休息一下……"

曾昭英话未说完，脑袋里又是一阵眩晕，跟着大口地呕吐不止，由于胃里翻江倒海而又没有食物，只吐出一股股又苦又涩的酸水，痛苦难耐。原来，曾昭英因昨天睡得晚，又没有吃早餐，加之早晨与刘健萍的争吵，心情有些不好，脸色苍白，精神一直忧郁不振，这才突然发病。一旁的罗汉斌与汪芝玲见状，立即将曾昭英送往附近医院。

曾昭英在医院里打了两个多小时的吊针，中午吃了碗米粉，下午便又赶往靖港鞋厂，联系绣花鞋样品之事。

几天过去，罗汉斌带着靖港鞋厂打好的绣花拖鞋鞋样赴广州后，曾昭英的心里便如古井里的打水吊桶——七上八下的不踏实。将这些绣花拖鞋送到"广交会"，是他在自己的湘绣产业布局上下的一步重要的棋子，他试图通过绣花拖鞋的湘绣产品，来投石问路于湘绣产业新发展，而且，他更想弄清国外的市场到底需要什么样的湘绣商品。在他内心深处，一直有着个心结，无论是香港客户还是韩国公司，如果自己公司没有自主研发的产品，总是要受制于人。

当然，曾昭英自己心里也有数，湘绣产品的创新不是自己随便想创就能创出来的。它需要市场认可，顾客买单，这次绣花拖鞋的创新，也有可能会竹篮打水一场空。这也就是他最近两天来一直心神不宁的缘故。按照预定时间，"广交会"今天上午开幕。他盼望办公桌上的电话铃响，但内心却又很怕电话铃响，万一传来的是绣花拖鞋在"广交会"上无人问津败走麦城的信息，自己还真会成了湘绣业界人士嘴上的"爽口菜"。

怕什么还真的来了什么，办公桌上的电话机"丁零零"地响了起来。曾昭英伸出手去，心里咯噔了一下，却又突然缩了回来。他不是个相信神灵的人，但似乎冥冥之中有个声音在制止着他。他定了一下神，遂大声喊道："汪芝玲！你来接一下电话，我这有事。"说完，也不等汪芝玲过来，自己便离开了办公室。

不料，曾昭英心慌慌地刚走到楼梯口，猛然听得身后传来汪芝玲惊喜的叫声："曾总，快来，老天开眼了！"

曾昭英闻声转身急速返回，刚接过话筒，便只听得电话里传来罗汉斌兴奋的话语声："曾总，您可真神了。"

"具体点。"

"绣花拖鞋在'广交会'上大受欢迎，很多外国商人赶来观看展出的拖鞋。今天有位意大利客商要求订大批货，我推说明天再联系。你看……"

这可真是天外福音呀，有了订单便有了市场，还能借此打开自创的品牌，试想，在湘绣行业闯荡的人，有几个人能在如此短的时间内创出自己的品牌？此刻的曾昭英无暇往下细想，电话那头的罗汉斌还在等着自己的回话。

曾昭英定了定神，询问道："客商要订多少货？"

"一万双。"罗汉斌提醒式地说，"三个月交货，行不行？"

曾昭英沉默了一阵后方发话："我看，行！"

"客户要求更换他们的商标。"罗汉斌又提出一个问题。

曾昭英心头一紧，这可不是一个小问题。他脱口而出："不行！"

"不行？"听到这个回复，罗汉斌像患了牙疼似的倒抽了口冷气，"这就麻烦了。"

"商标就等于是我们东城湘绣厂产品的身份证。"曾昭英语气坚决地拒绝道，"我们创新的拖鞋，怎么能用意大利的商标呢？"他的话似乎还没完，跟着又吩咐道："当然你明天先不急于拒绝意大利客商，说是与公司领导还没协商好。"

曾昭英挂了电话后，心里的石头终于落了地，他知道，客户要求更换商标，表明他们非常看好这个产品。如果现在拒绝对方的要求，他担心失去一个机会。如果同意更换商标，公司又失去了自主的品牌。

一旁的柳青似乎想起了什么，说道："曾总，国际上有这么个规矩，贴牌生意可以用加价解决。"

一语提醒梦中人，曾昭英赞赏地望了柳青一眼，他知道这位外贸高才生肚子里是有货的，只是年轻人心大，一犯糊涂就铤而走险，如果假以时日，也未尝不是块好料。当然，他什么也没有说，权衡了一下柳青的提议，迅速做出了决定。

一份传真欢快地飞向了广州：如果使用意大利客人商标，每双绣花拖鞋在原有二十美元一双的价格基础上，再加收二美元的品牌损失费。如果保留东城公司的商标，则原谈判价格不变。

当天下午罗汉斌就回复公司："客户同意每双拖鞋增加二美元。"

曾昭英看着摆在办公桌上的传真。他非常清楚这增加两美元不是简单地调价，而是东城湘绣厂创立品牌的附加值。

汪芝玲走进办公室，曾昭英从遐想中回过神来。他兴奋地告诉汪芝玲："我们只要第一批绣花拖鞋在市场上打响，就会有第二家企业跟进。只是，第二批货的鞋样与第一批不能相同，不然，人家便没有了新鲜感。"

"这创新鞋样图案的事，我们还可以找肖若云呀。"

汪芝玲一提起肖若云，立即触碰到曾昭英的痛处。第一次借凉鞋的创伤在刘健萍的心里还没有抚平，此时如若再去找肖若云帮忙，后果将不堪设想。他无可奈何地叹息道："唉，如果能与退休桂东老家的张聋子联系上就好了。他那根深蒂固的民族文化思想和深厚的画艺技巧，肯定能吸引国外的顾客。"

"你前几年不是去过桂东吗？"

曾昭英将罗汉斌回过来的传真，往汪芝玲眼前一推："眼下这一万双绣花拖鞋的原材料采购、制图、裁料、印花、配线、刺绣等大量工作都等我们去做，我就是三头六臂也腾不出时间去找他。"

这时，汪芝玲办公室那台带电传的电话机铃声响了，她连忙奔了过去。

见汪芝玲许久没回来，曾昭英心里盘算着如何调配人手采购和生产这批绣花拖鞋。

"曾总，好消息来啦！"汪芝玲人未进门，欢喜若狂的声音便传了进来，"韩国天丽株式会社的十万匹刺绣韩服订单正式传真过来了。朴先生刚给我来电话，说先让我们看一下合同文本，如果没有意见，就签字后回传给他。"

"哦，这可是双喜临门呀！"曾昭英急不可耐地拿过来传真件，想看看合同有哪些条款。可他拿起合同一瞧，不觉傻了眼，上面没有一个中国文字，全是韩文。他沉思片刻，陡然想起自己以前在潇湘工艺美术集团工作时，认识了湖南工艺美术大学一位懂韩语的李雨馨老师，俩人打过不少交道。只是自己一时抽不出时间，得安排人去联系一下。可谁去合适呢？他脑海里突然浮现出那天绣花鞋贴牌生意柳青解围的事，何不人尽其才？他略为沉思了一下，吩咐汪芝玲去将柳青叫来。

当汪芝玲应声而去后，曾昭英这才拿起那沓自己看不懂的韩文合同，心里琢磨着：韩国的这个订单，为什么会拖延几个月才来？

曾昭英当然想不到，韩国天丽株式会社的订单之所以拖延几个月的时间，并非金东勋另有他想，而是他在中国长沙与曾昭英口头协议后，回到首尔，便安排人着手起草合同文本，准备启运一千匹韩国丝绸发往中国。不料，派往泰国建厂的人火急火燎地汇报，说是近期泰国的土地、人力成本等均处于历史的最低期，问金总是否能立即进入泰国建立刺绣加工厂？这样一来，金东勋便撂下了手头的一切，火急赶往泰国了解情况。

这也难怪，金东勋是一个做大生意的人，他的刺绣服装生意，眼光不止于东南亚的韩国、日本等国家，而且着眼于欧美发达国家，因此生意做得大，仅仅在邻近中国开辟新的刺绣服装加工厂显然不够。何况，在他的印象中，中国还不是一个完全的市场经济国家，时常受政治局势影响而导致经济受影响。他在布局刺绣服装加工厂上，考虑的也就不只有中国，还在泰国等市场经济国家也予以布局，而且规模更大。待一切忙完，已是几个月后的事啦。

听说公司有急事，柳青心急火燎地赶到总经理办公室。曾昭英将韩国天丽株式会社的合同文本递给他说："小柳，你可先看一下合同文本，从今以后我想由你来负责韩国天丽公司的业务往来。"

柳青惊诧地睁大双眼，尴尬地摸了摸后脑勺难为情地说："这合同我看不懂……"

"我知道你看不懂。湖南师范大学外语系有一位懂韩语的李老师，曾经给我当过翻译，你去找一下她。"曾昭英吩咐道。

柳青离开后，办公室又归于安静。曾昭英第一次感到前所未有的轻松。他特意泡了一杯平时很少喝、母亲亲手采摘送给自己的绿茶，浅浅地喝了一口，脑海中想起万双意大利绣花拖鞋、韩国的十万匹韩服绣绸，都在同一天传来订单，真可谓"双喜临门"。他的面前又浮现出另一番景象：韩国天丽株式会社设在首尔诗仁洞的韩服店铺前，人们整匹地挟着东城湘绣厂的真丝绣料满大街行走……美妙的意念，让曾昭英内心充满希望。

第十三章　玄机

　　人生的道路虽然漫长，但紧要处常常只有几步，关键节点的把握，得之则昌，失之则衰。韩国天丽刺绣公司的到来，让曾昭英看到了未来刺绣市场的大海，但合同中的"来料加工"被改为"进料加工"，一个字的修改，却使曾昭英几乎掉进一个灭顶的深渊。

　　柳青果然不负众望，合同的翻译文本在第二天即送回公司。曾昭英仔细审核了合同的所有条款与细节，他发现合同条文制定得非常详细。

　　这可就蹊跷了。曾昭英知道，从程序上来讲，这只是个非常简单"各作各价的来料加工"合同，即韩国天丽公司向中国东城湘绣厂提供一万匹、四十二万米真丝面料，生产韩服四十万件，真丝面料作价二百五十万美元。刺绣加工费一百九十万美元。

　　这是一个前所未有的诱惑，但合同文本中提出"COD"的付款方式，即提货付款，让曾昭英觉得有隐患，于是他按照自己熟悉的付款方式，提出了"CIF"，即付款后提货的修改意见。不料，此举却引起韩国天丽公司的强烈不满。李都燕从大邱给曾昭英打来电话："金社长说，除了付款方式外，其他一切都好商量。"

　　在生意场上，付款方式一直都是一个极为敏感的问题，尤其是国际贸易。试想，生意的双方处于不同的国家，如果采用这个"COD"的付款方式，货物回款就具有极大的不确定性。假设对方提货后不付款呢？对方人在千里之外、水隔茫茫东海的韩国，他曾昭英恐怕只能"用石头去打天"。

李都燕听得这边久久没有声音，催问道："曾总，你在听我说话吗？金社长说，除了付款方式外，其他条款你都可以修改。"

"在听，不过，你们提货后如果不及时付款怎么办？"曾昭英坦诚地讲出了自己的担忧。

"您是担心这个？"电话那头传来了李都燕爽朗的笑声，"不会的，做生意讲究的就是两个字'诚信'，你到大邱来打听一下，我们天丽株式会社的信誉。"

"不是我不相信金东勋先生，而是我公司没有做过 COD 方式。"

"你的意思是？"李都燕反问道。

"交单付款。"曾昭英鼓起勇气，说出了自己的要求。

"这事我做不了主……你不了解金社长的性格。"

"尽量争取嘛，不然，这个活我们也无法接呀。"

李都燕听完，什么也没有说，随即挂了电话。办公室里顿时死一样地沉默。

曾昭英满怀期待，就因付款条件的无法把控而几乎谈崩。他有些后悔话说得太直接，试想，纵然自己不接受这个条件，长沙又不是只有一家东城湘绣厂，还有其他的湘绣厂也会接活，如果沙岭湘绣厂能够接受这种付款方式呢？岂不是弄个鸡飞蛋打，自己千辛万苦揽来的生意拱手让人？此时他才明白父亲说过"十年方磨就一个买卖人"那句话的深刻含意，生意的成功与否，实际就是智慧的较量，意志的磨炼，得失都不必太在意。几天来，他一直怅然若失。几次拿起电话，试图给李都燕作个解释，但电话那头每次传出的都是忙音。

曾昭英的心像悬在井口的桶——四不着边。正在他焦虑不安的时候，罗汉斌风风火火地闯了进来，兴冲冲地说："刚接银行通知，意大利一万双绣花拖鞋的'信用证'已经开过来了。"

喜讯传来，立即在东城湘绣厂引起了轰动，这不仅是一个有分量的大单，也是东城湘绣厂成立以来，第一次收到有分量的"信用证"。它缓解了曾昭英拒绝韩国天丽株式会社 COD 付款方式所带来的担忧与焦虑，也冲淡了东城湘绣厂员工对一万匹韩服的期待。绣花拖鞋对意大利的出口，既连接了一个新的湘绣产业链，更延续了曾氏家族早在百年之前进入意大利市场的故事。

早在刚接下意大利拖鞋订单时，曾昭英便听母亲焦菊香讲起过这事："意大利？当年，你祖父曾纪生参加意大利都灵国际博览会时，便听过意大利王妃对湘绣的赞美之词。是怎么说的？广智……"正在一旁喝茶的曾广智，一时答不上话来，他挠了挠脑袋："哦……是有这么回事。"

"哦……什么？"焦菊香不满地瞪了曾广智一眼。

"我想起来了，那位王妃名字叫'卡莱欧'，她当年的评价改变了世人对湘绣的印象。'中国绣'的名字，也就是在这一年传开的。"模糊的往事，如烟云般从曾广智口中流淌出来。

那还是19世纪末叶，曾家大屋的第二代传人曾纪生，在中国首次举办的南洋劝业会上，揽下了意大利议会会议厅订购的一批湘绣山水椅披订单，这批湘绣椅披进入意大利后，不仅在议会厅引起巨大的轰动效应，也引发了东方刺绣与欧洲十字绣的巨大争议。时隔十多年后，曾纪生再次带上家传湘绣藏品《荷鹤图》参加在意大利都灵举办的国际博览会，再次获奖。正是在这次都灵博览会上，当对刺绣有着较深造诣的意大利王妃卡莱欧拿出的欧洲"十字绣"《宁静庄园》，败给"中国绣"的湘绣《荷鹤图》时，人们才惊讶地发现，以布料经纬度为坐标而绣出来的欧洲"十字绣"虽然十分精美，但天外有天。当年大清国驻意大利商务参赞吴应乾便如是道："欧洲'十字绣'色泽单调，针法简单，而以'掺针'为代表的'中国绣'却是'针过不留迹，转色无接痕'，浓妆淡抹总相宜。也正因为欧洲'十字绣'与'中国绣'的巨大差异和'中国绣'的精湛绝伦，它才能在异国他乡经久流传。"

母亲讲述的故事，使曾昭英似乎有点明白过来，意大利客户为何特别青睐湘绣拖鞋。原来百年前的"中国绣"便深入到意大利的上层人物阶层，而且还是曾家大屋的湘绣。这就难怪湘绣拖鞋会受到意大利市场的欢迎。

不过，曾昭英心里也有数，远去的历史只是传说中的荣光，时代的变迁呼唤新的发展。湘绣从日用品起家，到登上官场皇宫大雅之堂，到如今市场经济重新回归，日用湘绣行销，虽然韩国湘绣服装大订单一波三折，至今还没有定准，但意大利双马公司的"信用证"，终于让曾昭英看到了东城湘绣厂发展的新曙光。

他告诉汪芝玲："要恢复中国绣在意大利市场的地位，我们就必须打好双马公司这一仗。你盘算一下绣花拖鞋样品的成本，利润空间，如果可行的话，我想更换这批合同面料，确保产品质量再上一个档次，让意大利市场的中国绣再现辉煌。"

"换什么面料?"汪芝玲问。

曾昭英略为思索了一下:"我想将素软缎更换为真丝加厚双绉的素绉缎。"

"我们签的合同样品面料是素软缎,如果改为素绉缎……"汪芝玲一边回复着曾昭英,一边拿出了计算器,迅速将两种用料的价格做了个比较,"用料成本要增加十倍,每双拖鞋成本要增加六元人民币,这可有点不划算。"

"凡事得从大处算账。"曾昭英自有一番思考,"我们改用了'双马'商标,双马公司不是增加了两美金吗?这两美金的利润空间填补更改面料成本是绰绰有余。"

"双方都已经签约,客户也认可素软缎,我们现在做小样时更改面料,'素软缎'与'素绉缎'虽然只是一字之差,你这一改我们就要贴本六万。"汪芝玲坚持着说。

"不是贴本,只是我们少赚六万元。"曾昭英纠正着说。

正巧,柳青从这里经过,听到了曾昭英与汪芝玲的对话,当即走了进来:"曾总,六万元对大企业不算什么,可对于我们这样的小公司,可是笔大数目呀。"他话锋一转:"何况我们这边少赚六万,双马公司还不一定会领这份情,国外公司会以为我们在其他程序上偷工减料了。"

曾昭英嘿嘿一笑狡黠地说:"双马公司是否领情并不重要。市场是终端,它出二流的价格,我们提供一流的产品,路遥知马力,日久见人心,何愁双马公司的老板不领情?何况,我们的'中国绣'是百年后重返意大利,我不仅想改换面料,还想增加鞋面花形,利用双马公司这座桥梁,用产品质量扩展市场。"

"换了面料还要增加花形?"柳青肩头一耸,转头冲着汪芝玲做了个鬼脸,他对曾昭英如此决定更感到不可思议,"更改面料要增加成本,增加花形又要耗时费力,你觉得值得吗?如果是换成沙岭湘绣厂的杨玉泉,不偷工减料就谢天谢地了。"

"别人偷工减料我不管,我只凭本心去做。"曾昭英继续解释道,"鞋子好不好,只有脚知道,'素软缎'这种面料本身就是一种伪丝绸,表面丝光闪闪,实际没有一根真丝,全部都是化纤织物。不导汗不透气,多穿几次就会集味、臭脚。如果换成纯天然的真丝'素绉缎',不仅透气性强,柔软度好,而且没有任何化学成分,冬暖夏凉,对皮肤有保护作用。两种面料的拖鞋,顾客买的时候识不破,只要穿上几天就会感觉出来,一双高档绣花鞋就会变成'一次性'。"

柳青和汪芝玲被曾昭英说得心服口服。重新核算成本，采购新的面料，各自行动去了。

曾昭英的办公室又归平静，下班时间已经过去了半个小时，他刚刚关门准备回家，忽然听到电话铃声响不停。他只得又重新开门进办公室。

"喂，曾总吗？我是韩国的李都燕。金社长现在在四川成都，决定明天下午去你们公司，请问你会在长沙吗？"李都燕突然的来电，又燃起曾昭英对一万匹韩服的希望之火。

第二天下午五点多钟，从四川飞长沙的航班顺利降落。金东勋走出机场，见迎客的是辆开过多年、又小又旧的重庆长安微型面包车，与上次同朴太奎来长沙时迎客的奥迪100相比，甚是寒酸，迟疑着没有上车。曾昭英见状，立即解释道："金先生，上次我接您时的用车是三百元一天租来的。您如果不愿坐我开来的车，那我们先去候机厅喝杯咖啡，我帮您租辆车。"

不知道金先生是被曾昭英的诚实所感动，还是觉得自己入乡就得随俗，他掏出香烟慢慢地点燃，缓缓地深吸了一口，吐出一串长长的白雾，避开曾昭英的目光，望着远处的山岚，平静地说："走吧。"

金东勋上车后，曾昭英见大家都默不作声，为了打破这种沉闷的尴尬，他非常歉意地对翻译李都燕说："今天这车太差，委屈你们了，金先生好像不高兴吧？"

不待李都燕翻译，金东勋就打断曾昭英的话："开车别说话，下车后我安排时间与你说三十分钟！"

曾昭英弄了个没趣，不知道金东勋为什么总是怪怪的。车进入湘江宾馆后，柳青陪着客人到前台办理入住手续。

金东勋刚走进大堂，李都燕就向曾昭英解释说："金先生不是嫌这车差，而是嫌它太老，怀疑它这外壳像蛋壳一样脆弱的安全性能。要是有个什么差错，我们就回不了韩国了。"

"哈哈哈……不会有什么差错，这车我已经开了八年。"

李都燕立即讽刺着说："我知道你不会有差错。你没看到我们后座位下踏脚的地方都磨出了一个洞吗？车底下的马路都看得见，吓死人！"

"下次你们来长沙，我一定给你弄台奔驰。"一旁的柳青赶紧将话题岔开，领着金东勋与李都燕走向前台，随后对曾昭英说，"老板，你先去餐厅喝茶，我送金先生上楼后再来餐厅点菜，我们在楼下等他们吃饭。"

曾昭英在餐厅点了一杯"湘波绿"绿茶，心里总像有什么东西堵得慌，觉得自己今天用这二手微型车接待外国客户确实有些寒酸。他想等意大利一万双绣花拖鞋交货后，第一件事就是要换一台全新的"五菱"面包车，既能运货又可以接人。如果做好金先生的这一万匹刺绣韩服，赚钱后也许可以买台奥迪，免得客户到机场后，假装看一番风景，犹豫一阵后再上车。这样的场景想想都尴尬。

曾昭英浮想联翩，不知不觉过去了半个小时。金东勋与李都燕缓步进入餐厅，一落座便直奔主题："曾总，我告诉你，我们是来料加工。首先是我们信任你，先发给你丝绸面料，我们提货付款，天经地义的事。你怎么反过来要求我们付款提货？而且合同上不是明确说明分批发运、分批付款吗？最后一次是款到货清。我们与四川新都刺绣厂都是这么结算的，如果不是四川刺绣生产量太小，不是香港朴太奎先生极力推荐，我还不会来长沙呢。我不知道你有什么好担心的？如果你们真的不愿采用 COD 方式结算，那我们也只好另起炉灶了。"

不知道什么原因，曾昭英总觉得金东勋没有上次来长沙时和蔼可亲。这话里既有对东城湘绣厂的信任也夹杂着威胁。曾昭英开始还只担心沙岭湘绣厂抢去这笔生意，现在听金东勋这么一说，他立即明白从四川到江苏，蜀绣与苏绣都是湖南湘绣在国际市场的竞争对手。现在东城湘绣厂是"人穷颜值低，做客坐偏椅"。他不敢轻易说出"不"字，只得连声说："金先生有丝绸面料作抵押，采用 COD 方式，我没有什么可担心的。只是……"

"只是什么？"金东勋见曾昭英说话吞吞吐吐，脱口追问道。

"我们应该是'来料加工'，您为什么要'各作各价'呢？"曾昭英觉得这似乎有点画蛇添足。

"'各作各价'，就是我们天丽株式会社的来料，你以进口方式购料报关，刺绣完毕又以面料加刺绣的总价出口。"金东勋解释说。

"这不就是'进料加工'吗？"曾昭英更加感到不可思议。

李都燕插话说："你可以这么理解。"

曾昭英知道，改革开放之初，中国的外汇储备十分有限。别说是内陆地区湖南，就是深圳、珠海等沿海经济特区，政府都是鼓励"来料加工"，根本不可能动用外汇去进口韩国丝绸，搞"进料加工"，即使国家允许，东城湘绣厂也没有这个实力。于是他无可奈何地摇着头说:"别说一万匹真丝韩服布料,就是我把东城湘绣厂卖了,也付不起您金先生一万匹真丝韩服布料款。"

双方都陷入沉默。老到的金东勋慢慢地喝了一口咖啡:"其实,我也不一定要你全部兑付面料款。只要将前面两三笔款理顺了,后面就不会有问题。"

"问题是我第一笔进料款都无法付,按照我公司现在的实际情况,只能做'来料加工'。"曾昭英坚持着说。

"合同必须是'各作各价'。我们可以分开操作。我在韩国以你方'进料加工'作报关出口,你仍可以'各作各价'的来料加工方式办理进关手续。最大的障碍就是第一笔一千匹四万二千米真丝面料款,二十五万美元由谁来支付。你公司如果确实有困难,我可事先通过香港朴太奎先生的公司给你垫付第一笔进料款。不过你公司收到朴先生公司的汇款后,必须从东城湘绣厂的账户以进口韩服面料的名义,汇到韩国天丽株式会社的账户。我收到你的韩服刺绣面料后,便会将二十五万美元的面料和该笔面料生产四万件刺绣韩服所需的十九万美元加工费,一次性给你汇回来。"金东勋启发着说。

曾昭英仍然有些不理解,将一个简单的"来料加工",做成"各作各价"的"进料加工",天下竟有这么做生意的? 究竟是为哪般!

金东勋似乎看出了曾昭英的疑惑,他开导着说:"做生意讲究的是诚信。我汇过来的面料款,在最后结账时,就抵扣你的加工费。目的是体现天丽公司在韩国银行进出口贸易额度,获得诚信经营的好评。"

听得金东勋如此一说,曾昭英突然明白了过来,这是一种基于诚信的生意。只是,家族中特有的经商本能,让他不得不筑一道防线。他思索了一下,试探性地对李都燕说:"你告诉金社长,我和金社长的英文水平都是一般,你方的这个英韩文合同版本我只是一知半解,因此我建议将合同条款全部改为中韩文对照,并在最后注明一条'本合同使用中、韩两种文字签订,只有中、韩两国文字意义完全一致时,才具有法律效力,任何第三种语言,都只能视作使用者的单方面行为'。"

听完曾昭英的这个特别建议,金东勋脸色有点变了,作为世界级的企业大老板,他还是第一次听到这样的条件。他默想了一下,这个特别建议看似唐突,其实也算合情合理。跟着,他的脸色晴朗了,表示完全可以接受。当晚双方即在长沙湘江宾馆签约,合同正式生效。

　　一周后，香港朴太奎的公司如期给东城湘绣厂汇来二十五万美元，汪芝玲从负责东城湘绣厂的财务工作以来，第一次看到如此大数目的一笔美元汇款，喜形于色。她转告了曾昭英，朴太奎在汇款时来电话说，金东勋很看重与我们东城湘绣厂的合作。据朴先生介绍，今年七月泰国爆发金融危机，天丽公司的丝绸产业受到很大波动。金东勋很想通过东城湘绣厂将全年生产的真丝面料，全部做成刺绣韩服，力图打一个翻身仗。因此，对刺绣画稿的质量要求很严，也曾难倒了不少广东粤绣和四川蜀绣企业。此次天丽株式会社虽然提供布料和绣花图案，但要求保证每批次加工的刺绣服装，绣花图案要完美一致，若有差错，就有退货的风险，这也是他在湖南东城湘绣厂坚持"各作各价"，向朴先生公司借钱，作为东城湘绣厂采购面料的预付款，也要按"进料加工"贸易原则执行的真实意图。

　　曾昭英闻言一笑："这个事情对于别人可能是难题，对于我们东城湘绣厂而言，不过是小菜一碟。"说完，他朝刚从广州回长沙的罗汉斌瞟了一眼。

　　罗汉斌自然知道内里的奥秘。他与曾昭英是一同从最具刺绣实力的宏兴湘绣厂出来的，而且在画稿设计室也浸染过几年，自然清楚宏兴厂有门独家秘笈，这门秘笈即使在湘绣行业中，也是门独特的技术。它一直是宏兴厂的镇厂法宝之一。这种独门绝技就是从芙蓉坊绣庄流传下来的针刺版印花术。在批量刺绣活上，不仅能够确保刺绣图稿质量，更能起到事半功倍的效果，只是那制版的原图，必须先要由优秀的画师来制作。

　　在"广交会"签订一万双意大利的绣花拖鞋后，曾昭英就决定要派人去桂东请回张子奇，现在又有四万件刺绣韩服的画稿要制版，对东城湘绣厂无疑是一个巨大的压力。他决定将请回张子奇的任务交给罗汉斌。

　　罗汉斌心里有数，东城湘绣厂的设计制稿固然如鱼得水，达到目前湖南刺绣行业无人企及的高度，但如能得到张子奇的帮助，则能在制稿方面锦上添花，无惧韩国天丽公司对产品质量的挑剔。他更担心的问题还是生产上的事，这么大的刺绣量，上哪儿去解决绣工难题？他告诉曾昭英："目前东城县约有一万五千名熟练刺绣工人，为了赶绣意大利的拖鞋，占去近一半绣娘，这第一批四万件韩服，要在一个月内完成，缺口绣娘近三千人。如何突破这个绣娘缺口的瓶颈？办法有两个：一是提高工价，鼓励绣娘加班加点；二是向长沙市周边地域发展，培训新的绣工。"

汪芝玲对数字特别敏感，她一听要提高绣工单价，立即反对道："你主管生产，只知道绣工是制约生产的最大瓶颈，可你提高工价，虽然能促进绣工的积极性，但企业的利润怎么保障？"

柳青辩解道："你知道资金在流动中增值，适度提高绣工单价，调动她们的生产积极性加班加点，缩短产品生产周期。这实质就是在同一个时间段，加速了流动资金周转，做到绣工与企业两受益。"

听着他们的争论，曾昭英心里很是为难。说实话，他一个做企业的人，怎么会不知道流动资金的周转频率与产品收益成正比呢？现在一万双绣花拖鞋至少需要五十万元周转资金，而四万件刺绣韩服那笔更大的周转资金又从哪里来？同时，他也不赞成给绣工涨单价，担心此口子一开，大家为了抢占绣工资源，相互攀比工价，轮番上涨，岂不是让企业难以为继？

待他们离开后，曾昭英隐隐约约地感觉到，这两个金光闪闪的大订单，给东城湘绣厂带来的似乎不是福音，而是新的麻烦：从画稿到绣工，再到周转资金，这是摆在东城湘绣厂前面的三座大山，要攀登每一座都不是那么容易的事，尤其是资金周转这座山更是险峻。以前如果订单量不大，资金之事这里挪挪那里借借，问题也就解决了，可这次却是上百万资金，哪里能腾挪得出来？说心里话，他很想将这二十五万美元晚一点汇往韩国天丽公司，有了这笔资金搭个桥，企业的运转也就活了起来。不过，他还是放弃了这个想法，自早几天收到朴先生这笔资金后，韩国天丽公司的李都燕一连来了三次电话。出于多种考虑，曾氏家族做生意的本能终于战胜了挪用天丽公司资金的想法，曾昭英吩咐汪芝玲必须在下班前将这笔资金汇往韩国。

做生意有点像打仗，要有点战略眼光。果不其然，金东勋在收到东城湘绣厂汇回来的二十五万美元后，第二天便将第一批一千匹、约四万件刺绣韩服真丝布料发运到长沙。

瞧着这批堆积如山的一箱箱韩国进口真丝绸缎，柳青一边指挥工人搬运着货箱，一边感叹万分："这个韩国金先生到底是做大生意的，为了讲规矩，守信用，本来可以来料加工的生意，非要自己预先垫汇布料款过来，做成'进料加工'。这种外婆送亲多一礼的买卖，也不怕我们黑了他。"

"这种方式在我们看来是多余，在韩国也许是最有利。人家讲的是规矩。"一旁站着的罗汉斌心里也是震惊不已。不过，他到底是跟着曾昭英在潇湘工艺美术集团待过的人，知道有多种国际贸易付款方式，也因各国对进出口贸易的管理方法不同，商家可以选择最有利于自己的生意模式。他训斥道："人家凭诚信做生意，才能将生意做遍天下。你当是提篮、挑箩做点小买卖？便宜了几分钱便屁颠屁颠地高兴。好了，快点干活。"说着，他自己也扛起一个货包，一步一抖地走上搭在汽车上的跳板。

预付面料款、五光十色的韩服真丝面料，让无数的人啧啧称奇。"东城湘绣厂傍上了韩国大款"的消息，一时间在长沙湘绣行业迅速传开。此时，尽管新生的东城湘绣厂，压根儿掏不出这四万件刺绣韩服的周转资金，但东城湘绣厂接下的订单、运来的韩服真丝面料，却让人们看到了东城湘绣厂的希望，引起了那些风头正劲却没有产品销售通道的乡镇企业的关注。东城县水渡河区公所乡镇企业办主任主动找他合作，曾昭英因势利导，向区企业办主动提出以区公所名义，聘请原宏兴湘绣厂水渡河收发站负责人、现已辞职回乡担任村妇女主任的春芳嫂，为东城湘绣厂水渡河收发站负责人，负责东城湘绣厂在水渡河地区全部湘绣产品的投放与回收任务，实行按月结账，由东城湘绣厂向区企业办水渡河湘绣收发站，按绣工工资总额支付百分之十的组织辅导费。这个协议一个最大的好处，就是缓解了东城湘绣厂一个月绣工周转资金的压力。

合作协议签字的第三天，东城水渡河收发站。一栋青砖瓦屋二层农舍小楼内，近三百平方米的院子里，上百号绣工正围坐在楼上与楼下两个大厅的刺绣绷前。春芳嫂一边在梭花绷间抽查着绣花质量，一边朝绣工吆喝着："大家上心点啊！这是曾老板从韩国进口的丝绸面料，你们的针法线路一定不能出错，给曾老板丢了面子啊！"

因为这是一单大活，熟悉刺绣技艺的刘健萍检查得很仔细，从针路到线色，无不琢磨再三。良久，刘健萍搁下手中检查过的绣花产品，满脸带笑，显然对绣花件的质量很满意："春芳嫂，辛苦你啦！"

"瞧你说的什么话？当年要不是你家曾总照顾我们……哎，别说啦。我早就对曾主任……哦！对，曾老板说过，刘家绣点站绝不会散的。"春芳嫂神气地拍拍胸脯道，"你就对曾老板说，请他放心，我们保证按质量按工期完成这批货。"

"谢谢了！我还要到另外几个绣点站去看看。"刘健萍握住春芳嫂的手，道了声谢，离开了水渡河绣花站。

一个月后，由春芳嫂向绣娘开出"收花欠款"白纸条后，东城湘绣厂没花一分钱周转资金，将第一批四万件刺绣韩服全部加工收回进厂。曾昭英立即报关发往韩国天丽株式会社，同时将海关报关单、装箱单、发票、航运公司的运单电传给韩国天丽株式会社。

第三天，对方就将四万件刺绣韩服的二十五万美元布料款及十九万美元的加工费，合计四十四万美元，如数打到了东城湘绣厂。曾昭英凝视着汪芝玲从银行取回来的韩国电汇货款的回单，心中涌起一阵狂喜，喜形于色地对汪芝玲说："韩国人真是守信，我们发给韩国天丽公司的货，估计还在上海去韩国仁川港的海洋上，加工费及布料款就全部付清，还预付了部分后期的加工费。"

第二天，又有更好的消息传来，韩国天丽株式会社的第二批九千匹、三十六万件的韩服真丝面料发货装箱单，又从东城湘绣厂的传真机里吐了出来。

曾昭英不是个爱做梦的人，如此大的刺绣生产订单，是湘绣行业从来没有过的事。尤其是韩国天丽公司进料加工的垫付，以及发运的上万匹真丝绸缎，更是超出了他原来的设想，让他见识了国际公司做生意的那种大气魄，这就催生了他要将东城湘绣厂做大做强的梦想。曾昭英似乎从这里感觉到，这是改革开放给中国带来的巨大变化。如果他的判断准确，这将是一个千载难逢的好时机，谁能抓住这个机遇，人生的蓝图也许会辉煌无限。正是依着这个判断，他心里默划了一个宏大的计划：他要拼尽全力完成韩国天丽株式会社万匹刺绣面料的订单，使东城湘绣厂在一年跃上年产值过亿的企业平台，让东城湘绣的产品走出湖南，走向世界，真正实现祖辈"绣传天下"的宏图大志。

然而让曾昭英始料未及的是，韩国天丽株式会社第二批面料发运后，立即要求东城公司将所收的第一批面料及加工费共四十四万美元汇款全部返回天丽株式会社，抵作第二批面料款。

韩国天丽株式会社的此举，立即遭到柳青的反对。他告诫曾昭英："现在意大利一万双绣花拖鞋的绣花鞋面正处在回收阶段，急需大量的现金承付绣工工资。春芳嫂开出去的韩服加工费'白条'如果不及时兑现，整个东城湘绣厂就会崩盘。"

曾昭英觉得柳青的观点很有道理，只是总感觉少了一点什么东西。他非常期待地望着柳青："你觉得现在应该怎么办？"

"借鸡生蛋。"柳青不动声色地说。

汪芝玲打断柳青的话："你这借鸡生蛋是什么意思？"

柳青转头望着汪芝玲诡异地一笑说："扣留这笔返还款。你是学财务的，知道一个企业的发展，首先必须从流动资产和流动负债两个方面来加以考虑。根据我的观察，如果合理配置资金，加快流动周期，减少负债，可以使营运资金与效益起到事半功倍的作用。金东勋汇过来的四十四万美元中，有二十五万美元是面料款，我们扣押一个月再汇出去，不仅可以还清水渡河绣站春芳嫂拖欠的绣娘工资，还可以支付意大利的拖鞋绣花款，我们只要拿到发往意大利拖鞋的装船单，凭信用证向银行收回拖鞋款后，再还给韩国天丽公司，我们的资金周转就解决了。这叫'一粒胡椒转口气'。"

曾昭英明白如果挪用金东勋这二十五万美元的面料返还款，东城湘绣厂的资金压力是解决了，但韩国天丽株式会社怎么想呢？而且对方是要求四十四万美元全返哩，如果扣留对方的二十五万，似乎有点说不出口。

曾昭英沉默了好久，为了不失去金东勋这个难得的大客户，最后态度坚决地对汪芝玲说："柳青这'借鸡生蛋'有点说不过去。为了确保东城湘绣厂在水渡河绣站的信誉，也是为了确保第二批韩服的顺利投产和回收，你告诉李都燕，由于我们东城湘绣厂家底薄，韩服面料款只能返款十万美元，另外的十五万美元必须用于支付工厂所拖欠的农村绣娘工资，否则第二批四万件刺绣韩服就很难保证按期收回。"

这个冒昧的建议能否被金东勋接受，牵涉到东城湘绣厂的未来发展。

在韩国首尔，金东勋接到李都燕的报告，并没有坚持非要返回面料等款四十四万美元。作为一个久在世界贸易圈里混的商人，他心里有数，世界上的事只能顺其自然，尤其是生意，两情愉悦才能长远。他非常大度地对李都燕说："你转告曾昭英少返十五万美元也行，只是要他尽快完成第二批四万件韩服的刺绣任务。中国人不是常说'速度就是效益，时间就是金钱'吗？"

曾昭英的提议获得金东勋的首肯，东城湘绣厂立即照银行当日 1∶8.39 牌价汇率将十五万美元，兑换成一百二十多万人民币，将一百万元付给水渡河等绣站作为发放赊欠的绣娘的工资，另二十万元作为交纳意大利绣花拖鞋面料款。

有钱能使鬼推磨，"白条"的兑现，充分调动了绣工的积极性。春芳嫂的水渡河绣站收到一百万元绣娘工资如获至宝，立即承兑所有绣娘手里的"白条"。

春芳嫂也算了一笔账，一个月时间完成刺绣一万二千多件。除去绣娘工资，水渡河绣站三个工作人员工资及房租、水电、日常开支，尚结余近十万元。利润的刺激更加促进了她对刺绣韩服投入的积极性，为了开疆拓土、抢占更多的绣工市场，她花一万元买了一辆二手长安牌小面包车，每天早晨安排好绣站的工作后，便雇请了一个小青年每天驾驶着那面包车来回往返于偏乡僻壤之间送绣货上门。为了免除别人对她打"白条"的担心，她特意编了一首《白条》儿歌，让那小青年司机走到哪儿，唱到哪儿：

> 瓦丹花，
>
> 红辣辣……
>
> 天上落雨地打滑！
>
> 昨日绣花打白条，
>
> 今天兑现发票子。
>
> 女连裙，
>
> 男大褂……
>
> 少打麻将多绣花！
>
> 一针一线都是钱，
>
> 换来柴米酱醋茶……

由于大量意大利拖鞋投放早已挤占了长沙附近的十余个乡镇绣工资源，第二批四万件韩服刺绣更是需要数万名绣工，一时间，绣工荒成了东城湘绣厂巨大的压力，扩大绣站成了东城湘绣厂的当务之急。随着第二批韩服来料的生产任务陆续铺排开来，罗汉斌为了给春芳嫂加码，冲着曾昭英说："曾总，今天晚上我通知王朝凤加班印花，明天早晨让柳青送一趟布料去水渡河绣庄。"

曾昭英望了罗汉斌一眼，吩咐道："水渡河的布料，你告诉春芳嫂自己派人来拿。你明天去铜官、桥驿跑一趟。"

罗汉斌愣了一下："干什么？"

曾昭英从口袋里拿出一张纸递过去解释说："昨天，金东勋对我们返回第二批韩服布料二十五万美元的货款表示理解，现在韩国已进入韩服的旺销期，他希望我们将第二批四万件刺绣韩服布料一次性交完。因此，我们不能放弃任何一个绣区。明天你去这两个地方，复制水渡河模式，再发展两个韩服刺绣站。"

罗汉斌拿过单子扫了一眼，心里有点不以为然地说："老板，公司的生意近期做不赢，铜官与桥驿是宏兴湘绣厂的根据地，只要有充足的资金，我们抢占那里的绣工易如反掌。沙岭是投放韩国刺绣服装的好地方，我计划明天到那里跑一跑。"

"沙岭当然是我们不能放弃的一个阵地，柳青在那里有基础，还是让他去发展。你的主要精力放在铜官与桥驿。"

"好吧。"罗汉斌望了望曾昭英，见他是认真的，满口应承了下来，转脸对汪芝玲说，"如今的改革开放，有钱才会有动力。财务室只要按时把金东勋的加工费结回来，绣工没有加工费的后顾之忧，铜官、桥骄的韩服收发、投放我负责！"

说实话，拓展市场，抢占先机，这是曾昭英由来已久的想法，只是一直受制于资金压力，在拓展绣工资源范围上伸展不开手脚，直到与水渡河结缘，才让他茅塞顿开。他要利用同一方法抢占铜官、桥驿的绣工市场，目标是一个月内完成八万件刺绣韩服，争取用四个月时间全部完成天丽株式会社的来料刺绣。

近段时间以来，曾昭英虽然累得筋疲力尽，但内心却充满动力。自从广州的"广交会"，接下出口意大利拖鞋的第一笔订单，如今韩国天丽株式会社的万匹刺绣韩服又正式签约，进而东城湘绣厂几个绣站的建立，他的湘绣产业如同"芝麻开花节节高"。

曾昭英踌躇满志，他要集中力量调动一切资金，把韩国天丽株式会社万匹刺绣韩服尽快完成，他暗自算了一笔账：一万匹韩服刺绣布料，可生产四十万件刺绣韩服，每件按人民币二百元计算，仅刺绣加工费一项就是八千万，即使只以百分之十的利润计算，公司也可盈利人民币近千万元。

这是一笔多大的生意呀，这笔生意一旦成功了，他所有的刺绣产业将不愁资金之事啦，尽可将拖鞋、手袋、韩国刺绣服装等各类湘绣制品，每个产品都建立一个独立的公司，到时候再从资金、人才、生产模式的发展上来一个全方位的大调度，联合组成一个国际集团……

曾昭英想入非非，可谓算计得滴水不漏。然而，他忽略了一点，他的如意盘算完全是建立在金东勋的个人诚信上。他没有往深处想：韩国刺绣市场有多大，四十万件韩服韩国天丽株式会社要销售多久？

第十四章　时差

　　祸兮福所倚，福兮祸所伏，曾昭英怎么也没有想到，这个给他带来"湘绣王"之梦的韩国大订单，竟然会让他陷入资金短缺的水深火热之中，使得他人生之路噩梦连连：绣女加工费、原材料欠款、银行贷款……像一座座山似的压在他的头上。

　　就在曾昭英对与金东勋的合作想入非非之际，第二批刺绣韩服交货提货单邮寄给了对方十多天，仍然没有收到对方汇来的货款。按照正常的船期推算，天丽公司应该早已收到了这批刺绣韩服。也许是家族的遗传所致，曾昭英与人打交道，从来都是将对方往好处想，他觉得这可能是天丽株式会社在某个环节上有了疏忽，又或是手头一时紧，资金腾挪不开。可眼瞧着时间一天天过去，第二批加工费十多万美元仍然没有汇过来时，公司财务人员心里有点慌了，急急忙忙地跑来告诉曾昭英："曾总，这次天丽公司的付款大概会有问题了。"

　　曾昭英仍然没有太当回事，做生意嘛，谁还没有个头疼脑热感冒的，遇上点风吹草动就疑神疑鬼，那还让人做不做生意啦。不过，由于这笔加工费事涉他拓展规划的下一步棋，他还是安排柳青到工艺美术大学外语系联系好李雨馨老师当翻译，准备打电话催问对方货款之事。

　　当柳青带着李雨馨来到公司，恰巧，汪芝玲也刚刚收到天丽株式会社发来的汇款传真。李雨馨看罢传真上的日期，笑盈盈地告诉曾昭英："货款已在三天前即汇出，你们可以到银行去查询看是否到账。"

听到李雨馨的话，曾昭英不由得自负地笑笑，随即吩咐汪芝玲打电话与银行落实一下情况。尽管他相信韩国天丽公司的信誉，但板上钉钉子的事，仍然需要护护铆，这是他曾家祖传的经商秘诀。

汪芝玲还未离开，韩国天丽株式会社李都燕的电话就打过来了。她告诉曾昭英，公司正在东南亚国家扩展刺绣服装业务，金董事长每天飞来飞去的，忙得在公司落座的时间都没有，金董事长刚刚从日本打来电话，要他通知曾昭英，要求尽快将第二批后续价值二十五万美元的真丝刺绣睡衣，迅速发往韩国。同时天丽株式会社还传真发来了第三批一万匹面料的货单。李都燕告诉曾昭英："金董事长说了，为了减少汇款手续的烦琐，准备两批费用一起结算，待第三批刺绣睡衣装船单传真到韩国后，立即付款。"

"第三批订单？"听了韩国天丽公司李都燕的电话，曾昭英似乎有点不相信自己的耳朵，第二批绣品刚刚交付部分，这第三批的订单又接踵而来。他在这么多年的湘绣行业摸爬滚打中，还是第一次经历订单一个接一个地来，难道真的如同老话说的：人的运气来了，门板都挡不住？他对此情况又是高兴，又是担忧。高兴的是，刺绣服装加工的业务扩大了，赚取的利润就更大了，自己公司经营的湘绣影响力也就更大了。担忧的是，随着业务量的增长，资金周转方面却是有点不灵了，原先他想借助韩国天丽公司加工费扩大销售渠道的宏大规划恐怕得泡汤了，他得另外设法寻找资金来解决原材料的事。

眼下收到的第一批十五万美元货款全部发放了所欠的绣工加工费款。为了不影响第三批交付订单的资金周转，曾昭英决定压缩所有其他国内客户订货的原材料购买计划，还有北京、上海、广州、武汉四地先期已发出的湘绣销售商场该结的货款，全部先催结回来。然而，这些资金对于一万匹布料加工所需的费用仍有较大缺口。思考良久的他冒险做出一个大胆决定，将汪芝玲准备归还建设银行的二十万元贷款，用于购买第三批订单的绣线款。此时他将自己所能调动的资金全部砸了出去，其目的就是确保二十五万美元的韩国加工睡衣能按时出货。

面对接二连三新来的加工订单，曾昭英和刘健萍采取了各种紧急措施。曾昭英联系了几家实力雄厚、技术力量较强的湘绣厂家，分给了他们一部分刺绣加工业务，刘健萍在各绣点站增加招聘绣工外，还派出技术员到附近的乡镇，增设了几个新的绣点站，加快生产速度。

几个月后，第三批一万匹刺绣服装布料又如期装箱，通过海关运往韩国汉城的口岸码头。与此同时，有关船务公司的货运发票、工厂装箱单、报关单，以及一封"货已发出"的传真，也从中国东城湘绣厂发到了韩国大邱的天丽株式会社。

在韩国天丽株式会社，董事长金东勋阴沉着脸，对捏着电传纸站在面前的李都燕说："你告诉财务部，我已给中国曾昭英发出了货款已汇出的传真。不管他们用什么办法，明天必须凑齐这笔加工费，实在没办法，哪怕是将我现在所住的豪宅抵押给大韩进出口银行，也要给东城湘绣厂把两次的加工费电汇过去。"

而此刻在中国的曾昭英，已是心急如焚。这次第三批刺绣服装一发运，他便亲笔书写了"货已发出"，并郑重地签了自己的姓名，以期引起韩国天丽公司的重视。因为，他已退无可退，必须依靠这笔韩国的加工费来救命，救企业的命，也圆自己做大湘绣的梦。

正在曾昭英为韩国加工费之事，在办公室里如热锅上的蚂蚁般来回走动之时，办公室的门开了，柳青兴奋地走了进来："韩国金东勋货款到账了。"

"多少？"

"三十万美元。"

精于心算的曾昭英脑海里迅速盘算了一下：两笔加工费共三十八万美元，那么还有八万美元的尾款没来。不过，他没有问，斤斤计较不是他的习惯，何况，"人情留一线，日后好相见"，只要日后多来订单，这点小事几乎可以不计较。而在目前，三十万美元足有二百多万元人民币，解决眼下还银行贷款、销售点租赁款、绣工们的工钱等燃眉之急事务，已是绰绰有余。

随着这笔三十万美元货款的到来，"湘绣王"的雏形渐渐在曾昭英的眼前铺展了开来：参加"深交会"的打来长途电话，意大利客商要求续订绣花拖鞋，这次的订单是第一次的两倍——两万双；北京销售点的临时负责人来电话，说是试销刺绣商品刚一摆开，土耳其客商要求订购一批绣花丝巾；上海方面也传来喜讯，日本一家公司要求订制一批刺绣校服……曾昭英面对应接不暇的业务订单。就在此时，一声"嘀嗒"声响，传真机里吐出几张从韩国天丽株式会社发来的传真。这份传真是用韩文写就，曾昭英并不知道传真的内容，但他本能地感觉到，肯定是要货订单。

果不其然，柳青拿到湖南工艺美术大学，很快就翻译出结果，这是又一批刺绣服装订单，货值二百多万美元。

天呀！曾昭英心里暗自庆幸当时没有与天丽公司斤斤计较，纠缠于前两批刺绣服装的延迟付款和尾款之中。如今，韩国天丽公司一个订单比一个订单大，就像挖到了一口高产油井，钱咕噜咕噜冒了出来。他立即吩咐柳青迅速预订这批刺绣服装所需的原材料。

自从接到第四批韩服订单，曾昭英的公司和所属的东城湘绣厂，从上到下喜不自禁，以更加饱满的热情投入赶绣韩服的任务中。此时，曾昭英最压头的还是韩服的画稿设计。

"丁零零"，一阵急促的手机铃声响了起来，将曾昭英从沉睡中惊醒。他闻声抬起头来，才发现自己不知何时伏在办公桌上睡着了。他揉搓了一下眼睛，拿起手机接听起来。

电话是前往桂东寻找画师张子奇的罗汉斌打来的，他告诉曾昭英，张画师仍然没有找到，他问遍了左邻右舍，都不知道画师到哪里云游去了。

这已是他第三次派人前往桂东寻找张大师了，而这次派的是自己最得力的助手罗汉斌。如果连他都碰了壁，那就不用再找人尝试了，看来，找张子奇来帮忙的事恐怕会是水中捞月啦。在他的心里，其实还有另一层思考，就是也想帮帮这位自己所敬仰的画坛老前辈，当年那幅出神入化的《飞鸟图》，给他留下的印象太深了，这么多年了，仍然记忆犹新。这么一位难得的天才画师，却埋没在大山之中，太可惜了。

就在曾昭英无限惋惜之时，当年跟随伯父曾广涛跑到台湾的堂叔曾广梅，穿着一身极其讲究的刺绣汉装，在台北的一栋别墅的画室里怡然自得地看书。夫人推门而入提醒道："你该走了！"

也许是老天怜人，这天，正好是中国岭南画院到台北来办画展的开幕式，曾广梅应邀出席。他出乎意料地发现有一位桂东县籍政协委员，带来的十几幅署名为"聋子"的中国画令人耳目一新。他那浓郁气息的山野画风，那生气灵动的百鸟图，那迷茫的荒野透出一股灵气，让人感受到中国民族文化特有的朦胧味。在几百幅参展品中，唯有这位名不见经传的"聋子"参展的十几幅作品引起了轰动，仅仅展出了一个上午，其作品即全部被人抢购一空。其中一张《山鸡》国画，因乡情清隽、画面灵动，而勾起曾广梅深埋心底的缕缕乡愁。他非常想买下这幅画，以示对这幅来自故乡作品的支持，不想由于该画功底深而又价廉，画展开幕式还没有结束，该画即以高出原标的十倍的价格被一个叫何龙霖的人订购走了。

惦记，就是一种难以忘却的纪念。《山鸡》画转化为曾广梅的乡愁。他忽然思念起了老家的那人、那物、那事、那山、那水，还有那房前屋后的泥巴、啄草的鸡群……

他放下手中那本《老人与海》，拿起了电话："昭英吗？我是曾广梅呀，今天上午参加了一个画展，你们桂东县有个名为'聋子'的画家展出了一幅名曰《山鸡》的国画，与苏绣的经典作品《故乡》，有异曲同工之妙。你们能否帮我绣一幅《山鸡》……"

曾广梅的话说得挺淡，但曾昭英却听得明白，这就是吩咐。作为长一辈人说出的话，是不好打折扣的。

曾昭英放下话筒，脑海里反复冒出了"桂东"一词。这不仅是一个熟悉的县名，还与他在此地反复地要寻找的一个人有关。他将电话内容告诉汪芝玲后，轻声地嘀咕道："桂东的'聋子'那不是张子奇吗？"

那边的曾昭英在念叨张子奇的《山鸡》画作，怎么会在台湾参展之际，这边正在家里的刘健萍没来由地连着打了几个喷嚏。在曾昭英回家后，她悄悄告诉曾昭英一个消息："肖若云所在的潇湘研究设计院改制，肖若云现已赋闲在家待业。实际就是失业了，向我打听东城湘绣厂是否需要设计人员。"

曾昭英心里暗自庆幸，但嘴上却说："这事由你决定。"刘健萍也没多说，她知道怎么做，这也许就是夫妻间的默契。

中国的湘绣老板曾昭英这边为赶制韩服忙得热火朝天，韩国天丽株式会社却陷入不能自拔的经济纠纷漩涡之中。事情的起因还是金东勋过于自信，他设计的丝绸、刺绣服装项目摊子铺得过大，以至于拥有庞大资金后盾的天丽株式会社，如今资金却是捉襟见肘。他拼命地拆东墙补西墙，却仍是无济于事。首先是泰国的一百万美元欠款因对方公司倒闭而无法收回，接着马来西亚、中国香港等市场产品滞销而纷纷退货。前段时间，为了给曾昭英兑付第三批加工费，金东勋将自己的住房都抵押给银行了，现在拿什么来支付迫在眉睫的曾昭英那三十八万美元货款呢？

韩国天丽株式会社董事长办公室里，金东勋面色凝重地搁下手中的茶盏，拿起打火机点燃了叼在嘴上早已熄灭了的白色女式香烟。在吐出的一轮轮烟圈中，金东勋紧张地思索着："怎么办？怎样才能摆脱公司眼前的困境呢？"

其实，金东勋在中国找到曾昭英这样的刺绣加工合作者，公司经营前景呈现一片大好，可是他却因一时贪念，受泰国中间人的诱惑，将公司大批资金投资到泰国建立丝绸厂。不料，一场席卷全球的金融危机在泰国爆发，除投资血本无归外，且发往马来西亚以及泰国企业的真丝面料货款无法收回，更有少数欠款老板逃之夭夭，所有责任都落在了他的身上。眼下事情虽然经过努力大致摆平，但公司亏损巨大，如果不能及时揽到资金，公司的后果不堪设想……

这时，李都燕拿着曾昭英发来的"货已发出"的电报，走进办公室："老板，第四批中国湘绣服装已经报关启运了。曾昭英在询问货款，您看怎么办？"

"怎么办？"金东勋重重地把烟按在烟灰缸里，苦笑着道，"公司哪儿还有钱付给他？"

"老板，我想提醒您，中国的这位曾老板，现在是我们公司唯一的真心合作者，如果公司断了这笔生意……"李都燕抖了抖手中的电报，没有继续往下说，眼睛盯着金东勋，等待着他的决定。

"唉！"金东勋叹了口气道，"仅凭与曾老板湘绣生意的利润，也救不了天丽株式会社崩溃之急，眼下只有一条路，就是催促曾昭英尽量地多发货。拿他们的产品去融资，才能保证公司不致破产。"

李都燕眼珠子滴溜溜一转："我们不付款，曾昭英会发货吗？"

金东勋拉长了脸道："你必须想尽一切办法让他发货。"

李都燕眨了眨眼，一脸苦笑道："我有什么办法呀？"

金东勋的心弦猛然一颤，两眼顿时透出一道阴鸷的光芒，他狡黠地对李都燕说："你给曾昭英发个传真，告诉他三十八万美元我们在三天内付出，请他今天发货。"

"三天？我们哪儿来的钱啊！"李都燕一脸茫然。

金东勋没有吱声，他叫来株式会社一名财务人员，当着李都燕的面吩咐道："你去银行办理三十八万美元的银行承兑汇款单。"

那财务人员惊疑地对金东勋说："现在因欠费，运输公司都停止给我们到码头提货，三十八万美元从哪里来？"

"李都燕通知中国东城公司多发点货过来，我们做一个合同给大韩进出口银行，将应收账款作为抵押，钱不就转活了吗？"金东勋似乎胸有成竹地说。

李都燕终于明白老板打的什么主意。在这瞬息万变的市场上，老板能凭空筹集三十八万美元，她不得不佩服金东勋的机智和胆量。

"您是让我告诉曾昭英我们已经汇款？"李都燕问。

金东勋点点头道："马上打电话给曾老板，我明天给他再发一万匹真丝布料，希望他尽最大的努力，把现在已刺绣完的货全部发过来，货到后两笔账一起结算。"

李都燕为难地道："老板，这……"

金东勋躬起身，把嘴凑到李都燕耳边，轻轻地一阵耳语。

曾昭英没有千里眼，他看不到数千公里之外，泰国民众担心货币贬值而疯狂购物的反常举动，也没有顺风耳，听不到韩国天丽株式会社瞒天举贷的密谈。

一周后，曾昭英不仅收到一万匹真丝面料的提货单，第二天又收到韩国天丽株式会社三十八万美元的汇款传真。

此后，一连三天韩国的李都燕每天要打来两三个电话，都是催他要抢在销售旺季来临的黄金期供货，除了要求尽快将已经绣好的韩服发货过来外，还发出了价值十五万美元的第五批订单，同时还有原材料两万匹真丝面料正随后发运过来。对于这边询问的刺绣付款问题，李都燕回复得信誓旦旦，天丽只要收到装船提单，便立即汇款。

曾昭英接完电话后，心里暗自算了一笔账：三万匹韩服刺绣布料，可生产一百二十万件刺绣韩服，这又是好几年的生产任务呀。这真是一个财源滚滚的金矿！就冲着这个能长久合作的富矿，自己哪怕赴汤蹈火，也值了。

曾昭英督促公司所有的人早起晚归，车间装箱、站点催货、海关路单证，一连七天连轴转。在最短的时间，以最快的速度，也是出道以来，打出了最多的负债"白条"，终于在两周后凑足了已绣好的绣花韩服一万匹，整装待发。

瞧着仓库里堆得满满的绣花韩服，曾昭英喜不自禁，脑海里不由得盘算起这一大笔加工费的用途。正在他美梦连连之际，柳青一脸愁容悄然走了进来，悄悄地告诉曾昭英："曾总，运输上有了麻烦。"

曾昭英闻言一惊，满脸晴天瞬间转阴：我的个祖奶奶，这个节骨眼上可千万不能生变呀！制作这么多刺绣韩服千难万险都熬过来了，也就是说，他实现宏伟蓝图万事俱备，如果在运输上卡了壳，那可真的是"东风不与周郎便"呀。

　　还别说，曾昭英怕什么还真来了什么。原来这批刺绣韩服要运往韩国，先得由陆路运往上海出关，再由海船运往韩国。海运方面，上海船运代理公司因有上海外贸公司严经理担保，也是为了揽生意，他们同意采用"运费到付"模式，问题就出在陆路上。因东城湘绣公司在绣工中打出了太多的"白条"，也同时欠了汽车运输公司几次运费，汽车运输公司不干了，非要东城湘绣公司交清上两次长沙去上海的三万多元运费不可，否则，他们宁愿放弃这次运输。

　　这一迎头而来的闷棍敲在曾昭英的头上，实在有点蒙了，他心里反复盘算着，从哪里可以挤出三万多元结清这欠费。良久，他似乎想起了什么："柳青，香港劲龙公司上次从公司拿货的五万元收回来了吗？"

　　口齿一向伶俐的柳青，忽然像嘴里含了个枣，有点吞吞吐吐地说："好像……"

　　"不要好像，我要是或不是。"曾昭英有点急躁地抢白道。

　　"没，没到！"

　　"那银行里三十八万美元汇款到账了吗？"

　　"好像也没有。"

　　曾昭英没有留意柳青那有点迟疑的回答，他满脑子想的是如何不让这批货物卡在运输上。是啊，这三万多元钱放在平时，哪里不能腾挪出来？可公司为了加工这批刺绣韩服，所有能借到钱的地方，全都欠了账，再借恐怕非常非常困难了，但这一万匹刺绣韩服如果不能及时运到上海，误了去韩国的船期，公司又怎么向金东勋解释？而且，这大笔的欠债还等着回款来还哩，如果没有回款，其后果不堪设想……

　　瞧着曾昭英为难，一旁的汪芝玲不由得用手肘捅捅柳青，低声说："柳青，平常你不是牛×烘烘的，说这里有人、那里有关系的，怎么一到关键时刻就掉了链子？你也想个办法，出个主意。"

　　柳青的脸色变了几变，他没有急于说话，而是不紧不慢地掏出口袋里的香烟，点燃后深深地吸了一口："这样吧，我有一个同学在一家金融公司是做投资生意的，平时虽然与他往来不多，向他借三五万元应该没问题。只是你要确定借多长时间。"

　　"那我们就借半年吧！远约近还！"汪芝玲插话道。

　　"他们是按日计息，短期的息率是三分。借长了时间不合算！"柳青解释道。

汪芝玲心里一震，脸上露出恐怖的表情："那不是高利贷吗？这样的钱我们不能借！"

柳青自失地一笑，他心里有数，这个利息确实有点高，还有一些更出格的条件，他不敢在汪芝玲和曾昭英面前说出来，担心吓着他们。他抽了一阵烟，将手中的烟头重重地掐灭，说："如果在最近三至四天能还上款，我以私人名义去借，利息也不用公司承担。只是你们在三天后一定要将钱还给我。"

汪芝玲的思维还在高利贷圈圈里打旋："去年沙岭印染厂刘老板借了十万元高利贷，被逼得工厂都卖掉还了债。"

就在此时，曾昭英接到金东勋社长从韩国打来的电话，用中文说了一句"你好！我是韩国金东勋……"那边几句寒暄问候之后，电话便转给了李都燕。

"曾总，那三万匹面料收到了吗？"李都燕话锋一转，"现在韩国正是刺绣韩服的销售旺季，客户排队在我公司等货。你必须尽快将刺绣完工的布料全部发过来。你将船公司的货运提单发我，马上给你汇款……"

李都燕的一再催促，给了曾昭英巨大的压力，他心想：自己既然创造了中国现代刺绣史上的奇迹，在两个月时间内，分三批累计完成刺绣韩服四万匹，就不能让自己几个月花费的心血卡在这小小的运费上。他咬了咬牙对柳青说："三分的息，我们最多借十天'过桥'，金东勋的钱一到账，就还回去，利息的事由公司负责。"

汪芝玲仍然极力反对说："高利贷真的借不得……"

柳青不知出于什么原因，满口应承道："这也没有什么大不了的事，我以个人的名义先借七天'过桥'，这样既保证了今天能够准时发货，又不给公司添麻烦。"

尽管汪芝玲一百个不同意，为了将这批韩服按时发出去，作为公司老总的曾昭英，也只能硬着头皮默认柳青去借高利贷。

曾昭英心想，三天，只要三天，货就可以送到上海，一周内即可回款。"过桥"借款七天，应该没有风险。

第二天上午十点钟，柳青到市商业汽车队付清汽车运输欠款，几辆满载着一万匹刺绣韩服的汽车浩浩荡荡地从公司开出，驶向上海。

汽车一路疾驰。第三天，曾昭英得知发往上海的一万匹刺绣韩服，顺利到达上海吴淞口码头仓库。他如释重负，当即传真给金东勋。

在曾昭英的思考中，应该不出一周，公司就可拿回三十八万美元的加工费。一想到这笔即将到来的加工费，他心里感到前所未有的轻松。此时柳青也打来电话提醒曾昭英要准备归还那三万元高利贷借款。曾昭英搁下电话，立即安排财务室出纳前往银行，去查看韩国天丽株式会社的三十八万美元汇款是否到账。

不知何故，出纳员离开公司后，曾昭英记忆里突然浮现出自己与金东勋初次见面时，对方那副魂不守舍的眼神，他的内心涌起一阵不安的感觉。两个小时后，前往银行查账的出纳急匆匆地赶了回来，有些慌张地对曾昭英道："老板，汇款没有到账。"

曾昭英的心猛然一震，是对方银行没有将款转汇过来？还是银行在转账过程中弄错了账号？曾昭英随即拿着那张三十八万美元转账单的复印件，要汪芝玲与中国银行联系。一连三天的查询，始终没有查到该款到账信息。此时汪芝玲透露一个细节："由于此汇单全是韩文，我们到开户支行查询，只能查看我公司自己的账号是否收款。"

曾昭英人生还是第一次遇上这样奇葩的银行汇款，转汇的汇单都打印出来了，汇款却不见踪影。他心里顿时一惊，不由得问道："哪里才能寻找到汇款流动的真正信息？"

"银行里的人告诉我，要查清汇款在何处，只能通过中国银行湖南省分行与韩国方面的汇款银行联系。"

当中国银行湖南省分行将曾昭英提供的复印件传真给韩国汉城银行，要求对方确认时，对方的答复令中国银行大吃一惊。"这是一张委托汇款申请单。我行收单三十分钟后，委托人以提供单据有误为由，取消了该笔汇款。"

中国银行湖南省分行知道，这是原汇款人金东勋利用韩国当地银行与中国银行之间转账的时间差，玩了一个假转账汇款小把戏。也就是说，金东勋派人到银行办了保付申请手续，拿到保付承付回单后，便用传真机将汇款单传真给了曾昭英，然后又马上拿着汇款申请单，到银行申请撤销汇款，利用中国与韩国银行之间国际转账的"时差"，撤销了这份汇款申请单……

得知"汇款"真相后，罗汉斌气愤得直骂娘，会计更是要马上打电话去责问韩国天丽公司的李都燕，却被曾昭英一一拦住了。曾昭英的第六感告诉他，事情似乎没有这么简单，这不是电话所能解决的。在他的印象中，做国际生意的商人非常讲究信誉，视信誉为生命，而在多次交往中，金东勋似乎也不是那种言而无信的人，但金东勋既然敢玩出这样的障眼法，必定是天丽株式会社出了什么大问题，才导致金东勋走出了这步棋。

曾昭英最为担心的事情真的发生了，他控制住内心的强烈冲动。他想起了爷爷的一句口头禅"以不变应万变"，这也是母亲焦菊香常常说起的曾氏家族的"名言"。焦菊香每次说起这句口头禅时，都会给他讲一个市场化腐朽为神奇的生意故事。做生意的人最忌讳冲动，真正会做生意的人，就要善于运用以不变应万变的"太极拳"精髓。

曾昭英静下了心来。静心的人总是会有收获的，必须让对方先找上门来，这样自己才有讨价还价的余地。可是，对方凭什么会先找上门来？他突然想起了金东勋公司运来的价值百万元的面料，面料并未计算在加工费中，现在剩下的大部分面料还在自己的仓库里，到时候不愁金东勋不来算这笔账，眼下当务之急，是如何解决自己的资金问题。

"慌什么慌？"曾昭英沉静地对会计和有关人员交代道，"事情没有那么急，韩国天丽株式会社不是还有三万多匹面料在我们仓库里吗？你们算清账，如果金东勋的这些面料款远远多于我们的加工费，他们自然会找上门来的！各位先去忙自己的活。"

曾昭英的话虽然说得清淡，但他脑海里却是翻腾江水般地不平静：是啊，与外商打交道，怎么就没有想到接二连三地来订单，订单的背后却藏了这么大的陷阱？说实话，他之前不是没有疑惑，只是被之前的加工费用顺利结算冲昏了头脑，自以为挖到了一个大金矿。随着真假汇单的出现，金矿陡然变成了海市蜃楼，让人瞧得见，却摸不着。这一连串发生的事情，不分明是韩国天丽公司挖了个大陷阱，让他往里面跳？

岂能白吃这个亏？曾昭英心里愤愤不平，他决定在安排好了新订单生产后，亲自去趟韩国向金东勋讨债。

可是，让曾昭英万万没有想到的是，他还没有去韩国大使馆办签证，居然先收到了一份律师函。金东勋用假汇单骗取那十多万套刺绣韩服后，不仅没有付款，反而一纸诉状将东城公司起诉到了韩国汉城的京都法院。

这可真的是恶人先告状。如此一桩假汇票的事情，事实清楚，他曾昭英还没去找天丽算账，天丽反倒找上门来打官司，这是哪门子理？说真的，如果没有长沙潮宗街楠木厅与金东勋的偶遇，他曾昭英的东城公司，凭借"广交会"

意大利绣花拖鞋的订货，加上北京、上海、广州、武汉四个城市铺开的湘绣网点，一个颇为理想的"湘绣王国"，也许已经初具雏形，但天丽株式会社的十万匹韩服刺绣订单，却打乱了东城湘绣厂生产工作的节奏。事情发展到如今，弄得东城公司不仅四处欠债，陷入债务楚歌，还惹上一场"洋官司"。

对方公司委托美国艾利律师事务所一个名叫大卫的律师，给曾昭英发出了一份措辞非常严厉的律师函，并声称，如果东城公司不付款，他们将在全世界范围内采取追债行动，还扬言将对公司负责人采取限制措施。

金东勋将曾昭英告上了法庭，东城湘绣厂谁也不知道是什么原因。在那个年代，谁会去与国际贸易缔造者的美国律师去较量？遇到这种情况，中国的商人大多会息事宁人，退避三舍。

看到那封来自美国艾利律师事务所的咄咄逼人的律师函，罗汉斌表现出无比的愤怒，大骂道："这是'猪八戒使钉耙——倒打一耙'，这些商业流氓！"

曾昭英反复看了三遍那封言辞严厉的律师函，露出轻蔑的微笑："这是虚张声势的敲诈，没有什么可怕的。只是我原指望那三十八万美元的回款，现在恐怕是竹篮子挑水一场空了。"

罗汉斌从口袋里掏出一沓货单和发票，搁到办公桌上说："现在财务室不仅没钱进原材料，北京和上海几家大商场说我们供货不足导致营业额上不去，现已通知苏绣供应商，要求填补我们撤柜留下的空白。如果再打这场官司，可能输赢还没判下来，我们公司就被拖垮了，我的意见是不理睬它。"

"你不理他，现在人家是来诈你！如果法院听信一面之词来个缺席判决，岂不坐实了我们的欠债，到时候有口难辩。"汪芝玲提醒着说。

"心中无病，半夜不怕鬼敲门。"也许是家族的遗传，一向处事谨慎的曾昭英不屑一顾地说。

读书时就喜欢形式逻辑学的曾昭英心里有一个底，他对在生意场上所签订的任何文字合同都有着一种奇异的敏感，特别是他在与韩国天丽株式会社签署合同时，他特意邀请了湖南工艺美术大学韩语教师，担任合同公证人员，坚持要求用中韩两国文字并用的国际标准格式签订合同文本。这在当时一般只用中英文对照的合同文本来说，无疑又增加了一道语言使用准确性的保险，有效地避免中韩两国文字在经第三种语言转述时可能出现的失误。即使是这样，他似乎仍然不放心，在合同的最后结尾处又特别注明："本合同在执行过程中，只有中韩两种文字同时使用，才具有完全的法律效力，任何其他第三方文字的函电往来，只能代表单方面观点。"因此，他明白无论对方是流氓还是强盗，只有这最终的正式合同文本才是打赢这场官司的定海神针。

大家正在愤愤不平地议论金东勋之时，只见王朝凤雷急火急地跑进财务室，神色惊慌地说："曾总，我刚才听韩益群说今天上午'德满崽'带了一帮人去柳青家里讨债。还带了砍刀、斧头，并扬言今天如果少还一万就要卸他一条胳臂。"

汪芝玲听罢脸色顿时阴沉起来，她告诉曾昭英说："昨天柳青给我打电话，他因没有按时还款，债主已经找到他家里去了。我们现在最重要的是先到哪里去借二万元，把柳青借的高利贷还掉！"

王朝凤插话说："韩益群说好像是要还五万元。"

"柳青拿到公司二万元，怎么要还五万？"罗汉斌吃惊地问。

汪芝玲惊慌地说："柳青是向德满崽借的高利贷，今天不还款利息就会翻番。"

曾昭英知道这就是新中国成立前高利贷"驴打滚"的死灰复燃。新中国成立后中国政府对这种欺诈中小企业主和民众的剥削方式进行了坚决打击，但在市场经济的大潮下，民营企业在起步阶段，资金周转便成为一个制约企业生存的大难题。因此地下银行的高利贷便应运而生。曾昭英听说过有关高利贷逼人致死的种种传闻，预感到事态严重性，他阴沉着脸低声对罗汉斌道："你马上带人去找柳青，必须确保他的安全。"

"我们现在最重要的是到哪里去借五万元钱，把德满崽的高利贷还掉！"汪芝玲轻声提醒道。她知道，"旅交会"好不容易开拓出来的国内市场，就因大量的生产资金被金东勋刺绣加工费挤占，无法补充新产品上架而被各大商场强行撤柜，导致日常流动资产回款的中断，因资金链断裂，才有高利贷者的乘虚而入。昨天穆行长还私下打过电话给她，询问建设银行的二十万元贷款是否可以如期归还。

曾昭英原本指望天丽株式会社的货款正好连接上趟，不料天丽株式会社的一纸空头汇票，将曾昭英的处境推入万丈深渊。

第十五章 "过桥"

如果说金东勋的"空头支票"，是对东城湘绣厂的血洗，那么美国艾利律师事务所的"律师函"，则使"东城"的处境陷入空前的绝望。幕后的真相究竟是商人的喋血逐利，还是覆巢之下的丛林法则？

曾昭英虽然对湘绣生产业务非常熟悉，做生意也有自己的套路，但于国际贸易仍然是入门级别，尤其是韩国金东勋开出的那张"空头支票"所引发的官司，他有点茫然却又自信。他私底下认为，隔着茫茫大海，又是两个不同国家，大概韩国天丽株式会社委托美国律师事务所打的"洋官司"会因自己的不理睬，对方鞭长莫及而知难而退，却没想到，中国改革开放使得世界贸易成为了"地球村"的生意。

这天，他忽然接到一个从北京打来的陌生号码的电话，曾昭英刚拿起电话，对方首先就是一句：

"Hello！"

"Hi！ Are you Mr Zeng Zhaoying？"（你好！曾昭英先生吗？）

"Hi！ Who are you？"（是的，请问你是谁？）

曾昭英只能讲一些简单的英语单词，对话再也不能继续下去。对方始终没讲中文，而是用一口流利的英语，不管曾昭英是否听得懂，滔滔不绝地讲了一通。

此时汪芝玲又不在公司，曾昭英急得团团转，猜不出对方是何方神圣。他担心是不是意大利的客户到了北京，又怀疑是某个国外商家有业务要联系自己公司。

幸好传真机上有来电显示，盼星星盼月亮，曾昭英好不容易在下班的时候将外出办完事的汪芝玲盼回公司。电话打过去时对方已经下班，只听电话里"嘀"的一声，自动放出一段英文录音："现在是下班休息时间，有事请留言或发传真。"

一周后，当曾昭英早已忘记北京那个电话时，他忽然又收到一个名叫艾利律师事务所署名姚忠律师发来的公函，要求曾昭英公司"无条件立即支付韩国天丽株式会社的三百多万美元的真丝面料欠款，否则将采取一切必要措施……后果将会十分严重。"

与外国人上法庭打经济官司，在那个年代还是一件稀罕的事情，更是让一般人望而却步，曾昭英始而惊心，继而释然地笑了。他从律师的来函中注意到一个细节，将要起诉自己的不是韩国天丽株式会社的金东勋，而是自己从未打过交道的韩国进出口银行。

曾昭英感到十分蹊跷，与自己往来的是韩国天丽株式会社，为什么是韩国进出口银行雇请律师向自己催款？另外，这三百多万美元的数据是怎么来的呢？他原本打算写一份应诉材料，委托一家律师事务所前往韩国法庭打官司。为了谨慎起见他带着"大哥大"手机，找到湖南工艺美术大学外语系的李雨馨老师，专程给韩国刺绣研究院的张贞淑女士打了个电话，将自己的疑问和与天丽株式会社的业务往来和盘托出告诉了张女士。

张贞淑听完曾昭英的话感到十分惊讶："天哪，你说天丽公司欠了你的绣花款吗？糟了，你那钱恐怕难得收回去了！"

"为什么？张女士，您认识金东勋吗？天丽公司究竟发生了什么事？"曾昭英感到事态似乎很严重。

"我不仅了解这家公司，我公司生产的那些手袋面料就全部是天丽的。我还认识老头子（金东勋），他其实是一个很好的人，现在韩国的所有生意都不好做，他又能怎样？"说到这里她忽然打住，反问曾昭英，"天丽公司为什么会欠你那么多钱？"

面对张贞淑的疑问，曾昭英不想解释，这也不是一两句话就可以解释得清楚的事。张贞淑见电话的那端沉默无言，稍等了片刻接着说："韩国天丽株式会社，是韩国第二大的真丝织造生产企业。公司在韩国、东南亚一带国家都很有名气，产品不仅供应韩国、东南亚，还销售欧美市场，在泰国设有生产工厂，印尼、马来西亚都有分公司。从去年他们的泰国工厂停工后，又有马来西亚公司倒闭，印尼也有大量货款无法收回，导致天丽总部资产被汉城京都银行冻结。老头子目前已因病住院，现在由女婿在全权处理善后工作……"

也许是太久没有联系，张女士滔滔不绝，热情不减当年。一个电话前后打了两个多小时，既让曾昭英感到高兴又有些心痛。高兴的是了解了情况，由对金东勋的愤怒转为同情，心痛的是这个韩国越洋电话，按照当时国内拨打国际长途的收费标准六十多元人民币一分钟计算，费用起码在六千元以上。在当时，一个绣工的月工资只够打三分钟的国际长途电话。

想到这里，曾昭英递给翻译李雨馨一张纸条，示意她打断张女士的话，再次回到自己最关心的问题上："张女士，我想请你帮忙了解一下情况，我公司与韩国进出口银行素无往来，而我更是连这个银行的名字都没听说过，他们怎么知道我公司？我们与天丽公司的业务往来关他们什么事？他们依据什么找美国律师事务所起诉东城公司……"

张女士连忙应承道："好的，我帮你了解一下，到时候将消息传真给你……欢迎你们来韩国访问，拜拜！"

对方意犹未尽地挂断了电话。曾昭英也如释重负地舒了口气！此时，他多少了解到此时的天丽株式会社处境极其不妙，其深层次原因只有金东勋心知肚明！

几天后韩国的张女士如约给曾昭英反馈过来一条信息，解释了曾昭英疑问。原来天丽株式会社将十万匹"各作各价出口合同"抵押给大韩民国进出口银行，标的物总价值为三百二十七点四万美元，所以韩国进出口银行就是以此为证据链而起诉中国东城公司的。

得知这一情况，曾昭英立即明白过来，这是韩国天丽株式会社，为了获得韩国进出口银行贷款，利用东城湘绣厂合作生产刺绣韩服而玩的一种套路。只是这个圈套把曾昭英害惨了。为了避免无休无止的法律诉讼，他想起了处理问题的"费斯汀格法则"，当即给美国艾利律师事务所北京办事处去了一份回函。

尊敬的姚律师:

　　你好!

　　来函收悉。得知你是美国艾利事务所在中国境内的全权代表律师。贵公司既有中文名称"艾利",就一定懂得"艾利"在中文中的深刻寓意。我的理解是:"艾利"隐藏着"爱利"之意。

　　美国人爱利,韩国人爱利;你爱利,我也爱利。但中国有句俗话:"君子爱财,取之有道。"

　　我曾多次去函韩国天丽株式会社,希望该公司尽快承付我公司三十八万美元来料加工费。从我公司与韩国天丽株式会社签订的"来料加工"合同,到中国海关"来料加工"备案登记,从出口报关清单到装箱单、船运提单,再到外汇核销单……一系列的证据都可以证明是韩国天丽株式会社,目前尚欠我公司三十八万美元的韩服真丝面料刺绣加工费,而不是我公司欠了他们什么面料款。

　　另外,我告诉你,在中国境内,你面对中国公民,特别是与我公司的任何商务函电、法律文书往来请你使用中文。

　　因为我公司 1996 年 8 月 26 日与大韩民国天丽株式会社,所签署的"关于十万匹真丝韩服面料来料加工刺绣合同"中明确注明:

　　1. 本合同为中韩两国双语文本。条款内容只有中韩两国文字表述一致才具有完整的法律效力。任何单一文本的文件往来,只能视为个人意愿和单方行为,只有经双方共同认可的公证人签名确认,才能作为本合同的有效补充资料,具有与本合同同等的法律效力。

　　2. 本合同共同确认公证人为李雨馨。贵所邮寄给我司的律师函,既不是中文亦非韩语,而是第三方文字。我们只能理解是贵所的片面行为。

　　贵所违背我厂与韩国天丽株式会社合约规定的任何形式的文函与举动,我公司都将不予理睬。

　　特此函复!

东城公司:曾昭英

1997 年 7 月 22 日

信件寄往北京后，美国艾利律师事务所北京办事处许久没有回音。

由于韩国天丽公司的欺骗行为，韩国进出口银行针对中国东城公司的这场官司，打得没有一点悬念。美国艾利律师事务所在收到曾昭英的回函后，经过调查终于真相大白。原来在东南亚金融危机爆发之前，韩国天丽株式会社设在泰国的加工厂，就因泰国通货膨胀而导致真丝面料滞销被迫关闭，这一关闭自然导致韩国总部的资金链断裂而不能自拔，为断尾求生，金东勋打算将积压在真丝面料上的死钱盘活，寻找新的突破口。金东勋从韩国刺绣研究院看到刺绣韩服不仅畅销，而且附加值高，当即决定将从泰国退回以及公司累计积压的十万匹素色真丝面料全部改为刺绣，意图一举抢下韩国及日本刺绣市场，可是因为资金问题，与中国东城公司的合作计划难以继续。为了挽救天丽株式会社，金东勋铤而走险，以合同抵押贷款，在韩国进出口银行贷款三百多万美元，利用银行贷款"过桥"填补了泰国工厂亏损的黑洞。他原本准备靠刺绣韩服来消除天丽公司的资金危机，不仅解决丝绸面料的积压，还可获得刺绣所带来的高额利润，更可以延长自己创业的产业链。

从理论上讲，这确实是韩国天丽株式会社的一步妙棋，它不仅能将滞销产品顺利推销出去，还能通过转换为刺绣韩服大赚一笔。但计划却永远赶不上变化，当第一批刺绣韩服运抵釜山后，东南亚金融危机已从泰国扩大到韩国，不要说是高档、奢华的真丝刺绣韩服布料，就是普通制衣厂都大量停产倒闭，山雨欲来，谁能挡住风暴的趋势？

天丽株式会社在错误的时间、错误的地点，做出了一个看似正确的决定，实则加重了自己企业的压力。把原来积压在泰国工厂与韩国仓库的十万匹真丝面料，转运到中国而产生新的积压，特别是经刺绣再返回韩国后，积压的成本代价已经翻倍增长。这个过程即使没有金融危机爆发，也会消耗大量的资金。何况他的经营过程都是建立在贷款运营的机制上，银行按月支付利息制度，成为韩国天丽株式会社资金链断裂的突破口。金东勋虽然利用银行贷款勉强支付了曾昭英的第一至三批韩服刺绣加工费，但由于产品销售没有想象中那么顺畅，资金无法及时回收，加上银行按月收缴贷款利息，最终导致金东勋病倒住院，企业走向破产也就成为必然……

当然，这些情况都是后来通过张贞淑传到东城湘绣厂的。

不过，这些内幕信息传过来时，已是时过境迁——这场洋官司不了了之。

曾昭英面对的难题已经不是打官司的证据，而是资金短缺。韩国天丽株式会社的破产，不仅使得曾昭英三十八万美元的加工费追讨无望，而且，那三万匹尚未加工的面料也躺在仓库里成了棘手货。无奈之下，他只能将面料权充那笔三十八万美元的加工费，而随着打官司退运回来的二万匹刺绣布料，让天丽株式会社的赔偿又成了水中月。面料毕竟不同于现金，如果没有人要，只能积压在仓库，反而成为公司的累赘。

目前，东城公司已是债台高筑：绣娘工资欠账、印染厂绣线债务、建设银行贷款逾期，加之公司买了块地正在建设当中，这一系列债务缠绕得曾昭英日夜难宁。他四处奔波，千方百计地筹措公司运转资金。此时设在北京、上海、广州、武汉四地的二十多家湘绣销售网点，均因公司的资金和精力全部投入到韩国天丽株式会社的刺绣韩服上，长期没有货源补充，导致可销售产品越来越少，营销额直线下降。由于多数商家采取折扣与保底"双扣"进场的经营模式，你营销额越高，它扣得越多，你营销额低，它就确定一条保底线，固定扣款额度。有些不景气的商品，扣除全部营销额还不够，公司必须另外拿钱倒贴进去补足营销额。更为可怕的是，许多个体老板承包经营的商场或专店，不论是营销额扣款，还是倒贴进去的补款，不论多少一律都是现金，而且不给发票。这就给公司财务做账带来很大的困难与税务风险。经过一番痛苦的考虑，曾昭英不得不将战线缩短，把遍布全国的一百多家经营网点全部撤回来，仅在北京、上海、广州、武汉保留四个窗口，搜集市场信息。

尽管缩短了战线，采取了多种措施，但曾昭英仍然感觉到流动资金压力山大，不说别的，迫在眉睫的是解决柳青借的高利贷问题。无奈之下，他只能向朋友借钱了。

在曾昭英人生哲学中，还从没有"借钱"一说。在以前，大家都没有钱，要借也没人可借，顶多是顺溜顿把饭。现在他虽然没有大钱，但"尊严"二字他看得很重，宁愿自己咬紧牙关扛下来，也不会说出"借钱"二字。只是，目前他实在迈不过眼前的这道坎。为了企业的生存，为了柳青，他在记忆深处努力搜索着朋友圈中谁有钱，是否会借。

曾昭英熬了一个通宵，眼见东方泛白不得不放下自尊，拨通了焦志达的电话："喂！志达吗？"

焦志达似乎还在梦乡没有睡醒，断断续续地问："哦……昭英啦……你有什么事吗？"

曾昭英开门见山地问："嘿，你现在手里资金宽裕不？"

"什么意思？"焦志达有些迷糊地问。

曾昭英加重了语气："有急事，能借点钱给我吗？"

"急事？！"焦志达睡意顿消，话语却变得含糊起来，"需……要多少？"

机敏的曾昭英听对方犹豫的口气，只得硬着头皮道："十万。"

"十万？"焦志达的声音突然清晰了，语气也轻快起来，"你这是要救火，还是要干什么啊？"

"比救火还急。"曾昭英长长地叹了一口气，但他不想说出借款的原因。

"那好吧，我明天下午凑齐给你。"焦志达说完，搁下了电话。

放下电话的焦志达，不知曾昭英为什么要借钱，幸亏他只开口借十万。搁在平时，借个十万八万，对他来说根本没有问题。可不巧的是，他的资金都压在购买门面店铺上了，手头的现金并不多，也就是二三万临时周转资金。如果此时是别人向他借钱，他根本不会理会，可谁叫借钱的人是曾昭英呢？他知道曾昭英的性格，不是迫不得已他绝不会轻言借钱，何况是在这天还没亮的早晨。再难也得帮铁杆兄弟一把。

当天下午，焦志达凑齐十万元，派人送给曾昭英。按理说，接到钱的曾昭英应该暂时可以缓口气了，谁知道拿到钱却仍然联系不上柳青。罗汉斌在外面找了一天，也不见柳青的踪影。第二天才听人说："昨天德满崽带着人与柳青到枫林宾馆吃夜宵去了。"

汪芝玲听后大吃一惊："糟糕，柳青被德满崽'看牛'啦！"

"看牛？"曾昭英不知什么意思，眼睛望着汪芝玲。

汪芝玲甚是奇怪："你不晓得吗？'看牛'就是绑架逼钱。"

曾昭英知道柳青是一个不信邪的人，为防不测，他立即带着罗汉斌赶往枫林宾馆，一打听，柳青已进了公安拘留所。

据了解，当时柳青认为德满崽计算利息的方式太出格，不同意给钱，便与德满崽手下的讨债人打了起来。德满崽花钱雇来的讨债人，装腔作势要卸柳青一只胳膊。柳青勃然拍案而起，怒吼道："老子只欠了你的钱，又没欠你的命！想卸老子胳膊的人还没出生。"

对方听到柳青如此强硬的口气，知道此事难以善罢，冲过去准备给个下马威。

柳青一见德满崽的人冲了过来，先下手为强，他操起手中的啤酒瓶使劲朝冲在前面的人头上砸去，对方猝不及防顿时头破血流。柳青随后又抢起座椅砸了过去。德满崽一伙开始还气势汹汹，没料到柳青听了他们一句狠话，便动手与他们玩命，结果德满崽带来的两个讨债帮凶都被柳青打得住进了医院，柳青也因"过失伤人"被派出所送进了拘留所。

其实，高利贷不受法律保护，曾昭英如果较真完全可以少付一些利息。但派出所在处理案件协调时认为：柳青伤人事出有因，只要承担伤者的医药费，当事人同意不予追究，柳青拘留七天就可以结案。

高利贷的债虽然在派出所的协调下一拍两清，但曾昭英却因此而赔进去了十万元借款，他只能将资金来源唯一的希望寄托在准备交货的意大利绣花拖鞋上，希望能给奄奄一息的东城公司输氧。

谁知第二天上午十一点多钟，办公室突然接到海关报关行的电话通知，对方告诉曾昭英："下午两点半钟，海关稽查处要到机场查验那批运往意大利的绣花拖鞋。"

绣花拖鞋在机场仓库被卡，曾昭英顿时如五雷轰顶，他心急如焚："你们是不是搞错了？我公司的货物已进入机场保税仓，下午五点半的航班飞意大利，这个情况海关应该知道呀？"

"这是海关的事，我们报关行也没办法。只要你的货物没有问题，出关手续我们会全力配合……"对方挂了电话。曾昭英惶恐不安起来，他不知道哪个环节出了问题，像这种已经进入保税仓库的货物，已在海关监管下，这种等待装机起飞之前提出查货的事，他还是第一次遇上。

曾昭英正在惶恐不安之时，航空国际货运处打来电话找罗汉斌。对方声音急促地说："罗总，你订仓的那批货物飞机航班是下午五点半起飞，海关提出两点半要验货，留给你们解决问题的时间只有半小时，否则，这批货物就只能滞留在机场，飞机空舱的费用还得由你公司承担。建议你公司曾总亲自到海关去一趟，最好是提早一点查货时间，免得误机。"

罗汉斌听完电话，非常不满地对曾昭英抱怨说："×，报个关怎么还这么复杂？拖鞋又不是什么违禁品，还得老总出面。"

此时此刻，曾昭英最怕的是"老总出面"这几个字，但现在自己如果不去处理，验货的关员恐怕又会以总经理没到位而不善罢甘休，说不定拖个十天半个月，企业就真的是只有死路一条。无可奈何，他趁上午下班还有半小时的空隙，立即驱车赶往长沙海关。曾昭英在下班时间的前三分钟，在海关大楼的报关厅堵住保税处长张华林，向他陈述这批货时间上拖不起的紧迫性，希望张处长能够向稽查处通融放行！

张华林听罢情况，耐心地向曾昭英解释说："情况我可以帮你向稽查处反映，既然他们认为你们的货物有疑点，不检查放行，谁也没有这个权力。但我可以保证，只要你申请属实，单证与货物相符，他们的检查会很快！"

张华林的解释，似乎给曾昭英吃了一颗定心丸，让他忐忑不安的心情稍为平静了一点。说实话，他对自己的货物素来有把握，但任何事情都可能有意料之外，谁也难保哪个环节会出纰漏，万一真有什么差错，这后果是不堪设想！他顾不上吃饭，立即马不停蹄地匆匆赶往机场的保税仓库，等待下午的海关核查。

也许是张华林打过招呼的缘故，或许是海关工作人员的责任感，下午不到两点，一辆海关稽查车徐徐开进机场海关仓库，比预约的时间早到了四十分钟，曾昭英暗自庆幸自己有先见之明，提前在此等待。

验货的关员直接将车开到了仓库的门口，一个瘦高个子的关员从一个文件夹里取出份报关单的附联，快步走到拖鞋的堆码区。他瞧着手里的报关单据，似乎有点发愣。这批运往意大利的商品上标明的数据显示：一万双绣花拖鞋，价值二十二万美元……瞧着这些数据，这位年轻海关验货员吓了一跳：我的个乖乖，这是些什么拖鞋，难道是镶了金子？竟然要二十二美元一双。他心里顿生疑惑，莫不是奸商玩的什么瞒天过海花样？他满脸疑惑地问曾昭英："你一双拖鞋，怎么会卖出比皮鞋还高的天价？"

此时，曾昭英跟着海关稽查车小跑着奔向仓库，他跑了几十步就感觉气喘吁吁，嘴里涌起一股酸水，眼睛冒出一圈圈的金星，他知道这是饥饿的缘故。这也难怪，早晨只吃了碗稀饭，现在要是能吃个馒头，他会感到特别地幸福。

他跑到海关验货员面前，拿出与意大利公司签订的合同、装箱单、纸质发票、海关货物出口申报表，刚要做详细解释……

"把箱子打开！"海关检查员命令道。

此时，曾昭英才发现自己准备的这些资料都是多余的。人家要查你，一定是有备而来，目的就是核实你的申报与实物之间有什么破绽。曾昭英刚刚剪断包装上的打包带，正欲撕开封口胶纸，另一个关员盯着曾昭英放在旁边的海关申报单，随口问道："你这拖鞋是什么材料做的？"

"素绉缎。"曾昭英稍稍停顿了一下，傻傻地望了一眼旁边的那个关员，"怎么，素绉缎有问题吗？"

"快拆，你不是要赶飞机吗？望着他干什么？"那名瘦高个关员似乎有些不耐烦。

旁边那个微胖的中年关员似乎是个负责的，笑了笑："没什么，我随便问一问。"

旁边另一关员随手拿起装箱单，又似乎漫无目的地问："这拖鞋的价格为什么这样高？"

曾昭英此时头都没回，随口答道："丝绸面料的附加值呗！"

本来，见到东城老总气喘吁吁地赶来，几名海关验货员也不想为难这批货物。可当他听到"附加值"一词时，那高个子关员脑海中警觉的弦又挂了上来，他很是怀疑地反问了一句："你以为我们是傻瓜吗？素绉缎的附加值难道比'牛皮'还高？"

你千万不要以为这些海关验货员孤陋寡闻，在他们所接受的知识中，不仅物质、数据分析是必备的知识，国际贸易、形式逻辑更是一个重要课程。那微胖的关员又漫不经心地问："这素绉缎的材料成分为真丝与人丝交织，你提供的纺织检测报告标明人丝含量占百分之七十，它的附加值应该比纯真丝低得多吧？"

我的个乖乖，他这不是"以其人之道，还治其人之身"吗？曾昭英没想到自己的一句"附加值"，让他们抓住了话柄。

那高个子关员见曾昭英没有答话，误以为他心虚，便以教训的口吻说："拖鞋就是拖鞋，这就像 $1+1=2$ 一样，至于 $1+1=3$，那是一种心理上的超值。几元钱人民币一双的拖鞋，你们报二十二美元一双，还美其名曰素绉缎的'附加值'，是听多了大数学家陈景润的故事吧？他攻破了'哥德巴赫猜想'，你们的拖鞋，难道还要我们去'猜想'吗？"

高个子关员的讥笑，让曾昭英感到了什么叫无奈，也让他内心里产生对海关人员的不满。他觉得自己再多的解释，对这成心找碴的海关稽查员来说，等于是对牛弹琴。

"我这批货是运到意大利去的，要有个什么坑蒙拐骗的事，那也是人家洋鬼子的事，要找上门来也是他们。你的职责只是验货，而不是替洋鬼子的价格把关吧。"曾昭英说到这里，他的语气也重了起来。

当那海关高个子关员亲手从包装盒里取出一双拖鞋时，众人的目光为之一亮，不约而同地赞美道："漂亮。"

那位微胖的中年海关验货员终于松口了，他又亲自动手抽检了一箱，挥挥手道："没问题，可以放行。"

前后不到十分钟，被扣的拖鞋即被海关验货员放行。开始如临大敌，此刻又如此轻松。曾昭英感到大惑不解，不禁茫然地问："你们这是查什么呀？"

"你说谁会相信一双拖鞋的价格，会高出一双牛皮鞋？"那微胖的中年关员反问曾昭英。

那看似有些刁难的高个子关员此时露出一丝甜甜的笑容："你们只是填报了刺绣拖鞋。报关的代码也引用错误。你说我们不查你，还去查谁？"

那微胖的中年关员接过话头："你作为老总肯定知道刺绣可分为机绣、电脑绣与手工刺绣三个类型，一定要报关员在填写报关代码时不能搞混淆了，否则，耽误了自己，也折磨了我们……"

"你说湘绣附加值，谁都会买账。你如果说素绉缎的附加值，我们就得琢磨琢磨到底是什么产品。"高个子关员脸上露出了笑容，他那朗朗笑声，掩盖了曾昭英的满脸尴尬。真可谓长沙的湘绣专家，碰上了海关里手。

曾昭英听罢，忽然记起早几天在《南方经贸时报》上看到的一篇文章，报道东南沿海有一家制衣厂，与境外机构暗中勾结，以虚高的报关价格利用国家出口商品的退税政策，骗取国家退税而被当地海关查处的消息。他顿时明白过来，这不是罗汉斌对进出口贸易不熟，就是报关行工作不负责任而造成的一场虚惊？

待海关事情办妥，航班还是被耽误了，必须等待一周后才有相同的线路航班。曾昭英很不高兴地对核查关员抱怨道："你们既然怀疑，为什么不在报关时查验？"

"是对你们企业的信任。"高个子关员解释道。

"既然信任，为什么又要搞突袭核查？"曾昭英对因检查而造成的航班耽误非常不满。

"如果没有原因，谁会来为难你们？"高个子关员并没有说出具体原因。但曾昭英还是隐约地从交流中听出来，原来是有人，实名举报他曾昭英利用拖鞋骗税。

这个举报真的害人不浅，航班延误一周，就意味着货款要晚回七天。对于因缺钱而度日如年的曾昭英来说，更是雪上加霜的打击。但他已经没有精力与举报人计较，这不仅是事实已经还了自己的清白，更主要是韩国天丽株式会社的假汇单，已将曾昭英带进一个前所未有的烦恼世界。

尽管曾昭英已将铺开的各大城市湘绣销售点缩小规模，以减少公司的日常开支，但公司的摊子仍然太大，欠债太多，特别是那二万匹韩服布料的绣花工资弄得全公司鸡犬不宁，以至于正在建设中的七层东城湘绣大楼，在建完六层框架后便被迫停工。包工头带着民工停水断电、围厂讨薪。资金压力山大的曾昭英不禁感觉自己的拳头松软无力，好像四周都布满讨债的眼睛，无处可走，也无处可藏。他有一种莫名的心慌，不知道眼前的困境该如何"过桥"？每天提心吊胆，不知道下一秒又会发生什么事。

第十六章　绿灯

　　韩国天丽公司的欺诈，意大利交货延期，生意场上的种种意外，压力山大的缺钱，让此时的曾昭英体会到了什么叫"一文钱逼死英雄汉"。他攀上湘绣厂已然停工待建的五楼窗口，举目四望，一片灰暗……

　　1997 年 7 月，香港回归祖国怀抱，举国欢庆。这一年却是曾昭英人生最黑暗的日子。就像罗汉斌后来调侃时形容："我们的老板现在已变成大明星，吃饭有人陪，走路有人随，办公室外有人堵，回家路上有人追……"

　　这话一点不夸张，快要过小年了，在曾昭英潜意识里，还在想着如何给建设湘绣厂大楼的民工们结算些工资，好让他们回家过个年，尽管他公司的员工和东城湘绣厂的职工也有几个月没有领工资了。

　　这时，一个香港的电话打进了东城公司。

　　"您好，曾先生在吗？"

　　当曾昭英接过电话时，话筒那头传来了韩国朴太奎那口生硬的中国话。

　　"曾先生，很对不起，天丽公司给您带来了麻烦。"接着，朴先生提出投资入股东城公司的话头。

　　一听朴先生的话，曾昭英愣住了，他有点不相信自己的耳朵，自己布局的湘绣产业蓝图已初具规模，现在缺的就是钱——火烧眉毛的钱：给员工发工资的钱，给绣工结算加工的钱，给建筑湘绣厂大楼民工的血汗钱，给绣厂付清原料欠款的钱……"钱"字已经将他逼上了悬崖绝壁，一丝风都可以将他吹飞。

只是，只是什么呢？曾昭英的脑海里突然浮现出天丽公司金东勋那张笑容可掬的脸，心里不由得掠过一丝寒战。他沉默了半晌，方断然说道："谢谢朴先生的好意，我的难题还是自己来解决吧！"

提出投资入股东城公司的话题，朴太奎可不是一时心血来潮，扮演救世主的角色。一则是他牵线的天丽公司的确给曾昭英带来了很大的麻烦；二则是天丽公司面临破产结局，他也想将家族的刺绣业务做大，以取代金东勋的地位；三则是他想借助入股东城公司，来完成父亲一个夙愿——寻找当年救助父亲的绣娘。当他听到曾昭英斩钉截铁的话，叹息了一声，没有再说什么，放下了话筒。

曾昭英放下电话，仍然持续着自己燃眉之急的工作——借钱。

功夫不负有心人，曾昭英总算从亲朋好友那里凑齐了十万元钱，特意叫来了湘绣厂大楼的建筑大包头陶雄。

"小陶呀，公司资金紧张你是知道的，农民工的钱我还是结一部分。"曾昭英为了凑这笔钱，眼眶早成了黑圈，他郑重地叮嘱道，"回去后，这十万元钱给农民工分一分，让他们不至于空手回家过年。"

见曾昭英递送过来的一包钱，大包工头陶雄喜得眼睛眯成了一线缝，连忙接过来放进随身背着的挎包里，嘴里却是一迭声地说："谢谢！谢谢！感谢曾总对我们农民工的关心。"说完这一连串感谢的话，一溜烟地走了。

瞧着陶雄远去的背影，曾昭英疲惫的脸上终于露出几丝微笑。他是个农村出来的孩子，知道出来打工的农民不容易，顶日头冒酷寒地辛勤劳动，汗珠摔八瓣才挣得这点辛苦钱。试想，他们如果在外面干了几个月，临到过年回家时却是两手空空，保准一家人都会愁眉苦脸。他不由得想起了宋代大文学家范仲淹的一句名言："一家哭何如一路哭。"尽管这笔再次借来的十万元给了农民工，但他并不后悔，自己再怎么艰难，总好过千百家农民的家境。想到这里，他不由得欣慰地笑了。

曾昭英的好心情刚刚过夜，第二天一大早，另外一个叫杨光明的包工头找上门来了。

"曾总，听说您昨天给了陶雄一笔钱，让他给农民工结工钱？"

"是啊。怎么，还没分到你们手上？"曾昭英在湘绣厂大楼的建筑工地上见过这个杨光明，此时见他大清早地找上门来，十分诧异。

"这下子糟啦！"证实了消息，杨光明的脸色唰地变得煞白。原来，大包工头陶雄已然将泥木及钢筋工工程分给了二包工头的他。按理说，陶雄拿到了工钱，泥木、钢筋这部分农民工工钱应该由杨光明来总结算，但陶雄拿到钱后却不见了踪影，谁也不知到哪儿去啦。

一听之下，曾昭英也急了："那怎么办？工钱我付出去了，怎么分配应该是你们商量着办。"

一想起那帮泥木、钢筋工的脸色，杨光明心里就发怵。这帮农民工早就盼望过年钱了，如果自己两手空空回去，还不会被骂死？他不得不出了个下招："曾总，您看这样好不好？我找几个农民工中为头的人，我们一起商量个办法，解决一下矛盾。"

曾昭英本想一口回绝，在付农民工的工钱问题上，他没有错，自己付给的是签工程合同的人，如果每一个农民工都来找他领工钱，他还办不办事啦？但他转念一想，农民工的确可怜，做了事还拿不到工钱，着急是在常理之中。他有点勉强地答应了杨光明的请求，到自己租赁的办公室去商量商量。

可当曾昭英下午来到自己设在沿江大道的办公室时，还未见到杨光明等人到来，透过窗户却发现一大群的农民工将这里围了个水泄不通，在农民工人群中，隐隐约约闪现着杨光明的身影。

曾昭英不由得一怔。说实话，他的本心是很同情农民工的，不然在他给付了工钱之后，根本无须再来同杨光明等农民工商量什么，这是杨光明与陶雄去撕扯的事，但出于同情，他仍然选择了自己跳进麻烦之中来协助解决这个难题。谁知，却被杨光明"戴笼子"给堵在了办公室里。怎么办？自己不能陷身陶雄与杨光明的争执之中，公司还有那么多的事等着他去拍板，东城湘绣厂的工人们等着他去安抚，一些欠债还等着他去摆平。

无奈之下，在傍晚时分，曾昭英趁着杨光明给民工发盒饭之际，打开窗户顺着下水管爬到三楼的卫生间，在顺着楼梯往下跑时脚步声惊动了四楼的民工。一声吆喝响起："曾老板跑了！……"

"曾老板跑了……大家快追！"

曾昭英跑出沿江大道 317 号大门，顺着跃进巷路拐进油铺街。他见民工紧追不舍，其中一个年轻民工跑得飞快，不一会儿便跑到了前面，转身准备拦住他。

曾昭英定睛一看，这个年轻人似乎有点面熟，却记不起是谁，怒喝一声："你要干什么？"那年轻人闻声也是一愣，竟然闪开了身，让他从身边蹿过。

见年轻民工闪开了，曾昭英一个箭步一头闯进警备区干休所。门卫认识来人就是隔墙宏兴湘绣厂原办公室主任曾昭英，以为他有什么急事要找人，所以并没有上前阻拦，看着他拐进了干休所的家属楼。

当门卫刚刚转过身来，却是吓了一跳，一大群的人正往干休所的大门蜂拥而来。他连忙走了过去，制止闲杂人员入内。

那帮红了眼的民工哪里肯听？七嘴八舌地闹嚷嚷要闯进去寻人。这边门卫当然要竭力制止这帮人闯干休所的举动。无奈之下，门卫打电话到警备区战备值班室，摩托巡逻连余连长亲自带领巡逻班赶往干休所，平息干休所大门口事件。曾昭英则趁民工与干休所门卫争执混乱之际，翻越围墙，进入了与干休所一墙之隔的宏兴湘绣厂。在翻墙的过程中又被一民工看见，惊呼着："曾老板爬围墙跑了……"

"跑得了和尚跑不了庙。到他家里去！"杨包工头又指挥民工迅速拥向曾昭英的家。

曾昭英悄悄溜出宏兴湘绣厂的大门，却迎面碰到正欲进厂的肖若云。

"曾昭英！你这是在搞么子？一脸的'划胡子'。"肖若云惊呆了。

"我有点急事要回去，改天我们再聊。"曾昭英尴尬得一脸通红，迅速消失在油铺街的拐弯处。

曾昭英并没有回家，他从油铺街转进百善巷，他想民工都来了市内，那工地的钢材、水泥都没人看守，如果有人开着汽车都搬走了又怎么办？受损失的还是东城公司。他走到巷口，见有两个开"摩的"的年轻人正斜跨着摩托车在聊天。曾昭英掏出身上仅有的五元钱："五块钱，去东城开发区。"

开"摩的"的一个年轻人瞧了瞧曾昭英手里扬着的五元钞票，轻蔑地说："你以为打发叫花子？最少十块钱……"

"我只有五块钱。"曾昭英解释说。

"五块钱，不去。"两个"摩的"司机异口同声说。

曾昭英亮开钱包，钱包里空空如也，他很是恳切地说："我现在身上只有五元钱了！你送我去东城开发区，如果碰到熟人我就再借五元钱给你，如果借不到钱，我们就交个朋友，下次补给你。"

旁边的小个子犹豫了一下，另一个满嘴胡子的胖子则手一摆连声说："不去！不去！"接着又以鄙夷的口吻挖苦道："十块钱的'摩的'都坐不起，哪个会和你交朋友……"

"曾哥，你要去哪里？我送你去！"此时一辆军用摩托车从百善巷徐徐开来，戛然在曾昭英身后停住。"余连长，你怎么来了？巡逻吗？"

"你要去哪儿？我送你去！"

余连长没有回答曾昭英，只是重复了一句自己的问话。当曾昭英坐上轰轰作响的摩托车，余连长呼啸一声朝东城开发区驶去。

此时寒风呼啸，冷清的东城开发区新修建的街道上空无一人，正在建设中的湘绣厂大楼工地上也是冷火秋烟的。十多分钟余连长就将曾昭英送到目的地。

说起来真的无巧不成书。早在曾昭英担任宏兴湘绣厂办公室主任时，警备区摩托车连的余连长因为老婆随军问题，到宏兴湘绣厂联系工作与曾昭英有过一面之交。正因如此，他深知曾昭英的为人。在路上，他告诉曾昭英："我在干休所门卫调解民工讨薪纠纷时，才得知是你受到围困。我知道这里面肯定有什么误会，便告诫他们，不管是任何事情，都必须通过合法的途径解决。当有人说要去你家里时，还警告为头的杨包工头说：'公司欠钱，只能由公司负责解决。你们如果无理冲击别人的家庭，我就要以扰乱社会治安的罪名送你们到派出所去。'"

听了余连长一番义正词严的话，杨包工头也许觉得不能逼人太甚，遂带人离开。余连长不放心，便又沿途巡逻一圈，正巧碰上"摩的"司机因嫌钱少而拒载的曾昭英。

余连长离开后，曾昭英这才走进寒风呼啸的湘绣厂工地，眼瞧着尚未完工仍搭着脚手架的大楼，就像一个穿着破衣烂衫的巨人，站在刺骨的寒风中瑟瑟发抖，一种悲壮的凄凉不由得从心底涌起。他的脑海就像是在放电影。从当年赤脚读书的少年到挑灯夜读的高考，从走出大山时的懵懂，到踌躇满志的提干、下海，再到现在的四面楚歌……

小时候，他曾听说书人讲过"一文钱逼死英雄汉"的故事，说的是唐朝秦琼街头卖马。那时候他很觉得可笑，认为秦琼算不得英雄，既然是英雄，怎能被一文钱逼得走投无路？他完全可以凭借自己的本事杀开一条血路，获得生机。如今，自己身陷困境，使他懂得了什么叫作"英雄末路"。

由于韩国天丽株式会社欠下巨额刺绣服装加工费，加上原材料必须付出的部分费用和绣站绣工工资等项开支，公司账上只剩下了最后的两千多元，公司和厂里的工人，已经有六个月没有发工资了，难道过年他们不应该领些钱回去？可要给他们发钱，两百多人都要发，钱又从哪里来？难道自己真的成了被一文钱逼死的英雄汉……

他知道此时如果借不到三十万元人民币，这个年真不知该怎么过。然而，早已陷入穷途末路的曾昭英，还有谁会解囊相助？

借钱首先必须选择对象。曾昭英将自己的记忆库翻了个遍，总算是搜索到了一个人——肖福海，一则是近水救火快捷，二则是身为政府官员的他，掌握了国企的生死大权，借一点小钱，应该不会有问题。曾昭英立刻用手机拨通了肖福海的电话："福海吗？我是曾昭英。"

"哦，昭英呀。"电话里传来了肖福海惊喜的声音，"你在哪里？"

曾昭英听到肖福海高兴的声音，他的情绪也兴奋起来，恢复了幽默："除了长沙这块生我养我的地方，我还能在哪里？"

双方调侃了几句后，肖福海那边传来了句他惯用的问候语："有事吗？"

听到这句问候语，熟知肖福海习性的曾昭英，知道这是如今官场的结尾语了，他赶紧把要借钱的事说了出来。

肖福海听完后，沉默了许久："你当大老板的还找我借钱？昭英，别开玩笑了。呵呵……有时间我请你吃饭。"说完，一串熟悉的笑声，电话便被挂了。

其实，肖福海身处这个位置，帮曾昭英一把并不是什么难事，只要他发一句话，肯借个小几十万的企业多的是，但此时的他，却不能开这个口，他有自己的难处。在过小年之前，便有人向他透露风声，说他的位置可能会动一动了。混迹官场多年的肖福海，深知此话中的奥妙，在这关键的节骨眼上，自己必须小心翼翼，免得让人抓住什么把柄。因此，尽管曾昭英是自己兄弟般的朋友，在这个时候也不能为了帮他，而影响到自己的仕途。

曾昭英听到手机里传来挂了线的"嘟嘟"声后，沉默了半响。他终于意识到多年前，父亲曾广智说过的一句话，是无比有哲理："人入官场，没有朋友，只有往来，古往今来，无不如此。"他的脑袋似乎处于了真空状态，脚步飘浮地走进快要封顶的湘绣厂大楼工地，一步一步地穿过歪七竖八的脚手架，沿着楼梯爬上五楼。从窗户往外望去，高大的樟树叶子被劲风吹得呼呼地响，给人一种威猛中不乏凄凉之感。

眼下曾昭英的心情，便如同户外风吹树叶，摇来摆去地嗖嗖直响。"摩的"司机的拒载，使他感到社会的冷漠；杨光明穷极无聊玩出的讨薪伎俩，让他体验了人情的淡薄；肖福海的挂断电话，更是让他了解朋友之情薄如纸。从韩国天丽株式会社的"假汇单"，到柳青被高利贷者追杀……他感到世界的黑暗和个人的脆弱。他不理解，自己只是一心想把湘绣这个产业做起来，实现"绣传天下"的理想，为何会走到如此的地步？他不停地反问自己："人活着究竟是为了什么？"

余连长的大义相送，曾昭英除了感动，更有一种落魄的羞愧。他此时的心境已跌落到人生的最低谷，不知道回家如何面对亲人、朋友和员工。无路可走的他，只能漫无目的地继续往上爬去，但通往上一层的梯道已被施工的竹架板堵住。他瞅准两块竹架板的间隙，握紧头顶上的一根钢管，一个引体向上的体操动作，反身上了竹架板，与此同时，"嗖"的一声，揣在兜里的手机掉到了五楼。

曾昭英也许是一路想得太多，也许是整天的精神高度集中，他感到头痛欲裂，用手按住窗户口，向外探出了身子。此刻，他的神经似乎已被巨大的精神压力碾碎了。四周寂静一片，善于联想的曾昭英似乎听到了寂静中大自然传来的一种神秘召唤：来吧，快来吧，风雨送春归，百花争艳斗春风，这不分明是天上宫阙的景致？人世间太难了，一点点钱逼得人死去活来，便是这一点点欠债，让自己不得不跳窗、翻围墙逃跑，人格丢尽，尊严扫地，人活着，不就是为了那一点点可怜的颜面？可自己却是这般地无能，筹不到资金，对不起父母、妻子，对不起……突然，摔到了五楼的手机里传来一阵音乐，这是手机来电的铃声，铃声就是校园流行歌曲《人生更像一杯水》。

这是当前最为流行的电影《和平密码》片尾曲，为了鼓励自己，曾昭英特意要朋友帮他录了这首歌曲，作为手机的铃声：

> 人生，就像一杯酒，
> 有人说它甜，
> 也有人说辣，
> 千秋任评价。

既然选择天涯，

路远有什么可怕？

都说江湖险恶，

怎不见天塌？

人生，更像一杯水，

有收获的承载，

也有脆弱潇洒，

成败一刹那。

既然选择大海，

风浪有什么可怕？

逆水方显本色，

让我们在冲浪中长大。

……

听着这十分熟悉的歌词，曾昭英那绝望的心，忽然有了种异样的感觉。他昂起了头，脑海里蓦然浮现出香港世界船王包玉刚的身影。当年，已过三十而立之年的包玉刚，突然从八面威风的上海银行副总经理，一下子跌落到香港街头的难民身份，但他毫不气馁，照常以四个人组成一个公司，在一个连过身都得侧身而过的办公室小空间里谋生存，不照样东山再起成为世界船王？自己眼前所遇到的一时资金困难，不过只是人生一个坎而已，如果自己连这个坎都不敢迈过去，真的是枉活几十年！

想到这里，曾昭英的思路豁然开阔了，他低头瞅了一眼那手机。这是一部摩托罗拉90式翻盖手机。曾昭英发现手机的盖面已被甩开，手机的绿色信号灯却一如往常地不停闪烁。

仿佛在暗示曾昭英，手机经过摔打仍顽强地释放出它存在的信号，人受到挫折怎能轻易放弃自己的生命？是捡起手机返回多灾多难的人间，还是跃窗而出抛却人世间的一切烦恼？他正在犹豫之际，忽然旁边冒出个声音来："手机摔坏了吗？"一个老头不知从什么地方钻了出来，捡起手机，朝站在六楼梯竹架板上的曾昭英递去。

曾昭英犹豫了好一阵，平定着沸腾的心境，终于还是俯首弯腰去接那手机，却瞧见了老头正仰起的那张脸。就在这刹那间，空气仿佛已经凝固，他们彼此认出了对方，曾昭英看清了来人是"鸟人"，心里"咯噔"了一下，神志顿时回到了现实，他很是奇怪：张子奇为何会出现在这里？

"张……师傅。"曾昭英惊讶得没有接手机，而是顺着竹架板跳到了五楼。

"已经没人干活了，你到那上面干什么？"张子奇干瘦的脸露出来一丝浅浅的笑，他目不转睛地盯着曾昭英，仿佛要看透他的五脏六腑。

曾昭英又能说什么呢？他尴尬地拍了拍手上的灰，接过摩托罗拉手机："您怎么在这里？"

"小铁锤随他表舅在工地打工。我来接他回去过年。"

"小铁锤？"曾昭英从桂东县的观鸟洞，联想刚才在干休所大门前的那一幕，那位年轻帅气的小胖子难怪那么面熟，他心里顿时明白过来。

张子奇垂下了眼皮无可奈何地说："我听说了，杨老板说，东城湘绣厂被韩国人骗走了一大笔钱，这个工程可能会搞不下去。谁不去参加讨薪，要回来的工钱谁就没有份。你看连做饭的都跑去讨工钱了。唉，你工程没完工，还欠个人家十万几千的，这很正常。是那个陶雄把钱全部拿跑了，他们在演双簧。干吗要那么样去逼人家，这世道真的是有点乱了。"张子奇突然冒出一句没头没脑的话来："小曾，你的处境我知道，可还不至于如此处世吧，这不是你曾氏家族的习俗。"他迟疑了一下，还是说了出来："如今的生意场，套用一句古联：一二三四五六七，孝悌忠信礼义廉。"他说完这句话，瞧着曾昭英一脸茫然的神色，突然自失地一笑，没有再言语了。

张子奇比以前苍老了许多，声音却一点都没变。曾昭英听他这么一说，心里也不觉一动，只是此情此景之下，他无暇细思对联背后的奥秘，有点惭愧地说："我也知道近些年随着市场经济的发展，老板跑路、民工讨薪的事件时有发生，自己如果不欠钱，谁又会去找你讨薪呢？我现在已经是没有办法了。"

张子奇见曾昭英仍然耷拉着头，一副灰心丧气的样子，不禁叹了口气："你还没吃饭吧？我口袋里还有两个从牛头坳带来的烤红薯。"

已经饿得饥肠辘辘的曾昭英，回想起十几年前夜过牛头坳的一幕，心头五味杂陈。他正欲跟着张子奇下楼，忽听楼下传来呼喊声："曾昭英……曾昭英……你在哪儿……"

曾昭英此刻最不想见的是肖若云。他是一个极爱面子的人，尤其是在肖若云面前，他从不愿意扮矮。虽然他听出了是肖若云的声音，但任她叫破了嗓子也没有吭声。一旁的张子奇却看不下去了，将头伸出窗外，向楼下的姑娘招呼道："姑娘，他在这里。"

"咚咚、咚咚……"一阵急促的脚步声，肖若云一口气跑上五楼，瞧了瞧曾昭英那憔悴的脸色，似乎明白了什么。但她没有说出来，而是换了个话题，带点羡慕的口气说："哟，听我哥说你在东城开发区买了一块地皮子。我原来以为你只是建个巴掌大的小店铺，哪知道是这么大一栋搂！嘿，这要多少钱呀？"

曾昭英闻言一怔，他心里有数，肖若云追到这里，绝不会是来恭喜发财的，此时刻，他最不需要的是安慰，尤其是这个与自己关系有点"特殊"的女人。他有点不耐烦地说："你怎么来了？"

"你电话也不接，人家找你有事呗。若不是余连长说，我还真的不知道你来了工地。"肖若云埋怨着说。

"说吧，找我有什么事？"曾昭英心里挂着事，没多少工夫扯闲淡。

肖若云当时在宏兴湘绣厂大门外碰见灰头土脸的曾昭英，见他说话没有往日的激情，而且神色慌张，估计发生了什么事，当她到宏兴湘绣厂走了一圈后，大概了解了农民工讨薪事件的始末。她知道这一切全在于韩国那几十万美元欠款没有追回而造成的连锁反应。此时她心如明镜，但没有把话说破，而是反问道："你不是常跟我说，'不论生活有多么困窘，都要直面它。认真度日，不要逃避，更不要怨恨、咒骂，因为事情其实并没有你想象的那么糟糕'吗？"

满腹心事的曾昭英听了肖若云的话，不由得笑了："这话不是我说的，是亨利·戴维·梭罗的一句名言。"

肖若云自然知道，在学术方面，自己不是曾昭英的对手，她此举不过是调整一下曾昭英钻牛角尖的思路，唤起对方对生活的尊重："我听刘健萍说，韩国天丽会社已经破产，你被那批韩国退回来的两万匹刺绣布料给害惨了。你怎么不派罗汉斌或柳青拿到广州或深圳去推销一下呢？"

"你那远水能救得了近火？"回到现实中，曾昭英仍然一脸沮丧，肖若云的建议他不是没有考虑过，只是那要很长的时间，眼下欠债的坎他就很难迈过去。

他看不见自己的出路在何方。

肖若云似乎没有听到曾昭英的话，自顾自地说道："我向健萍要了几个韩服花形样板，根据时尚杂志预测的 1998 年流行款式，设计了几款手袋图案，不妨拿到香港市场试一下水，说不定就是'一子走活，满盘皆赢'。"

"姑娘的这个建议好呀！"一旁的张子奇不禁叫出声来，他仰首望天，似乎自言自语地说着话，"人逢险境时，如若化为水，遇缝隙即钻，就能闯出洞天，开创一番新天地。"

仿佛一语点醒梦中人，曾昭英不由得认真地思索起当前的处境来，是自己心灵太脆弱，还是怎么回事？一个区区十万元的工程款便将自己逼得几乎走上绝路。难道，他曾昭英便只有这区区十万元价值？！他的思路一解锁，飞驰得更远了：十万元工程款与整个大楼的已投入相比，简直不值一提。韩国金东勋虽然拖欠了自己几十万美元的韩服加工费，但自己手里那二万匹已刺绣完工的韩服布料的价值，就远远大于金东勋目前所欠款的几十万美元，还有仓库那没有使用的三万匹原材料……只要操作得当，这可是一大笔钱呀！而且，自己所欠建筑队的十万元工程款，并非全部是民工薪酬。只因近年政府加强打击恶意拖欠民工工资的力度，包工头借助民工对自己施压，归根结底还是自己不敢直接面对困难而给民工造成自己逃避的错觉。他暗自庆幸遇上了张子奇，如果一了百了，自己不仅仅失去了东山再起的机会，而且留下这个企业的残局谁来收拾？谁又知道该怎么收拾这个残局呢？那些与自己同甘共苦的员工，还有那些等待加工费过年的农村绣娘，他们又找谁去要工资过年呢？何况，无论是规模还是湘绣产业，自己已经远远超出了曾氏家族历代先辈。

固然，曾氏家族以湘绣为传代之宝，可在曾氏家族的祖辈中，还没有哪一位前辈，能达到如此规模的湘绣产业成就，即使是曾家大屋的开创者曾传玉，也没有达到过这种产业规模，充其量也只是在巡抚衙门内的恒景楼，当过一段时期的主管，虽然名气很大，却是作坊式的生产。爷爷曾纪生也不过是在长沙八角亭和油铺街，开过"天然阁绣庄"和"宏兴祥商号"两家不错的湘绣店铺而已。就拿眼前所盖的这栋大楼来说，其规模和气势，早已远超前辈。它是比照长沙古城标志建筑物——五一广场湘绣大楼来建造的，而且还较之后者高出了一层。只要自己能涉过眼前脚背深的水，便能见到风光无限的前景。

思路一理清，曾昭英的眼睛亮了，他很是感激肖若云的到来和提醒。此时，一个解决的办法跳上了他的心头，在前段时间召开的第八十九届广州进出口商品交易会上，东城公司因出不起展位费，便将自己的湘绣样品寄放在广州红棉丝绸公司的展位上，并签订了近三十万美元的出口合同，红棉丝绸公司如果能预支部分货款，也许能渡过眼下难关。

曾昭英是个说动就动的人，举起手机便给广州红棉丝绸公司的部门经理刘策打了个电话："刘总，我们工厂委托贵公司出口到美国的那批夹棉衫衣，我们已进好了二十多万元布料，正在生产，春节后就可以交货。现在，我手头的资金有点紧张，您能先付点预付款给我吗？"

电话那头的刘策听着曾昭英诉说的困难，沉默了。听到话筒那边一片静寂，曾昭英的心霍地提了上来，他知道自己这个要求有点过分了。因为此时的红棉丝绸公司不仅没有收到这批产品的货款，而且货还没进对方的仓库，这等于是要求代理公司垫付货款。

这的确让人家有点为难，他也犹豫了一下后补充说："我现在资金紧张得过不了年，如果留不住工人，这个合同就会误期。"

共同的利益把刘经理与曾昭英联系在一起，加之当年的情谊话没完。不过，刘策仍然有点迟疑地问道："你想借多少？"

"借二十万元行吗？"

"好吧，你来公司办个手续。"

"谢谢刘总。"曾昭英的脑海里立即浮现出自己跳窗时手机摔在地上仍然闪烁的绿色信号，放下电话抑制不住内心的兴奋，他真想仰天大喊一声："天无绝人之路。"发泄澎湃于心中的激动。不过，也许是理性使然，抑或是要在肖若云面前尽量保持克制，以免引发肖若云的狂热，他只是看了看张子奇几眼，接过张子奇递给他的一个烤红薯，掐断半截给肖若云后，故作严肃地说："我要去广州办个事。"

第十七章　年关

　　儿不嫌母丑，犬不怨主贫，说的是母子相依，狗通人性。面对前追后堵的讨债包工头，曾昭英尚能坦然面对，王朝凤的离去，却让他心塞得作疼，经年难忘。

　　广州，是中国曾被外国列强用枪炮打开的门户，也是全国率先改革开放的城市之一。这里的建筑、人的精神面貌与长沙等城市不一样。气宇轩昂的办公室大楼，接待人员彬彬有礼，迎出门的刘策经理更是笑脸相迎，仿佛贵客来访，让心里忐忑不安的曾昭英有种舒适的暖意。

　　然而，好心情并未维持多久。刘经理将曾昭英引到财务室，交代一番后，因有事先行离开了。

　　曾昭英满脸笑容地来到会计桌边，轻声提出了自己的要求："这位大姐，能不能将这笔预付款提现？"

　　"提现？这恐怕不行。"会计诧异地望了曾昭英一眼，语气有点生硬地解释说，"我们这是国有企业，财务现金管理制度规定，除了工资，其他如原材料采购、预付货款等都只能转账或用汇款方式。"

　　"我知道，我知道。"曾昭英说话时有点气短。他心里当然有个小九九，盘算着，到过年只有两三天时间了，自己最好带了现金赶回去发工资，如果采用汇款，则过年之前发工资恐怕会成为泡影。人穷气短，他不得不解释说："大姐，我这也是等着钱回去发工资，您就通融一下吧。"

"通融？你倒说得轻巧，集团公司领导追查起责任，你没事，我有事呀……"

"这……"曾昭英语塞了。他知道国企的财务制度严格，这件事即使告诉刘策，恐怕也会为难，但他从会计的语气里似乎听出了什么，沉默了一下，苦笑着说："何会计，要不这样，我先到外面转一下，等您忙完手头上的事，待会儿再来找您。"

"去吧……去吧，汇款不也是钱吗？怪……胎。"

何会计脱口而出的"怪胎"两字虽然用的是广东话，声音也低了很多，曾昭英还是听见了。但他装着没有听见，快快地走出红棉丝绸公司，他感到真是阎王易见，小鬼难缠。

从公司走出来后，曾昭英在街上闲逛着，一边走，一边想，自己怎样变通才能拿到现款呢？他知道，中国的改革开放是从广东沿海的深圳开始的。因受香港市场经济的影响，80年代末期在深圳、广州一带就悄然流行着一种新时尚，即餐厅吃饭付小费、宾馆送行李进房给佣金、朋友之间办事给红包。

这种现象在改革开放以前的中国大地是从来没有过的事。此时的中国社会流传着这样一段顺口溜："不到北京，不知道自己的官小；不到广东，不知道自己的钱少；不到海南，不知道自己身体不好。"

广东深圳与珠海是中国最早的四个经济特区的半壁江山，加之香港自由经济的带动力，这一带的城市，无论是社会观念，还是生意氛围都较之国内其他地方更为开放，连"时间就是金钱"这样非常资本主义的横幅，也堂而皇之地挂在了街头上。

曾昭英对在广州开往珠海公交车上"今日借君一杯水，明天还你一桶油"的招商广告语记忆深刻。珠海西区的招商开发更是胆大包天，打破了当时中国固有的户籍制度，公开对投资者许以入市户籍，一时间人们趋之若鹜。在商人中无声地流传着一句话："孔雀东南飞，发财去沿海。"

喧嚣中的广州弥漫着清高，繁华中也夹杂着浊恶。"红包"风潮的盛行既满足了港澳台地区少数民众的进入内地的一种地区优越感，也使内地少数经济暴发户获得一个"显摆"的机会。这就是所谓的"红包文化"。只是，自己真的也走到了如此地步？曾昭英不由得想起了张子奇嘴里念叨的那副怪对联："一二三四五六七，孝悌忠信礼义廉。"

"礼……当官的不打送礼的。"中国这个文明礼义之邦，这个"礼"字有太多的内涵。他脑袋都想疼了，也没有琢磨出个所以然来，无奈之下，曾昭英索性不去想了。为了打通何会计这一关，他返回红棉丝绸大楼，溜进卫生间清点了一下自己的钱包，他当即抽出四张百元大钞捏在手里，一时又找不到红纸的包装，想上街去买个红包，又怕耽误太久影响办事。他围着大楼转了一圈，猛然发现一张红色喜报贴在大楼的一个公示牌上。他瞧瞧左右无人，撕下一角，仔细裁好，将四百元人民币包住，权且当成红包。他拿在手里摸了摸，感觉还像那么回事，虽略有不足，但反正广东人讲究实在，何会计在乎的是红纸里面的那份人情，大概不会在乎这张红纸的贵贱。

作为湖南人，曾昭英尽管很反感何会计的那种咄咄逼人的姿态，但为了能提取现金，他不得不入乡随俗。何况他是来求人的，人在矮檐下怎敢不低头？他蹑手蹑脚地再次走进红棉丝绸公司财务部，站在不引人注目的地方默默地望着他们忙着各自的工作，不一会儿，坐在何会计对面的出纳员站起身到外面去了，他这才瞅准时机悄悄地靠近何会计的办公桌："年底了，想请您吃个便饭，又知道您很忙，这是四百元的误餐费，汇款改为提现的事还请您多多关照……"

瞧着塞过来的红包，何会计的脸色立刻出现阴转晴，她像欣赏一件艺术品一样慢腾腾地打开红纸包，将四张百元钞票大大方方地丢进抽屉里，然后将那张凌乱不堪的红纸用指头捏成一团，随手丢进旁边的垃圾桶。漫不经心地重复了一遍她开始所说的那句话："汇款不也是钱吗？"

同一个人说出来的同一句话，因语调不同而表明两种不同的态度，也产生两种结果。曾昭英心领神会，知道何会计这是在暗示自己：你给我一个要提现的理由。此时出纳已从外面进来，回到了自己的座位上。

曾昭英连忙赔着笑脸向何会计解释说："今天已是农历二十七日下午，今天从银行汇款，钱最快也要大年三十那天才能到达东城，此时工厂、银行都已放假，要到初八才上班，这笔压在银行里的资金春节前就无法使用。如果您用'电汇'，因我的开户银行是中国银行，从你们广州工商银行汇往东城银行，属跨行汇款，最快也要三十号才能到达，也就是大年三十。万一其中任何一家银行出现延误，这笔资金我同样不能在年前使用，这后果对我来说将不堪设想。"

何会计抬头望了望挂在对面墙上的一台三五牌墙挂钟，从办公桌旁边一个铁丝编织的文件盒里拿出一张汇款审批单，在财务科一栏签下"同意付现"四字后，抬头对出纳吩咐道："你马上给银行打个电话，预约取现二十万。"

春节前的银行人满为患，预约、拿号、排队，曾昭英好不容易在农历二十八日下午拿到二十万元现金，人却回不了东城，原因是十五日内的火车票都已经全部售罄，要到正月十三以后才有车票。

知悉这一信息，曾昭英差点要崩溃了，人生怎么这么难？自己千辛万苦好不容易才借到了钱，却又因车票之事而难以返家，自己为什么这样倒霉呀！他左思右想，看来，一时是无法解决这个难题，先找个火车站附近的旅社住下，反正天无绝人之路，明天一大早再到火车站碰碰运气，看看有没有倒票的黄牛党。

为了节约费用，曾昭英特意选择珠江旁边的一家小旅社住下。说是旅社，其实是一个单位招待所，由于房价便宜，当天的投宿对象以打工等待返乡民工为多。曾昭英住在一个八人的大房间。出门在外，无论如何小心都不为过，他特意将二十万现金用牛皮纸包好，装进一个平时装产品的旅行箱，寄存在酒店的行李寄存处。

睡到半夜，突然来了几个便衣警察进入旅社查房。他们满旅社逐房检查，查验每个人的身份证。询问来自哪里，将去何方。随后便将寄存了行李的曾昭英招呼出房间，带至旅社的大堂。此时大堂内已站着几个从其他房间带出来的旅客。和他一样都在寄存处存放了行李的旅客，逐一认领出自己的行李，当众打开检查。

众人都老实照办，唯有曾昭英有些迟疑，掏出钥匙慢慢腾腾一直没有开箱。一个年轻的便衣见状，二话不说，提起曾昭英的皮箱往柜台上一甩，厉声喝道："打开！"

俗话说，"财不露白"，如果众目睽睽之下开箱，那二十万货款不就全部暴露了吗？曾昭英悄悄观察到旁边一个年纪较大的人，虽然也是身着便装，但穿着一双大头皮鞋，腰上系着一根警用皮带，又自称是派出所的，因此他猜测这人可能是为头的率队警察，便礼貌地说："警察同志，我想和你单独说一句话。"

那警察心领神会，立即将曾昭英连人带箱子领进旅社值班员休息室，神情有点不耐烦地道："说吧，这箱子里到底装的是啥？"

"钱。"曾昭英非常坦率地说。

"多少？"那年纪较大的警察问。

"二十万。"

那人闻言一惊，手不由自主地伸向了腰间。

这时，那年轻便衣盘查完其他人也闯了进来，掀开曾昭英刚刚开了锁的箱子，发现箱子里码放着整整齐齐的现金，他厉声喝道："你这钱是哪儿来的？"

"借的。"曾昭英坦然回答。

"证据？"

曾昭英茫然地问："证据？什么证据？"

"你装，让你装……装……"那年轻便衣抓起几沓钱，又重重地摔到箱子里咆哮着吼道。

曾昭英被眼前的这一幕怔住了。他望一眼那年纪较大的警察，又瞧一瞧那小年轻的举动，心里很是不解。说实话，这么多年来，他也算是见过世面的人啦，从耳濡目染中也了解到不少的世事。广州是个早已开放的大城市，按理说，广州城市的警察执法，问话应该是有分寸的，毕竟南来北往的生意人和游客很多，甚至还有国外的客商，如果是这样一副嘴脸，不知会吓退多少外地人。想到这里，他很是有点气恼地反问道："我装什么？难道这钱有什么问题吗？"

"我看你贼眉鼠眼，不是走私，就是贩毒，快说这钱究竟是怎么来的？"那年轻便衣继续吼叫着说，"拿不出证据，这钱我们就要没……收。如果不老实……就……"

对方把"没收"两个字故意拖得很长，"就"字后面没有下文，无数种可能性让人去猜想。

曾昭英明白他们说这句话的权威和分量，此时他虽然有些落魄，但毕竟是经风沐雨之人，懂得国家法律和政策，不由得气愤地反问道："没收，你凭什么？"

"凭什么？凭你不老实就可以'没收'。"年轻便衣对那箱子钱似乎特别感兴趣。

曾昭英仍然据理辩解道："这是红棉丝绸公司借给我厂的产品预付款。他们公司是大型国有企业，这钱的来源你们可以去调查。"

那年长的警察没有理会曾昭英与年轻便衣的争执，他轻言细语地插话问道："你有同伴吗？"

"没有。"曾昭英毫不犹豫地回答。

"别跟他啰嗦，带他回派出所！他是不见棺材不掉泪。"年轻便衣摆出副不达目的不罢休的架势，走上前来，不容分说扭着曾昭英的胳膊便往外走。

这可真是秀才遇到兵，有理讲不清。无奈之下，曾昭英只得随着这群查旅社的警察前往派出所。

来到派出所，曾昭英便被关押在一间偏房的一个约两米高、不足两个平方米的铁笼子里，除留下一名看守外，其他人都外出吃夜宵去了。

蹊跷的事便在此时发生了。只见那位留守人打了个哈欠，故作关心地说："你要上厕所吗？我可放你出来透透气，外面'的士'很多，你可别从这后门跑了，那我就交不了差了。"

曾昭英不知道对方是对自己的暗示，还是关心。他反问道："我为什么要跑？"

那小子双眼一鼓："我早就盯着你手上的电子表，不是走私，也是投机倒把，偷税漏税……"

难道广州的治安警察也查税吗？不可能，难道这些人想黑了自己的这二十万？谅他们也不敢。曾昭英坚持着自己进来时的说法："广州红棉丝绸公司是大型国有企业，我的钱是不是从他们公司出来的，上班后你们一个电话就可以问清楚。"

"你呀，就是湖南人一副倔脑壳。"那人摇摇头，没有再说下去。

曾昭英在派出所被那几个便衣盘查到凌晨五点多钟，那名年纪较大、说话和气的便衣警察这才过来，将他带到派出所民警值班室。

值班室里，一个身着警服的民警，查看了一下曾昭英随身携带的东城湘绣厂与广州红棉丝绸公司签署的代理出口合同，询问了一下他到广州的来龙去脉，让他在谈话笔录上签了名字、盖上手印后，反腕看了一眼手表，关心地说："春节临近，你怎么能携带这么多现金？难免让他们治安联防值勤人员怀疑你，不是走私就是贩卖假货。你可以走了，注意安全。"

此时曾昭英才知道折磨自己一个晚上的那些"便衣警察"原来只是街道治安联防队员。他走出派出所的大门，此时天已大亮。他带着行李身心俱疲地来到广州火车站，只见火车站的广场上人山人海。曾昭英知道这些人肯定都是彻夜无眠，图的就是一张回家的火车票。此时，不仅平价票没有，黑市议价票都十分紧张。平时只要十三块八一张到长沙的火车票，已被黄牛党炒作到二百多元一张，很多车次根本就没有当天的现票。

曾昭英再也不敢将行李放在寄存处，为了皮箱里二十万现金的安全，他只好暂时就近在广州火车站的站前旅社开了一个单间住下来，谋划着如何回长沙。

大年三十的早晨，曾昭英终于赶回了长沙。他顾不上回家，便匆匆直奔湘绣厂。他走进厂区的门，立即被眼前的景象吓傻了，这简直是一幅大逃荒的景象：生产车间大门洞开，从裁料的案板到配线的工作台，从印刷的台板到车间主任的办公桌，拖娘带崽横七竖八地躺着三十多个人。不知是谁喊了声"曾老板"！

曾昭英来不及回应，也没有细看，只听到此起彼伏的议论声："曾老板回来了……"

"曾老板带钱回来了……"

"过年不用空手回家了……"

曾昭英没有理会人们的眼光与招呼，一种说不出的心酸顿时涌上心头。他脚步蹒跚地来到自己的办公室门口，突然发现自己走时紧锁的房门，此时竟然是虚掩着的，不禁心里一颤："谁撬了我的办公室？"

办公室内，一个十六七岁的少年一个翻滚从沙发上翻身站起来。

曾昭英怒气冲天地质问："你为什么要撬我办公室？"

"不，不是我撬的，是杨光明带人来撬的。我爹叫我守在这里，等你回来……"那少年一脸的惊慌。曾昭英忽然认出，这少年就是那天在长沙干休所大门外跟民工追赶自己的年轻人。

那少年见曾昭英一直盯着自己，有些不好意思地说："您回来了，我也该走了。这办公室被撬开后，只有一个叫肖若云的女人进来过。"说完，他拍拍手上的灰，走了。

听说曾昭英已回公司，汪芝玲、王朝凤也陆续赶回湘绣厂。见到曾昭英之后，她们强忍着没有流出来的眼泪，哽咽着说："曾经理，总算把你给盼回来了。"话里，蕴含着无数的心酸。

曾昭英知道作为直接与生产一线人员接触的厂长，压力是巨大的。她们面对的是那些来自农村的绣娘。试想，那些来自农村的绣娘，如果过年都两手空空回家去，那还不知道会受到多大的委屈。他只是笑了笑，默默地打开了皮箱，从里面拿出二十沓钱递给王朝凤："王厂长，你将这笔钱发放给他们。"

王朝凤走后，曾昭英疲倦地一屁股坐在椅子上，对汪芝玲说："小汪，你别说了，我知道你要讲的是杨光明闹事来索要工程款那件事。关于付款我们只认合同签约者陶雄，不认什么二包工头，他敢再来闹，你们就报警。"他对杨光明有种从心底处泛起的厌恶感。他之所以如此厌恶，是自己好心帮助协调谈判，却被这个二包工头戴笼子差点逼入绝境。不过，此时的他无暇去计较，太多的善后事情需要他去料理。

果不其然，当天下午，王朝凤又找上门来了。原来，她遵照曾昭英的要求，与会计一起按照工资表所欠工人的两个月工资，一分不少地发放给了在车间里等候加工费的绣娘，又安排人修好曾昭英办公室的门，手里的钱如流水般地花了出去，到了最后竟然自己两手空空。她之所以找上门来，是想看看曾总的手指缝里是否还能漏点钱出来，以便让自己买两斤肉回家过年。

可是，当王朝凤走进办公室，却见曾昭英手里拿着湘绣厂的规划图，眉头紧锁，她什么也没有说，只是呆呆地望着。

似乎感觉到屋里有人，曾昭英抬头一瞧，却见王朝凤正傻站在门口，不由得问道："有事吗？"

"啊，啊，没事，没事。"王朝凤有点慌张地抽身欲走，却是迈不动步子，因为家里大大小小的眼睛都在盼望着她带年货回家。

细心的曾昭英瞧着王朝凤欲走还留的神态，好像意识到了什么，赶紧问道："你肯定有事，说吧！"

"我的工资呢？您已经六个月没发工资了。"王朝凤哭丧着脸说。

曾昭英心里猛然惊醒："哎哟，二十万现金我不是全部给你和汪芝玲了吗？你们怎么不留出自己的工资呢？"

"你又没说。"王朝凤眼神里流露出失望的神色。

曾昭英后悔自己没作交代，他只得掏出自己的钱包，将回长沙时剩下的二百三十元钱，抽出两张一百元的钱："对不起，是我把这事给忘记了。我这有二百元，你先拿回去过年。"

"这……这……"王朝凤忍了许久的泪水，终于忍不住滴落到地上，呜咽着说，"如果不是你曾老板为人好，我早就辞职了……"

曾昭英感觉无地自容，内疚地说："欠你们的钱我一定会补齐。"

瞧着王朝凤远去的背影，再看看钱包里剩余的三十元钱，曾昭英心里似乎凉到了冰点，但他并不后悔自己的决定。

在中国有一个习俗，逢年过节，儿女回家总得给长辈、小孩送点礼物或是给点钱，春节尤其重要，除夕之夜，一家人和睦团聚济济一堂，长辈们总是拿个不大不小的红包给小辈，名为压岁钱，寓意新年祝福。曾氏家族也不例外，自曾传玉以来，曾家就流传下来一个传统，长辈打发小字辈的压岁钱。即所有父母必须给未成年的儿女，爷爷奶奶给未成年的孙子辈准备一份可大可小的礼金，成家立业的儿女也会送上一份礼物孝敬父母。

下班后，口袋里仅揣着三十多元钱的曾昭英，带着一家三口面对着迎面吹来的寒风，赶往父母家里过年。心底虽然涌动着一股浓浓的对父母的思念，但王朝凤离开时那悲戚戚的样子，让他从头到尾都是凉飕飕的。这就是过年吗？他心里泛起一阵悲凉。他发誓哪怕是工厂关门了，也要将所欠员工的工资补齐。眼下，他倒是担心自己囊中羞涩的窘境，会在兄弟姐妹面前穿帮。为了吃完团年饭后方便开溜，在吃饭前，他特意悄悄地递给焦菊香十块钱低声说："妈，今年我实在太忙，春节没有给您和老爸准备什么礼品，只能表示点心意……"

"伢崽，你们回家过年，就是最大礼物……"焦菊香说完默默地走开，在避开众人的目光后，又转身从柜屉里拿出一百元悄然塞到曾昭英手里，温柔地说，"你厂里的事妈都听说了，今天是过年，到了明天一切都会好起来。"

焦菊香的唠叨与举动都被曾广智听到和看见。他对妻子的唠叨有点不满："做生意不管成功还是失败都是常事。当年你太爷爷在三河镇突围时，不就凭'人在，剑就在'的意志，率领三百湘勇突破二十万太平军的围追堵截，使曾家走到今天吗？"

刘健萍还是第一次听曾广智讲述太爷爷的故事，曾氏家族的传奇故事让她很是兴奋，她宽慰着曾昭英："太爷爷当年尚且能将生死置之度外，我们的一点小挫折又怕什么？"

刘健萍的理解和支持，一扫曾昭英心里的阴影，他的精神也为之一振，此时电视机里飘出轻松愉快而又动人心弦的歌声，刘欢、蒋中一正在演唱《手挽手心连心》歌曲……

正当曾昭英一家与父母沉浸在除夕夜的团圆喜悦中时，忽然听到肖若云在门外高声大喊："恭喜发财，红包拿来！"

刘健萍脸色阴沉了下来，却是什么也没说，只是不经意地扫了曾昭英一眼。

　　焦菊香知道刘健萍与肖若云是面和心不和，看到儿媳妇的脸色，立即解释道："我们曾、肖两家已是三代世交。她是来给你爹拜年的，我们已经相沿成俗几十年了。"

　　曾广智则立即起身去开门，连声说："红包有……有……有。"

　　随着肖若云的身影闪进门，罗汉斌、汪芝玲、柳青也都一拥而入。

　　瞧着这些不速之客，曾昭英不由得一阵心酸。他知道，公司的这几个骨干几个月都没拿工资。按照当地的习俗，账不过年，即使是除夕之夜，也难保没有讨债人上门，只是这些员工一个个笑脸而来，看他们欢天喜地的模样，又不像来要工资的。

　　曾昭英便是曾昭英，他心里有事，却是从不带出脸面，而是拍手一笑，说："今天是大年三十，你们不在家陪父母，都跑到这里来是向我讨账，还是向我妈讨吃呀？"

　　"叫花子都有个年节，谁敢向老板讨账？大年三十，正好我们有闲工夫，想陪老板扯扯闲淡。"罗汉斌从桌上拿起几个橘子，分给大家，自己也往嘴里塞了个橘子，这才结巴着告诉曾昭英，他们上家来的原因。

　　下午，肖若云在回家的路上碰见王朝凤，只见她一把鼻涕一把泪的，问明原因后，才知道她这个生产主管厂长，因为已有六个月没有领到工资，家里所有的人都逼着她辞职。人非草木，孰能无情？她想到要离开东城湘绣厂，不禁难舍难分。

　　东城湘绣厂的现状，肖若云也是心知肚明，不知如何安慰王朝凤是好，她也不知自己该不该插手这件事情，但她明白王朝凤的离开，对曾昭英来说，无疑是一大损失。为了东城湘绣厂的几十号员工，她不看僧面看佛面，无论如何也得帮曾昭英把王朝凤留下来。

　　肖若云谎称有事，早早吃过团年饭后，便邀上汪芝玲、柳青一同开车，赶往王朝凤的家。她不仅将自己单位所发的五百元工资，全给了王朝凤，还将当年曾昭英写给自己的一首《种瓜得瓜，种豆得豆》的歌曲，唱给王朝凤听：

　　　　如果不是与你邂逅，

　　　　我们哪有相遇回眸？

　　　　如果不是志同道合，

我们怎会共度春秋？

佛说：前世五百次的回眸，
才换来今生的擦肩而过！
你说：前世五百次的擦肩，
才换来今生我们的聚首！

如果不是与你邂逅，
我的真情该向谁倾诉？
如果不是心有灵犀，
你怎会敞开拥抱的双手？

幸福来自与你邂逅，
征途的得失何必苛求？
种瓜得瓜种豆得豆，
收获总在耕耘之后！……

肖若云知道只要晓之以理，动之以情，王朝凤就会回心转意。汪芝玲和柳青顺便买了一箱苹果，祝福王朝凤全家平安快乐、新年吉祥。

王朝凤被感动得热泪盈眶，"种瓜得瓜"不是曾昭英妈妈常说的一句话吗？她一扫满面愁容，不仅给曾昭英捎来了两只鸡和一条鱼，她还很后悔地对肖若云说："今天我真不该把曾总手里的钱全部拿走，大家既然走到一起，就应该有福同享，有难同当。"

肖若云连忙安慰着王朝凤道："只要你春节后按时上班，曾总绝不会埋怨你。"

肖若云安抚好王朝凤后，三人出门碰巧遇到了罗汉斌。在罗汉斌的建议下，大家便与准备去向曾昭英父母拜年的肖若云，一起来到了曾家。

汪芝玲见曾昭英被肖若云说得喜笑颜开，也急忙凑上来道："这是我娘家杀的过年猪，送一对猪脚给曾总，过年做红烧猪蹄，祝东城公司新年大发，祝老板红红火火过大年！"

"过年没发工资，你们还给我送年货，我这老板也当得太窝囊……"曾昭英感动地道。

"不摔不跌，不成豪杰。谁能保证自己没有危难的时候？我告诉你一个好消息，新任市委书记有一个口号：一年小变化，三年大变样。只要我们能抓住机遇，就一定能够乘势而上。"

罗汉斌的话，曾昭英心里自然有数，他早从东城县领导那里知悉了这一信息。当前，长沙城正经历着前所未有的大改革——"城市化运动"。市政府将以修路为突破口，在城区内率先投入五一路的拓改道路工程，这是一个全国经济形势腾飞，在长沙落地的信号，湖南湘绣也必将迎来一轮新机遇。

在老长沙人印象中，如果说中山路是民国时期展示长沙路政建设风采的窗口，那么五一路则是新中国成立后，长沙城市建设的缩影。这条道路从 1951 年动工，断断续续一直修到1978年，前后历时二十多年，方才形成了宽约四十米、长达十余里的长沙城东西向主干道，如今要拓宽成八十米以上的大道，自然影响甚广，带来了交通通行、居民生活、习惯思维、经济商机一连串的变化。面对即将到来的城市面貌大变，曾昭英虽有耳闻，感受不深，但每天穿街走巷的罗汉斌则深有感触。面对公司出现的经济危机，他与汪芝玲等人已经九个月没领工资了，他赞美汪芝玲有一个好老公，可以将自己的工资全部储蓄在公司里，他在自己老婆面前经常自嘲是个没本事"吃软饭"的男人。今天他看到走出公司的王朝凤一路饮泣而去，就偷偷将老婆给他买过年鱼肉及物资的一千元全部借给了王朝凤。晚饭后他将大家都邀到这里，名义上是给曾昭英的双亲大人拜年，实则是想向老板进言，抓住机遇，大干一场。

东城公司三个不计任何报酬的人，背后又有三个稳定的家庭支撑，形成了东城湘绣厂稳固的"铁三角"。

罗汉斌想用一种企业精神来维系大家对公司的忠诚。曾昭英何尝不知道罗汉斌这些举动的良苦用心？他非常感动地扫了大家一眼，思索了一下，目光突然落在汪芝玲的脸上说："你，今晚有事吗？"

曾昭英这话问得怪，大过年的问这话，问得汪芝玲一时不知说什么。一旁的罗汉斌却是似乎了然曾昭英的心胸，知道是自己那番"大变样"的话语引出了曾总的长远思路，他笑了笑："曾总，人家汪芝玲在家是老大，独来独往的，有什么事您尽管说。"

"好!"曾昭英脸转向罗汉斌一众人,"趁着人圆话齐,我们来玩一个'反掌传礼'的游戏。"

罗汉斌的脸上露出疑惑的神色:"怎么玩?"

"拜年!"曾昭英回答说。

"老板,你想给谁拜年?"

"新加坡的谭亚轩。"曾昭英回答说。

谭亚轩这个人罗汉斌是熟悉的,当年曾昭英从宏兴厂借调出来,赴韩国刺绣研究院谈判一笔湘绣条屏生意,便是谭亚轩居中牵的线,只是此时曾昭英突然提出要去给谭亚轩拜年他却是有点不解。

曾昭英见罗汉斌一脸的问号,笑着说:"我们的智多星也有不解的时候吧。虽然我们拜访的只是谭亚轩一个人,向他传递的却是中国人对新加坡人的问候。"

柳青很是佩服曾昭英的心思缜密,他知道谭亚轩现在是美国 MTI 公司驻湖南总代表,曾帮助曾昭英将湘绣直接打进过韩国市场。新加坡的文化与中国同源同宗,总理李光耀就是新籍广东人,春节在新加坡华人的心目中,与中国老百姓具有同等的地位。柳青不禁狡黠地一笑说:"我知道你是醉翁之意不在酒,你说'反掌传礼'的游戏该怎么玩?"

刘健萍主动留在家带孩子陪父母,曾昭英一行则拥到谭先生在长沙的家。

谭亚轩自上次从韩国回长沙后,与曾昭英再没有会过面,在这佳节思亲之际,曾昭英、罗汉斌一行的到来,令谭亚轩夫妇非常感动,他的老婆特意烘烤出美式烤饼招待曾昭英等人。

谭亚轩则盛情地说:"新加坡的国土面积虽然很小,但它地处太平洋与印度洋的航运要道,位于马六甲海峡入口处,是东南亚地区的海运中心,有着'亚洲十字路口'之称。它的主岛纵横虽然不过几十公里,但在四百多万常住人口中,百分之七十七是华人。东南亚的许多出口都从新加坡转口出海,在新加坡的商业中心乌节路,有一个'仙人坊'工艺品城,那里的工艺服装与刺绣品生意都做得很火。你如果感兴趣的话,我可以邀请你去新加坡考察一番。"

"谢谢谭先生。新加坡您就不要破费了,如果有机会我想去香港考察一下,我还是非常期待。因为我们长沙的湘绣以前大多是从香港转口。"曾昭英说出了自己的心意。

　　谭亚轩莞尔一笑:"这不矛盾,从长沙到新加坡没有直飞航班,你既可从深圳出境从香港直飞,也可以从上海转机新加坡。我有一个日本籍的台湾朋友,开始就是从深圳弄些服装和刺绣品到香港转口英国和日本,生意做得很不错,后来在弥敦道开了一家名字叫'白英奇'的宾馆,我每次往返新加坡时都住在那里。你如果对香港感兴趣的话,我可以给你预订白英奇酒店,顺便考察一番香港刺绣市场。"

　　一次正常的春节拜访,不经意间的相互交流,曾昭英并没有刻意去记在心里。

　　元宵节后,意大利拖鞋的货款如期到账。东城湘绣厂的流动资金终于进入正常运转。曾昭英长长地松了口气,兜里有了钱,他的眼界自然也宽广了许多。眼界宽了,自然看得更远,他的脑海里翻腾着东城公司的下一步走向。他从长沙飞新加坡的两条航线中悟出一个信息,湘绣要走向国际市场有两个方向:一是向南从广州到深圳转香港,二是从30年代的"夜上海"直接走出去。

第十八章　奇缘

　　一次不经意的让房举动，竟收获了雪中送炭的投资，曾昭英被台湾大客商王富龙的举动弄蒙了。基于韩国天丽公司的前车之鉴，他对王富龙的投资尚在犹豫，没想到投资客竟然接二连三。这些投资客的到来，于曾昭英是福是祸？

　　手里有了点钱，曾昭英又有点不安分了，再次触动了他的那根生意神经。

　　这天，曾昭英正在办公室认真瞧着墙壁上的一幅中国地图，许久许久不眨眼，他在盘算着公司下步的发展方向。

　　根据东城公司在国内各大商场的湘绣销售数据分析出一个结论：湘绣产业的发展，取决于一个地区或一个国家的经济发展水平。也就是说，经济越发达，湘绣的需求就越大。湖南从地缘经济区域划分，长沙虽然距珠江三角洲的龙头广东更近，交通优势明显，然而广州海天旅馆的治安联防检查让他记忆深刻，那群联防队员眼中奇异的神色，使得曾昭英对到特区发展，既有创业的冲动，又是心有余悸。

　　站在世界经济的角度来看，欧美经济一直引导着世界经济的潮流，有人形容，欧美经济打个喷嚏，世界市场经济便会患感冒。上海正是欧美经济进入中国的首选地，如虹桥机场的国际航线远远超出广州白云机场。然而曾以"世界金融中心"著称的上海，由于其"牵一发而动全身"的特殊地位，它经济改革的政策，较之沿海的四个特区，相对而言要慢了很多，沿海许多行之有效的经济举措，到了上海却成了一步三回头的"小脚女人"……

办公桌上的电话铃声将曾昭英放飞的思绪牵了回来，他拿起话筒，话筒里传出几句生硬的中国话："是曾先生吗？我是韩国朴太奎。"

"朴先生，您好。"曾昭英尽管对朴太奎牵线的韩国天丽株式会社的事心存疙瘩，但出于中国人特有的礼貌，他还是很热情地说道，"很久不见了，有时间来中国长沙玩一玩。"

"谢谢邀请。"朴太奎话语显得急切，自从得知东城公司受韩国天丽公司的资金拖累，作为牵线人的他心里很是内疚，觉得自己对不起这位中国朋友，总觉得要如何补偿一下，同时也想完成父亲寻找湖南一位绣娘的凤愿。他语气恳切地说："我今天打电话来，是想商量一下，现在能否投资你的公司？"

"投资？"曾昭英对朴太奎再次提出投资，很是诧异。说实话，虽然销往意大利绣花拖鞋货款的回笼，已经解决了眼下流动资金的燃眉之急，但自己公司下一步的发展，仍然急需大量的资金，可以说资金是现在压在他身上的大山之一。可朴先生此时对症下药似的提议，却让他脑海里跳出不少疑问号，韩国天丽公司的前车之鉴犹在，而且正是朴太奎牵的线，此时朴先生提出投资，内里是不是又藏有什么玄机？想到这里，他声音平静地回道："朴先生，您的好意我领了。我现在手头资金充足，一时还不知往哪里投哩。"他再一次拒绝了朴太奎投资自己公司的要求。

听到曾昭英如此的回绝，电话那头朴太奎沉默了好一阵，方才说："好吧，曾先生，以后我们还有合作机会。"

放下话筒，曾昭英的脑海里突然冒出一句祖训："慈不掌兵，义不理财。"此刻的他可谓深刻理解了这句话的含义。他并不后悔自己拒绝朴先生投资的提议，也许是失去了一次机会，但也许是避免了又一个陷阱，毕竟，生意场上，"小心驶得万年船"还是名句嘛。

不过，尽管曾昭英婉拒了韩国朴太奎的投资建议，但眼下的资金困局，他仍然得想办法解决。他回到办公桌的地图前，继续着自己拓展远景的思考。

虽然深圳甚至香港都能与上海相媲美，但曾昭英的内心却十分看重这个被称为"小脚女人"的城市——上海，只是苦于找不到发展的立足点。他知道上海不仅是世界十大港口城市之一，而且是中国重要的工业中心。经济上升的潜力无穷，它就像一个被锁链拴着的巨人，只要解开了锁链，巨人终究要展现出它那不同寻常的魅力。它的爆发力绝不是一般城市所能比拟。别看上海当前的经济辐射力不强，一旦它深厚的综合实力挣脱了束缚，依托着自身历史的厚重，国际贸易的先天优势，金融人才的得天独厚，上海的再次崛起，必将很快成为重振中国经济雄风的龙头。

湘绣欲要走向世界，必须先要走进上海。近期不少出没于上海的欧洲政要，就雄辩地印证了上海才是中国真正走向世界的桥头堡。

春节过后不久，曾昭英得到一个消息，东城县县长肖福海要赴上海参与韩国 LG 公司到东城设厂的招商合作项目谈判，让他准备点湘绣做伴手礼，同时也可促进湘绣与韩国刺绣交流。曾昭英觉得机会难得，当即打电话给上海严华强，说明肖福海到上海的目的。

就在此时，上海严华强也告诉曾昭英一个消息。他有一个散客户，是台湾客家人，名叫何家庆，是1949年跟随曾广涛去台湾的国民党军官，因家道败落，近几年利用大陆改革开放政策在台湾至上海之间跑"单帮"。每次往返大陆、台湾时都喜欢带一些台湾产的电子表、大陆的苏杭织景、宜兴紫砂壶等工艺品赚取一点两地之间的差价。他多次找到严华强，想让他帮忙介绍长沙的湘绣厂家，他要开辟一条长沙—上海—台北的湘绣之路。

本来，肖福海的邀约，曾昭英还在犹豫之中，此刻听到严华强的信息，他便立马行动，决定陪肖福海到上海，借机与严华强会面，见一见那位何家庆。

严华强得知曾昭英要陪县长肖福海出差上海，特意帮他选择了上海最负盛名的和平饭店，并预订了饭店最豪华的贵宾大套房。他告诉曾昭英："生意人爱讲究面子功夫，富丽堂皇代表的是企业实力。你们肖县长不是要与韩国人谈生意吗？我安排你们住和平饭店，这是上海市一家最著名的老字号宾馆，越是这种高档场所，越容易找到商机。"

长年在上海滩工作的严华强，自然深悉中国的词汇，虽然有"酒香不怕巷子深"的奥秘，但换一个角度去想，谁愿意去一个拐弯抹角才能到达的地方谈判？特别是一些总喜欢以貌取人的港台商人。为了扶植弱小的东城公司，严华强利用自己公司长年接待境外客户与上海和平饭店签订了合作协议的关系，以最优惠的价格为曾昭英预订了上海和平饭店最豪华的套房，不仅便于接见韩国 LG 的谈判代表，又方便接待台湾的何家庆。

谁知道肖福海在上海虹桥机场一下飞机就被韩国 LG 公司接往上海代表处，

然后，一个电话打到了宾馆，非要将豪华套房让给曾昭英。双方正在电话中推让之际，忽然听见走道里传来一阵争吵声。

曾昭英无奈地接受了肖福海的提议，放下电话，走到房门口拉开一道门缝。只见一位中年台湾客商操着不熟练的普通话，指着相邻的房间责问楼层服务员："你们为什么不能给我预留这大套间？"

"先生，对不起，您只是说预订一个套房，并没有说需要预订多少房号。"服务员解释道。

台湾客商用毫不通融的语气，咄咄逼人地说："我是王富龙，每次从台湾来上海我都是住的808号大套间，别的客房我住不惯。"

"王先生，您事先并没有特殊交代，我们只能随机为您预留一个套间。"服务员轻声细语地解释道。

"我在台湾给你们打电话时就说了，我是台湾王富龙……"台湾客商坚持着说。

"808房系超豪华大套间，预订时您必须事先声明。现在别人已经预订，我们总不能让先订的客人退单吧？"

"为什么不能？我告诉你，我是台湾的王富龙！"

"台湾我只听说过王荣庆，没听说过王富龙。"服务员态度虽然谦卑，却话中有话。

在90年代初期的中国内地，谁不知道台湾的首富王荣庆？眼前这位台商自己不说，谁会知道王富龙是什么人？王富龙自知自己是挟着中国内地宠爱台湾之威，仗着国际社会热捧"亚洲四小龙"之势，想用"台湾"二字唬住上海人。他见服务员没有丝毫的认错态度，不禁恼羞成怒地从怀里掏出卡包，"叭"的一声摔在地上，财大气粗地接着说："你是以为老子没钱吗？"

那服务员的态度好得令人没脾气，他俯身拾起王富龙的钱包以及从钱包内散落出来的名片，瞄了一眼名片上的头衔，仍旧彬彬有礼地说："王总裁，不是宾馆小瞧您没钱，确实是别人预订在先。即使您真是王荣庆，我们也得遵守先后顺序，这是规矩。"

王富龙的任性，曾昭英并不认同，但从王富龙非要住808这个豪华大套房不可的态度，觉得一定有什么原因。

如此高档的宾馆，却有顾客在自己的门口不停地喧哗，曾昭英索性打开房门想看个究竟。

台商王富龙见 808 竟是住着一个年轻人，斜视了一眼曾昭英，毫无礼貌地说："小伙子，你怎么住了我要订的房？我们俩换一下吧。"

"换？"曾昭英被王富龙一下问蒙了，口不随心地反问了一句，"怎么换？"

"你住我的小套间 806，我住你的大套间。你是出公差吧？差价我付现，两个房间的发票都给你报账……"

从台商王富龙的抱怨中，曾昭英发现王富龙是一个老江湖。从他的解释中，终于明白了他非住 808 豪华套房的原因：前几次他来上海做生意，每次都是入住 808 号大套房。每次都给他带来了好运气。他记得第一次入住 808 大套房，经人介绍认识了上海工联实业总公司总经理宋黎敏，使得他在台湾陷入滞销的电子手表，在上海南京路的工联实业商场初次上柜，便大为畅销，得以抢占上海滩，十万只电子表三个月便销售一空；第二次宋黎敏带业务员俞剑刚到 808 大套房看电话交换机的新产品，又与申沪通信公司达成在昆山设厂联合生产通信设备协议……王富龙认为"808"寓意着"发连发"，这次如果能入住 808 房间，他一定又能够得到新的商机。

真的有点荒唐，如果生意的兴隆真的与吉祥数字相连，那生意人个个都会发财。曾昭英听了觉得好笑。不过，他却从王富龙进入上海生意江湖的故事中，看到了中国实施改革后所带来的勃勃商机，上海这个古老的国际大都市，给世界带来的无穷机遇。因此，他对眼前王富龙迷信 808 大套房的心情完全可以理解。台湾人嘛，总喜欢把"8"和"发"联系在一起，认为能得到吉利，而 808 这个号码，对自己来说，不过仅仅是一组数字。

看着王富龙一副认真的神态，曾昭英不禁转念一想，台湾客商的年龄比自己大，权当是敬老尊贤，我如果把大套间让给他，自己又会有什么损失呢？想到这里，曾昭英取出已经插在墙上的房卡，对服务员道："既然这位先生这么看重 808 房间，我就与他换了吧。"

王富龙见曾昭英主动让出 808 大套房，顿时喜笑颜开。此时宾馆服务员却有些犹豫了，结结巴巴地说："这……怎么行？"

对于宾馆服务员来说，眼前的两位都是客人，如果强者为尊厚此薄彼，实在有违商业精神。曾昭英见状淡定地对服务员道："这是我自愿的，与宾馆无关，请帮忙到前台换个名字吧。"

曾昭英淡定的神态，打动了服务员。作为酒店工作人员，自然希望入住的每一位客户都能满意，既然先入住的客户，愿意让出自己的房间，满足台湾客商的要求，平息"事端"，又何乐而不为？

曾昭英接过服务员递来的新房卡，淡淡地"哦"了一声，转身准备离开。

王富龙见曾昭英毫不计较的神态，觉得有些过意不去了："这样吧，你的房钱由我来付。"

"不必了。"曾昭英笑着回答道。

"那……"王富龙感到有点意外，与大陆人打了多年的交道，像曾昭英这样的人实属少见。他突然对曾昭英有了兴趣，态度专横地说："小伙子，今天晚上一起吃个饭，我们好好聊聊。"

王富龙如此一说，倒让曾昭英觉得再推辞，自己就显得有点见外了，出门在外做生意，多个朋友多条路。他微微一笑欣然答应了对方的邀请。

饭桌上，王富龙对换房之事，首先向曾昭英表示谢意。曾昭英笑了笑道："我也在生意场上走了多年，完全能够理解王老板换房的想法，谁不希望自己一帆风顺？我祝您生意兴隆，财源茂盛！"

"哈哈哈哈，那就借曾先生的吉言了。"曾昭英的恭维话，说到了王富龙的心坎上，一下子就拉近了两人感情上的距离。王富龙是个很健谈的人，打开话匣子后便天南海北地聊了起来。他问曾昭英："许多台湾人都就近选择投资福州、厦门，你知道我为什么要选择上海吗？"

曾昭英心里有数，却不愿意点破，很有礼貌地点点头："还得请王老板指教。"

王富龙抿了抿嘴，老到地说："上海、江浙一带的人，做生意长于谋划，每件事情都要思前想后，这就叫百密不疏，稳赚不赔。现在的中国，有人说'政治看北京，文化看西安，环保看桂林，刺绣看长沙，经济看上海'。"

曾昭英认真地听着，觉得王富龙的话确有几分道理，听得入港之时，终于忍不住了，他很是感慨地说："'刺绣看长沙'这话是否正确我不知道，但上海是中国通往世界经济的桥梁，这点我是深信不疑，王总裁能选择上海市场确是明智之举。"

曾昭英的话一出口，可把王富龙听愣了，他这才发现自己小看了眼前的这个小年轻，不禁好奇地问道："你不是做湘绣生意的吗？'刺绣看长沙'，这话可是我们台湾那些跑'单帮'老兵的口头禅。"

"是的，这话其实也有几分道理，长沙的刺绣有过辉煌的过往，只是当代落后于苏绣。"一谈起湘绣，曾昭英的话便像湘江奔腾的江水一样，滔滔不绝。直听得王富龙眉开眼笑，啧啧赞叹不已。他颇为感慨地说："曾先生，我看你的思维早已超出了湘绣生意范畴呀。早年，我在台北'故宫博物院'馆藏品展览中见过湘绣被面《百子图》，还有孙中山先生穿过的湘绣睡衣。这些刺绣品皆为绣艺精湛的艺术绝品。"

曾昭英霍的一下站起身来，有点忘形地说："你知道吗？孙中山先生结婚时所使用的《百子图》湘绣被面，就是我们东城湘绣厂的前身芙蓉坊绣庄所绣。"

"什么？"王富龙惊诧地瞪圆了双眼，"有这么巧吗？"

曾昭英在王富龙的追问下，将从1911年意大利都灵博览会湘绣《荷鹤图》获得世界卓越进步奖，到1933年美国芝加哥博览会湘绣《乐雁图》荣获金奖，再到1959年人民大会堂湖南厅湘绣毛泽东主席诗词《沁园春·长沙》与《江山如此多娇》双面绣立屏的故事娓娓道来。

王富龙饶有兴趣地听完后，又马上接着追问："立屏一面是毛泽东的诗词，另一面是先祖的《江山如此多娇》，双面绣到底是怎么绣出来的？"

曾昭英见他问，便饶有兴趣地向王富龙讲解起了双面绣的刺绣法："双面绣就是上下双针交替使用，正反两面相互藏痕。落针线要垂直，两面的线路不能交叉，线尾不要打结……"

王富龙听着曾昭英对双面绣刺绣针法的讲解，就如同听天书一般，哪里听得懂？但他却从中了解到了，眼前的这位年轻人，是一个有真才实学、有丰富湘绣生产经验的年轻人，这个年轻人也许就是自己在大陆开掘新项目的合作者。

这次再返大陆上海，王富龙是存了另外的心思，如今的电子产品生意不太好做了，除了中国香港、台湾人，日本人、韩国人也纷纷挤进了大陆，在瓜分着电子产品市场，必须在大陆新辟生意道路。正是存了这份心思，他问话的内容也有了针对性："听了曾先生的一番湘绣高论，加之家传的刺绣手艺，曾先生应该对中国四大名绣的特色都有所了解，能不能给我讲解一二？"

曾昭英听王富龙话锋一转，问起了四大名绣的刺绣技艺，不觉一愣，一个做电子产品的商人突然好奇起刺绣来，对方的好奇心是不是太重了点？但他旋即又恢复了常态。

虽然摸不透对方问话的含意，曾昭英仍是略一沉思后，缓缓地开了口："中国地大物博，各民族刺绣品种多达几十种，取名四大名绣，不过是时势造名而已。"他停顿了一下继续道："四大名绣之所以成名，除了时势之外，特色也是它们成名的重要方面，苏绣的小巧不乏灵气，湘绣的野性不失精致，蜀绣的喜庆不损典雅，粤绣的张扬不逊大气，是各自独有的特色。从技艺上来看……"

"曾昭英，我问你！你需要投资吗？"曾昭英正讲到兴致上，却被王富龙生硬地打断了。

王富龙的建议，着实让曾昭英大吃一惊。俗话说，隔行如隔山。一个做电子产品的老板，仅因为换了一间宾馆客房，就要投资湘绣产业？简直令人匪夷所思！

曾昭英吃惊之余，试探性地问道："王老板，您是开玩笑，还是当真？"

"你看我是在开玩笑吗？套用《红楼梦》中一副名联：'假作真时真亦假，无为有处有还无。'你说我是当真，还是开玩笑？"王富龙面露笑容，没有继续说下去。

"据我所知现在全国的刺绣行业，还没有一家台湾或其他外商投资企业，您就不怕亏本？"曾昭英实话实说地反问道。

王富龙是个粗中有细之人，他虽然喜欢湘绣，但他并不了解湘绣行业，虽然他更熟悉电子产业，却看重曾昭英这个偶然相遇的年轻人。他断然地说："我就是看中你的诚实。钱与人之间，我更看重的是人。"

在王富龙的眼里，自己目前所从事的电子产业，竞争异常地激烈，国外不少的资本大鳄也参与了进来，使得他在大陆投资电子市场的风险系数加大。虽然台湾是中国的一部分，人际间的沟通无障碍，牛意进入大陆市场也顺利，但电子产品是一个更新换代很快的行业，大量资金与技术创新是这一行业保持不败的砝码。与国外的资本大鳄和日新月异的技术相比，他不得不承认自己仍有较大的差距。作为一个成熟的商人，他当然懂得鸡蛋多放几个篮子，总比放在一个篮子里安全。这次他通过 808 号换房认识了曾昭英，虽然他对湘绣的生产与市场并不了解，但他凭着自己多年识人的经验断定，此人如能为己所用，自己的企业在大陆一定大有可为。

"我告诉你，我投资的不是湘绣产品，是投资你这个人。说吧，你想我投资多少？"王富龙将已经夹着菜的筷子又松开，重重地往桌上一放，双目睁得圆圆的，虎视眈眈地望着曾昭英。

话说到这个份上，曾昭英感到无法拒绝对方的投资要求，他淡淡地笑着说："您如果真想投，有十万元就足够了。"

"十万元？太少了。"王富龙不停地摇头，"浩渺的商海上，小船是行不了多远……"

在外人看来，一个曾经因为缺钱差点跳楼的人，现在有人送钱上门却不要，这人是否摔坏了脑壳？曾昭英有着他自己的顾虑。钱确实是个好东西，投资越多肯定越好，但对方的投资是一种信任，这种信任比缺钱的压力更大。他仍旧平静地说："投资讲究以小博大，您用十万元投石问路，我们双方都轻松自如，没有压力。业绩好时再做后续投资，那样岂不是更好？"

"好吧，就按你说的办。"王富龙看了一下手表，接着大声地对服务员说，"来，你过来！还加一副碗筷！"

曾昭英不知怎么回事，正疑惑间，王富龙对一直陪伴在身旁的秘书李文低声说："何家庆约我八点钟在咖啡厅喝茶，他应该到了，你去把他叫过来。"

不一会儿一个戴着金边眼镜，白发参半而又文质彬彬的老倌子跟着李秘书走进包房。不待对方说话，王富龙就大咧咧地嚷道："老头子，来……来……来。这是湖南来的曾厂长，介绍你们认识一下。"

老头子的年龄比曾昭英大很多，看上去与自己的伯父相仿。对方不知曾昭英是何方神圣，连忙掏出一张名片递给曾昭英，点头弯腰自我介绍道："鄙人姓何，名家庆。今后还请曾厂长多关照。"

"何家庆？您就是台北女红街婚庆用品公司的何先生吗？"曾昭英惊奇地问。

"是……是……是。"何家庆转头望了望王富龙，连连点头。

王富龙听曾昭英这么一问愣住了。瞪着眼睛瞅瞅何家庆，又望望曾昭英，惊愕地问："你俩有神交呀？"

"岂止是神交，台湾和大陆本来就是一根藤上的两个瓜。我父亲给我取名家庆，临死前还告诉我，有朝一日我若能回到大陆，逢年过节也别忘了他这副留在台湾的老骨头。所以我每次只要一踏上大陆的土地，就像进了父母的家门，见到曾厂长就像见到亲人一样。"何家庆说到动情处眼眶不禁湿润起来。

"我是上海严华强经理的朋友，此次来上海就是他约我专程来与何先生会面的，没想到在此幸会。"曾昭英双手捧着自己的名片递给何家庆。

"我说这就是缘分！今天我如果不是与何家庆从台湾到上海坐同一个航班相识，你如果不与我换房，今晚我们三个怎么会坐到一起？老头子，我要去湖南投资，你也凑个数。今后这方面的联系就由你来跑！"王富龙兴奋地说。

他们都是来自台北，目的都是到上海寻找商机。

酒酣耳热闲谈中，何家庆为了显示与曾昭英的亲近，透露自己的真名叫马友志，"何家庆"只是行走生意江湖的用名。

大家都是萍水相逢，曾昭英既没对何家庆的套近乎往心里去，也没把王富龙的投资说法当真。晚餐结束，为了不欠王富龙的人情账，曾昭英向服务员招了招手："买单！"

"说好的，我请客！"王富龙争辩道。

"我来买！"曾昭英客气地争着说。

王富龙不容争辩地说："谁要你买？"

曾昭英见那服务员不接王富龙的信用卡，眼睛盯着自己手里的现金，便有些难为情地说："还是我请吧！"

只听"啪"的一声，王富龙桌上一拍巴掌，气愤地对那服务员吼道："拿过去，刷卡！"

大家都被王富龙的举动惊呆了。那服务员则像一个犯了错误的小孩般，拿着信用卡亦步亦趋地走向前台。王富龙还在愤愤不平地骂道："真是狗眼看人低，你以为老子是到大陆来骗吃骗喝的？"

曾昭英赞赏王富龙的豪爽，但并不认同他的行事风格，为了缓和气氛，打着圆场说："王董事长真是财大气粗！"

王富龙嘿嘿一笑："他们以为我像有些台湾人一样，打着投资的幌子四处招摇撞骗。你没看到那服务员，只盯着你的钱。"

"你可能错怪了别人，这也许就是大陆人的好客。"何家庆解释说。其实曾昭英比他们谁都清楚，刷卡时，银行要收宾馆的手续费。宾馆虽然没有规定不能刷卡，但营业员是知道这个套路的。特别是有些宾馆的餐饮和附属服务设施外包经营后，他们是不会顾及宾馆的住宿客人。他认为那服务员可能是一种为餐厅老板考虑的敬业精神，根本没去考虑什么大陆人与台湾人。

饭局散场后，王富龙回客房休息去了，何家庆却跟着到了曾昭英房间，从裤兜里掏出一个小巧的电子表，神秘兮兮地说："这是王富龙今天在飞机上送我的。这东西在上海很好销，现在我转送你，如果长沙有销路，下次我从台北给你多带点货。"

在房间里，何家庆挑选了一批曾昭英随身携带到上海的湘绣，准备带回台北直销。曾昭英心里明白，这是当时在台湾与大陆之间十分流行的"跑单帮"。

何家庆对一幅折叠得工工整整的湘绣《九龙图》爱不释手。一问价格，不禁惊讶得张大了嘴巴，他假装自己并没有选中，有点自嘲地说："这样的价格很适合王富龙这样的大富豪，我的买家都是普通商家。"

说者无心听者有意，曾昭英从何家庆不经意的话语中，似乎悟出了什么，他特意将《九龙图》挑选出来，走到何家庆面前，似无意又似有心："何先生请您帮个忙，明天帮我将这幅《九龙图》送给王富龙先生。"

何家庆惊讶地问："这么贵重的礼物，你怎么不自己送给他？"

"我明天一早就要离开这里，不好意思一大早就去打扰他。"

"他就住在隔壁，现在就可以送过去呀？"何家庆提醒着说。

曾昭英将湘绣《九龙图》轻轻地放在茶桌上，冲着何家庆开玩笑似的说："我不想让他多心，所以才请您转送，况且您送给我的电子表，不也是王董事长送您的吗？这《九龙图》由您去送，我们俩人的礼都还了呀。"

何家庆听曾昭英这么一说，顿时喜笑颜开，半推半就地说："恭敬不如从命。现在时间的确太晚了，你也不好意思再去打扰他。"

何家庆说完，不经曾昭英首肯，老练地打开宾馆的衣柜的抽屉，熟悉地拿出宾馆的洗衣袋，将《九龙图》工工整整地装进袋子里，笑嘻嘻地说："偌样就不会打混，我敢保证王富龙收了这《九龙图》后一定会回头来找你。"

果不其然，一个多月后，何家庆忽然从上海打来电话："王董要来长沙……"

"他还没回台湾？"此时正在建设中的湘绣大楼仍然陷入钱荒，工地不得不停工待钱。自己企业的这副窘境，曾昭英实在不想让外人看到，不禁问道："他是来旅游吗？"

何家庆似乎感觉到了曾昭英话语背后的冷淡，他在电话中告诉曾昭英："你送王富龙这幅湘绣《九龙图》，他很是喜爱，决定提前去你那里考察拍板。同时，还特邀了一个重要客商来长沙。"

"客商？"曾昭英沉默了一下，"哪里的客商？"

电话那头没有应声，只传来狡黠的笑声。

说实话，此时的曾昭英实在不愿让外来客人看到自己企业的窘境，可王富龙却不是普通客人，而是投资的贵客，拒绝其要求，显然不合适。他有点勉强地回话说："好吧，你们什么时候到？"

"今天下午四点的飞机从虹桥机场起飞，什么时候到达长沙，你查一下吧。你一定要自己来机场接，别弄得'王大炮'发火。嘿嘿……"何家庆喋喋不休地叮嘱着曾昭英。

曾昭英放下电话，立即嘱咐柳青千万要稳住施工单位，先恢复上工。然后又安排罗汉斌到长沙湘江宾馆预订三个房间，自己则租了一辆出租车公司从俄罗斯进口的"拉达"小车赶往机场。他在心里反复琢磨王富龙带来的重要客商是何方神圣。

航班准时抵达长沙黄花国际机场，乘客不断地从出站口走出，站在出站护栏前面的曾昭英翘首望去，远远望见王富龙正与身边一个高个子边走边谈，身材修长的马友志双手推着一大堆行李，步履蹒跚地跟在后面。

王富龙瞧见站在出站口正在挥手的曾昭英，远远地便大嗓门喊道："曾老板，我给你带来了一个财神。"

曾昭英眯眼瞧去，很是惊讶，脱口而出："这不是朴先生吗？"

那高个头男子闻声一怔，旋即笑容满面，操着生硬的中国话："曾先生，你好，别来无恙。"

站在一旁的王富龙不由得愣了。朴先生见状，连忙解释说："这是王董的普通话说得不标准，曾、郑不分。"

原来王富龙向朴先生介绍曾昭英系名门之后，而朴先生听成是收复台湾的名人郑成功的"郑"，所以没有去想是曾昭英。朴先生三言两语地将自己的误会说清楚后，众人一番哄然大笑。

赴宾馆的汽车上，曾昭英不由得问起朴先生的来意："朴先生，您是怎么认识的王董？"

"刺绣。"

"刺绣？您也做刺绣生意？！"曾昭英惊讶地问。

"朴先生一直就是做服装生意的，现在转行做刺绣，不然我怎么会带他来，你以为我有病？带个韩国人到长沙骗吃骗喝。"坐前排副驾驶位置的王富龙接口道。

"他们那里做得最大的天丽公司老板金东勋破产后，韩国的刺绣市场还在，朴先生的公司为了生存，力图恢复金融危机爆发之前的业务往来，顺便也做起了金东勋遗留下来的刺绣生意。"

曾昭英没有再说什么，既然王富龙已经将人带来了，自己再去说什么就显得小肚鸡肠了，何况多个投资者，路可能会更宽敞些，只是自己得多个心眼，免得被别人卖了，还帮着人家数钱。他一个电话打给罗汉斌，要他明天一早安排朴先生去企业考察之事。

一行人说说笑笑便到了湘江宾馆。晚饭后，曾昭英与王富龙、马友志一起送朴先生进入客房安歇，又与王富龙、马友志一起来到宾馆大厅，告辞后准备回去，却被马友志扯住了。只听得王富龙不容申辩地说："走！去我房间。"

进入房间后，王富龙劈头就问："你不是要我投资吗？钱给你带来了。"王富龙说完转向马友志："你把钱给他。"

只见马友志缓慢地解开外衣，从穿在里面马甲背心的口袋和腰包里掏出十万美元，放到茶几上。

曾昭英被震撼了："怎么这么多钱？"

"你不是让我投资十万吗？一分不多一分不少。"王富龙两眼直直地瞪着曾昭英说。

"我说的是人民币，你现在拿来的是美金。这么多钱……"曾昭英想推托，但他没有把"不要"两个字说出来。

王富龙似乎有些不耐烦地说："我哪里来的人民币？马友志帮我从台湾拿这十万美元过关，因没有申报还差点被没收。你不要送你一碗米，你却说要的是饭。"

马友志见王富龙又要开骂，立即调和着说："你拿到中国银行一换，不就是人民币吗？"

曾昭英连忙赔起笑脸解释说："我不是这个意思。我是说您投资的钱越多，我的压力就越大。"

"做事业还怕钱多？笑话？！"王富龙教训道。

马友志则信心满满地鼓励曾昭英："就凭你有压力感，王先生这个投资就错不了。"

瞧着这十万美元，素来谨慎的曾昭英灵机一动："您看这样好不好？你这十万美元先以你本人名义存入银行。我以投入到湘绣大楼的一百五十万元人民币作股，我们建立一家合资公司。"

王富龙笑着对马友志说："你也投一点，像曾昭英这样怕钱的人现在能有几人？你现有的许多狐朋狗友，他们不骗你的钱就要烧高香。"

马友志苦笑着说："我也很想投，只是没钱。你们知道我当了一辈子兵。以前他们称我'老兵'，现在的称呼只是加了两个字：'退役老兵'。"

"你他妈的别装孙子。我借你五万美元，明天回上海去拿。"王富龙眼一瞪，不容分辩地说。

"借了你的钱如果亏了我就还不起。我最多也只能投三万美元，我全部家当就是这么多。"马友志有点尴尬地回道。

"谁叫你还？亏损了算我的，军规只有一条，坚守长沙。"王富龙豪爽地说。

马友志缓缓地从座位上站起来，双手抱拳激动地连声说："嘿嘿，谢谢……谢谢王总裁！你的心意我都领了。我那三万美元还是拿得出来。如果赔了，我就不回台湾了。"

王富龙瞪着一双奇怪的眼睛凶巴巴地问："你不回台湾，你想去哪儿？"

"跳江呀！反正我也活够了，无儿无女一身轻。能够葬身长沙，也算魂归故里。"马友志笑着说。

听着两人的谈笑，曾昭英惊疑地问："此话怎讲？难道马老先生是湖南人？"

"说来话长。"马友志陷入了沉思。

王富龙知道马友志当年在大陆曾有过短暂的婚姻，到台湾后因种种原因一直未再娶女人。他更明白留人要留心，要留住男人就得有女人，他笑着调侃道："曾昭英，这老头子在台湾也怪可怜的，一个人吃饱，全家人不饿。看你们长沙有合适的女人没有？帮他介绍一个，让一个在台湾无所事事的老兵，也享受一下只有在大陆才能享受得到的改革开放成果。"

听王富龙这么一说，曾昭英觉得这马老先生挺可怜的，不禁动了恻隐之心。他体谅地说："马先生要找女伴这不难，只要马先生不挑肥拣瘦，东城县现有十多万注册绣娘中，总有一个意中人。"

马友志憨憨一笑："几十年就这么过去了，现在我还有什么资格挑肥拣瘦？"

"曾总，我看还真有一个人能帮上忙。"一旁的罗汉斌笑盈盈地打量着马友志。

"谁?"

"水渡河绣站的春芳嫂,认识不少的绣娘,其中不少的人至今还未婚,我们可让春芳嫂帮忙'搓搓糠头绳'。"罗汉斌回答道。

"这'搓糠头绳'的事,你去跟春芳嫂说说。关于马先生投资的三万美元,我看就免了,我借三万美元的人民币给马先生作投资股份,就让他做王董事长的代表好了。"

马友志听后非常感动,双手抱拳举到胸前深深地对曾昭英鞠了一躬:"谢谢曾厂长的好意。在商言商,曾厂长不让我出钱,却让我占有股份,王董事长听了还以为你是用干股贿赂我,如果能赊三万美元的湘绣给我周转,我就感恩戴德!既解决了我入股缺钱的问题,又可尽快地扩展湘绣在台湾的销路。"

"这个主意不错,我看就这么定了。"王富龙一锤定音。曾昭英取王富龙之"龙",马友志之"马"为名,以"湖南龙马湘绣股份有限公司"之名进行注册登记。湘绣行业第一家台商投资企业,在湖南长沙正式诞生。

第十九章　乡愁

　　　　乡愁是一碗水，乡愁是一杯酒。乡愁是一只远航的船，回家的期
　　盼是永远！曾广涛一首《我是一只远航的船》，曾经感动台湾眷村无数
　　老兵，他那句"道不尽乡愁"，复活了一个台湾老兵的恩爱奇缘。

　　虽然，韩国的朴太奎对投资一事尚未表态，但王富龙投入的十万美元注册
资金仍宛如一股高山瀑布，以湘绣大楼的迅速完工，解开了公司的困局，带活
了企业发展的全局。因系台商投资企业，龙马有限公司自动获得湘绣产品自营
进出口经营权，将曾昭英的企业迅速推到国有外贸企业的同等位置。曾昭英将
投入湘绣大楼的原始资金折合成股份全部转入新的公司，并将"湘绣大楼"更
名为"龙马大厦"，寓意着要以龙马精神，一往无前地拼搏进取。

　　话分两头说，春芳嫂自从罗汉斌吩咐下来后，一直留心着周边的绣娘婚姻
情况。这天傍晚，春芳嫂从绣站回家，屋里的灯刚亮，门外便传来一个甜甜的
声音："春芳嫂，回来啦？"

　　春芳嫂回头一瞧，见是隔壁的邻居汪思水。这位老邻居早已是六十开外的
人啦，却身板健朗，面容姣好，外人瞧来，也不过就是四五十岁模样。走进门
的她手里还提着个金黄的圆南瓜："春芳嫂，这是我家亲戚带来的外国品种，你
尝尝鲜。"

　　春芳嫂不好意思地接了过来："你也太讲客气了，我们上十年挨着板壁的邻
居，还来这个……"她突然住了嘴，望着对方的脸出起神来。

汪思水不知自己哪里有错，摸了摸脸上，又瞧了瞧衣服，似乎没发现哪里有不对劲的地方。她很是奇怪："春芳嫂，我……"

"哦，没什么，没什么。"春芳嫂好像从梦中醒来，因为她突然记起了汪思水是个苦命人，老公解放前便不知去向，一个人几十年四处漂流，早十来年因她有手好绣艺，便留在了绣站帮工。春芳嫂开门见山地说起了台湾老兵的事，末了，问汪思水有什么想法。

汪思水已是上了年纪的人，对再组织家庭抱着无可无不可的态度，听了春芳嫂一番解说，只是腼腆一笑，不置可否，但春芳嫂却从这沉默中得知了她的心态，笑笑，走了。

一连几天，春芳嫂那边都没有回信，汪思水倒是沉不住气了，有意来到春芳嫂家里，装作无意地提起了那位台湾老人。

"那个人，那个人住在工棚……我看，不如算了。"春芳嫂说话有点支支吾吾。

"工棚有什么关系？"汪思水心弦忽然动了一下，"人老了，有个伴就行。要不，在你家定个见面时间。"

"好吧，我问问。"春芳嫂想了一下，应承了下来。

这天，那个台湾老兵终于来了。炎热的夏天，台湾老兵戴着一顶很旧但很干净的帽子，腰不驼背不弯，看上去还很硬朗。汪思水看在眼里，还挺中意。

老兵却低眉耷眼，只是瞧着脚下的地面，似乎要从那里寻找什么。沉默半天才吐出一句话："我没钱，我是一个台湾的退休老兵，养不起你。"

"我不要你养啊，我自己有点钱。"

台湾老兵这才抬起头来。这一抬头不打紧，台湾老兵却像魔幻了似的，直勾勾地盯着汪思水的脸庞，好像汪思水的脸上突然长出了花。

被人这么瞧着，汪思水心里很是不自在，她起身给台湾老兵端了杯茶递了过去。台湾老兵没有接，却突然问道："你的老家在哪里呢？"

"我是湖南湘阴人。"汪思水回答。

"湘阴哪里的？"老汉追问。

"文昌坝。"

"文昌坝我去过，你是哪个村的啊？"

"张家村。"

"张家村的人都是姓张，你咋个会姓汪啊？"

"我以前是姓张，后来才改的姓名。"

"那你以前叫啥子？"

"张九妹。"

听到这个名字，老兵惊得坐直了身子，双眼死死地盯着汪思水问："你叫张九妹？"

"是啊。"汪思水奇怪地看着老兵。

"张九妹，那你还记得马友志不？"

汪思水愣了一下说："我年轻的时候嫁过一个当兵的，叫马友志，后来去了台湾，你说的是不是他？"

此时，老兵鼻子一酸，接着问道："你的母亲是不是姓张？"

"是啊，你怎么会知道？"汪思水瞪大了双眼。

"我就是马友志……"老兵哽咽了。

汪思水惊得目瞪口呆，盯着老兵看了半晌才说："你是马友志？天啊……"

这时，汪思水才像回过神来似的，用手捂着嘴，呜呜哭了起来。

两人做梦也没想到，失散四十多年的结发夫妻，竟还能在茫茫人海中重逢，而且是以这样一种不可思议的方式。

这漫长的四十多年，对方究竟经历了什么，马友志和张九妹的心里，都有一个巨大的问号。

马友志是湖南邵阳茶山人，1947年加入国民党新编21军，后被派到曾广涛部服役。当时他是部队的少尉排长，长得高大威猛，一表人才。1949年4月随曾广涛进入长沙。那时警卫团里有个司务长常常下乡买菜，一来二去结识了文昌坝张家村的张大婶。司务长听说张大婶有个独生女儿叫张九妹，正等着招郎上门，就从中做媒，将马友志介绍给了张九妹。

张大婶一看马友志相貌堂堂，又是个排长，当即满心欢喜。她带着马友志来到家里，指着一个面目清秀的大姑娘对马友志说："这就是我女儿。"

张九妹当时只有十九岁，陡然间看到这么一个高大威猛的青年男子，害羞得扭头就跑。虽然就这么看了一眼，但是，双方都看清了对方的长相，心里都挺满意。

当年秋天，张大嫂出钱置办了几桌酒席，请来保长、甲长及左邻右舍，让两人正式成了亲。当然，这一切曾广涛并不知情。

结婚后的马友志以为会过上安稳的小日子，但战争改变了一切。

一天深夜，马友志突然接到部队开拔的紧急命令。军官在苍茫夜色中声嘶力竭地训话："弟兄们！我们要紧急转移，如果谁开小差就地枪决！"

十万火急的情形下，马友志来不及向新婚妻子和家人道别，就走上了战场。

1949 年 8 月马友志跟随部队撤退到福建，经过一场大战，中国人民解放军从四面八方奔赴包抄过来。马友志跟着部队且战且退，这期间，他曾想过给妻子写信，但那时全国交通瘫痪，加上不知妻子家中的详细地址，退到台湾后他与妻子完全失去了联系。后来从部队退役后，因找不到工作而在眷村先做二手衣服的转手买卖，后因大陆的服装便宜，便开始了"跑单帮"。在家庭问题上马友志当年与张九妹虽然仅在一起生活了三个月，谈不上有多深厚的感情，但他喜欢张九妹的贤惠与温柔，一直抹不去张九妹那十九岁的年轻貌美的身影，总有一种说不清的东西让他牵挂在心里。马友志到台湾后，无法忍受孤独的生活，他曾千方百计地多次联系张九妹，但炮火连天的战争，容不下他们的儿女私情。他又多次托朋友从香港给张九妹寄信，每次也都是不了了之。

到台湾后的第十个年头，一个日本女人走进了他的生活。结婚的当天马友志想起了结发妻子，心里隐隐感到一丝不安，但他想兵荒马乱地过了十多年，也不知她是否还活着，就算活着，说不定也早已改嫁了。这种不安很快就被新婚生活所冲淡。后来马友志老婆因病回日本娘家后逝世，马友志也顺便去了日本，因为不懂日本话，也吃不惯日本的料理，在老丈人家里生活了两个月便打道回台湾，仍然住在眷村。为了生存，他不得不在台湾、大陆两地奔波……

汪思水与台湾老兵重续旧缘的佳话迅速传播开来，消息不知怎么传到了焦菊香的耳里。这天，曾昭英从湘绣大楼工地回到家里，里屋便传来了焦菊香的声音："昭儿，听说你公司的台湾老兵找到了失散多年的妻子？"

曾昭英很是惊讶母亲的信息灵通，随口答道："是啊，您怎么知道的？"

"女方是不是叫张九妹？"

"好像，好像是吧。"说实话，曾昭英这一段时间很忙，根本就没有时间去了解这件事情的前因后果，只是听罗汉斌说起过这事。此时听得母亲追问女方的姓名，当即给罗汉斌打电话核实。

听得电话那头证实了女方是张九妹，焦菊香从床上坐了起来，准备穿鞋子。

曾昭英一见，有点急了："妈，您这是干什么？"

"走，带我去见见张九妹。"

"妈，您还有病哩。"

"是啊，张九妹对你再重要，你这个样子去不得的。"闻声赶来的曾广智见状，连忙按住了焦菊香，"何况，你们几十年没见面，也不急在这一时三刻。"

从父亲的口中，曾昭英得知母亲与张九妹有着很久远的情谊，可以追溯到湖南解放前的绣"国礼"。他定了定神，以不容置疑的口气说："妈，这样吧，过几天我到蓉园宾馆订桌饭，一则是道喜张九妹夫妇重逢，二则是庆贺你们姐妹俩相遇。您看，怎样?"

几天后，蓉园宾馆的三号楼餐厅里，来了一帮客人。曾广智、焦菊香、马友志、张九妹以及罗汉斌、春芳嫂、柳青、汪芝玲，曾昭英还特邀了一个外国客人——朴太奎。朴先生自从随王富龙来了后，便一直待在长沙，每天东走走西看看，陪同他串访绣点的罗汉斌，偶尔问起他投资的事，却被他顾左右而言他的话题扯开了。尽管如此，在这次家宴上，曾昭英仍然邀请了他，一则是出于礼貌，二则也是弥补自己这么久没有陪他。

说实话，朴太奎是有心事的，他之所以东奔西跑地走访各个绣点，更重要的还是还老父亲一个心愿——找到中国抗日战争时期帮助过父亲的一位绣娘，只知道这位绣娘姓喻，极擅长刺绣，有"针神"之称。不过，他走访了许多的刺绣点，却是收获不大，线索似乎在空中飘游，却总是拈不住线头……

宴席这边朴太奎心事重重，那边却是笑声、抽泣声不断。原来，张九妹正在述说自己几十年的经历。

自从1949年8月马友志随军转移不辞而别后，张九妹急得吃不下饭睡不着觉。张大姊和丈夫看着独生女天天以泪洗面，忧心忡忡，他们四处打探消息，终于打听到马友志随部队去了台湾。

张九妹很伤心，连自己最喜爱的刺绣活也无心做了，成天站在村口，盼望着马友志突然出现的身影。她对马友志的痴情，不仅因为他一表人才，还因为他善解人意，探家时很勤快，深得岳父岳母喜爱。

日子一天天过去，马友志依然杳无音讯。有人劝张九妹改嫁，说兵荒马乱年代，人命如草芥，马友志恐怕早就"骨头打得鼓"了。张九妹不肯，她执拗地坚信，丈夫一定还活着。

过了几年，父母亲因病过世，张九妹仍痴守在文昌坝的张家村。她四十二岁那年，与马友志离散二十三年了，依然孑然一身。张九妹仍抱着坚定的希望，相信丈夫一定会回文昌坝找她。为了马友志回来后找她方便，张九妹在从文昌坝通往铜官老街的岔口处搭起一个竹棚子以卖粥为生。后来，她在水渡河饭店认识了东城湘绣收花站的春芳嫂，对方得知她熟悉绣花，便动员她搬来自家附近住，成为了一名湘绣收花站的发货组导员……

听着张九妹对凄惨命运的讲述，焦菊香很难控制自己的情绪，她热泪盈眶，几欲落下。坐一旁的曾广智知道妻子的病情，不能过于激动，否则会加重病情，他连忙岔开话题："九妹，当年，你那个人像开脸刺绣活可真是做绝了啊，你有什么奥秘？说出来大家分享分享。"

张九妹大概也意识到了自己的失态，引起了病中的焦菊香情绪伤感。她平静了一下心绪道："当时，我不过是用了姑姑新创的平掺针法，辅以打子针。这样一来，人像便能随光线强弱而自动变色。"

"你姑姑是……"

"张佳惠。"

这个姓名对于在座的其他人没有什么意义，但于曾广智、焦菊香来说，却是晴天霹雳。他们早就从父亲曾纪生的口中得知，当年的张佳惠可不是一般的绣娘，那是湘绣远近闻名的刺绣艺人呀！也是锦文丽当红招牌。这么说吧，只要是她手上出的活，肯定是一抢而空，更是时常有大户人家高薪聘请她上门做刺绣，那工钱可是高得让人咋舌。这也难怪，她娴熟民间传统刺绣针法，又能博彩众长，敢于创新，曾独创"平掺针""戳绒针""打子针"等针法，用"戳绒针"绣山水，层次分明，立体感强；以"打子针"绣吐绶鸡冠，能随光线强弱而自动变色；以"平掺针"绣人像，她的著名作品《慈禧》，仪态万方，端庄中略透愁悒，面部极为传神。

"这可真是无巧不成书呀。"曾广智对此人生际遇很是唏嘘不已。焦菊香更是感慨万千，如果不是台湾老兵马友志的寻亲，她又上哪儿去找到张九妹？

坐在餐桌一头的朴太奎似乎被"张"姓所吸引，他要陪同翻译将张九妹的对话全程翻译出来。

"怪不得，你姑姑手艺那么好，你近朱者赤嘛！"曾广智啧啧称道。

"张女士，你姑姑当年是不是救过一位韩国人？"朴太奎突兀地插进话来。

张九妹没有回话，却是盯视着朴太奎的脸，好一阵后方才对朴太奎身边的翻译询问道："这位先生说的什么？"

餐桌上的人立刻安静了下来。

翻译与朴太奎用韩语沟通了一番后，方才说："朴先生对他的冒昧表示歉意，他很想问一问，几十年前，你的姑姑是否救助过一位韩国人？"

听到问话，张九妹注视着朴太奎的脸，似乎要从中看出什么，然而她什么也没有看到，仍然是那张笑容可掬的脸。她沉默了好一阵，才不情愿地说："我妈妈说起过这事，每次说到这事，只是不停地说姑妈命苦。您问这件事……"

"这事说来话长。"朴太奎示意翻译同声译出。

原来，抗战时期，朴太奎的父亲曾随韩国国父金九先生的临时政府来到长沙，躲避日本军队的追捕，在当时湖南省主席张治中的多方关照下，金九迅速将临时政府安置了下来。不料，在长沙楠木厅召开韩国国民党、韩国独立党和朝鲜革命党三党合并酝酿方案的会议上，一个朝鲜人持枪闯进会场，向与会者开枪射击，金九等三人受重伤，朴先生的父亲也在会场上。幸亏旁边绣庄铺的一位老板娘赶紧报信通知政府，并协助政府来人将受伤人员送往医疗条件很好的湘雅医院，事后还时常送菜送汤到医院看望受伤的韩国人……

说着，朴太奎从钱包里拿出一个折叠的刺绣荷包，小心翼翼地展开来。

熟悉的人一瞧就知道，这是一个绣得极为精致的心形荷包，针路细密而均匀，一看就知道这是高手所绣。

瞧着这湘绣荷包，张九妹兴奋起来："咦，我妈妈留下的物件中，好像也有这么一个。"

"能不能上你家看看？"朴太奎很有礼貌地问道。

"行！"张儿妹毫不犹豫地表态。

听得这边热热闹闹，那边的罗汉斌轻轻推了曾昭英的手臂一下："曾总，妥了，朴先生的投资肯定会到位了。"

曾昭英没有回应罗汉斌的玩笑话，虽然他也很看重投资，但心底处却是文化细胞在作祟，满脑子有关楠木厅的故事。作为一个文化人，自从早几年陪同朴先生去参观了楠木厅后，他特意抽出时间收集了不少有关楠木厅的典故，那可是比朴太奎的讲述精彩得多。他之所以收集长沙的各种历史典故，就是为着有朝一日能给外来的朋友或是客商讲讲地方文化，以尽地主之谊。

楠木厅的文化典故，源自抗日战争时期。那是 1932 年前后，在华活动的韩国独立运动团体相当复杂，其中尤以金九派的爱国团、赵素昂派的韩国独立党及金若山派的朝鲜义烈团较具势力。这年 5 月，大韩临时政府决定迁出上海。临时政府先迁杭州，1935 年 10 月下旬，在嘉兴南湖的一艘游船上，临时议政院的十六名议员举行了一次非常会议，重新改组了政府。改组后的新政府虽然名义上由李东宁担任国务会议主席，但临时政府的所有重大决策，莫不唯金九马首是瞻，金九正式掌控临时政府的大权。10 月，金九将临时政府迁到镇江。1936 年 2 月，再由镇江迁到中国国民党的政治中心——南京，加深了临时政府同国民党政府的关系。在金九的领导下，临时政府一方面做了大量的组织工作，加强对各地朝侨和爱国团体的领导，另一方面，通过陈果夫，接通了与蒋介石的关系，取得了国民党大量的金钱资助，创办了许多干部培训学校，加速培养政治、军事等各方面人才。

1937 年 7 月，日本帝国主义为了侵占全中国，进而把整个东亚纳入其所谓的"东亚共荣圈"，发动了"七七"卢沟桥事变。8 月 13 日，日军公然进攻上海。9 月，在金九的推动下，临时政府以韩国国民党为基础，联合韩国独立党、朝鲜革命党和在檀香山与美洲的大韩人同志会、韩人爱国团、团合会、北美大韩人国民会、檀香山大韩人国民会、大韩妇人救济会八个团体，在南京组成"韩国光复运动团体联合会"，扩大和巩固临时政府的支持力量，与中国政府共同抗日。

1937 年 11 月，日军占领上海，日军出动飞机空袭南京，金九在南京淮清桥的住所在轰炸中被毁，金九幸免于难。11 月 20 日，国民党政府发表宣言，宣布迁都重庆，各机关纷纷西移。金九决定韩国临时政府也随国民党政府西迁。

于是，金九率领散居在南京、杭州等地的临时政府的成员及各党派干部一百多人，分乘三艘木船，沿长江至汉口。在汉口稍事停留后，于 1938 年 3 月经由洞庭湖迁到湖南省城长沙。

在长沙，金九一行受到了中国国民党中央政府的照顾。新到任的湖南省主席张治中与金九是老朋友，在张治中的多方关照下，金九迅速将临时政府安置了下来。早在迁往长沙途中，韩国国民党、韩国独立党和朝鲜革命党就在酝酿三党合并的方案，抵达长沙后，三党合并的步伐进一步加快。

1938 年 5 月 7 日，三党领袖在长沙的楠木厅举行会议，商讨三党合并的具体问题，不料朝鲜革命党党员李云汉突然闯入会场，向与会者开枪射击，第一枪击中金九，第二枪击中玄益哲，第三枪击中柳东悦，三人均受重伤。金九被送到医院后，一直昏迷不醒，医生也束手无策，只能下达病危通知书。几天后，金九却奇迹般地活了过来。医生做检查时，金九才发现自己胸前的伤，就问到底发生了什么事。医生只答："先生喝醉后，不小心伤的。"金九对此半信半疑。后来经严恒燮说明，金九才知道那天发生的事情。

第一种说法是李云汉受韩国独立党朴昌世、姜昌济等人影响，他们二人攻击金九对三党党员区别对待，并在临时政府中实行独裁。金九在《白凡遗志》中写道："后来听说省政府下了紧急命令，逮捕了李云汉，接着姜昌济、朴昌世、宋郁东、韩成道等也被拘捕。最大的疑点在姜昌济、朴昌世两人身上。他俩从前在上海受李裕弼的指挥，参加了丙寅义勇队。这是一个特务组织，是革命的败类。他们既抢夺同胞的钱财，又枪杀日本侦探，也有成了日本走狗的……朴昌世的长子朴济道是日本领事馆的侦探。李云汉一定是中了姜、朴两人的离间计，一时感情冲动，成了楠木厅事件的主犯。"

第二种说法是日本内务省警保局 1938 年对于在华韩侨"不逞"活动之报告中，则称李云汉行刺动机，出于对金九等在经济上极端偏私之不满。"日本特务机关的调查情况是：金九对从朝鲜民族革命党退出的李青天、姜昌济、朴昌世等人厚薄不分，同样看待。例如，从当时金九对中国政府援助的资金分配来看，金九对民族革命党党员及家眷每人每月发给十元，儿童五元，但李青天一类的党员每月每人七元，儿童只有其一半。今年 4 月以来还有'金九要暗杀李云汉'的传言，朝鲜革命党干部姜昌济、朴昌世公开攻击金九，双方矛盾激化。李青天、玄益哲、柳东悦为了与金九改善关系，竟把上述三人姜昌济、朴昌世、李云汉开除出党——言外之意楠木厅事件仍然是内讧所致。"

第三种说法是据金九的儿子金信在 1970 年 10 月 29 日对台湾学者胡春惠称："李云汉之行刺动机，乃是受日本方面金钱所收买，因为以后李某曾自由自在地生活于日本占领之上海，足证其为日本收买之下流韩人。"这种说法较为可能。

金九等人遇刺后，长沙警备司令部立即出动大批军警捉拿凶手，在长沙数十里外的小车站抓住了凶手李云汉，嫌疑共犯姜昌济、朴昌世、宋郁东、韩成道等人也被拘捕。后来因为战事波及长沙，情势危急，李云汉除了承认最简单的杀人罪外，没有再审问出更多有价值的线索。嫌犯也因为证据不足而被释放，李云汉被判坐牢，后越狱逃到贵州，沦为乞丐，最后逃往上海，荫庇于日本人的保护之下。

为了让金九的身体尽快康复，同时考虑到他的人身安全，湖南省政府将金九转移到岳麓山麓山寺北侧的僻静居所疗养。该居所位于岳麓山张辉瓒墓庐，占地面积约四百多平方米。这处墓庐是典型的 20 世纪 30 年代建筑，左进为住房，右进为书房，有厨房、杂物房等。四个多月后，武汉保卫战终于以日寇占领武汉告终，长沙不断遭到敌机空袭。金九与韩国三党领导人研究后，决定迁往广东。大量的难民颠沛流离，金九一行一百余人，加上堆积如山的行李，出行极为困难。

最后，幸得张治中帮助，专门拨出一节火车车厢，供韩国三党一百余人免费乘坐，还亲笔给广东省主席吴铁城写了一封信，让他们帮助解决问题。

7 月 17 日，金九一行乘火车离开长沙南行，7 月 20 日，安全到达广州，从而结束了在长沙的避难生活。

……

蓉园宾馆宴请之后，韩国客商朴太奎果然应诺投资一百万美元，使得东城公司各项事情能够顺利推开。

这天，马友志牵着张九妹在长沙办理了结婚的手续。成婚之夜，主持人将马友志与张九妹请到台前让他们作自我介绍时，马友志激动不已，反问着大家说："各位乡亲、各位亲朋好友，此时此刻，你们知道我最想说的是什么吗？"

众人一片愕然，主持人先是一愣，随即灿烂地笑着说："不管马先生说什么，我们大家都想听。"

马友志清了清嗓子说："首先，我想唱一首歌，两重意思。一是感谢我的老长官，也是该歌曲的词作者曾广涛将军，给予我们的精神寄托；二是将此歌献给各位父老乡亲，以此表达远离大陆飘落台湾百万老兵对家乡和亲人们的思念之情；三是借此机会表达我对九妹的深深敬意，四十年的不离不弃，终于能让我情归故乡，枯木逢春。四十年的情，四十年的债，四十年的离愁别恨，此时此刻我怎能用语言说得清？——"

马友志的讲话被一阵热烈的掌声打断，他转过身去背对着众人，取下那模糊不清的老花眼镜，偷偷地用衣袖抹了抹眼泪，情不自禁地唱起《我是一只远航的船》：

门前田外有山，

屋后山外有田，

田与山相接，

山与海相连；

梦幻童年的小丫片，

结伴求学的小少年，

走出大山，

告别家园，

勤勤恳恳不曾闲，

忙忙碌碌从无怨。

门前明月如许，

屋后翠竹缠绵。

岁月如流水，

沧桑大变迁。

多少承诺未实现？

挥手之间已暮年。

道不尽乡愁，

回不去昨天。

我是一只远航的船，

回家的期盼是永远……

　　马友志唱完，张九妹感动得热泪盈眶。她被主持人从旁边拉到中间，深情款款地望着马友志问道："你想知道过去的四十年，我是怎么过来的吗？"

　　众人更是面面相觑，静待马先生如何作答。机灵的主持人随即话锋一转，模仿着马友志的腔调诱导着说："九妹是否也有一首心中的歌？"

　　"《百年守望》。"张九妹面目慈祥而又坚毅地说。

　　"哇！流行歌。"主持人竖起大拇指赞扬着说。

　　台湾老兵马友志与张九妹的再续前缘，让曾昭英很是感慨，他不知道这种"奇缘"是否会在自己的湘绣生意上呈现。

第二十章　拆违

权证，是一项由政府管理部门颁发的凭证，如土地使用证、用地规划许可证、工程规划许可证、施工许可证等权证，被业界称为"四证"，不仅具有法律效力，而且受国家保护。东城启动的"旧城改造"工程，一夜间将"四证"齐全的龙马大厦，定为违章建筑。然而，权与证，孰重孰轻？

心急火燎的曾昭英顾不上手头的推销事情，匆匆从香港返回长沙，下了飞机便径直奔公司。

急如热锅上蚂蚁的罗汉斌和刘健萍正在办公室里紧急商量对策，罗汉斌见曾昭英回来，激动地抢上前来："可把您盼回来了！城管人员要拆龙马大厦，刚才，柳青还差点与拆违人员打起来了。"

"这事还真的搭帮施工单位的那帮民工，不然柳青也阻挡不住城管队。"刘健萍感动地告诉曾昭英。

听到这些信息，曾昭英脑袋中嗡地一响，仿佛是炸开了个大爆竹，他只觉得浑身软绵绵的，斜靠在座位的长背靠椅上，闭着眼睛小憩，脸上露出一丝淡淡的忧伤。还在香港时，他听到龙马大厦要拆，本能地产生一种大难临头的感觉。当年建湘绣大楼因拖欠十万元工程款而被追得落荒而逃，幸有王富龙的投资相助，湘绣大楼才转危为安，如今龙马大厦再遭厄运，难道他曾昭英命中逢楼即险？

曾昭英细思良久不得其解。当初建设这座龙马大厦时，从购地签约到环保评估，从人防工程到消防安全，从平面规划到建设工程设计，从施工图审查到民工保证金缴纳，从开工建设许可证的领取到施工单位的资质审查、安全监理单位的驻场监督等等，大小公章盖了几十个，一切都是循规蹈矩，办理这些手续都耗费了两年多的时间，加之公司本身资金不足，一栋大楼历时三年都没有完工，真应验了那句老话："建屋造船昼夜不眠。"现在大楼竣工胜利在望，眼看企业马上就要咸鱼翻身，怎么说拆就拆呢？

现在是改革开放讲究合同法律的年月，政府那么多部门的审批都过了，谁还真的能翻手为云，覆手为雨？曾昭英冷静了一下心情，询问道："你们找了肖福海吗？"

闻讯赶来的汪芝玲接口道："健萍姐要我去找肖若云，若云带我去找她哥，肖福海说这次拆违行动是县委书记直接指挥，他做县长的不便插手，要我们通过规划部门向书记汇报，没想到今天就来强拆了！"

曾昭英从肖若云与肖福海的只言片语对话中，立即悟出事态的严重性。他了解肖若云，更了解肖福海。肖福海的拒绝一定有原因。

第二天，通往东城公司基建工地的时代大道出入口一大早就被警察封路，城管队开着挖掘机带着拆违大军声势浩荡地开进龙马大厦工地。从一台城管执法车上跳下来一个被人称为文队长的人，指着已经快要封顶的龙马大厦说"拆"！

一台领头的塔吊车，升起打桩的大吊坠，"咚……咚……"连续地砸击在水泥浇筑的楼板上，砸出一个个窟洞，形成一片裂痕；挖掘机则利用自己坚实的铁斗钢齿，将那些被砸得体无完肤的钢梁铁柱啪啦啪啦地一层层拉倒；轰隆轰隆的推土机将一堵又一堵建筑墙体推倒在地……

"我是'四证'俱全的合法工程，你们谁敢拆？"柳青手里扬着龙马大厦的施工许可证，冲进拆迁现场，厉声高呼道。

在现场围观的施工工人，在柳青的指挥下，一拥而上，将挖掘机、推土机团团围住阻止拆除，施工现场一片狼藉。几台铲车、吊车停在工地内，即将封顶的龙马大厦侧楼展销大厅框架建筑物的几根顶梁柱，已被吊车的长臂摧毁，拖拉到地上。一大群的工人正围着铲车、吊车，与操作人员和站在旁边的执法队人员，在大声争吵。现场施工单位一个高个子青年，看见十几个城管队员围着柳青拳打脚踢，便带着几十个青年民工围住了城管队的人。文队长见状，高喊着："快打电话给胡书记，通知他调武警中队。"

这时又有王朝凤带着附近加工点一百多个绣娘，拥到龙马大厦前，朝城管队的人喊着："你们谁砸我们的楼，我们就和谁拼命……"

主管城管局的黄副县长闻讯赶到现场，示意强拆暂停，并通知企业负责人立即到县政府办公大楼会议室召开拆违紧急协调会。

曾昭英桌上的电话铃声急促地响了起来。电话是东城县黄副县长打来的，约定到田之园茶厅见面。

黄副县长作为以前与曾昭英在同一栋楼里工作过的同事，虽然只是点头之交，但毕竟有个脸儿熟。他知道这是件挺难办的事，对一般的老百姓，用政府的权势便可压下去，最多也就是补两个钱完事。而对像曾昭英这样有一定理论政策水平，又掌握一个企业的人来说可就难办多了。自己能不能攻破这道难关，心里确实没底，只得硬着头皮摆起"和息宴"。他瞧见曾昭英走进茶室门，亲切地扬手打起了招呼："昭英，这边。"

曾昭英闻声走了过去，刚落座，黄副县长便笑着问道："喝什么茶？"

曾昭英笑了笑："绿茶。"

黄副县长便高声朝一名服务员喊道："美女，来杯金井绿茶。"

黄副县长开门见山地说："昭英，今天我是代表县政府与你商量龙马大厦拆迁的事，还得请你多配合。"

"配合？你们这分明是乱搞！"曾昭英毫不客气地堵了回去。

"昭英……"黄副县长还想说什么。有备而来的曾昭英从随身公文包中，掏出了当年签订合作建设龙马大厦的合同文本，理直气壮地道："这是国土、规划、建设三政府部门颁发的'四证'一合同书。你们说要拆便拆吗？"

"我能不知道这个合同和这些批准证件吗？"黄副县长坦然而又平静地说。

曾昭英有些激动地说："既然你知道我龙马大厦的建设合理合法，为什么还要拆呢？"

"规划。"黄副县长仍然是冷淡而又平静地回答。

曾昭英尽量压着心里升腾的火苗："这是你们前年签发的龙马大厦规划许可证，还有施工许可证……今年就喊要拆，这不是朝令夕改吗？"

"原来的规划是十年前制订的，现在修路是适应国家形势发展需要而做的大规划调整，属政府重点规划。根据项目服从规划的原则，你公司的龙马大厦必须拆除，让作路幅。你的许可证都是按原有老规划批准的，现在进行规划调整，你小规划要服从大规划，老规划要服从新规划。"黄副县长上起了规划课。

黄副县长正说得眉飞色舞时，手机响了起来，他低头一瞧号码，说声不好意思，便踱到外面接电话去了。待他回来，脸色显得异常凝重。

原来，黄副县长接到了县政府办主任打过来的电话，说旧城改造的路幅拓展工程必须按时完成。胡书记说了，在全县重点项目拆违不力的人，拆不动地方就撤人。

瞧着黄副县长凝重的神色，曾昭英心里咯噔了一下，猜想着这个电话一定与自己的拆迁有关。瞧着老同事为难，他也有些心软了，但内心深处仍然有着强烈的不满，他发泄着心中的不忿："你们的政府重点工程我肯定支持，但决不能以牺牲老百姓的经济利益为代价。"

黄副县长毕竟还是初涉官场，对某些翻手为云、覆手为雨的政治手腕也反感，他认为政府职能部门批准的许可证照不能不认账。不过，此事又涉及自己的仕途前程，开不得半点玩笑！他不得不含蓄地解释道："我说的拆迁，不是无条件拆除，对于企业的合法权益根据政策政府可以给予一定的补偿，关于补偿的标准我们还可以谈……"

作为朋友，黄念平把话说到这个份上，曾昭英也不好再说什么，他默默地点了点头："你让我考虑考虑吧。"

曾昭英的松口令黄副县长的脸色迅速由阴转晴，他的心情好了起来："昭英，你能与政府配合，我也给你透露一个信息，新扩建的东城大道将横贯湘绣之乡高坪村，延伸到秀山镇！有县人大代表建议将这条路冠名为'绣城路'，以突出东城县的文化特色。如果你在这条延伸线上选址，我可以给你提供优惠条件。"

这些利好的消息并未让曾昭英高兴。他知道政府虽然是有偿拆迁，但时间成本与机遇效益是无法用数据去计算的。与目前马上就可投入使用的龙马大厦相比，在延伸线上重新选址建设，两者的价值不是一个层面的问题。

冲着黄副县长与自己称兄道弟的这份情，曾昭英也不好再拒绝，何况钱是赚不尽的，多个朋友多条路，这是母亲时常教导他的话。再说修路确实也是一项民意工程，自己不可能去与政府较劲，较劲的后果不堪设想。冲着黄副县长的面子他顺势下坡地说:"政府工程我肯定配合,拆迁我也同意,补偿我也不讲价钱,我只要求'就地拆迁,就地安置',这也符合政府的拆迁政策吧。"

曾昭英说完不动声色地看着黄副县长,静待对方的答复。

听得曾昭英终于松了口,黄副县长顿时笑逐颜开,连声说:"只要你龙马大厦率先拆迁,就地安置的要求也是合情合理,我明天就向拆迁办布置,你也尽快撤出龙马大厦的阻工人员。"

曾昭英立即笑着纠正道:"从法律上来讲龙马大厦是城管在阻工,而不是我们。你只要把'就地安置,土地以面还面'一条写进拆迁补偿协议,龙马大厦立刻停工。"

其实,黄副县长不过是东城县委县政府的一个小卒子,他的承诺在县委胡书记看来,不过是书呆子的痴话。

黄副县长与曾昭英商谈后的第二天,胡立文亲自巡察旧城改造项目和东城大道路幅扩展工程。他的此举并不是一时心血来潮,而是因为中国的党政高层提出了"文化强国"的理念之后,不少有意进取的城市也相继将"创建文明城市"作为了执政的重要目标之一,身处官场多年的胡立文,当然清楚此举意味着什么,更何况早几天,有一位熟悉的老领导,给他透过口风,要他准备迎接全市文明区、县创建的暗访、巡查。

胡立文熟读史书,知道中国历代官场,流传着一种不传之秘:"下投上好",上头要什么,下面便能干出什么,甚至还能即兴"创造"出更大的成绩来,即使是在共产党领导下的新中国,浮夸之风仍然盛行不衰,现在虽然是实行市场经济,但官场中的"假、大、空"仍然不乏市场,只要"哄"得上级高兴,好事便会接踵而来,连门板都挡不住。只是,地方陋习太多,加之错综复杂打断骨头连着筋的人际关系,要旧城改造、拆房拓路谈何容易?前任领导也曾为此大动干戈,刮了好大一阵风后又恢复如初,自己能不能在这方面有所作为,还是个问号。带着不自信的心情,胡立文还是领着县委办公室和城管执法队一帮人上街巡视检查。当他们一行人来到主干道世纪大道时,只见路旁出城口正在修建的龙马大厦敲打之声仍然不绝于耳,不仅没拆,还在继续施工。

胡立文皱着眉头,低声问随行的张秘书:"这龙马大厦违章了吗?"

张秘书压低了声音,答道:"没有。"

胡立文似乎想起了什么,眉头微皱,旋即又舒展开来了。他沉思了一下后,吩咐道："没有违章？有群众向我举报：龙马大厦的围墙、工棚占道施工，严重影响交通安全。你问问规划局，早几年前市政府就有旧城改造规划，这出城口的龙马大厦是谁审批的？规划不负责任，县政府要启动问责机制。"

张秘书心领神会，立即到一旁拨打电话。片刻后，他向胡立文报告道："胡书记，规划局长说，围墙和工棚属占道施工，办有'临建'手续，但已逾期一个月了，现属违章建筑必须无条件拆除。"

"办的是'临建'手续？"胡立文当即拨通了主管规划、建设的黄副县长的电话，"念平吗……我是胡立文。龙马大厦什么时候可以拆除？"

黄副县长回答道："我基本和曾昭英谈好拆迁条件，他要求就地安置，我想……"

胡立文声音变得严厉起来："你跟他谈什么条件？他要就地安置，你安置得了吗？我实话告诉你吧，龙马大厦后面的那个高沙绣庄是省委刘副书记小舅子的……你不要刀螂举起刀，就自以为成了将军。"

电话那头传来了黄副县长恭敬的声音："胡书记，您现在方便吗？我马上过来给您汇报。"

"书呆子！"胡立文不待黄副县长说完便挂断电话，吩咐张秘书道，"你通知城管局的梁局长和执法队的文队长两人十一点半到我办公室来一趟。"

书记的召唤，不敢怠慢。胡立文在回办公室的走道上，即遇上城管局的梁局长和执法队的文队长。不待对方进门，胡立文严厉地交代："违章建筑，必须立即拆除，没有条件可讲。我要出差三天，我要求你俩在我出差回来之前，也就是下周一之前，拆除龙马大厦。"

胡立文对黄副县长与曾昭英"就地安置"的协商大为不满，他认为黄念平根本不懂政治。龙马大厦拆除后，原在后街的建筑高沙绣庄自然就面对东城大道。如果就地安置，势必要扩大拆迁范围，拆除高沙绣庄。这样一来不仅增加拆迁成本，增加新的安置对象，更要命的是高沙绣庄的老板高继红背后的靠山，那可是棵触碰不得的根深叶茂的大树呀。高沙绣庄认为龙马大厦的兴建不仅会抢走他们的生意，也抢去了绣庄的风水，为此高继红多次向政府部门打招呼，要求龙马大厦停工。旧城改造、东城大道拓宽工程对高沙绣庄来说，是一个可遇不可求的天赐良机。这些，胡立文心里是有数的，他知道现在只能与曾昭英硬碰硬。此时的他既担心黄副县长软弱，也担心梁局长首鼠两端，喝两杯茶了事，于是转向执法队的文队长说："小文，现在组织部门正在考察你们城管局的班子配备，拆违就是对你们执法工作者的考验。"

文队长受宠若惊，乖巧地说："有胡书记和梁局长的支持，别说是龙马大厦，就是八角天王我也要掰下它只角来。"

当天下午三点多钟，施工单位打电话给曾昭英："我们已停工。龙马大厦系违章工程必须拆除。"

曾昭英匆匆忙忙赶回办公室，面色阴沉地看着搁在办公桌上的通知书。这是一份由县城管局执法队发出的"限期拆违通知书"："经查，位于东城大道与旧城改造接合部的龙马大厦，属违章建筑项目，严重影响东城大道拓宽工程进度，限定于十日内自行整改拆除。"瞧着通知书，曾昭英眼睛里透出迷茫的神色。两天前他不是与黄副县长协商好了吗？怎么陡然变成了违章工程？曾昭英清楚地记得当时自己申请盖龙马大厦时，还受到县招商局的高度赞扬，认为在这县城与农村交界处盖一栋高楼，能够提升东城县的形象。县里为了打通这个路段的交通瓶颈，形成四通八达的交通线，从龙马大厦红线范围内，划出了全部的预留绿化地，在工程位置施工放线时，以"项目服从规划"的名义，还让大楼向农村方向东移了三十六米，理由是要留条双向二车道。经过反复协商，曾昭英从县城未来发展的大局出发，忍痛割爱划出了那片绿化地。也正是两年前的让步，项目的规划一变再变，加之公司的资金一时紧张，才使龙马大厦陷入今天尴尬的境地。可当年的这些变动都获得了东城规划局的批准呀，这还真应验了社会上流行的一句话："规划落后变化。"吃亏的却是老百姓和企业。

曾昭英拨通了黄副县长的电话，因为是老熟人，他没有客套，开口直奔主题："黄县长，龙马大厦的建筑规划，不是两年前早已审批了吗？怎么现在变成了违章建筑？"

黄副县长支支吾吾地道："有这……么回事？是……谁说的？"

曾昭英哼了一声道："还用谁说吗？城管执法队的拆违通知书，就在我办公桌上。"

"这……"黄副县长停顿了一下，"这事恐怕要问书记。"说完，手机便挂了。

问书记？！曾昭英感觉事情变得复杂起来。他仰靠在办公椅上，感觉到一种莫名的累。这不仅仅是旅途的劳累，更重要的是，这莫名的拆违通知书，还有拆违背后那弄不清的原委。

此时，曾昭英手机响了，一个有些沙哑的声音响了起来："曾总，你在哪里？我已经到了长沙。"

电话是马友志从宾馆打来的。他想采购一些湘绣回台湾，罗汉斌告诉他，他们合作的龙马大厦要拆迁，他不知个中缘由，在电话里也没多问。

曾昭英当即拿起办公桌上的拆违通知书，急忙赶往宾馆。刚从台北飞上海转机回长沙的马友志正坐在沙发上喝着茶。

"曾总，龙马大厦是怎么回事？"马友志见到曾昭英，第一句话便开门见山地问。

曾昭英默默地将那张"限期拆违通知书"递了过去。

马友志把"限期拆违通知书"认真地看了两遍，摇摇头不解地望着曾昭英。他虽然是龙马大厦股东之一，但实际上只是投资方，具体事务一直都是曾昭英在打理，作为股东很不情愿看到自己的大厦被拆，却又无可奈何，所以他在等着曾昭英的解释。

曾昭英向马友志说了早两天与黄副县长会谈的具体情况后，也提出了自己解决问题的办法，不知为什么现在突然被定性为违章建筑。

马友志往来大陆已有上十个年头了，中国的风土人情，应该说也了解不少，但让他不理解的是，世界上这么多的国家，尤其是在发达的国家，经济的发展与否，从来都是市场说了算，没有哪个是由国家官员说了算的，可在大陆，经济的发展与否，却是官员说了算，所以凡是牵涉到政府部门伤脑筋的事，马友志历来都是绕着走。

此时，曾昭英提出要他以外资投资商的身份，去与政府官员进行交涉。马友志自然很不情愿，不过，他想了一会儿后，还是点头答应了。毕竟，这个龙马大厦他也投入了几十万元的血本。面对这种情况，作为股东不站出来说话，于情于理都说不过去。

"明天上午你带我去找省台办，我与余主任有过一面之缘。"马友志想，在上海台办被称为台湾同胞的娘家，湖南亦应如此，况且他在上海也与余主任见过面，那是位很和蔼的领导。曾昭英则建议他先去东城县台办反映情况，并告诉他："万丈高楼平地起，如果先找省台办的余主任，等到层层批示下来，恐怕龙马大厦都被拆平了。"

　　曾昭英判断没错，城管执法队的动作比他的预想还快得多。第三天早晨，他刚进办公室，准备要柳青安排车去宾馆接马友志去县台办，汪芝玲便急匆匆地走了进来，神色紧张地道："曾总，城管执法大队的拆违队到了龙马大厦工地，警察封锁了两端的路口，拆违的人员比上次多了一倍还不止，仅挖掘机就有十台……"

　　曾昭英听说事态的发展比他想象的严重得多，他板着脸对柳青说："昨天我已和黄副县长达成了协议，今天怎么又乱来？"

　　"突——突——突"，柳青将外衣往身上一披，发动起摩托车气愤地说："我去工地，县政府为什么这样不守信用？"

　　曾昭英安排汪芝玲去接马友志，自己则开着那辆破旧的长安面包车，向柳青的摩托车方向追去。

　　在接近龙马大厦工地的现场时，曾昭英的面包车被警察拦下，说是要拆完龙马大厦才能通行。

　　这次拆迁行动是从早晨开始的，在城管局执法队人员的指挥下，几部挖掘机和吊车，在一个小时前就已经开进了正在进行内装饰的龙马大厦工地现场。

　　曾昭英走过来后，城管局负责此次行动的文队长，扔掉手中的烟头，迎上前来，打着招呼道："不好意思，惊动曾总过来啦。城管局奉命办事，还请谅解。"

　　有时候，人的脸就是一本书、一台戏，千言万语无限心思情愫一目了然。曾昭英与文队长早就是老熟人啦，打过多次交道。那天听得曾昭英说起此事，文队长还很是气愤地谈论着政府官员出尔反尔之类的话，如今见面，虽然满脸仍带着笑，却是话里含着骨头。

　　曾昭英心里愣了一下，迅速接过话道："文队长，你我是熟人，明人不说暗话。通知书上说，要龙马大厦十天内自行整改，怎么这么急？您瞧，这才三天……"

　　文队长犹豫了一下，凑近前低声道："今天一清早，局长就电话下令，要我带队来这里拆迁。曾总，你说我能违抗上级命令吗？"

　　曾昭英思考了一下道："既然是这样，能不能先休息一下，让我给上面的领导打个电话？"

　　曾昭英将话说到这个份上，文队长也不想将事情闹大，就腿搓绳子地点点头道："好吧，我们先休息一下。不过，你得抓紧点，不然我们也交不了差。"

曾昭英吩咐在场的物业公司负责人，要他们安排茶水，招待好"客人"后，转身往展销大厅旁的办公室走去。

站在办公室窗户旁的曾昭英，瞅着窗外的施工现场，脑子里琢磨着这突如其来的强拆之事的蹊跷。城管局执法队发到公司的"限期拆违通知书"上，写明了十天的整改日期，怎么在第三天执法队便来进行拆违了？他清楚龙马大厦作为台湾同胞投资的合作项目，城管执法队还没有这么大的胆量，敢前来擅自拆违，何况他与黄副县长有过协商，城管局的梁局长与自己也是低头不见抬头见的朋友。是谁下了这个命令？黄副县长在电话里提到过东城县委，难道会是……

此时，又一群情绪激动的湘绣站绣娘在王朝凤的指挥下，拥进工地叫嚷着："谁砸我们湘绣厂的饭碗？老娘们就和谁拼命！"

"曾总，这也太欺侮人了吧？说好了十天自改期限，这才三天就下手啦！"

"曾总，您丢句话，与他们是文斗还是武斗？"柳青挽起双袖。

有的叫嚷："我们大家都去政府大院讨个说法！"……

曾昭英觉得头都大了。他知道这时自己必须要保持冷静，如果冲动的话，便会引发一场大冲突。公司有几百名员工，几千号绣娘，如果自己往工地上一站，振臂一挥，那上千号绣娘还不一拥而上？这么多情绪激动的人混合在一起，想不擦出火来，恐怕都难，这样一来，双方冲突引发的后果将不堪设想！他是一个守法的企业家，即使受了再大的委屈，此时也必须冷静处置，一旦事情闹大了，很难善后。同时多年的经验告诉曾昭英，与政府部门对着干，企业从没有好果子吃。

曾昭英让后赶来的罗汉斌将所有人都赶了出去后，立即拨通了黄副县长的电话："黄县长吗……拆违通知书，发过来才三天，怎么城管局的拆违队就开进龙马大厦工地来啦？"

"这件事……"电话那头，黄副县长很为难地道，"好像是……上层领导下的命令。"

曾昭英很是气愤地回道："我们龙马大厦根本就不是违章建筑，县政府为了旧城改造，我们也愿积极配合，黄县长，你应该是最清楚的，你没有向胡书记汇报吗？再怎么说，县政府也得给我留一个拆迁的时间吧。"

黄副县长的声音更加犹豫了："这……这……"

　　曾昭英接着道:"要不这样吧,麻烦黄县长给执法队的文队长打个电话,要求他们强拆暂缓,让我们自行拆除。现在工人们都堵在工地上情绪激动,我怕会出事啊!"

　　话到此时,黄副县长知道再也隐瞒不下去了,只得委婉地透了点底:"这是胡书记直接抓的事,如果我插手过问,恐怕……不过,你说的情况,我会马上向胡书记汇报。"

　　听着手机里传来"嘟嘟嘟"的声音,曾昭英叹了一口气,将手机挂断后,再次拨通了马友志的手机,请他立即赶去省台办,希望通过佘主任能找胡立文说明情况。曾昭英心里明白,事到如今,眼下拆违的事情,只有胡立文才能解开这个结,其他任何人恐怕都难说上话。

　　没多久,马友志的电话回过来了。胡立文不在县委大楼,也不在县城,去市委汇报工作去了。

　　曾昭英瘫坐在椅子上,第一次感觉到了自己的无能为力。难道展销大厅就这样让他们给拆了?曾昭英有些埋怨黄副县长,他是知道龙马大厦真实情况的。两年前龙马大厦土地征用报告,就是他最后审批的,还有平面设计图的审批也有他的签字,他为什么不向胡立文说明?现在工地上双方对峙,随时都可能出事,他又为什么不肯请胡立文出面来解决?其中究竟有什么猫腻?

　　曾昭英还真是冤枉了黄副县长。其实,黄副县长在与曾昭英协商完的当天晚上就向胡立文作了口头汇报,但胡立文为什么会越过县长肖福海和他这位主管副县长,直接下令城管局拆违,他无法得知详情,也不敢找胡立文了解情况。

　　在中国官场流行着不成文的习俗,即使是同级干部,一般都不会去干涉各自的工作,用人们的话说,这叫互留体面。更何况,黄副县长要干涉的是自己的顶头上司,除非他是不想在官场上干了,诚心要回家种田卖烤红薯,才会这样自寻仕途短路。不过,当听到曾昭英说现场事态严重,双方很有可能会发生冲突时,他还是给李秘书打了个电话,想向胡书记汇报这个紧急情况。

　　胡立文就在县城。不过,他不是在县委大院内的办公室,而是在宾馆里的临时办公室里。

　　这是县里的一所五星级宾馆,临时办公室设在宾馆的顶楼,分为内外两个套间,另加一个接待室。将办公室设在宾馆里,并非胡立文的首创,像他这种级别的官员，在宾馆里拥有办公室的比比皆是。他从不害怕有人举报自己贪图享受，工作繁忙之时，总得有个休息的地方。此刻，他正躺靠在沙发上看电视。

"书记。"内套间的房门推开了一线缝，李秘书探进头来，"黄副县长有个电话，接还是不接？"

"念平的电话？"胡立文将目光从电视屏幕上收了回来，投注到李秘书的脸上。他心想，黄副县长一定又是来为龙马大厦拆违之事说情的。这个曾昭英，无论在什么地方，总是有人愿意帮衬他！他百思不得其解，但有一点他是明白的，自己必须完成这一箭双雕的事：在惩治曾昭英的同时，削弱肖福海的势力。肖作为东城县的本土干部，在东城的朋友熟人很多，其中不乏企业家。

他知道曾昭英是肖福海儿时的玩伴，到知青，恢复高考又一起读书，直至改革开放一直是极好的朋友。当初，肖福海借助湘绣这张文化名片的成就，在省市政界名声显赫，登上了县长的宝座。胡立文总感觉到曾昭英有肖福海做靠山，东城湘绣厂的名气和影响力也是日益增长。何况这曾昭英太不懂事，把自己这位县委书记不当回事。你曾昭英一个土生土长的人，难道还不熟悉当地的风俗，竟然搬出个台湾人来与我抗衡？笑话！在老子这一亩三分地里，还没有谁敢抹老子的面子，曾昭英这么做也未免想得太天真，仅凭借一个台湾投资企业名分，就想逼堂堂的县委书记让步？

他冲着李秘书摇摇头，手指了指窗外。李秘书跟随胡立文多年，自然懂得书记的意思，赶紧轻轻地掩上内套间的房门，回复黄副县长的电话去了。

龙马大厦拆违现场响起了一阵喧哗声。不一会儿，一直在施工现场指挥民工的罗汉斌，气喘吁吁地跑了进来："曾总，您和县领导联系得怎样啦？执法队的人有些不耐烦了。"

靠在椅子中的曾昭英，抬起头看了看搁在办公桌上的手机，沉思了片刻后，艰难地道："再等等吧！"

罗汉斌瞧着曾昭英铁青的脸色，转身走了。

桌上的手机仿佛进入了休眠状态，任你望穿秋水，它仍然无声无息地躺在那里。曾昭英的脸色越来越凝重，脑海里翻江倒海地倒腾着各种各样的想法。

"曾总，那些人不肯再等了！"罗汉斌再次冲了进来，"您发话吧，今天就是刀山火海我们也闯了！"

听了这话，曾昭英霍地站起身来，但让人没想到的是，他只是艰难地抬了抬手，一字一顿地道："拆吧，让他们拆吧！"

"真的让他们拆？"罗汉斌有点不相信自己的耳朵。在他的印象中，曾昭英是一个骨头非常硬朗的人，很难见到如此无奈的神情。

他卷起袖口，提高了声调道："曾总，只要您拿定主意，剩下的事由我们去摆平。老子就不信，他们今天真的敢拆！"

听到此话，曾昭英眼睛里放出两道痛苦、无奈的目芒，盯着罗汉斌的脸，心绪如巨浪般翻滚：在中国的这块土地上，能与一级政府对着干吗？作为一个中国人，他太清楚事情闹大后的后果了。虽然他清楚这只是胡立文的个人行为，但在中国，个人即是组织，组织就是个人，这是一个谁也说不清的理论。如果此时以暴力相抗的话，弄不好就变成了对抗政府的暴力违法行为，这样的结局，是他所不愿看到的。更何况，即使是他赢了，胡立文也只是拍拍屁股走人就是，而他败了，极有可能是企业倒闭，几百人的饭碗没了……孰轻孰重？他心里清楚，可这些话他是说不出来的，说出来也不会有人听。曾昭英深感自己企业脆弱得就像一只螳螂，罗汉斌即使举起生命之刀，欲想阻挡胡立文以书记身份下令的一个拆违利剑行动，其结果只会像一只挡道的刀螂，有赢的可能吗？他想起祖辈们"人在，剑就在"的湘军血勇，只能无可奈何地化作一声仰天长叹，摆了摆手道："算了。拆违的这帮人也是奉命行事，何必去为难他们？"

"我们的损失谁负责？"罗汉斌仍不甘心地坚持道。

曾昭英突然双眼圆睁，吼叫道："让他们去拆！"

人退机器进。高大的吊车、挖掘机隆隆的响声，再次向龙马大厦逼近……一阵轰隆的巨响，无数根钢架横梁被拦腰砸倒在地，扬起了一片巨大的尘土，这场拆违的"利剑"，斩得现场东城湘绣厂的员工哭声一片。

第二十一章 乌龙

拆违，是城市管理执法的攻坚战，特别是"强拆"与"反强拆"经常形成尖锐的对立。东成县拆迁执法队长受到县委书记的指示，限期拆除龙马大厦，为了显示"利剑"行动的威力，执法队长私自以县委书记的名义，通知新闻媒体现场采访，谁知这个狐假虎威的宣传，却引起舆论哗然。

胡立文的"铁腕治理"收到了成效，这场由他幕后指挥的"利剑"拆违行动，取得了完美的"胜利"。事情结束之后，他似乎并没有享受到胜利的喜悦，反而让他产生一种郁闷与无奈的感觉。拆违差不多有一个星期了，被强拆的事主曾昭英，一直未露面，甚至连个责问的电话也没打过来，这让他有了一种权力的冷落感。

不知从何时起，胡立文从多年的官场生涯中，悟出了一种叫"意志"的东西。这可是件威力无比的武器，就像现代的"射击头盔"一样，只要脑波扫中了目标，便能准确摧毁目标物。不过，这种武器词语，只可意会，无法言传。概括其意是，它能摧毁对方的心理抵抗，让自己凛然生威，使芸芸众生对自己肃然起敬。然而，这次他想施展的意志却失效了，仿佛大炮打进了空气里，无声无息。

胡立文本意是想通过这次声势浩大的拆违，来展示自己的魄力。不料，他这番"杀鸡儆猴"的举动，却是泥牛入海无消息，其结果是猴子连看都没看，这就不免让效果大打折扣。在他的印象中，素来强硬的曾昭英仿佛人间蒸发了似的，既没来沟通，也没来兴师问罪，而社会舆论对此事也风平浪静，没有激起一点浪花。龙马大厦这么大的拆违举动，就像是秋风吹走了大街上的一片落叶一样，悄然无声，这让他有种不知该如何收场的难堪。难道曾昭英就甘心吃这个哑巴亏？这不像他的性格啊！

沉默啊，沉默。不在沉默中消失，就在沉默中升华。曾昭英的失踪其实更多的是为了能量聚集。胡立文草率的拆违举动，企业近千万的资金，就因他一句话便"银子变成了水"。这也让刚从韩国返回长沙的投资商朴太奎感到十分地气愤，他正在酝酿着要就龙马大厦被强拆之事，向中国政府有关部门提出申诉。

韩国人朴太奎对自己投资损失很是恼怒，他对此事不会善罢甘休，决定向更高层的政府投诉。他在中国投资企业过程中曾有个这样的经历，当年他在中国沈阳一个叫东昌的地方，建了个有三百多人的刺绣培训工厂，希望通过对当地妇女赋闲在家人员的培训，将韩国的刺绣业务发展到东昌加工。有次过年，他请当地政府一位主要官员吃饭，结账时发现原本只有几千元的消费，变成了十多万元的账单。他经过询问后，才知道是那位官员的秘书，给总台打了招呼，要求服务员将领导一年下来的所有赊账签单，一并勾销掉。不懂中国行情的朴太奎，自然不肯为这位官员以前的欠账买单。而那位秘书不知道在韩国从私人口袋里拿钱，是要追究刑事责任的。在与秘书交涉过程中，遭到秘书斥责的朴太奎，一气之下，将这件事通过韩国驻沈阳领事馆，告到了上一级部门，最终以那位官员被免职告终。那次的事由不过是区区十多万元，而这次却是近千万元的资金呀。

虽然，在中国经商已有十多年，朴太奎再也不是当年那个愣头青了，也知道了当今中国商业界内的一些潜规则，了解到了中国那句"为人学得乌龟法，得缩头时且缩头"的谚语内涵，可面对近千万资金的损失，他怎么也忍不下这口气。

朴太奎当即向长沙市外商投资协会反映了自己的遭遇，长沙市外商投资协会也认为这件事绝对不能就这样算了。如果一味地容忍，中国的个别地方政府官员，就会认为韩国的企业家软弱可欺，今后可能会招来更多的麻烦。朴太奎决定利用长沙市外商投资协会的影响力，请商会出面向东城县所在地湖南省对外经贸局、委、厅主管部门反映情况，如果还不行就通过大使馆，向中国国务院及其下属的商务部反映。

曾昭英从返回东城公司的朴太奎口里，得知了长沙市外商投资协会对拆违事件强硬的态度后，没有马上表态。作为当地人，他更清楚地方政府官员的心态。他静下心来，思考着拆违事件抗诉后对企业发展的利弊。

较之朴太奎，曾昭英对中国国情的了解更加深透。几天来，他一直在思考如何善后的问题。在事发之时，他与朴太奎一样地怒火冲天，甚至还与朴先生一起在电话中谈论过，对此事同样有着"是可忍孰不可忍"的心态，但经过几天的冷静思考，企业的生存发展大计沉甸甸地压在了他的心头，拆除龙马大厦造成损失近千万之事与企业的存亡相比，只能算人生中的一次坎坷。他当务之急是如何让投资商朴太奎、王富龙、马友志，必须清醒地认识到，在中国这个国度里，与政府对着干只会带来后患无穷，只要留得青山在，不愁没柴烧。

曾昭英深思良久后，斟酌着言辞道："朴先生，您和外商投资协会考虑过没有，如果采取针锋相对的举措，可能会带来两败俱伤的结果，弄不好，我们的公司可能会开不下去了。"

曾昭英的话让朴太奎一时有些摸不着头脑。他疑惑地问道："这个投诉，与开不开公司会有联系吗？当年我在东昌就是运用了韩国驻沈阳总领事馆的影响力，就让那位主要官员被免了职，这件事与那件事会有区别吗？"

"当然有区别。"曾昭英耐心地解释道，"你当年所遭遇的事件比现在简单，官员的分量肯定要小。他所干的只是明目张胆的勒索，而现在的胡立文是主政一方的党政首脑，他强拆龙马大厦还冠了一个堂而皇之的名字：拆违，找了一个拓宽城市道路改造、创建文明城市的理由。他不仅在省对外经贸局、市政府里有广泛的人脉支持，他老婆还是县公安局常务副局长，外商协会还不一定能告得倒他。"

"那怎么办？难道就这样算啦？！"朴太奎有点激动了，从沙发上腾的一下跳了起来，"这可是近千万资金呀！说没就没了，你能忍，我可忍不了。"

曾昭英也站了起来，轻轻地拍了拍朴先生的肩膀道："您别激动，我也不是说算了。事情会有转机的，只是需要点时间，我感觉中国现在的这种社会状态会改变的。"

朴太奎来中国这么多年，还是了解一点中国的国情，小道消息有时比正规渠道的消息，来得更早更准确。他的情绪渐渐平静下来，坐回到沙发上后，心里还是十分困惑，仰头很认真地望着曾昭英道："你有什么小道消息吗？"

"没有。"曾昭英沉静但很自信地道，"不过，我认为胡立文迟早得给我们一个说法，这是我的第六感觉。"

事实也证明龙马大厦被强拆的善后工作，没有胡立文想象的那样简单。东城电视台记者在现场录制的这场"利剑行动"拆违新闻，全程跟踪记录了龙马大厦施工人员、东城湘绣厂员工、绣娘的"抗法"，城管的"利剑"是如何调动现代化机械，实施"雷霆"执法，几个小时就将一栋六层大楼彻底摧毁的辉煌战绩。谁知拆违的现场直播将一场冠冕堂皇的"拆违"反转为一个"乌龙球"。跟踪报导的第二天舆论顿时哗然，记者们开始质疑"拆违"事件背后的动机，把这个"利剑"行动推到风口浪尖。

说起来，这个"乌龙"报道的始作俑者，与前来主持拆违的城管局文队长有关。这也难怪，前段时间因城管执法负面影响多，特别是在社会上招聘的那些无业协管员，将参加城管行动当成谋利的机会，弄得城管队员如过街老鼠，人人喊打。如今却是县委书记点名召见他来主攻城市改造的"钉子户"，受宠若惊的他，逢人便说胡书记拆违的决心。此次行动之前，为了壮大声势，文队长特意打电话给自己的一个朋友，请其帮忙喊来省、市新闻媒体，报道这个"利剑行动"的全程新闻。当柳青向他出示龙马大厦施工建设的"四证一合同"时，他竟当着新闻媒体说："在东城，你的四证俱全合同，还没有胡书记的一个屁起作用……"

"你这不是打县政府的脸吗？"现场的细节被媒体一一记录下来，不需任何解说，是非曲直全被这位拆迁队长曝光出来。

新闻媒体不仅记录了强拆的全过程，也采访了城管与东城公司的主管和湘绣厂的绣娘，当然他们也查验了政府职能部门颁发的"四证"与"供地合同"。

社会上把这个事闹腾得太大了。人们纷纷质疑：在县城的交通要道边，一栋违章建筑为什么会让它建到六层？是监管部门失职，还是"违章"者疯狂？冰冻三尺非一日之寒，城管为什么要等"木已成舟"再去毁灭？无论是谁的责任，损失的是财产。无论是何种情况，"利剑"为什么不早点出手？此前政府职能部门都干什么去了？

一栋合法的建筑，因城市改造和东城大道的拓展，更因县委胡书记一次巡视，就被定为"违章建筑"，这未免也太草率了吧。

　　舆论瞬间逆转，省会都市报《星城时报》写出了一篇"新闻内参"报道稿：《县委书记一句话，龙马大厦砸成渣》。并将文稿发往东城县委宣传部新闻组请求核实。

　　如此重大的曝光新闻，县委宣传部的新闻组岂敢擅作主张，文稿很快从部长桌上转送到胡立文的案头。胡立文从头到尾认真地看了一遍新闻内参，冷笑着对宣传部部长说："你给《星城时报》的总编辑打个电话，告诉他们总编辑，就说报道内容完全失实。他们将矛头对准一个县委书记，要是在以前，这叫作'反党'。你还告诉他，我们欢迎舆论监督，但必须实事求是。如果是道听途说、捕风捉影、张冠李戴，我们也有权向上级主管部门反映他们的报刊是维护安定团结，还是在制造社会混乱。"

　　"这样回复恐怕不妥吧。我们被动的是龙马大厦四证俱齐，记者手中有这些证据的复印件。"宣传部部长解释说。

　　胡立文轻蔑地反问道："这些小儿科都处理不了，你这部长是怎么当的？既没政治敏感又不明辨是非。我告诉你城管局执法强拆的是违章建筑，宣传部不仅要坚决制止负面新闻出笼，还必须拨乱反正。城管队这次执法是拆违，对违法行为，执法如果不用霹雳手段，怎保一方平安？东城大道的拓展是县政府的重点工程，据我所知龙马大厦的施工围墙、工棚都超出建筑用地红线，这就违反了规划范围，他们虽然在城建局办理了一年时间的'临建'占地批准手续，但现在已经逾期一月，逾期不拆就是违章建筑。城管队执法何罪之有？这个问题你可以让规划、城建等部门根据政府法规去解释……"

　　宣传部部长离开后，胡立文觉得一味地强压似乎有些不妥。他立即给黄副县长打了个电话："黄副县长吗，关于龙马大厦的事你是怎么处理的？"

　　听了书记的电话，黄副县长一时摸不着头脑，他语言谨慎地问："龙马大厦不是被城管执法队强拆了吗？"

　　"强拆只是一种手段，善后才是对你执政水平的考验。现在有一个社会舆情，说龙马大厦的强拆违法。你必须梳理一下龙马大厦拆违这事，如果是城管局拆违扩大化，政府是要追究行政责任的，包括追查国土、规划、城建直至城管执法各审批人的责任。如果是曾昭英配合县政府旧城改造工程，主动拆迁腾地，让出东城大道的路幅，政府可以考虑在正常补助基础上给予一定的'社会责任'奖励，作为拆迁损失补贴。"

听话听音，黄副县长这才明白过来，胡立文的电话内容释放出两大信息：强拆如果发生错误，总会找人出来替罪，他的决策似乎没有任何责任；第二是政府可以赔钱，目的是封口强拆错误避免舆论升级。

只是，黄念平不太明白，胡立文与曾昭英往日无仇近日无冤，为什么非要限时拆除龙马大厦，现在又要巧立名目地搬出一个堂而皇之的"社会责任"奖励。当然，这个疑问他绝不敢说出来，只是试探性地问："书记，您觉得额外补助多少适宜呢？没有您的授权，我可不敢做主。"

"具体补贴多少？只要曾昭英不是狮子大开口，你可以满足他。但为了避免今后产生连锁反应，有个条件曾昭英必须承认，龙马大厦是东城公司自己主动拆除的。其实龙马大厦的土地原值，政府完全可以按照'等值'异地划拨，政府并不需要拿钱。只有强拆的误工补贴、原材料损耗，政府才会赔偿，这个赔偿款可以分为赔偿与奖励两项发放，这就是'以奖代补'或'以奖代赔'。"胡立文的暗示黄副县长自然心领神会，他连夜与曾昭英展开龙马大厦被强拆后的谈判。

胡立文的"以奖代赔"的主意，黄副县长认为这是书记对曾昭英的恩赐，这个工作应该好做。谁知道在与东城公司协调时，曾昭英并不买账。他首先对"原值"计算方法不满，其二是坚决不同意"等值"异地安置。

交谈中，曾昭英理直气壮地申诉道："如果考虑十年的物价上涨、建设资金占用、基础设施配套投入三大因素，龙马大厦消耗成本都在'原值'上翻倍，腾出来的土地升值起码翻了二番。你让我原地重建我自认倒霉，如果'原值'异地安置，你们以为我傻吗？"

一席话直说得黄念平无言以对。

胡立文听说协调没有达成一致，不觉勃然大怒地说："他曾昭英不要政府给他面子就蹬鼻子上脸。不愿意'等值'，他还想发政府的财？"

"我们是否可以同意他原址重建？"黄念平弱弱地问。

"让他原地重建，政府岂不是白拆了？"

"不是拆违扩大化误拆的吗？"

黄副县长见胡立文被问得一时语塞，便进一步道："如果曾昭英坚持非要原址重建怎么办？"

胡立文不禁恼羞成怒吼道："规划局不批啵！他曾昭英有天大的本事，也只能搬起石头砸地。"

"他手里四证俱齐，人家是通过规划审批的。"黄副县长忧心地说。

胡立文冷笑道："四证俱齐怎么哪？难道规划就不能调整吗？政府可以发证，也可以撤证。"

"现在舆论可畏，如果曾昭英告状呢？"

"幼稚，肖福海不是支持他吗？就让他俩去互相咬。全县正在作规划大调整，可将龙马大厦腾出来的地规划为生态公园，'还绿于民'。"

"曾昭英的问题就拖着吗？"

"他如果识大局，可在新规划的用地上，给予他容积率的补偿。例如他现在的容积率是一点八，政府可以给他三点六。增容不增钱。"胡立文抛出了一个诱饵。

黄念平不得不佩服胡立文的头脑灵敏。眼看一局死棋，他抛出一个容积率的补偿方案，立即封住了曾昭英的嘴巴。他想不通胡立文为什么劳民伤财非要拆了龙马大厦。果真是为了给老百姓建筑一个生态园吗？作为一个主管国土资源的副县长这点套路都看不出，未免太小看了自己，但他如果提出质疑，今后还能在东城县的官场上混吗？为了避免在协调会上节外生枝，黄副县长主动给曾昭英打了一个电话，开着玩笑说："你虽然是'等值'异地安置，现在政府主动给你规划的新地增加一倍的容积率。这好比你被胡书记扇了一记耳光，现在又喂你一个大糖油粑粑。"

"我龙马大厦腾出来的土地政府准备给谁？"曾昭英依然愤愤不平地追问道。

"我也不知道。那地给谁，或者不给谁，现在胡书记说了算，他变成了大规划局长。"黄副县长的话语里明显地流露出对胡立文的不满，但他劝曾昭英见好就收。

事已如此，当第二天黄副县长带着政府办、规划、国土一大帮人与东城公司协商时，曾昭英还能说什么呢？他只能打落牙齿和血吞，被迫与黄副县长达成主动拆除龙马大厦协议，除了增加的容积率，并获得六百万元拆迁补偿和二十万元的"主动"拆迁奖励。

曾昭英的心里多少获得了一些安慰，胡立文后来又通过媒体放话，将自己的负面形象打扮成敢于硬碰硬的"包青天"。

这次拆违，政府并不是赢家，但曾昭英也失去了用时间打造的龙马大厦，滞后了东城公司的发展步伐，但他获得了经济补偿，这是曾昭英自"下海"以来第一笔可以自由支配的巨款。这笔资金究竟如何使用？他在心里盘算着轻重缓急。

长沙有句老话，"蚂蟥听不得水响"，拆迁补偿款还没有到位，上次与何家庆一起来到长沙做湘绣生意的台湾人刘孟雄正巧来到东城公司。正是有着这一面之缘，他自来熟地笑着问曾昭英："曾老板，听说龙马大厦被拆后，政府异地安置的容积率增加了一倍，还补偿了几百万元的拆迁费，什么时候可以给投资商分点利润呀？"

曾昭英知道刘孟雄虽然是随何家庆来长沙"跑单帮"的台湾人，但是东城公司的局外人，便随口说道："只要王富龙董事长有指示，我们随时可以分。"

在当时中国大陆的环境里，利用拆迁发财大有人在。刘孟雄对曾昭英的开玩笑信以为真，一本正经地说："容积率提高一倍，不需土地成本房子就可以多建一倍。这就是说王富龙和何家庆的投资增加了一倍，这真是一本万利啊。难怪香港首富李嘉诚有一句话，成为世界华人的名言，'我自从做了房地产，现在什么行业都不想干了'。"

正是冲着香港首富的这番话，生意人出身的刘孟雄似乎从中嗅出了什么，他心里迅速盘算了一番，如果自己能给好朋友何家庆争取些利益，说不定自己也能捞点好处。他眼珠子一转，有点开玩笑地建议说："曾老板，你这个土地赢了这么多钱，分红是国际惯例，给大家分点利润好像也是应该的，何家庆现在租住在外，每月租房就用掉工资的一半，公司是不是给其买套住房，改善改善在大陆的居住环境，让台湾老兵也能分享大陆快速发展的成果？"

曾昭英没想到，自己随口一句话，居然让这个过客似的商人得寸进尺了，他不禁心里暗自好笑，却不想多作解释，只是友好地说："现在给何先生买房还不够条件，如果生活有困难，公司可以借点钱给何先生弥补生活开销的不足。"

送走刘孟雄，曾昭英的思路回到几百万拆迁补偿上来。凭着商人的敏锐思考，他知道，目前公司即将获得的几百万元拆迁费用，如果短期内不投入到产业中，这次被强拆的损失就真的大了。他心里非常清楚，那六百二十万的拆迁补偿，不仅包含了王富龙与何家庆的账面投资和朴太奎的投资，还有东城公司日积月累投入到龙马大厦的全部开支费用。如何合理使用，让资金发挥最大的效用？分钱之举显然不可取，钱也与人一样，抱团才能形成拳头优势。可是，用这笔资金干什么好？

曾昭英由方才刘孟雄关于房地产的话，联想起黄副县长此前的协调中，说起的东城开发新区规划调整，他的眼睛顿时一亮。

说实话，曾昭英那次与黄副县长的协商会上，之所以会松口，是那个规划新区调整的信息让他意识到了其中的商机。他继续回忆着那天黄副县长说过什么话。

黄副县长说："东城大道将横贯湘绣之乡高坪村，延伸到秀山镇！有县人大代表建议这条路冠名为'绣城路'，以突出东城县的文化特色……"

曾昭英知道东城县也有将县城搬迁到高坪镇的动议。当时，长沙的新闻媒体曾报道过这样一句话："无工不富、无农不稳、无商不活。"……想着这一切，他的思路渐渐清晰起来。如今的当务之急是要统一公司人员思想，要力排众议，先用这笔补贴还清银行贷款，再寻找一块好地，新建一个规模比龙马大厦更大的"上厂下店"的湘绣大市场。

曾昭英将这个想法告诉罗汉斌，让他先去县国土局了解绣城路的规划方案。就在此时，汪芝玲送进办公室一张与会邀请函，这是以省轻工业联社名义召开的会议，邀请函上特别说明邀请曾昭英参会并发言，主题是如何抢救、保护和发展湘绣艺术。

这个会议是大有来头的。此时的中国领导人正准备掀起倡导民族文化的高潮，以文化作为国家的核心竞争力。信息传了出来，各地政府、各行业纷纷推出自己的响应举措，这也就有了"如何抢救、保护和发展湘绣艺术"的会议召开。

轻工业联社对这次会议非常重视，不仅邀请了政府官员前来助阵，还邀请了众多专家学者和业内顶级企业的大佬参会，以壮声威。

曾昭英来到会场，只见主席台上坐满了领导和重量级的专家学者，他生性不爱出风头，便找了个不显眼的位置坐下，准备洗耳恭听同行们的精彩发言。不料，主持人在宣布了与会嘉宾名单和会议内容之后，却点名曾昭英发言。

虽然曾昭英再三声明，自己这次来是只带着耳朵来听会的，但工作人员还是将麦克风放在了他的桌面上，这就让他无法推辞了，只能站起来向众多与会者深深地鞠了一躬，坐下后移动了一下话筒。他没有过多寒暄，而是开门见山地说："这些日子，我一直在思索，站在民间文化企业的角度，如何做好传统文化的抢救、传承、保护工作。我认为应该是在抢救中保护，在保护中生产，在生产中传承。对非物质文化遗产——湘绣的保护和传承问题，我始终认为在产业上，湘绣必须走大众化的道路，只有艺术与日用并举，才能赢得市场！"

曾昭英并未就话题过多展开，而是话锋一转，重点谈起了自己关于湘绣的未来发展思路："保护与发展是一个矛盾体，也是一件事物的两面，保护的目的在于传承，而发展才是最好的保护。作为湘绣，如果离开发展去谈单纯的保护，那是无源之水、无本之木。新中国成立以来的几十年，国家对湘绣的保护，就像保护婴儿似的，为何仍然难以避免近乎崩溃的局面？就因为对湘绣的保护过于封闭，缺乏创新发展，从而导致湘绣走向市场的生存能力越来越弱。这有点像一个病人戴着呼吸器，如果病人只能依赖呼吸器，而不能转化为自我呼吸，那么这个呼吸器其实不戴更好……"

曾昭英的话音刚落，会场上顿时响起一阵窃窃私语。对于这些议论，他似乎神游物外继续道："在我们湘绣行业流行着一种这样的观念，即'精品至上论'。高价就是精品，精品必须高价，筹办一个湘绣企业'三年不开张，开张吃三年'。把大量的时间浪费在某一幅具体高价装饰作品上，而忽视日常生活用品的开发与推广，大家都想一口吃成个胖子。三年前，我到一个乡镇湘绣厂，那里的厂长向我推荐一幅大型湘绣作品《富春山居图》，开价一百万，并声言我如果帮忙推销出去，可以拿五十万元的提成。我问厂长为什么不降低五十万定价，他对我说：'你不懂，价格如果定低了，谁知道它是湘绣精品？'其实这是对艺术精品的曲解。湘绣的价格虚高，导致湘绣市场的曲高和寡，有价无市，实际上是对湘绣产业的一种扼杀……"

曾昭英的发言像是一块巨石投入到平静的塘水中，顿时激起了汹涌波浪。他的话音刚落，便有人迫不及待地抢过了话筒。

"我反对曾昭英的观点，现在不是大谈发展湘绣产业，如何进一步扩大湘绣产业的时候，而是如何重视产品质量，坚持湘绣精品化，维护千年湘绣品牌形象。"

抢着发言的人，正是湖南华夏湘绣研究所的姚杰。湘绣行业没有人不知道，华夏湘绣研究所，是目前全国唯一一家没有实行改制，长年享受政府财政预算拨款生存的国有制刺绣企业。这便养成了所长姚杰的一种习惯，在湘绣业界内永远用一种居高临下的眼光，来看待其他的湘绣企业。

这次会议明面上是由轻工业联社召开的，却是姚杰暗中牵头来促成的。他促成的目的有两个，一是借机稳固他湘绣领头人地位，二是借助国家大力倡导文化核心竞争力的机遇，哭穷让政府多拨点资金扶持湘绣企业。此刻他见曾昭英的发言搅乱了自己的设想，不得不站了出来。尽管他对曾昭英很不"感冒"，但身为官场人，他并未将自己的厌恶表露出来，而是清了清嗓子，以湘绣业界领袖的口吻，继续道："我们湘绣产业如今的现状是：粗制滥造，各种以湘绣为名的假冒产品，充斥在市场，既降低了湘绣品牌的含金量，更冲击了正规湘绣产品的市场。当前，我们首先要思考的是两件事，一是'湘绣打假'；二是如何做好精品湘绣，将假湘绣、劣质湘绣驱逐出市场，别让它们败坏了湘绣的名声……"

对于这位自誉为湘绣业界领袖人物姚杰的侃侃而谈，曾昭英心里很不以为然，他自有一本账。为了保持湖南这张"省级刺绣研究所"的文化名片，政府对这个企业，并没少操心。几年前，省政府特别拨了二千多万元资金建设一个富有纪念性的华夏湘绣博物馆。遗憾的是，政府的关爱，并未产生良好效果。据说，有媒体记者前往华夏湘绣博物馆采访，在馆址的所在地，记者询问了旁边的居民，竟然没有人知道这个湘绣博物馆在哪里！记者费尽周折，好不容易才在附近的华夏湘绣研究所院内，找到了一座刻着几个草书大字"华夏湘绣博物馆"的建筑物。

这位一脸沧桑的姚所长还告诉前来采访的记者："我们是以湘绣精品生产为主的唯一一家国营单位，80年代每年销售额都在三百万元以上，最好的一年曾经达到五百多万元，现在只能靠外地游客来参观时，零星地卖点小摆件。解决单位三百多号人的吃饭问题，你说容易吗？"

当年，正是在他的主持下，湖南湘绣行业"四大家"国有湘绣企业，联合搞了一个湘绣企业集团，意图驱逐湘绣市场的"杂牌军"。不料，由于缺乏对市场的深入了解，没有几年便曲终人散，还导致了联合集团中的几家湘绣企业的破产，最后只剩下他一家企业勉强维持着，靠着政府的"科研扶持资金"延续着生命。

这时，一位自誉为"湘绣保护神"的专家张高义拿过了话筒，振振有词地道："湘绣作为一种民族手工艺，是商业技艺，更是国家的文化财富，需要国家有关部门的大力扶持，尤其是资金的扶持。如法国就专门设立有工艺美术大师基金，日本为保护陶瓷老艺人，也设立了专项基金，我们政府及有关部门，也应该要长期设立专项基金，以保证民间文化产业的发展……像华夏湘绣研究所这种硕果仅存的国家研究单位，政府不支持，谁会去支持？政府不扶植它，又去扶植谁？"

姚杰见有张高义为自己撑腰，诉苦似的插话道："我们研究所承担着全省的所有政府部门的湘绣礼品制作任务，如 1997 年香港回归祖国前，国家港澳办通过省政府下达给我们一个任务，刺绣一幅松鹤同春的《百鹤图》，寓意结束香港近百年的割让历史，必将迎来百业兴旺，回归幸福和谐的祖国大家庭。我们开价一百六十八万元人民币，谁知道东城湘绣厂以低价与我们抢生意，只报价三十八万。结果省外办只给了我们报价的一个零头，贴本我们也得干，政府信任我们研究所，那一百万款项就算我们对香港回归的献礼。"

张高义发言的核心便是，政府要拿出更多的资金，来保护文化企业。他的话看似没有错，但是一味地只是要政府拿钱来扶植企业，实际上是保护了"懒汉经济"。当年，正是这位学者的呼吁，才让省政府拿出了千万元资金，建设起华夏湘绣博物馆，可拨出的千万元资金得到了什么回报？一个烂摊子！连同城市的市民都难以寻找到，被人戏称为"复印件博物馆"。

曾昭英听着专家与姚所长的一唱一和，觉得有些无聊，突然感觉裤兜一阵持续的振动，那是手机来电话的提醒。在中国，凡是政府召集的会议，会要求与会者关机，曾昭英自然遵守会场纪律，只是他怕公司有事，便将手机设置成振动模式。此时感觉到手机的振动，他悄然掏出手机，瞧清是一个国际来电，便蹑手蹑脚地走出会议室，这才打开通话按钮。

第二十二章　魔咒

> 人类的进化，火种功不可没。然而，火灾亦是人类最大的痛点。从1938年的"文夕大火"，到1968的"火烧湘绣大楼"，再到2000年的湘绣"烧旧"，命运多舛的中国湘绣，似乎跳不出接二连三的火烧魔咒，而比魔咒更可怕的是那些"夺命巫师"。

电话是美国艾美公司康妮小姐打来的，康小姐负责与中国市场联系，她的中文也还过得去。只听她在电话那头急匆匆地说："曾总，我公司在APEC会议后，预订的那一万五千套唐装和两万件湘绣旗袍最后的交货期可以确定吗？我的信用证开出来就不能改呀。"

曾昭英闻言一惊，随即补充道："你先别忙着开证，我现在正在开会……"

"开会？你们中国人一天到晚都是开会吗？现在我们美国总统布什都穿着中国唐装为你们打广告，我的订单误了交货期是需要赔偿的……"

"行，我现在就去车间落实一下，再给你回电话好吧？"

曾昭英放下电话，匆匆走进会场，与主持人耳语了几句，便回身走了出来。

在去车间的路上，曾昭英往昔的记忆复活了，他的思绪回到了2000年……

那年9月，曾昭英随同长沙市政府代表团罗市长到美国作商务考察，旅美湖南同乡会袁傲君会长专程从纽约赶到旧金山，在一个名为"田之园"的中餐厅设宴款待代表团一行。曾昭英因不擅饮酒，加之此前与袁会长并不相识，他趁罗市长与袁会长都沉浸在老朋友在异国他乡相聚的感怀里，觥筹交错、烛光杯影叙旧之际，悄然溜出餐厅，利用空余时间独自逛到距餐厅约一百多米远的一家"红玫瑰"婚纱礼服商店。他进门的第一眼就发现一款摆在显眼位置的刺绣旗袍十分眼熟，意外发现这款旗袍竟是自己公司的产品！此时，同样不胜酒力的招商科黄科长也离开餐桌，尾随曾昭英走进"红玫瑰"婚纱礼服商店。

曾昭英兴奋地冲着黄科长高声喊道："黄科长，我们的旗袍婚纱……"

"吹牛，你们产品什么时候销到了美国？是你带来的吧。"黄科长与曾昭英很熟，开着玩笑说。

"你还真是小看人。"曾昭英激动地说，"不信？你可以取下来看看！"

"看什么？"

"商标。我可以肯定是由广东红棉丝绸公司转销到美国来的，婚纱的领衬上有一个中英文对照的商标'顺龙'。"

曾昭英与黄科长两个中国人的高谈阔论，引起了店主的注意。曾昭英亮明自己的厂家身份后，店主热情极了，又是让座又是端水。闲聊中，店主顺便询问起绣花旗袍的订货价格。曾昭英在预留了红棉丝绸公司的中间环节费用后，报出了一个从长沙出口到美国的 FOB 离岸价。

黄科长翻看了一下那绣花婚礼服的吊牌价格睁大眼睛说："他们卖一千三百八十美元，你怎么才报价二百八十美元？"

"我是成本决定价格。这婚纱的成本除了手工刺绣部分外，用料的价格并不是很高。"曾昭英回答说。

不知是对方认为价格便宜得出乎意料，还是中国刺绣婚纱在当地市场的畅销，店主当即给远在纽约艾美公司总部中国业务主管艾丽斯女士打去电话，并索要了曾昭英的联系方式。当晚深夜十点多钟，艾丽斯女士在店主陪同下专程赶到宾馆，与曾昭英进行了详细的洽谈。此时曾昭英才知道艾美公司原来是一家在全球拥有一百八十多家连锁经营店铺的大型综合性连锁公司。为了加强相互合作，双方约定在当年秋季"广交会"见面，并签了三千件旗袍款式的婚纱合同。此后双方便结下不解之缘。

亚太经合组织 APEC 会议将首次在中国上海召开的新闻，让曾昭英敏感地意识到了这则新闻巨大的价值。APEC 会议既是世界尤其是西方国家了解中国的一个窗口，也是中国产品走向世界的一个机遇。他知道，一年一度的世界主要领导人"全家福"，是历次 APEC 峰会上最抢眼的风景。1994 年，APEC 会议在印尼茂物举行，时任印尼总统苏哈托量体裁衣，为每位领导人送了一件印尼传统蜡染印花衬衣"Batik"。印花衬衫、T恤随即在全世界大行其道。

APEC会议领导人穿着主办国为与会领导人提供的统一样式的民族服装，也成了APEC传统特色之一。这条不成文的规定便是始于印度尼西亚举行的这次会议。

这个APEC会议的新闻报道，会不会给自己带来新的福音？东城湘绣厂生产的"顺龙"旗袍能否搭上APEC会议的便车？这既是他弘扬日用湘绣技艺的难得机遇，也是实现他"绣传天下"的祖传梦想的机遇……

曾昭英闻讯随即出差上海，他在上海东方丝绸集团听到一个消息，该集团公司总经理最近对一批唐装的打样工作特别关注。从面料质地选择到图案设计寓意，从服装颜色搭配到衣型款式、扣子的颜色的搭配，都亲历亲为，大家都猜出一些端倪，只是不去议论。

曾昭英有些疑惑，一个年产上百亿元的企业集团老总，谁会有时间去过问一个具体订单打样的小事？只有一个解释：这个订单太重要。

他的脑海里灵光一闪，立即将APEC会议的开幕式与上海东方丝绸老总的反常现象联系起来。猜想不等于事实。曾昭英经人介绍认识了上海东方丝绸公司总经理严祖浩，他的猜想得到证实。严祖浩告诉他："你如果能将祖传刺绣'顺龙'旗袍做进APEC会议，将是一个弘扬中国刺绣民族文化的极好机会。"

对国内外政治局势向来敏感的曾昭英，在APEC会议新闻预报中和严经理的话语中，发现了刺绣文化的巨大商机。他明白，作为东道主——中国，选择唐装作为APEC会议"大团圆"的统一着装，绝对是国家历史的体现，也是对中华民族深厚文化底蕴的弘扬。

全世界都知道，唐朝是中国历史上最繁华的朝代，既有"贞观之治"，又有"开元盛世"，唐装也是流行于世界各国最广泛的服装，它凝集了中国服饰文化的精华，也展现了中国政府开放友好的态度。

刺绣则是一种有着五千年历史的中国民间工艺，也是中国古老的文化现象之一。唐装与刺绣的组合，透露出了中国服饰文化的最高境界，展示了民族的文化担当与一个大国崛起的风范。当然，曾昭英不是政治家，他只是一个普通的企业家，他看重的是唐装背后的商机。

也许是曾昭英的思维真的开了"天眼"，抑或是历经沧桑的感悟，他知道唐装的准备工作已经有些时日，想用旗袍去撼动，那是一件不可能的事。其实也没有必要去撼动。在男人的世界里，唐装更显民族雄风，而旗袍追求的是女性温柔，只有两者结合，才能珠联璧合。

回到公司，曾昭英将上海见闻说与公司几个骨干听后，商量湘绣新的商机。

美工出身的罗汉斌听完情况介绍，很敏感地联想道："每一个 APEC 会议首脑的男人身后，都站着一个第一夫人。我们顺龙旗袍可以为她们定制。"

"我听肖若云说过，第一夫人背后还有一个巨大的群体——世界上追求时尚的女士们。"深悉外贸生意的汪芝玲补充道，"美国可以考虑作突破口。"

罗汉斌的支持，汪芝玲的联想，点燃曾昭英心中的希望之火。他告诉罗汉斌："严祖浩曾参加定制唐装的选厂吹风会。APEC 会议领导人的着装将分为外套和衬衫两件。团花织锦缎中式对襟夹袄外套，又分为红、绿、蓝、棕、绛、黑六色……"

"我们知道这个消息，为什么不做一个递补方案供 APEC 组委会选择呢？"罗汉斌问。

"知我者，汉斌也。"曾昭英赞扬着说。

汪芝玲则兴奋地说："既然会议已内定唐装的面料采用团花织锦，我们就可采用与之相对应的六色素绉缎，绣上湘绣'盘龙'，再绣制五个颜色的旗袍与其配套，形成真正意义上的五颜六色。"

"好，设计图案的人选我看选张子奇，辅以肖若云怎样？"曾昭英很是兴奋。

不料，曾昭英的话一出口，罗汉斌却变了神色，他有点遗憾地告诉曾昭英："'鸟人'张子奇的失踪之谜，公安部门一直没有破解。"

这让曾昭英再次慨叹天不佑英才。事已如此，他不得不吩咐汪芝玲去找肖若云，让她担纲设计 APEC 会议第一夫人所穿服装的图案。

2001 年 10 月 17 日，亚太经合组织 APEC 会议首次在中国举办。这就是第九次 APEC 领导人非正式会议。

这次会议是新中国成立以来在我国举办的规格最高、规模最大的多边国际活动。占全球国内生产总值百分之五十五以上的 APEC 的二十一个经济成员国，有一万三千名代表与会。从 1991 年汉城部长会议中国成为 APEC 成员，到 2001 年中国上海承办 APEC 会议，这不仅仅是简单的时间和地点的更换，更表明一个强烈的主题：中国需要 APEC，APEC 也需要中国。

　　会议的主人——时任中国国家主席江泽民，在向每位与会代表赠送了一件由上海丝绸集团提供的真丝织锦绣花唐装外，组委会也给各国陪同首脑出席会议的夫人赠送了一件由东城公司提供的湘绣旗袍。

　　这套特制的旗袍采用大红、玉白、金黄、湛蓝、翡翠绿相对的五种底料。旗袍还根据不同的底料，采用与底料同一光谱的同色绣线，利用墨分五色的原理，刺绣出不同色泽的《丹凤朝阳》。精湛的刺绣技艺，精美细致的手工嵌线、绲边，古色古香的菊花盘扣，颇具东方韵味。这一传统古典而又充满现代时装洒脱的设计理念，它与东城公司刺绣出来的"顺龙"牌"团龙"，再一次登上国际舞台的大雅之堂。

　　出席 APEC 会议的各国领导人和政要身着"团花似锦"的唐装亮相之际，全世界都为之惊叹。而身着顺龙旗袍，配以优雅披巾的各国第一夫人和佳丽，行走在领导人和代表们之间，更是分外抢镜，形成一道万众瞩目的特殊风景，为全球女性追捧。

　　面对全球媒体对 APEC 会议领导人大团圆"全家福"镜头的反复宣传报道，罗汉斌不无自豪地对曾昭英说："我有一种预感，APEC 会议一结束，在全球必将掀起一股唐装、旗袍热。"

　　罗汉斌的预感还挺灵验。没过几天，汪芝玲突然接到了一个从日本打来的长途电话，对方自称是日本东京都三井株式会社的代表取缔役岛田的秘书。她告诉汪芝玲："自上海 APEC 会议闭幕，首先在日本刮起一阵旗袍流行潮。台湾王富龙公司在日本的业务伙伴佐藤告诉我们老板，APEC 会议第一夫人们所穿的刺绣旗袍产自你们东城公司。我请求与曾昭英先生通电话……"

　　踏破铁鞋无觅处，得来全不费功夫。此后不久，日本三井株式会社三万套真丝刺绣唐装、五万套旗袍在东城公司正式签约。

　　美国艾美时装公司已经是曾昭英的老客户，这次的反应却慢了半拍，直到 APEC 会议闭幕半个月后才将两万件湘绣旗袍、一万五千件唐装的订单量敲定下来。价格虽然很快谈妥，但此前已有日本、韩国、英国、西班牙签订了多个刺绣旗袍或唐装合同，因此曾昭英对艾美公司的订单交货期一直不敢轻易应允。

　　曾昭英离开会场后，华夏湘绣研究所的姚杰如释重负，暗自琢磨着小算盘：平素，对这个很少按常理出牌的人，他心里虽然痛恨，却是无可奈何。如今，政府如此重视文化产业，自己的机会恐怕来了。散会后，他没有急于离开会场，悄悄地找到与会主管文化的副省长汇报工作。

由于国家将文化建设提高到国家发展的战略高度，习惯于各类意识形态运动的中国人似乎听到了什么信号，尤其是中国传统文化类型的人们，一个个仿佛打了鸡血似的兴奋起来。在抢救、保护和发展湘绣艺术的会议召开后不久，湖南湘绣行业如一江春水被巨轮搅动，风浪骤起。业内一些人也掀起了吸人眼球的"创新"之举：李俊义的"麻布绣花"、高坪湘绣厂的"奇幻湘绣"，还有"湘绣搭乘航天飞船'神六'上天"……五花八门的"创新"招式，令人眼花缭乱。一时间，刺绣市场呈现"八仙过海，各显神通"的繁荣局面。

谁也没有料到，此时姚杰会突然出手，以华夏湘绣研究所的名义上书省人民政府和质量技术监督局，陈述湖南的刺绣市场"假货"横行，劣质产品泛滥，严重影响湘绣产业发展。他一边制造舆论话题，抢占道义的制高点，一边准备在长沙市范围内掀起一阵轰轰烈烈的"打假"运动。

名为打假，其实姚杰是"项庄舞剑，意在沛公"，他打假的真实意图在于扫除自己湘绣领头人道路上的障碍物——东城公司。不过，他的计划似乎遇到了障碍，先是由工商到公安、从物价到安全监察组队深入探查东城公司，都被曾昭英四两拨千斤轻松化解。无奈，他只能选择更大范围——从市场上寻找线索，他特意安排华夏湘绣研究所人员带领质量技术监督部门和新闻媒体到长沙火车站执行"打假"任务，意欲拦截从苏州流向长沙市场的刺绣原辅材料，以及不同风格的刺绣品。打假大军来到位于长沙登隆街的宝华斋绣庄打假。绣庄内一幅苏绣名画《故乡的船》被姚杰鉴定为假货，工商部门当即勒令停业整顿并罚款五万。继而涌进龙腾湘绣服装店，正从此经过的柳青当即仗义执言："如果苏绣在长沙鉴定为假货，那么你们华夏湘绣研究所的产品去了苏州，是真货还是假货呢？如果湘绣服装不是湘绣，我想请教，油画是否就不是画……"

面对来自华夏湘绣研究所咄咄逼人的打假，曾昭英觉得不能再沉默下去了，这种排除异己的打假，已经搅乱了市场。他率先向新闻媒体提出了一连串的疑问。

从本质来说，服装是刺绣的一个载体，一种与生俱来的遗传基因。早在五千多年前，黄帝妃西陵氏嫘祖，即鼓励人们缫丝织布，彩衣绘裳。至虞舜，已刺绣五彩于服饰。从 1978 年新疆哈密地区五堡墓葬出土的东周三色刺绣三角花形长衣，至 1982 年湖北江陵马山一号楚墓出土的金凤鸟花卉刺绣锦袍，再到

1972 在长沙马王堆出土的西汉刺绣绢地信期绣绣袍，还有 1957 年苏州虎丘云严寺塔第二层塔心窟中发现的刺绣睡莲经帙……无一例外地不是"日用"刺绣。然而自宋代开始，书画融入于刺绣，并直接影响到刺绣的艺术风格，历明、清两代，各朝代的刺绣与绘画有着不可分离的关系。人们为了区别是否具有书画元素，刺绣时是否需要分丝劈线，以及刺绣工艺的载体不同，遂将刺绣分划为"粗绣"与"细绣"两大类。

50 年代中期，宏兴湘绣厂高擎刺绣发展的产业大旗，将粗绣发展为一个蔚为壮观的产业。为了避免人们对粗绣的误解，以及同类企业的"酸葡萄"心理，根据市场的用途，将湘绣分为以服装、被面、箱包、枕套为主体的适用性"日用湘绣"与以画屏为主体的"装饰湘绣"两大类。

翻开中国湘绣二千一百多年的发展历史，从马王堆汉墓出土的丝织绢地信期绣到孙中山先生婚庆百子图被面，日用湘绣在这漫长的历史长河中，总像一只"不死鸟"，百折不挠，陪伴我们走到今天，千百年来延续着湘绣的香火。

从 1955 年公私合营的宏兴湘绣厂，到东城湘绣厂和东城公司成立，再到公司"湘绣大楼"的诞生，近五十年来，每个阶段湘绣的蓬勃发展，都是日用湘绣盛行时期，市场所占比重都在百分之七十以上。

"如果把日用湘绣列为假货予以打击，不仅是对历史的无知，更是对湘绣产业的摧残……"

曾昭英面对新闻媒体的一连串发问，使得华夏湘绣研究所牵头发动的一场声势浩大的打假活动理屈词穷，只得偃旗息鼓。

此时的姚杰一腔闷气无法发泄，只能另辟蹊径寻找抢占制高点的捷径。一天晚上，他无意间从《参考消息》上看到一则 H&M "烧衣清库存"的新闻，紧接着又在另一个世界新闻版面上看到"滞销产品通通被烧掉"的新闻。这无独有偶的新闻，让他眼睛一亮，这两把"火"似乎让他看到了前路的光亮，这"火"可真是烧得有讲究，竟然烧出了出人意料的轰动效应。带头大哥不仅有 H&M，还有那个能让你分分钟穿出年薪百万感的 ZARA。

这可真是留心处处皆学问。这"火"还真的引起了姚杰无数的联想，忽然悟出来一个规律，火烧的都是大牌，烧前产品滞销，烧后身价暴涨。"火"是最揪人心的元素。他突然想起了早几年的一件事，当时网络上流传一条爆炸性新闻，英国的国民品牌 Burberry 为了扭转产品出现滞销的低迷颓势，决定将去年滞销的价值二千八百六十万英镑的衣服、配饰以及香水等产品全部焚烧。

据 Daily Mail 报道，在销售持续低迷的情况下，该公司的库存产品价值在两年增长了百分之五十。而在过去五年，有超过九千万英镑的 Burberry 产品被烧毁，此举也引发股东的不满和质疑。

据统计，仅英国一地当年就销毁衣服价值达一百二十五亿英镑，其中有三十万吨被送进垃圾填埋场。

卖不掉，不打折，也不捐，Burberry 的这一举动引发不满，但品牌一直在为此举辩护：行业内都这么干！

Burberry 新闻发布会给出了一个理由，就是防止这些产品流入灰色市场（grey market）被"错误的人（wrong people）"买走。目的是保护品牌价值，以防品牌贬值。

这则新闻一出，顿时引发网友的不同声音：我吃土攒钱都买不起这鼎鼎大名的英国本土奢侈品，你们却把它们活活烧了，为什么不施舍流浪者，至少可以降价促销。

也有媒体人士反驳："之所以要烧掉这些滞销产品，目的就是要保护自己的知识产权和品牌价值。特别是品牌设计师不希望自己的产品在其他地方打折出售，在新兴的灰色市场上被"错误的人"购买，从而导致产品泛滥，品牌贬值。因为品牌，它倾注的是大师的心血，如果低价处理则是对设计者的侮辱。所以，为了品牌的价值，不降价出售、不捐赠也无可厚非。"

这一连串的火烧商品的信息，仿佛给姚杰注入了灵感的源泉。

火，既是人类生存的必需物质，又是人类发展的一种工具。任何事物的发展都有此消彼长的规律。

这天晚上十点多钟，姚杰路过油铺街的一个路边茶摊，见杨玉泉与肖仁富、李单奇三人正在喝茶聊天。姚杰的内心根本瞧不起领着失业救济的肖仁富，碍于杨玉泉的面子，不得不应付着与他俩点了点头。

这几位失意人正在围坐一处，感慨人生的沧海桑田，见姚杰路过，纷纷起身邀请其坐坐聊聊天。

姚杰本不欲闲聊，盛情难却，加之也想听听这几位业内人士对自己打假的反应，便借汤下面地坐了下来。

这些人都是老江湖了，自然不会轻易去揭别人的伤疤，他们只是希冀这位业内带头大哥能想方设法除掉共同的"敌人"——曾昭英，话题自然围绕这个而展开。

肖仁富率先开炮，把宏兴湘绣厂的倒闭归咎于东城公司的"借绣稿"，还信口雌黄地说东城公司以假乱真，导致他们这些正牌的湘绣企业被逼上绝路；杨玉泉则说曾昭英阴险狡诈，以更低廉的价格，挖了自己香港客户的"墙脚"。

"他让老子活得不快乐，老子也要让柳青生不如死！搞个车祸撞死他！"李单奇举起茶杯仰头一饮而尽，嘴里喷出一股浓浓的酒味。

"你搞柳青有屁用，罪恶头子是曾昭英。只有天火烧了他那东城湘绣厂，既不死人，又能'清兜'。"肖仁富斜眼望着李单奇。

"好主意，三国时，诸葛亮当刘备的军师，曾连续三次火攻曹操。第一次火烧博望坡，使夏侯惇统领的十万曹兵所剩无几；第二次在新野，火、水夹攻曹仁、曹洪，使十万人马几乎全部覆没；第三次火烧赤壁，留名千古，被人们称为诸葛亮上任'三把火'。你如果放火，可以说是失业工人火烧'暴发户'，公安局查不出你就万事大吉，即使查出来也是爆炸性大新闻，保你没事，打赤脚的从来就不怕穿鞋的。"杨玉泉突然慢条斯理地插进话来。

其实，杨玉泉也是个有野心的人，他也想坐上湘绣的头把交椅，只是他这个乡镇绣厂的经济实力不及曾昭英，官场资源比不过姚杰，便只能寻找捷径。总算功夫不负有心人，他还真的找到一个机遇。一个文化系统的老朋友私下里告诉他，国家正在大力倡导文化立国，非常重视中国的传统文化，要他在这个方面多留点意。正是这种走捷径的留意之举，使他这几天以来一直在思考这个事情，想得脑袋都大了，出来散散心，正巧在路边茶摊遇上了正在醒酒的肖仁富、李单奇，便坐了下来听听小道消息。他没想到，这两个人仗着酒精只是一个劲地咒骂曾昭英抢了他们的饭碗，一点有价值的消息都没有，这让他很有点失望。直到听到肖仁富提到"放火"的话题，他才有了点兴趣，不由得联想起"浑水捕鱼"的典故。

却说姚杰本来无心与这帮人深交，只是同病相怜坐在了一起，此时听到他们的对话感到心惊肉跳，尽管与曾昭英有过节，但还不至于发展到杀人毁物。他没有插话，只是静静地听着，心里却在想着自己的心事。陡然，一个念头浮上了他的心头：自己是不是可以放上一把"火"？华夏湘绣研究所仓库里有那么多陈旧变色的湘绣老物，虽然不是"假货"，却卖不掉，长年造成账面积压。烧掉那些历史上留存下来的"旧湘绣",一可显示自己"烧劣、打假"的决心！二可"报损"减库存。

纵观湘绣两千多年的发展历史，尽管历史人物层出不穷，历史事件数不胜数，但真正能让人们刻骨铭心的却是湘绣现代史上的"两把火"。第一把火是"文夕大火"。

1938 年 11 月 13 日，日军逼近长沙，长沙警备司令部奉命制订放火焚毁长沙的"焦土抗战"（指放火烧掉任何可资敌用的财物、设备和房屋，达到以空间换时间）的政策。这场大火烧了五天五夜，长沙城超过百分之八十的地标建筑荡然无存。史称"文夕大火"。后来四次长沙大会战，基本摧毁了长沙的最后一点历史遗存。长沙也由此被很多人视为与广岛、长崎和伏尔加格勒并列，在"二战"中受战争创伤最大的全球四座城市之一。

第二把火是"文革"时期的"火烧湘绣大楼"。在湘绣的业界的印象中，它几乎将湘绣的根都掘了。三十多年过去，人们至今记忆犹新。

姚杰很想在自己的任期内有所作为，但他那锦囊里似乎也只剩下"火"这一计了。不过，他并未对这些人说出来，只是瞧瞧这帮争得面红耳赤的同行，淡然地说道："你们与东城湘绣厂的矛盾是商业竞争，不是你死我活的'三国演义'，说白了，就是'日用湘绣'与'艺术湘绣'谁轻谁重的矛盾！历史上曹操火烧赤壁之战，名冠古今，那是诸侯争霸，谁赢谁得天下。1938 年国民党火烧长沙，那是中日两国交战御敌之策，不论得失出发点是善良的。1968 年'火烧湘绣大楼'，全国闻名，虽然湘绣行业受到一些损失，但它是长沙从乱到治的转折点。现在我们行业发展的瓶颈是'精品'没有市场，粗绣却大行其道，要突破这个关口，必得有惊人之举。各位如果有兴趣，不妨耐心等等，我会打造出一个大活动，唤起媒体以及全行业对'湘绣精品'的关注。"

这帮人商议攻击的对象曾昭英，对湘绣业界暗流涌动的迹象一无所知，他正沉溺于对美国艾美公司按时交货的喜悦中。终于松了口气的他，身心极为疲惫，脑海里忽然泛起了与祖父曾纪生在一起的儿时记忆。他决定给自己放几天假，回铜官曾家大屋串串亲戚门。

铜官老家，曾氏后裔一族只有曾昭伟仍住在老宅的地盘上。曾昭英在堂兄家喝了一杯茶后便信步来到曾家大屋后山，这是曾氏祖宗的墓地。

祖辈的墓碑前，供桌上仍摆着祭品。曾昭英从随身携带的塑料袋中，拿出厚厚的一摞报纸。媒体刊载了"全国首届工艺美术文化产业发展高峰论坛暨湖南第一届工艺美术品博览会",在东城湘绣大楼召开的各种专题报道。他颤抖着双手用打火机点燃,毕恭毕敬地置于供桌前,口里念叨着:"妈妈,您的'种瓜得瓜'与祖父'绣传天下'的遗愿,曾家的后辈都继承下来了,您看看这些报道吧……"

这种在祖坟前焚烧报纸,以慰祖宗魂灵的方式,是曾氏家族特有的习俗。曾氏家族代代相传的遗训是,家族的后人如果获得了可以告慰先人的成就,一定要带着能代表成就的纸物,到祖坟前焚烧祭奠,以告诉祖宗知晓。

瞧着冉冉上升的烟雾,曾昭英噙着泪水的眼里,浮现出了幻景……二伯曾广涛,站在远处曾家大屋听雨轩的石崖上,正朝他们挥着手,并大声叫喊着,声音虽然缥缈,但十分清晰:"人在,剑就在!"

这是二伯在讲他爷爷当年三河古镇突围的故事。二伯不是在台湾去世了吗?怎么又会出现在曾家大屋听雨轩的石崖上?那么高的石崖,他是怎么爬上去的?二伯之所以从军,就是受他爷爷的影响……对二伯这个人,曾昭英从内心深处是极为佩服的。他从母亲那里知道了不少有关二伯的轶事,至今还记得二伯返乡探亲时,对自己说的那句话:"昭英,输赢看淡,认准就干。只要我们一代代地坚持下去,'绣传天下'的目标就一定能够达到……"

曾昭英很想与二伯对话,待他跨前几步,揉了揉眼睛,仔细一看,远处那片昔日的曾家大屋的土地上,仍然是一片废墟,哪儿有什么听雨轩?哪儿有什么二伯?他明白,刚才不过是自己的幻觉而已。

万物有爱,坐忘一切。曾昭英慢慢地忘掉了自我,把心身与大自然融在了一起。时间在无声中悄然流逝。就在这忘我的境界之中,一个重建芙蓉坊,青出于蓝而胜于蓝的梦想,从心底慢慢地升入到曾昭英的脑海,从模糊到清晰……

一阵急促的手机铃声响起,将神游物外的曾昭英唤回了现实世界,他打开手机接听电话。

电话是罗汉斌打来的,他在电话中告诉曾昭英,近日华夏湘绣研究所搞了个大动作,邀集了大批媒体记者前往采访他们举行的打假防伪活动,将研究所历年存留下来的湘绣画稿、绣片付之一炬,还美誉为"火烧伪劣湘绣"。

这群败家子!罗汉斌传来的消息,直听得曾昭英一阵心痛。作为业内人士,他很清楚这批库存湘绣历史画稿和绣片的价值。有着两千多年悠久历史的湘绣,留传下来的资料非常贫乏，抗日战争时期长沙的"文夕大火"烧了一批湘绣历史资料，剩下的在50年代分家时全移交给了研究所，"文革"时期打派战"火烧湘绣大楼"，再次将残存的湘绣烧了一批，如今，这位华夏湘绣研究所的领导为了扬名，又一次地火焚湘绣历史残存的资料，这简直是对湘绣文化的犯罪。

当然，曾昭英更清楚姚杰的火焚湘绣之举是醉翁之意不在酒，矛头对准的是自己的湘绣，他怎么也不会想到，仅因为产品结构的与众不同，导致东城湘绣公司站在了湘绣行业的对立面。

湘绣界围绕画片与日用的争论由来已久，它源起于乡镇企业兴起时，湘绣行业被一个"错觉"误导：画片是"高大上"的"精品"，可以卖高价，"日用湘绣"是下里巴人的"粗绣"，上不了"正盘"。其实，究其根源，湘绣的起步还是从日用湘绣开始，进而才逐步开发出进入殿堂的装饰湘绣品……

曾昭英没有再想下去，他突然想起了曾广涛那句"输赢看淡，认准就干。"的话，不禁哑然一笑，自己没有必要与喜欢打口水战的中国陋习较劲，有这工夫，还不如多生产几套湘绣服装，用产品说话。

第二十三章　复活

　　人死不能复生，被大火焚毁的物品能复原吗？谁知，一批举世罕见的湘绣经典之作，在众目睽睽之下被焚，却在第一批"国家级非物质文化遗产保护名录"的复评中，奇迹般复活，使它重回中国"四大名绣"宝座。

　　姚杰的举火焚烧湘绣之举，他自己万万没想到，在以后的几年里一直被湘绣业内人士称为"愚人节"新闻。

　　眼瞧着自己造出的大炸弹，居然只在湘绣原野上炸出个大水坑，还落得不少业内人士笑话，姚杰心里很不是滋味，自此后，他对出头的事情便极少有兴趣了。几年后，他接到省文化厅的通知，说是国家正在建立"国家级非物质文化遗产保护名录"，要求华夏湘绣研究所牵头准备湘绣申遗材料。

　　姚杰接到通知时，对照文件要求才猛然发现，国家建立"国家级非物质文化遗产保护名录"的目的，是要对全国的非物质传统文化进行抢救保护。申报材料的要求集中在四个方面：就是它的历史价值、科学价值、社会价值与是否濒临失传。

　　历史不能割断，填报资料不能空喊口号。姚杰非常后悔不该为了争那口气，逞一时之勇将所里陈年旧绣一把火烧掉了。谁会想到国家会来这样一个政策，开展对非物质文化遗产的抢救保护工作呢？但事已至此，世界上没有后悔药可吃。无奈之下，他只好告诉办公室主任说："申遗的事我们下次再争取吧！"

申遗的事，华夏湘绣研究所置身事外，有人高兴有人愁，沙岭绣厂的杨玉泉便是高兴者之一，他不显山不露水地暗中进行着自己的计划。

2005年10月12日，"神舟六号"宇宙飞船载着一帧用湘绣制作的"中国航天"标徽升空，无形中给全湘绣行业带来一种神秘的荣耀。随后沙岭因与相邻高坪村的另外两家湘绣企业争夺"神六"宇宙飞船搭载物的所有权，而与对方暗中较劲。

湘绣伴随"神六"上天的新闻报道，立即引起文化部门关注。华夏湘绣研究所的避战，加之"神六"在社会上的巨大影响力，文史专家极力向文化部门推荐了沙岭及高坪几家湘绣厂，由他们以镇政府的名义联手向国家文化部申报。

湘绣"申遗"一事，曾昭英曾有风闻，却无任何人透露具体信息，加之企业本身一大摊子之事，每天都是忙得焦头烂额，自然无暇顾及这些分外之事。

文化部网站公告的第二天，紫金湘绣的徐老板给他打来电话："曾总，听说湘绣'申遗'失败，你知道吗……"

这是位除了湘绣生意之外，什么都不关心的湘绣老板，曾昭英没有回答他的疑问，只是静静地听着对方的情绪宣泄。

曾昭英这边没有回应，那边的声音更大了："你在听吗？湘绣申遗榜上无名，曾总，你得为湘绣说话……"

曾昭英听了很是好笑，这位私人老板平素从不关心时事、政治类型的事情，也很少与自己主动联系，这次为何这般地热心？恐怕是在担心对他的湘绣生意影响。试想，在中国有上百种刺绣品类，谁会选择连文化遗产目录都排不上号的刺绣品种呢？难怪他这样急不可耐地打来电话。不过，这个老板毕竟是同行，抬头不见低头见的人，也不好断然拒绝。他略为思忖了一下，询问道："你怎么不去找找华夏湘绣研究所的姚所长？他出面讲句话，那可是一句顶我们一百句呀。"

"你怎么知道我没有找他？他的企业有政府撑着，哪像我们这些为斗米奔波的个体户？他根本就没把这当回事。"

"他怎么说？"

"算了，他那个人嘴巴臭，说话难听。"

"难听的话，听听也无妨。你说说看。"

电话那边无奈地道："他说，湘绣进不进得了'非遗'名录，天都不会塌下，进不了'非遗'也不会少块肉，何必杞人忧天？"

　　曾昭英听着电话中转述的话，脸上罩起了一层严霜。这就是那位自以为是湘绣业界领袖的德行！湘绣进不进得了"非遗"名录，对他来说都不重要，只要政府对他企业的扶持政策不变，他革命小调照哼，革命小酒照喝。说实话，出头去找政府游说，对他来说并不难，而且他也有希望办成这件事，可人言可畏呀！知道他性格的人，自然会赞个好，说他是为湘绣出了力，可有些人却不会这么看，弄不好还会说他是出风头、抢荣誉，要夺湘绣业界领袖的宝座，他犯得着去招人厌吗？曾昭英没有与对方谈自己的想法，默默地将电话挂了。

　　回到公司办公室，曾昭英坐回到靠椅中，深深地吸了口气，让心情平静下来后，开始冷静地思考着眼前的情况和自己的处境。

　　政府有关部门在湘绣"申遗"时，从没找过自己，如今自己出面为湘绣申遗呼吁，合适吗？在湘绣行业，自己现在已经是"出头鸟"了，也引起了不少的非议，同行的忌妒，难道要让上次会议时出现的尴尬情况再次出现？何况，湘绣是湖南的，又不是自己一个人的，自己只管做好湘绣外贸的出口生意就行了。湘绣入不入"非物质文化遗产保护名录"，对自己企业影响不大，完全没有必要再次强出风头，招人口舌。

　　曾昭英虽然拿定主意要置身事外，然而，电话一个接一个地打来了。打电话的人，都是要他站出来，为湘绣申报全国"非物质文化遗产"说话，但他一一婉言谢绝了，不过，曾昭英谢绝之后，总觉得心里空荡荡的，好像是失去了什么似的。

　　手机铃声又一次响了。曾昭英瞟了一眼手机荧屏，是肖福海的电话，他没有去接。手机铃声仍然不停地响着，他犹豫了一会儿，有些不情愿地拿起手机，接通了电话。

　　"昭英吗？怎么这长时间不接电话？"电话里传来了肖福海不满的声音。

　　曾昭英无奈地道："肖县长，您有什么事？"

　　肖福海开门见山地道："你看了今天的《潇湘都市报》吗？"

　　"没有！"

　　"你知道湘绣落榜的事吗？"肖福海接着问。

　　曾昭英叹口气道："是地球人都知道。"

　　肖福海知道这句脍炙人口的中国广告语，也知道曾昭英此刻的心情，于是有意加重了语气道："昭英啊，湘绣'申遗'落榜，现在舆论一片哗然，你还能泰然处之吗？"

"湘绣业界有这么多行家里手，哪儿轮得上我来说话呀？"曾昭英有些委屈地说。

肖福海作为地方政府一县之长，又是出自湘绣产业的业内人士，自然知道湘绣落榜意味着什么，但他更清楚，在文化强国的当下，湘绣落榜对地方政府的打击将会是何等巨大。如果查明落榜原因，在申诉期内上诉成功，将落选转化成促进湘绣产业发展的动力，对东城县的文化产业知名度又意味着进一步提高。

中央正在大力提倡文化强国精神，各省市区都在制订"文化强省"的硬措施，假若能由东城湘绣企业牵头，将落选的湘绣补录入国家"非物质文化遗产名录"，那将是一件亮眼的大事！正因为这个，肖福海叹了口气，换了个话题："你了解这次'申遗'落选的具体原因吗？"

曾昭英回答道："罗汉斌此前曾打电话到文化厅问了一下情况，群艺处的夏处长告诉他，华夏湘绣研究所放弃牵头申报，后来交给高坪镇一个湘绣企业去申报，据说是申报单位系小微企业，不足以代表一个具有国际影响力的产业，更是因资料内容空洞、言之无物而被退回。"

肖福海在电话里轻咳了一声，严肃地道："曾昭英呀，你经营企业这么多年，怎么没有一点政治敏感？湘绣'申遗'成功与否，事关二千多年湘绣品牌和声誉的维护，这个道理不用我细讲，你懂。"

曾昭英很快地抢过话头："依我看，你肖县长如果能够出马，以东城县人民政府的名义，请求长沙市政府作为申报单位，成功的概率更大。"

肖福海见曾昭英把担子推给了自己，立即纠正道："市政府出面申报肯定是最好，实话告诉你，据我所知湘绣'申遗'的失败，根本原因不是申请主体，而是材料不全。"

曾昭英惊讶地反问："省文化厅夏处长不是说，落选原因是申报单位行政级别太低吗？"

"我让办公室秘书查阅了相关申报文件，其中明确说明：申请'非遗'保护项目名录，不仅是地方政府，企事业单位甚至是个人都可以申报。省文化厅的夏处长之所以说失败的原因是'企业小微'，其目的是出于对申报企业积极性的保护，不便说出真实原因。申报项目有四个硬指标：首先是它的保护价值，现在的申报资料根本没有说透。二是申报材料缺乏史料佐证，难以支撑非物质文化遗产的内涵。三是没有提供具有影响力的作品，不足以证明项目的科学性。四是他们只说了湘绣产业后继无人，没有说出抢救保护的必要性。"

曾昭英皱起了眉头咕哝着说："这个难题你为什么非要我来出头呢？"

"责任。这就像当年湘绣厂的改革一样，关系到二千多年湘绣的历史存亡，这个责任舍你其谁？当然这事我确实也可以出面，但你比我更加胜任。如果申遗成功，县政府可以在东城划一个位置，将长沙登隆街的湘绣企业，华夏研究所全部招商过来，打造一条湘绣街，你那'绣传天下'的理想岂不水到渠成？"

肖福海最后的一句话，打动了曾昭英的心，但他还是没有松口，只是有点敷衍似的回道："你让我想一想，好吗？"说完，他放下了手机。

这天，夜已深沉，躺在床上的曾昭英久久不能入眠，他的脑海里有两个声音正在争吵不休。

"曾氏家族几代人都在为湘绣奔波，总不能到了这一代就让它消亡吧？"

"现代的湘绣产业又不是东城湘绣厂一家的事，我为什么要出这个头？"

"你有庞大的社会关系和资源，为什么不能为湘绣的正名做点贡献？"

"可是，我为湘绣的振兴做了这么多事，在湘绣行业内谁又说过一个'好'字？"

……

两种声音持续到曾昭英昏昏沉沉睡去，也没有得出个结论来。直到第二天上午，他坐在办公室的椅子上，喝了几杯浓茶，仍然没有理清个头绪出来。

这时，办公桌上的座机铃声响了起来。

"你是小曾吗？"电话那头，传来一个微弱但清晰的声音。

这是谁呀？曾昭英听出来电话是个老人的声音："是我，我是曾昭英！请问，您是……"

"我姓王，你叫我王夫强。"电话那头的老人大概为了唤醒接电话人的记忆，又补充了一句，"那年我们在省博物馆见过面，你不是还询问过马王堆汉墓出土的'信期'绣？"

"您，您是王夫强伯伯？"曾昭英欣喜地叫了起来，那年二伯回大陆时，还特意问起这位王伯伯的情况，只是茫茫人海的长沙城，他一时上哪儿去找？此时骤然听到王夫强的声音，自是欣喜若狂。

"你知道湘绣落榜的事吗？"电话那头传来王夫强的询问声。

曾昭英有点犹豫地回道："知道，只是……"

"只是什么？"王夫强急不可耐地追问道。

"这事一言难尽呀。"曾昭英对回答这个问题很是为难，"要不，我专程上门拜访一下您？"

"太远了，太远了，我在新疆儿子这里。"电话那头的王夫强喘了口粗气，"我想，昭英呀，湘绣的声誉如果在你这一辈人的手里失落，你会有罪呀！"

"王伯伯，您不知道这边的情况。"曾昭英有点委屈，自己正深陷湘绣"日用"与"装饰"两大流派争论的巨大漩涡之中。

"日用湘绣"虽然市场广阔，但它的工艺比湘绣画片更复杂。生产一页绣品，只要按尺寸裁出布料、配完绣线，就可"马放南山"，交给农村的绣工后，坐等"绣片"的回收；而一件湘绣服装，仅一个刺绣环节，它就有画片的全部内涵。还需"量身定制"成衣，但利润空间却比画片小许多甚至是其的几十分之一。如一幅只需耗料五十厘米的湘绣画片，卖个三四千元很正常，而假设生产一件刺绣工量相等，面料需多耗几倍的刺绣服装，却只能卖一两千元，面对利润之间的巨大差额，谁还会热心去开发日用湘绣呢？正是在华夏湘绣研究所的倡导下，捍卫"湘绣精品"，成为行业内很多人的"共识"，日用湘绣则成为湘绣行业"烂价"的代名词。

在这个敏感时期，自己为湘绣"申遗"出头，是否有人会怀疑自己要为日用湘绣争得一席之地？当然，这些内情他无法向王夫强明说。

电话那头传来王夫强粗重的喘气声："湘，湘绣，与你曾家，是性命……关联的事。"

"可是……"曾昭英正欲辩解。

"别人做湘绣是为了钱，你曾家几代人做湘绣可是为了继承与发扬。当年，你太祖曾传玉凭着'人在，剑就在'的精神，硬是将湘绣跻身中国四大名绣之列，你伯父曾广涛以'输赢看淡，认准就干'的血性，在抗日战争中，五年时间从士兵到团长。还有你母亲则秉持'种瓜得瓜'的信念，绣出'国礼'……"

王夫强的话，让曾昭英的眉头升起了几丝疑云：这位王伯伯到底是什么人，怎么会对曾氏家族的前世今生了解如此透彻？

电话那头继续传来老人的声音："'绣传天下'可是你曾家几代人的信念呀！"

王夫强的这话很重，像大山似的压得曾昭英喘不过气来，一个深藏心底的念头火山喷发似的冒出，和着瞬间涌出的热泪喷了出来："王伯伯，我试一试！"

"输赢看淡，认准就干"。曾昭英话语坚定，放下电话心里立即展开重新"申遗"的思考。他总觉得自己人微言轻有些力不从心。不然在申报时，政府为什么不邀请东城公司？此时的湘绣行业一致认为湘绣的落选是华夏湘绣研究所的不作为，而高坪湘绣厂的挺身而出实属一曲悲壮的哀歌，虽底气不足，但勇气可嘉。肖福海虽然道出了湘绣落选的真实原因，但曾昭英更是担心如果自己主动站出来牵头，成功则无话可说，失败可就会成为众人的笑柄。

曾昭英思索良久，还是选择主动给华夏湘绣研究所的姚杰打电话。不料，电话铃声响了许久，却没人接。他放下了手机，思索了一阵，脑海里突然冒出一个人来，这就是沙岭湘绣厂的杨玉泉。虽说当年杨玉泉有点不地道，想傍上国有企业的大腿，不惜踩踏他曾昭英，但他从未记在心里。人为财死、鸟为食亡嘛，何况，当年要不是沙岭湘绣厂李俊义的暗中支持，东城公司早几年就倒了。在重新"申遗"这个关键时刻，多一个支持者就多一份力量。毕竟，与华夏湘绣研究所那样的国有企业相比，他们还是同一战壕的战友。

湘绣"申遗"的失败，沙岭湘绣厂的杨玉泉既感到遗憾又万分庆幸。在他的思维中，名列中国四大名绣的湘绣，进入首批"国家级非物质文化遗产保护名录"自是坛子里捉乌龟——十拿九稳的事。谁若领头"申遗"成功无疑谁将成为湘绣行业新的领袖。因此，他悄悄地通过省文化厅的熟人将"申遗"的文件看了一遍，但还没有来得及准备齐资料，就被高坪镇另一家湘绣企业捷足先登，以镇政府名义将材料递了上去。他正在为此事懊恼，不料文化部公示的"首批国家级非物质文化遗产保护名录"中，湘绣却榜上无名，而外面风传是"申报单位行政级别太低"而落选。这个理由让原申报单位脸上很是无光，也使杨玉泉只能偃旗息鼓，因为他的企业根本没有什么级别。就在此时杨玉泉接到了曾昭英的电话……

姚杰对曾昭英的出头，心情十分复杂。表面上他似乎对"申遗"看得淡，其实内心深处自己也很想出这个头，既然高坪镇的申报级别低而落选，自己企业系省级湘绣科研单位，理应非自己莫属，但许多具有历史意义的老画稿、旧湘绣都被自己早几年的一把火烧掉了，他担心这个"申遗"工作会引发研究所内部人员对那"火烧旧湘绣"的不满，因此只能选择销声匿迹。

曾昭英要承担起"补录复议"的重任，自然还得仰仗华夏湘绣研究所这块金字招牌，他一连给姚杰打了几次电话。姚杰听得电话铃声响个不停，拿起来瞧瞧，又无奈地放下。他清楚，此时曾昭英的来电，肯定关联"申遗"的事，而他此刻最怕的事也正是"申遗"。

一连打出的几个电话都无人接，曾昭英从内心感到有些力不从心。

谁知罗汉斌对湘绣的落选反应比曾昭英更强烈。他当即拍案而起，连夜赶写出一份《决不能让"湘绣"这张国家级文化名片滑落》的报告交给曾昭英。

罗汉斌也是出身湘绣世家，母亲很早就与曾家有交往，至于从什么时候开始外人不得而知，他对湘绣的热爱沿自母亲的传承，这也是他鞍前马后一直追随着曾昭英的原因。

曾昭英完全被罗汉斌那份慷慨激昂的报告所打动，他当即安排刘健萍将该报告打印二十份，在第二天分别邀请湖南省文化厅主管领导、市群艺馆文物专家、东城县湘绣企业负责人到东城湘绣公司座谈，呼吁湖南湘绣行业不计前嫌，不让湖南湘绣这张文化名片蒙羞。座谈会上群情激昂，湖南新闻媒体也仿佛炸开了锅，《潇湘都市报》《东城晚报》以及《当代时报》分别发表文章《湘绣落榜震惊湖南》《湘绣为何落选》《何日重现湘绣辉煌》……连续一周此起彼伏地围绕"湘绣落榜"展开了大讨论。

文化部网站公示的第三天，罗汉斌就带着一百份刊有《湘绣为何落选》的《东城晚报》飞赴北京，直奔文化部向"非物质文化抢救保护专家组"提出补录呼吁，并转呈文化部。在北京，他的呼吁得到了众多的专家和学者的支持。与此同时，东城县政府从省文化厅了解到湘绣落榜的原因后，立即组织力量采取补救措施，并要求曾昭英的东城湘绣公司重点补充申报工作中的历史材料部分。资料既要有点、有面，还要有历史的纵横连接，更得有实物予以佐证。在湘绣"申遗"的评审过程中，专家批评最缺少的就是湘绣历史性证据，这也是申报失败的关键因素。

说起湘绣的历史，曾昭英首先想到的是华夏湘绣研究所，他拿起手机又缓缓地放下。

生性倔强的曾昭英从不愿在同行面前"扮矮"，更不愿意拿自己的热脸去贴华夏湘绣研究所的"冷屁股",但肖福海的托付,且事涉湘绣"申遗"大事,他前思后想,如果不放下前嫌,就可能再次失败。为了不失面子又办成事情,他最后决定要罗汉斌给姚杰打电话。

这次罗汉斌的电话一打就通,那头传来姚杰富有磁性的声音:"今天一大早就有喜鹊叫,果然就来了你的电话。罗总,有什么好事要告诉我呀?"

"我可是求援来了,看来有些事没有你姚所长还真的玩不转。"罗汉斌恭维着说。

"玩不转就不玩啵,又不会少块肉。"姚杰不以为然地说。

"肉虽然不会少,但事却会办不成。"

"什么事?说得那么严重。"姚杰猜到罗汉斌要说什么了,他故意揣着明白装糊涂。

"湘绣'申遗'需要补充一些历史资料,证明它的历史意义和社会价值。如1956年红星湘绣厂分家时,当年绣庄移交到你所的'罗斯福绣像'画稿……"

"这个……"姚杰仿佛牙痛似的吸着气。他心里有数,湘绣经过抗日战争时期的"文夕大火"和60年代末期的"火烧湘绣大楼",历史的藏品已经所剩无几,而剩下的那些有历史的湘绣品,又被自己以残破库存品名义给一把火烧了。当然,他不会认错,至少口头上不会。他迟疑了一下后生硬地回道:"你说别的事我都可以帮忙,这件事恐怕爱莫能助。"说完,便关上了手机。

姚杰曾参观过曾昭英的生产基地,在生产现场他既见到了行销中东市场的"土耳其坐垫",也见识了畅销西班牙的各类"玫瑰花披巾",还有日本人最喜欢的"刺绣和服"。在他的眼里,曾昭英的生产基地俨然成为一个中国刺绣的百货店。他从心底瞧不起这些东西,他认为这些"下里巴人"的产品简直是对艺术的污染,是不公平的竞争,破坏了湘绣作为一项高档艺术的品位。比如自己花了两年时间,推出的一款"阳春白雪"高档精品《贵妃醉酒》,那种艺术感受不知道醉倒多少新闻媒体和专家、领导,十多年来,它已被媒体视为史诗般的"圣物"。

然而,恰恰是曾昭英那些"小儿科"日常生活用品,打破了湘绣产业发展的不平衡,掠夺了华夏国有企业的龙头地位,形成了对国有经济基础的破坏!他对东城湘绣公司柳青的一句话耿耿于怀:"东城公司一年上缴的税金,超过你们华夏一年的总产值。"

国有企业天生的优越感支配着他的自尊心，他也曾隔空回敬说："大象只要拉一坨屎，就能遮盖一群蚂蚁。"

其实姚杰不得不佩服曾昭英能拥有一批像罗汉斌这样的员工，他就凭借着一个这样的团队，在湘绣行业以一群蚂蚁般的势力，居然开辟出了大象活动的领地，这份能耐实不容小觑。

现在"申遗"所要的历史陈年旧物、老画残稿别说是都被自己一把火烧掉了，即使不烧，他也不会配合罗汉斌搞什么"申遗"。将资料提供给你，我为什么不自己去申报？何况在姚杰的内心世界里还有一个原则："我堂堂的国有研究所，岂能沦落到为民营企业打工？"

此时，罗汉斌想从姚杰手里获得"申遗"作品，也是高估了自己的能力。他只得无奈地放下被姚杰挂断的手机，思考着怎样才能寻找到那些近代的经典作品。不然，你凭什么去申请复议？

申报"国家级非物质文化遗产项目名录"，其"历史"证据是一道不可逾越的鸿沟。也就是说，湘绣虽然有了两千多年前的史书文字记载，但在接下来的唐、宋、元、明、清等朝代，还必须有足够的湘绣作品作支撑。而第一次申报的材料，却从1972年长沙马王堆汉墓里出土的四十一件刺绣衣服和一幅装饰内棺的铺绒绣锦，直接跳到了90年代的"神六"上天。拥有两千多年历史的湖南的湘绣，竟然连清末民初时期的作品都没有一幅，就像断线风筝找不到原途出处。这种断代式的"申遗"材料，未免过于儿戏了，让人有种"孙悟空半天云里一个筋斗——不知翻到哪里去了"的感觉，怎能得到评审专家的认可？

曾昭英面对一连串碰壁的现实忧得急火攻心，嘴唇上生出了一串串的燎泡，刘健萍在家熬了中药送到了办公室。曾昭英一边喝着药，一边紧锁着眉头。虽然，北京专家评审组的人告诉他，从第一次公示，到正式公布首批非物质文化遗产目录，有一个月的复议时间，但眼下已经过去两个星期，那急需补充的历史性材料仍然是半天云里吹喇叭——哪里，哪里。怎么办？他急得像热锅上的蚂蚁团团直转。

这时，刘健萍领着王朝凤进门找曾昭英审批绣工工资，瞧着正为此事发愁的曾昭英，关心地问道："你找了姚杰吗？"

"嗨！他是店大欺客，罗汉斌一提到'申遗'的事，那头的电话就挂了。"

王朝凤明白了是怎么回事后，附着刘健萍的耳朵嘀嘀咕咕告诉她："华夏湘绣研究所那次烧废旧湘绣时，柳青不是骑摩托车在半路追上了他们去茶山绣庄的汽车，把一批'老湘绣'换出来了吗？"

"换出来了？不可能！当时《东城日报》记者作了现场采访报道，电视台还播出了好几个火烧的镜头，据说烧得一些绣娘看了镜头就想哭。"罗汉斌立即反驳道。

王朝凤眼睛斜视着罗汉斌反问道："你知道吗？那些'老东西'现在还寄存在我的收花站。"

"华夏湘绣研究所烧的是什么？"罗汉斌大惑不解。

王朝凤诡异地一笑："'换把'了。那天烧的是长沙海关监管报废的那批韩国刺绣服装布料。"

罗汉斌疑惑地望了望刘健萍："销毁报废的韩服布料，有海关监管处张处长的现场监督，柳青哪有那么大的本事'狸猫换太子'？"

"张处长的监督还不是睁一只眼闭一只眼。"王朝凤不以为然地说。

"姚杰知道吗？"罗汉斌仍然将信将疑。

"他如果知道还会换得了吗？"刘健萍回答。

当年姚杰为了"腾笼换鸟"，决定烧毁那批库存霉变的"老湘绣"，更是为了显示自己"出精品，反粗俗"的决心，博取新闻媒体的眼球，提升社会对华夏湘绣研究所的关注度，他指定所里时任供销科长郑三球担任现场指挥，企图将那些忍痛烧掉的老产品，化成一股强大的广告旋风，夺回研究所在行业中的话语权。此事虽然也曾引起研究所一些老员工的强烈不满，但胳膊怎能扭得过大腿？

柳青从《东城晚报》记者嘴里听到华夏湘绣研究所将"火烧老湘绣"这个消息，感到非常纳闷，他郁闷地对汪芝玲说："俗话说'百年无废纸'，何况华夏湘绣研究所里的那些'老湘绣'有许多都是红星湘绣厂分家时，锦文丽绣庄遗留下来的经典之作，烧掉了怪可惜。你能否借我两千元钱，我下个月发工资就还你！"

"你借钱干什么？"

"天机不可泄露，我借钱的事，你要暂时保密。"柳青嘱咐道。

柳青想以两千元的好处费串通司机，在中途清理一下这批"老湘绣"，理出来有价值的东西，日后再推向市场待价而沽。

　　司机岂敢擅作主张，便悄悄地把柳青的想法告诉了郑三球，意欲两人对分两千元好处费。

　　郑三球又号称"郑大胆"，只要有人给钱的事，他什么都敢干。他听了司机传来的信息，黑眼珠一转说："两千元我宁愿烧掉，两万元还差不多。"

　　柳青欲借款之事，汪芝玲曾私下告诉过刘健萍，但后来是否与郑三球达成了什么交易却并不知情。现在王朝凤旧事重提，触发了汪芝玲的联想，她悄然问柳青，这才了解到后来的事。

　　当时，郑三球不仅提出来需要用两万元"买断"华夏湘绣研究所存放在茶山绣庄的那批老湘绣，而且还有一个附加条款，必须"烧毁"其中的一部分用来应付媒体，或者由东城湘绣厂提供一些库存产品用于焚烧，达到应有的宣传效果。

　　柳青愤怒地冲着那传话的司机说："郑三球既当婊子，还想起贞节牌坊。他要两万元钱，我们可以商量，如果还要我提供产品去给他'造势'，没门！"

　　刘健萍得知此事，毅然将一批受到海关监管的"进料加工"的报废刺绣品，换到茶园绣庄由海关监督销毁，柳青神鬼不知地将华夏湘绣研究所的一批老湘绣换了出来。

　　经过清理，不仅使一大批被虫叮鼠咬的老湘绣得到修复保存，更重要的是找到了1933年美国总统《罗斯福绣像》的原始照片和何键"誉满全球"的亲笔手稿，以及孙中山先生逝世时"棺罩"的设计原稿。与此同时，杨玉泉也送来了，他与李俊义搜寻到的一些老湘绣与原来整理的资料。

　　刘健萍提醒着惊呆了的曾昭英说："我记得妈过世前，去医院的时候，不是交给你一个薄棉布包裹吗？包裹里会不会有……"

　　没等刘健萍把话说完，曾昭英便急奔回家冲进了搁放旧物品的杂屋。他在杂屋里翻腾了好半天，才找到了那个沾满了灰尘的薄棉布包裹。他一颗心扑通乱跳，希望有奇迹出现，但……他不敢往下多想。

　　他用颤巍巍的手打开了包裹。顿时，他眼睛一亮，母亲收藏在包裹里的东西，真是湘绣作品和画稿！他像一个文物考古学家一样，小心翼翼地清理着包裹里的东西。好一阵才弄清楚，这个包裹里收藏的竟然是曾祖父曾传玉遗留下来的十六幅画稿和几件清末民初年间的湘绣作品，其中一个用红绸布包着的木盒里，还珍藏着一幅清同治七年（1868年）的湘绣绣品《荷鹤图》……

"一绣开先河，诗画书绣印。一梦芙蓉盛，湘绣万世名。"有人后来如此评价《荷鹤图》在湘绣史上的地位。《荷鹤图》标志着上千年历史的湘绣，由"点缀""装饰"的位置，走向大雅之堂，与绘画、雕刻一样，成为一门艺术。

1868 年的《荷鹤图》与 1933 年美国芝加哥金奖作品《乐燕图》，以及《罗斯福绣像》原稿的"复活"，形成一个湘绣"申遗"的完美物证链。

"申遗"复议的结果，尽管曾昭英认为那是不言而喻，罗汉斌如获至宝，立刻将这些资料提交给湖南省文化厅，长沙市人民政府也以保护主体责任单位的名义，向文化部发出申报函呈报到文化部。至此，该有的材料准备齐全，也送上去了，湘绣"申遗"是否能够成功，东城湘绣公司已是鞭长莫及。

然而，罗汉斌似乎心里总欠缺着什么，每天只要报纸一来，他总是第一个抢到手，想瞧瞧有没有关于中国首届非物质文化遗产目录正式公布的新闻。瞧着罗汉斌成天魂不守舍的样子，曾昭英开导着他说："'申遗'，不是一个名誉，而是一个遴选优秀传统文化的过程。如果成功，它不是一种奖励，而是一份责任，那就是保护与传承！

图书在版编目（CIP）数据

绣坊街（上）/ 曾理著 . -- 北京：作家出版社，2021.12
ISBN 978 - 7 - 5212 - 0278 - 6

Ⅰ . ①绣…　Ⅱ . ①曾…　Ⅲ . ①长篇小说 – 中国 – 当代
Ⅳ . ①I247.5

中国版本图书馆 CIP 数据核字（2018）第 266865 号

绣坊街（上）

作　　者：曾　理
责任编辑：李亚梓
封面设计：百丰艺术
出版发行：作家出版社有限公司
社　　址：北京农展馆南里 10 号　　邮　　编：100125
电话传真：86 - 10 - 65067186（发行中心及邮购部）
　　　　　86 - 10 - 65004079（总编室）
E – mail: zuojia@zuojia. net. cn
http: // www. zuojiachubanshe. com
印　　刷：三河市北燕印装有限公司
成品尺寸：170 × 240
字　　数：322 千
印　　张：20
版　　次：2021 年 12 月第 1 版
印　　次：2021 年 12 月第 1 次印刷
ISBN 978 - 7 - 5212 - 0278 - 6
定　　价：49.00 元